KB059394

끝없는 바닥

Original Japanese title : HATSURU SOKONAKI

Copyright © 1998 Jun Ikeido
Original Japanese edition first published by Kodansha Ltd.
Korean translation rights arranged with Office IKEIDO Inc.
through The English Agency (Japan) Ltd. through Danny Hong Agency

끝 없 는

이케이도 준 지음
심정명 옮김

소미미디어
Somy Media

목차

제1장
사인 死因

1

철문을 열자 7월 초순의 후텁지근한 공기가 발밑으로 밀려들었다. 장마철 하늘은 어둠침침하게 가라앉았고, 요새는 비가 오다가 말다가 하는 날씨가 이어지고 있었다. 오전 10시. 나는 대출 고객을 방문하기 위해 은행 건물 뒷문을 나와서 지점에서 조금 떨어진 곳에 있는 주차장으로 향하는 중이었다. 토, 일요일은 인파로 들끓는 시부야도 평일 오전 중에는 아직 거리에 사람이 적다. 특히 도큐 플라자가 있는 큰길에서 하나 들어온 이 부근은 한산한 가운데 아직 수거되지 않은 쓰레기가 쓰레기장에서 도로로 흘러넘치고 있었다.

나는 파란 반팔 셔츠에 넥타이를 매고 어두운 회색 상의를 팔에 걸친 채 걷고 있었다. 들고 다니는 것은 늘 그렇듯 수첩 한 권이다. 담배에 불을 붙이고, 헌책방 셔터가 열리면서 안면이 있는 가게 주인이 "여" 하고 손을 들고 인사하는 데에 답인사를 한 다음, 그 옆의 보잘것없는 갤러리에 전시되어 있는 그림을 보며 스트립 극장이 있는 언덕길 앞에서 왼쪽으로 꺾었다.

임대 사무실이 늘어서 있는 길 조금 앞쪽에 낯익은 통통한 뒷모습이 걷고 있는 것이 눈에 들어왔다. 이렇게 무더운 날인데도 상의를 단단히 차려입고 왼손에는 뚱뚱하게 부푼 묵직한 검은 가방을 들고 있다. 가벼운 차림에 전혀 은행원 같아 보이지 않는 나와는 달리 저쪽은 누가 봐도 전형적인 은행원으로밖에 보이지 않았다.

"사카모토!"

이름을 불렀더니 동그랗게 부푼 얼굴이 퍼뜩 놀라 돌아보았다. 무슨 생각에 잠겨 있었는지 평소 온후한 사람치고는 보기 드물게 표정이 굳어 있다. 재미없다는 듯이 손가락으로 안경을 밀어 올리더니 오른손에 쥐고 있던 손수건을 이마에 대면서 중얼거렸다.

"뭐야, 이기였어?"

나는 걸음을 재촉해서 여느 때답지 않게 무뚝뚝한 동료 옆에 섰다.

"회수?"

"응. 큰 건이야."

일단 발길을 멈췄다가 다시 걷기 시작한다. 옆얼굴에서는 긴 장감이 느껴지고 평소 같으면 튀어 나왔을 농담도 한마디 없다.

"오늘은 어딘데?"

사카모토는 대답 대신 빙긋 웃었다.

"있잖아, 이기."

걸으면서 내 어깨에 팔을 두르더니 갑자기 장난스러운 눈빛으로 이쪽을 들여다보았다.

"너 나한테 빚진 거다?"

묘한 소리를 한다.

"빚?"

"곧 알게 될 거야."

사카모토는 동그란 얼굴로 하늘을 보며 큰소리로 웃었지만, 이윽고 지금 막 웃었다는 것조차 잊어버린 사람처럼 진지한 얼굴로 급히 자기 차 쪽으로 갔다. 서두르고 있는지 나와의 거리는 점점 더 벌어졌다.

한 구획 걸어간 곳 모퉁이에 마스이야 빌딩이라 적힌 간판이 달린 낡아빠진 건물이 있는데, 그 옆이 은행 전용 주차장이다. 스무 대쯤 들어가는 작은 공간으로 업무용 차와 일반 방문객 차량이 같이 사용하기 때문에 업무 시간 중에는 늘 만차에 가깝다. 아직 비교적 이른 시간인데도 빈 주차 공간은 두세 군데밖에 없다.

사카모토는 빠른 걸음으로 게이트 옆을 통과하더니 내가 주차장에 도착했을 때는 업무용 차인 미쓰비시 미니카를 기세 좋게 후진시켜서 빼고 있었다. 창문이 열렸다.

"뭐, 기다려봐."

이 말을 남기고 벽돌을 깐 상점가 도로를 지나 246번 국도 방면으로 사라져 갔다.

2

사카모토를 눈으로 배웅하고 나서 운전에 서툰 누군가가 우그러뜨려 놓은 미니카 문을 열었다. 차 안 공기는 얼굴을 찌푸리고 싶을 정도로 뜨겁게 팽창해 있었다. 팔을 뻗어서 우선 시동을 건다음 잠깐 문을 열어둔 채 에어컨을 끝까지 올리고 상의와 함께 수첩을 조수석에 던졌다. 가벼운 차림이지만 융자 안건을 따오는 데에 이 외에 필요한 물건은 아무것도 없다는 것이 내 지론이다. 은행 매뉴얼에 따르면 직원은 외부 방문 시 검은 업무 가방에 수금장이나 인감을 가지고 다니게 되어 있지만, 그런 것을 가지고 있다가는 그냥 수금원이 돼버린다.

비좁은 운전석에 앉으니 열을 축적한 비닐시트가 엉덩이와 등에 딱 달라붙었다. 기분이 나빴지만 참고 바닥에 튀어나와 있는 수동 기어를 저단으로 넣은 다음 시부야역 남쪽 출구 교차로를 왼쪽으로 꺾어 쇼토 방면으로 향했다. 쇼토에서부터 도미가야, 난페이다이 일부가 내 담당 구역이다. 도큐 백화점 본점 옆으로 빠져나가 구 야마테 도로를 오른쪽으로 꺾었다.

　어디에 가야만 한다는 예정은 없다. 담당하는 곳을 적당히 돌며 "돈을 빌려달라"고 해줄 회사를 찾는 것이 내 일이다. 늘 혼잡한 역 앞 도로에 차를 대면서 머릿속으로 방문할 곳 몇 군데를 떠올려 보았다. 내가 담당하는 회사는 총 오십 곳 가까이 되는데, 거기에 한 달에 한 번은 얼굴을 내미는 것이 얼마 없는 업무 규칙이다.

　이날은 도미가야의 철강 도매점을 시작으로 오전 내내 그 일대를 어정거리며 세 군데쯤 돌았다. 결과는 전부 헛스윙. 단, 성과가 없는 것은 딱히 드문 일은 아니다. 신규 융자 건은 이삼십 군데 가봐서 하나 있을까 말까. 원래 그렇다. 게다가 어느 정도 금액이 되는 건수로 따지면 더욱 한정돼 있다.

　변명 같이 들리겠지만 융자 담당으로서는 신규 대출 건수가 없더라도 정기적으로 거래처에 얼굴을 내밀고 회사 상황을 보고 오는 것도 번듯한 업무다. 가령 경리부장 책상에 대부업체에서 보낸 계산서가 없는지 관찰하거나, 사장된 제품이 계단에 야적되어 있지는 않은지, 건설업자일 경우에는 스케줄 판에 적힌 공사 수주 상황이 줄어들지는 않았는지 그런 것을 보고 온다. 제조업자일 경우에는 기계 연식이 어느 정도 됐는지 체크하고, 사원의 전화 응대나 화장실 청소 상황, 사장의 주머니 사정을 보기 위해 자동차 타이어가 닳았는지 아닌지도 살핀다. 거래처의 업황을 판단하기 위한 은행 지점 업무 매뉴얼에는 이렇게 수수한 일도 포함된다.

점심때를 지나 세 번째로 찾아간 설계사무소 경리 담당부장과의 면담을 적당히 끝낸 뒤 서서히 막히기 시작한 야마테 도로를 타고 지점으로 돌아갔다. 점심을 먹고, 별일 없으면 오후부터 또 거래처를 돈다. 그런 업무가 끝없이 이어진다. 각별히 즐거울 것도 없지만 힘들지도 않다. 그런 일이다.

건물 뒤쪽에 있는 직원 전용 출입구로 들어가서 1층 화장실에서 볼일을 본 다음 융자과가 있는 2층으로 올라갔다. 책상 위에는 전화 연락 메모가 늘어서 있고, 그 위에 명함을 스테이플러로 찍어 놓은 갈색 봉투가 한 장 놓여 있었다. 내용물은 내가 자리를 비웠을 때 거래처 중 한 회사가 가지고 온 결산서 복사본이다. 빨간 볼펜으로 써넣은 부분이 있는 것을 보면 나 대신 누가 이야기를 들었음이 분명하다.

식사 시간이기도 해서 2층에는 직원이 별로 없었다. 은행원은 업무에 지장이 없게끔 교대로 식사하게 되어 있다. 대부분의 지점에 직원 전용 식당이 마련되어 있어서 밖으로 나가 먹을 필요는 없다. 복리후생이라기보다는 방범을 위해서다. 은행원은 범죄의 표적이 되기 쉽다. 직원이 밖을 돌아다니지 않게 하려는 배려다. 지금 모습이 보이지 않는 직원들은 5층 식당에 있거나 3층에 있는 휴게실에서 주스라도 마시고 있을 터다.

나는 자리에 앉아서 책상을 뒤덮고 있는 메모와 서류를 정리하기 시작했다. 그때 대출 창구에 있던 오타니 게이코가 고객 응대 사이의 틈을 이용해서 다가오더니 작은 목소리로 말했다.

"이기 대리님, 사무실에 복귀하시면 급히 지점장실로 오시래요. 아까 후루카와 과장님이."

응접실을 겸하는 지점장실 문은 굳게 닫혀 있다. 문 위쪽의 작은 창에서 불빛이 새어 나오는 것을 보면 사용 중이다. 은행에서 '지배석(支配席)'이라 불리는 지점장과 부지점장의 책상은 비어 있고, 융자과장인 후루카와의 모습도 보이지 않는다.

"손님이야?"

"아닌 것 같은데요."

"문제가 생긴 건가?"

"잘 모르겠지만, 네, 아마. 아까 기타가와 부지점장님이 뛰어나갔거든요."

지점장실에서 대응을 검토할 정도의 문제면 상당히 성가신 일임이 분명했다.

"알겠어. 고마워."

오타니는 머리를 살짝 숙이고는 대출 신청용지에 기입하고 있는 고객을 응대하러 나갔다.

"왔나?"

지점장실에 들어가자 심각한 얼굴을 한 후루카와가 빈 소파를 가리켰다. 팔걸이의자 깊숙이 앉아 있던 지점장 다카하타 고이치로는 나를 일별했을 뿐 입을 꾹 닫고 있다. 생각에 잠긴 모습으로 턱에 손가락을 대고 정처 없는 시선을 벽에 던지고 있었다.

안에는 이 둘뿐이다.

"이기 대리. 아까 경찰에서 연락이 왔는데 아무래도 큰일이 생긴 것 같아."

내가 소파에 앉자 후루카와는 미간을 찌푸린 진지한 눈빛으로 말했다.

"실은 사카모토 대리 말인데."

후루카와는 내 심정을 배려하듯 한 호흡 쉬었다.

"요요기 공원 옆에 있는 차 안에서 쓰러져 있는 채 발견돼 구급차로 병원에 실려 갔다고 해. 근데 아무래도…… **위험하다**는 군."

"위험하다고요……?"

후루카와가 하는 말을 이해하는 데에 몇 초는 족히 걸렸다. 이윽고 가슴 속에서 심장이 무거운 소리를 내기 시작하더니 목이 조여왔다.

"교통사고입니까?"

"자세한 사정은 모르지만 그건 아니라는 것 같아. 도미가야에 있는 요시다 병원 알지? 거기로 실려 가서 집중 치료실에 들어갔는데 용태가 좋지 않아."

후루카와의 눈썹이 경련을 일으키듯 실룩거리더니 시선이 일단 카펫으로 떨어졌다가 다시 돌아왔다.

"병원에 실려 갔을 때는 이미 의식불명이었어. 그쪽에서 열심히 손을 써보고는 있지만 아무래도……."

안경 안쪽에서 나를 보고 있던 작은 눈을 몇 번씩 깜빡거리다가 입술을 굳게 다문다.

"가족들한테는요?"

"아까 연락했네. 부인이 지금 병원으로 가고 있어. 자네, 얼굴을 아는 사이였지?"

"네. 기획부에서 같이 있었으니까요."

요코. 그 여성은 내 친구의 아내가 되어 외동딸과 함께 검소한 생활을 보내고 있을 터였다.

"저도 가보겠습니다."

"잠깐 기다려."

후루카와에게 팔을 붙잡혀서 소파에 다시 앉았다.

"진정해. 기타가와 부지점장님이 가 계셔. 마음은 알겠지만 연락이 올 때까지 기다려봐. 우리가 간다고 해서 달라질 것도 없잖아."

후루카와는 고뇌로 일그러진 표정으로 나를 보았다.

"게다가 이런 일은 생기기 마련이야. 자네나 나나, 갑자기 쓰러질 가능성은 있는 거지. 나머지는 운이야."

운이라.

나는 그 말이 묘하게 안도감을 준다는 것을 깨달았다. 운. 운명. 타고난 수명. 그것은 눈앞에 들이닥친 사실의 엄혹함을 허용하는 말이다.

"기도하는 수밖에 없다고. 응?"

후루카와가 마치 탄원하는 듯한 어조로 말했다.

하지만 그 기도는 결국 이루어지지 않았다.

오후 1시가 지나 사카모토의 용태를 지켜보고 있던 기타가와에게서 부고가 들어왔다.

사카모토 겐지는 죽었다.

아내와 세 살 된 딸을 남겨두고 죽어버렸다.

3

사카모토의 죽음은 천에 물이 스며들듯이 지점 내로 조용히 퍼져 나갔다.

저녁에 병원에서 돌아온 기타가와를 기다렸다가 지점장실에서 다시 회의가 열렸다. 사카모토를 제외한 지점의 관리직 열세명만 모인 간소한 자리였다. 다카하타 지점장과 기타가와 부지점장 두 사람이 팔걸이의자에 몸을 묻고 있었고 나머지는 소파나 가지고 들어온 접이식 의자에 앉았다.

다 모이자 기타가와는 어수선함이 배어 나오는 말투로 말했다.

"다들 알고 있겠지만 사카모토 대리가 오후에 급환으로 세상을 떴어. 우선 이 회의가 끝나면 각 과 과장들이 과 직원들에게 정식으로 전달하길 바라네. 동요해서 현금 사고 같은 걸 내지 않게끔 충분히 주의하고. 그게 가장 무서워. 장례 절차는 구체적으로 정해지지 않았지만 내일이 밤샘이야. 식은 모레가 될 것 같네. 부의금 회계, 접수 등은 융자과가 중심이 돼서 책임지고 관리해 주게. 은행장 명의, 각 과 조전도 빠뜨리지 말고."

기타가와의 사무적인 지시가 이어졌다. 일단락됐을 때 다카하타가 입을 열었다.

"병명을 들었나, 부지점장?"

기타가와는 담배 필터로 유리 테이블을 신경질적으로 두드렸다. 흰 뺨이 희미하게 붉어졌다.

"네, 아무래도 알레르기로 인한 쇼크사 같습니다."

나도 모르게 기타가와의 얼굴을 보았다. 나뿐 아니라 그 자리에 있던 모든 사람들이 얼굴을 휙 들었는데, 하나같이 표정에 가벼운 놀라움과 의심 같은 것이 묻어 있었다.

"알레르기? 뜻밖이군. 나는 필시 심근경색이나 거미막하출혈 같은 병일 줄 알았는데."

다카하타의 말은 모두의 감상을 솔직히 대변하고 있었다. 알레르기로 사람이 죽나? 나를 포함해 모두 그런 생각이었음이 틀림없다.

"심한 알레르기일 경우에는 죽을 수도 있답니다. 단, 알레르기를 일으킨 원인에 대해서는 좀 더 조사를 해봐야 안다고 했습니다. 어쨌든 발견됐을 때는 이미 의식불명이라 본인에게 물어볼 수도 없는 상황이었던 모양이니까요."

기타가와는 우리의 놀라움은 아랑곳 않고 담담한 어조로 말을 이었다. 그 태도에 그다지 슬픔 같은 것은 느껴지지 않는다.

"내일 오전 중에 사법해부를 한다고 하니까 확실히 알게 되겠지요. 다만 안다고 한들 이제 와서 어쩔 수도 없지만요."

"가족들은 어쩌고 있었나?"

다카하타가 물었다.

"부인이 아이를 데리고 와 있었습니다. 일단 인사는 하고 왔는데 울고 있어서 그렇게……. 당연하지만요. 사카모토 애가 몇 살이지?"

그 질문은 내게 던진 것 같았다.

"올해 세 살이 될 겁니다."

"그래?"

기타가와는 아무래도 상관없다는 듯이 말하고 두 대째 담배에 불을 붙였다. 병원에서 흡연을 참은 데 대한 반동이라도 온 것처럼 피운다. 아니면 이 남자 나름으로 사카모토의 죽음에 충격을 받은 건가?

기타가와는 사카모토에서 업무로 화제를 옮겼다.

"우선 사카모토가 빠진 구멍을 어떻게 할지 정해야겠지요, 지점장님. 인사부에 전화는 해놓았는데, 사망으로 결원이 생긴 경우라도 한동안 보충은 못하는 모양입니다. 그동안 그 친구가 담당하던 거래처는 누가 인계받을 수밖에 없겠죠. 그 문제를 생각해 보셔야 됩니다."

다카하타는 깊은 한숨과 함께 융자과장 쪽을 보았다.

"후루카와 과장, 뒷일을 정하기 전까지 잠깐 사카모토가 하던 업무를 관리해 주겠나? 큰일이 생겼지만 다들 동요하지 말고, 부탁하네."

후루카와가 묘한 얼굴로 고개를 끄덕이는 것을 보고 다카하타는 자리에서 일어났다.

"지점장님, 한 가지 더."

기타가와가 다리를 꼬고 앉은 채로 문으로 걸어가려던 다카하타를 불러 세웠다. 얼굴은 똑바로 앞을 향하면서 다카하타를 보려고도 하지 않는다. 기타가와는 부지점장이지만 실은 다카하타보다 입사 연차가 2년쯤 빠르다. 게다가 시부야 지점 부지점장이된 지 이미 3년째인 반면, 다카하타는 작년 12월에 갓 부임했다. 경험이 적다 보니 지점 내의 사무적인 일을 기타가와가 지휘하는 장면이 곳곳에서 눈에 띄었다. 말씨야 공손하지만 그 태도에는 국제 분야 한길만 달려온 엘리트일지언정 지점 실무에는 어두운 다카하타를 비웃는 듯한 구석이 가끔 있었다.

"이따가 경찰이 온다고 하니까 외출은 삼가십시오."

다카하타는 잠시 기타가와의 말뜻을 음미하는 듯했지만 작게 알았다는 말을 남기고 지점장실을 나갔다.

"경찰은 왜 오는 겁니까, 부지점장님?"

다카하타의 모습이 문밖으로 사라지는 것을 기다렸다가 후루카와가 경계하는 어투로 물었다.

"그야 길바닥에 세운 차 안에서 이런 일이 생기면 병실에서 죽은 환자랑은 취급이 다르겠지. 이것저것 물어보겠지만 별일은 없을 거야. 단, 자네도 질문을 받을 테니까 그렇게 알고 있어. 외출은 금지다."

"네."

"그리고 자네도."

기타가와는 마지막으로 내 쪽을 손가락으로 가리키더니 빈틈없는 눈동자를 빛냈다.

저녁 7시가 지나 경비원의 안내를 받으며 이인조 사복형사가 영업실로 들어왔다. 한 사람은 키가 작고 쉰 살 전후, 볕에 탄 얼굴에 머리는 반백이다. 다른 한 사람은 그보다 열 살쯤 젊다.

"사카모토 씨와 가장 친했던 분부터 이야기를 좀 듣겠습니다."

인사도 하는 둥 마는 둥 나이가 지긋한 쪽 형사가 말했다. 응대하던 다카하타와 기타가와 입에서 맨 먼저 내 이름이 나왔다. 그대로 응접실 겸 지점장실로 들어가 그곳이 면담 장소가 됐다.

"사카모토 씨와 업무상 어떤 관계였습니까?"

질문은 단도직입적으로 시작됐다. 나이가 지긋한 쪽이 묻고, 다른 한 사람은 메모하기 위한 보드를 무릎에 얹고 있다. 형사는 내가 내민 명함 앞뒷면을 유심히 보고 나서 테이블에 놓았다.

"같은 융자과 과장 대리를 하고 있습니다. 저는 일반 융자 담당, 그 친구는 회수 담당이었습니다."

형사는 말이 귀에 잘 들어오지 않는다는 듯이 손바닥으로 머리를 찌르는 시늉을 했다.

"회수라는 건 뭡니까? 죄송하네요, 은행에 대해선 잘 모르다 보니."

"그러니까 제 업무는 거래처 기업에 돈을 빌려주는 일입니다. 문제없는 대출의 변제를 관리하는 일은 저 같은 융자 담당자도 하지만, 사카모토는 특히 도산을 하거나 해서 경영이 어려워진 기업에 빌려준 돈을 돌려받는 일을 했습니다. 이걸 은행업계에서는 회수라 부릅니다. 우리가 융자한 거래처가 도산하면 담당이 사카모토로 바뀌고 우리 대신 그 친구가 채권 회수를 하는 관계입니다."

"다시 말해……, 돈을 빌려주는 사람과 돌려받는 사람, 이 둘이 같은 과에 있는 겁니까?"

상대방이 관자놀이를 문지르면서 요약했다.

"맞습니다. 융자 일은 빌려주는 것만이 아니니까요. 특히 거품이 꺼진 뒤로는 어디 은행이나 도산 건수가 늘어서 융자과에 회수 전문 담당자를 두는 지점이 많아졌습니다. 은행의 불량채권에 대해서는 아실 테지요."

"네, 뭐. 이 은행에도 많습니까?"

"구조조정 지점 일보 직전입니다."

"그 구조조정 지점이란 건 뭡니까?"

"불량채권이 너무 많아서 지점 업무 채산이 극도로 악화돼 있는 곳을 구조조정 점포라 부르거든요."

"그러니까 보통 말하는 구조조정? 당신은 돈을 얼마나 빌려줬고?"

"관리하고 있는 건 3백억 조금 더 됩니다. 참고로 사카모토가 관리하던 불량채권 액수는 약 70억 가까이 됐을 겁니다."

"이 지점 전체로는?"

"대출 잔액이 약 2천5백억 있습니다. 개인 대출을 포함해서지만요."

보드에 기록하는 손은 움직인 듯했지만 질문한 본인의 표정에는 반응이 없었다. 금액을 들어도 현실감이 느껴지지 않아서일 것이다. 나도 입사했을 때는 그랬다. 지금은 우스갯거리지만 백만 엔이 넘어가면 자릿수를 세고 있었을 정도다.

"융자과에는 몇 사람이나 있습니까?"

첫 번째 면담자라서인지 사카모토와 별로 관계없는 기본적인 정보를 얻으려는 모양이다. 아니면 모든 사람들에게 똑같은 질문을 할 작정인가?

"이 지점은 큰 지점이어서 열다섯 명 배속되어 있습니다. 지점 전체로는 영업과, 그리고 외환, 외근을 다니는 업무과를 합해서 약 오십 명입니다. 거기에 파트타임직원이 열다섯 명쯤. 지점장, 부지점장, 각 과 과장. 과장 대리는 각 과에 두 명 있습니다. 나머지는 일반 직원입니다."

다른 형사는 내가 말한 숫자를 보드에 끼운 종이에 기록하고 있다.

"그래서 사카모토 씨와는 개인적으로도 친했습니까?"

"네. 이 지점에서 같이 일하기 전부터 친구였습니다."

"구체적으로는 언제부터?"

"은행에 입사했을 때부터요. 연수 팀이 같았습니다."

상대방은 "아아, 연수" 하고 입속으로 중얼거렸다.

"연수 팀이 같으면 그렇게 친해지곤 합니까?"

"사람에 따라 다르죠."

"이기 씨와 사카모토 씨 경우는 죽이 잘 맞았다?"

"뭐, 그렇다고 할 수 있습니다."

"……그렇군요. 그러면 꽤 오래 알고 지낸 셈인가요?"

"10년이 넘습니다."

"그만큼 친했으면 사카모토 씨의 체질에 대해서는 알고 있었 겠네요."

"아니요. 몰랐습니다."

형사 두 명은 뜻밖이라는 얼굴을 했다. 하지만 사실이 그랬다. 사카모토에게 체질 이야기 같은 것은 들은 적도 없다.

"당신이 사카모토 씨와 마지막으로 만난 건 언젭니까?"

말씨는 정중한데 이따금 조금 무례한 질문이 끼어든다. 기분 이 상할 정도는 아니지만 형사라는 직업의 투박함을 상상하게 된다.

"오늘 아침에 그 친구가 나갈 때요. 지점 밖에서 만나 주차장 에서 헤어졌습니다."

"이야기는 나누었습니까?"

"두세 마디뿐이지만요."

"몸이 안 좋다거나 하는 이야기는 없었고?"

"없었습니다."

"사카모토 씨는 몸이 곧잘 안 좋아지는 타입이었을까요? 가령 허약 체질이라든지."

"아니요. 아주 건강해 보였는데요. 저보다 훨씬."

두 형사가 새삼스럽게 나를 쳐다보았다.

"이기 씨도 안 건강해 보이지는 않습니다. 은행원치고는."

질문 담당 형사가 흥 하고 깔보듯이 말했다. 은행원은 온순해서 잘 덤비지 않는다는 이미지가 있는지, 아니면 공권력에 약하다고 생각하는지, 공무원들에게 바보 취급을 당하는 경향이 있다. 이 형사들 말투에서도 그런 기색이 느껴졌다. 은행에 조사하러 오는 공무원으로는 금융 당국 외에 국세청이나 세무서 직원이 있는데, 그들은 당연하다는 듯이 은행원을 턱으로 부리며 은행 돈으로 식사를 하고 서류를 어질러 놓은 뒤에 돌아간다. 거만하고 역겨운 무리다.

"뭐 스포츠 같은 거 해요?"

아무래도 상관없다는 듯 형사가 물었다.

"대학 시절에는 미식축구를 했습니다."

반응 없음. 내 말은 상대방을 그대로 통과하여 벽쪽에서 사라진 모양이다.

"무슨 알레르기였습니까?"

나는 조금 짜증이 올라왔다.

"그건 아직 조사 중이라 현 시점에서는 확실한 말씀은 못 드리고. 그런데 사카모토 씨는 곧잘 업무 사이사이에 카페에 들르거나 했습니까? 그런 데서 실수로 알레르기 반응을 일으키는 음식을 먹었을지도 모르잖아요. 어떻습니까?"

"짚이는 구석은 없네요. 게다가 사카모토와 마지막으로 만났을 때는 그 친구가 꽤 서두르고 있는 것 같았으니까 그 뒤로 카페에 들렀을 것 같지는 않은데요."

"왜 서두르고 있었을까?"

나는 고개를 갸웃했다. 회수 업무 때문이라는 생각은 들지만 행선지를 물은 내게 사카모토는 명확한 대답을 하지 않았다.

"볼일을 본 다음에 들렀다고 볼 수는 없습니까? 혹은 당신이 사카모토 씨를 마지막으로 보기 전에. 어디 카페에서 모닝 세트를 먹었다든지."

"단골 카페는 없었을 겁니다. 게다가 모닝 세트 메뉴에 나올 만한 건 평소에도 먹었고요. 그래서 무슨 일이 생긴 적도 없습니다. 적어도 지금까지는."

"그렇군요. 그런데 당신은 단골 카페가 있습니까? 업무 중에 휴식을 취하거나 하는."

숨겨봤자 별 소용이 없으므로 솔직히 있다고 대답했다. 도겐 자카에 있는 은신처 같은 가게다. 사카모토에게 차를 마시자고

할 때는 그 가게에서 만났다.

"가게 이름은?"

"리타 마리."

"무슨 가겝니까, 거긴?"

"이탈리아 요리입니다."

"사카모토 씨도 간 적이 있고?"

"네. 커피만 마셨습니다."

건물 2층에 지중해풍 인테리어로 테이블이 늘어서 있는 세련된 가게다. 기록 담당이 손을 움직여 가게 이름과 간단한 위치를 보드에 기록했다.

"지금 이야기한 내용 말고 뭐 알아차린 건 없고요?"

이 질문에 문득 그 말이 떠올랐다. 사카모토가 내게 한 말······.

"그러고 보니 저와 마지막으로 만났을 때 너 나한테 빚진 거다, 이런 말을 했는데요."

"빚? 돈이라도 빌렸어요?"

형사의 반응에 나는 이야기를 한 것을 조금 후회했다.

"아니요. 무슨 뜻으로 하는 말인지 몰랐던지라 혹 참고가 될까 싶어 말씀드렸을 뿐입니다."

형사는 재미없는 농담이라도 들은 얼굴을 했다.

"뭐, 사건과 관계있는 일이 생각나면 가르쳐주시죠."

4

긴 하루였다.

시부야구 니시하라에 있는 맨션에 돌아가서 아무도 없는 방에 불을 켰다. 다다미 스무 장 넓이의 거실에는 소파와 텔레비전 그리고 어머니 유품인 그랜드피아노가 놓여 있다. 안으로 들어가면 양쪽에 방이 둘. 하나는 내 작업실, 다른 하나는 침실로 쓰고 있다. 내게는 가족이 없다. 원래 몸이 약하던 어머니는 내가 초등학교 5학년 때 타계했고, 그 뒤로는 아버지와 아들 둘이 생활했다. 아버지는 외국계 약품회사에서 다망한 월급쟁이 생활을 보냈기 때문에 어머니가 돌아가신 뒤에는 남자 손 하나로 아이를 키운다고 이리저리 고생했다. 그런 아버지도 내가 취직한 해에 간암으로 세상을 떠났다. 어이없이 돌아가시는 바람에 지금까지 키워줘서 고맙다는 말을 할 틈도 없었다.

샤워를 하고 소파에 드러누웠다. 머릿속이 저릿하고 눈 안쪽이 아팠다. 피로 때문이다.

잠깐 쉬고 나서 아직 젖어 있는 머리카락을 드라이어로 말린 뒤에 냉장고에서 맥주를 꺼냈다. 마음속에 난 구멍에 탄산이 스며들었다. 불을 끄고 한동안 어둠을 바라보고 있었다. 잠을 잘 기분이 아니었다. 사카모토와 요코가 차례차례 떠올랐다가 사라진다. 생각해야 할 일과 생각해도 소용없는 일이 머릿속에서 무질서하게 다투고 있다. 그것이 슬픔이나 분노의 감정과 뒤섞여서 나를 점점 더 구제할 길 없는 정신 상태로 끌어내렸다.

전화가 울렸다.

전화기는 거실과 주방을 가르고 있는 낮은 카운터 옆 벽에 걸려 있다.

"네, 이기입니다."

상대방은 말이 없었다. 어디서 사람 목소리가 들린다. 희미한 숨소리만이 전해져 왔다. 그 순간 나는 알았다.

"요코?"

그녀의 이름을 부르고 잠깐 기다렸다. 고작 몇 초 동안이다. 이윽고 그리운 목소리가 귓가에 닿았다.

"어째서?"

그뿐이었다. 목소리는 흐느낌으로 바뀌었다. 나는 거실 바닥에 앉아 형광등 소형 전구의 희미한 불빛을 노려보았다. 그녀에게 건넬 말이 떠오르지 않았다. 뿐만 아니라 내 가슴에도 뜨거운 것이 치밀어 올랐다.

얼마나 그러고 있었을까?

"미안해."

전화 저편에서 꺼질 것처럼 작은 목소리가 들리더니 꽉 쥐고 있던 수화기에서 뚜뚜 소리가 흘러나왔다.

"요코……."

그녀의 이름을 중얼거렸다. 목소리는 상대방이 아니라 나를 감싸고 있던 어스레한 불빛 속으로 녹아들어 갔다.

5

침실로 쓰고 있는 동쪽 방 커튼으로 새벽빛이 희미하게 들어올 무렵에 얕은 잠이 들었다. 알람이 울렸을 때 피곤하다는 느낌은 들었지만 다시 자고 싶은 기분은 들지 않아서 평소보다 일찍 맨션을 나섰다.

전차에서 읽은 조간신문에서 사카모토에 대한 기사는 보이지 않았다.

지점에 도착한 것은 7시 반. 평소보다 30분쯤 빠른 시간이었다. 뒷문으로 들어가서 직원용 통로를 지나 출결을 표시하는 이름 판을 뒤집으려다가 손이 멈추었다. 사카모토 겐지의 이름 판이 이미 없어졌음을 알아차리고 가슴이 아팠다.

융자과가 있는 2층으로 올라가자 먼저 온 손님이 있었다.

감사부다. 몇 사람 된다. 가슴에 단 회사 마크를 보면 같은 은행 직원임을 알 수 있지만, 하나같이 어느 정도 나이가 있는 데다 날카로운 시선과 엄격한 표정에는 여느 지점에 근무하는 평범한 은행원과는 분명히 구별되는 분위기가 있다.

그 중 두 사람이 사카모토의 책상 서랍을 열고 안을 뒤지고 있었다. 로비에 있던 한 사람이 내 모습을 보더니 가까이 왔다. 머리를 가볍게 숙여서 인사를 주고받았다.

"대리님이신가요?"

"이기입니다. 잘 부탁드립니다."

"오늘 감사가 있습니다."

상대방은 냉담하게 말하더니 내 책상까지 따라왔다. 열쇠를 열 때부터 이미 감사는 시작된다. 나는 가방 안주머니에 있는 열쇠를 꺼내서 책상의 잠금장치를 풀었다. 그러고는 옆으로 물러섰다.

감사관이 내 책상서랍을 열었다. 현금이나 통장, 수표나 약속어음 등 원래 금고에 보관해야 하는 물건이 여기서 발견되면 인사고과에 영향이 간다. 설사 내 계좌의 통장이라 해도 책상에 보관하는 것은 허용되지 않는다. 그것이 은행 규정이다.

삼단 서랍 가장 위에는 업무에 사용하는 인감이나 문구류가 들어 있다. 문구를 넣는 트레이를 들어 올려서 그 밑에 아무것도 없음을 확인하고 나면 두 번째 서랍을 연다. 작성 중인 서류, 본부에서 발신한 업무 연락, 철한 수금장을 책상 위에 꺼내놓고 하나하나 살펴본다. 감사관도 성격이 다양하지만 이 사람은 꽤 빈틈없어 보였다. 아니면 이번 감사 자체에 특별한 의미가 있는 건가? 아마 후자일 거라고 생각했다. 통상 이런 종류의 기습 감사는 약 6개월 주기로 돌아온다. 지난번에 시부야 지점이 방문 감사를 받은 것이 2개월쯤 전이니까 원래대로라면 그럴 시기가 아니다.

맨 밑의 서랍이 열리고 세로로 줄을 세워 보관해 둔 서류 체크가 끝날 때까지 나는 다른 감사관의 모습을 살폈다. 세 감사관이 로비 구석에 있는 방범 카메라 모니터를 들여다보고 있다. 기타가와는 진작 출근해서 양복 상의를 의자에 걸어두었지만, 본인은 지점장실에 들어가 있어서 보이지 않는다. 방문한 감사팀 주간과 면담을 하고 있는 것이다.

그러고 있는데 어두운색 양복을 입은 후루카와가 찡그린 얼굴로 출근했다. 감사관의 모습을 보고도 별로 놀라지 않고 아무렇지 않은 듯 자기 책상에 가서 앉는다. 그 모습을 보고 후루카와가 사전에 방문 감사에 대해 알고 있었음을 깨달았다.

"무슨 일입니까?"

조사를 얼추 끝낸 감사관이 나가기를 기다렸다가 물었더니 후루카와가 입술을 일그러뜨리며 주위의 이목을 신경 쓰듯 목소리를 낮추었다.

"엄청난 사실이 발각됐어. 사카모토 대리가 고객 계좌에서 돈을 인출했다는군."

"사카모토가요?"

후루카와는 출근했을 때 올려둔 그대로 책상 위에 놓여 있던 가방을 발밑으로 내리더니 책상 구석에 있던 재떨이를 한가운데로 끌어당겼다.

"사무부가 그 친구 컴퓨터 사용 기록을 체크하다 발견했어. 고객 명의 계좌에서 타 은행의 사카모토 겐지 명의 계좌로 송금됐다는군. 참 별일이 다 있지."

후루카와는 담배 연기와 함께 한숨을 내쉬었다. 은행의 온라인 컴퓨터는 오퍼레이터로 등록한 은행 직원이 소지하고 있는 카드키가 없으면 작동하지 않는다. 사용하기 전에 컴퓨터에 설치된 인식 슬롯에 카드를 통과시키면 마그네틱 선에 기록되어 있는 직원 인식 번호가 컴퓨터에 기록되는 시스템이다. 기록을 보면 누가 언제 어떤 조작을 했는지 추적 조사가 가능하다.

"금액은요?"

"3천만 엔. 거액 정기예금 하나래. 사사자와 씨라고, 이기 자네가 알던가?"

들어본 적이 있다. 사카모토가 회수 담당이 되기 전에 몇억 엔 규모의 개인 대출을 한 적이 있는 유복한 노인이었다고 기억한다.

"사사자와 씨도 어제저녁에 은행에서 연락이 갈 때까지 아무것도 몰랐대. 뭐, 정기예금이야 만기 알림이 오기 전에는 다들 그렇지만."

"송금일은 언젠데요?"

"쉿."

후루카와는 입 앞에 손가락을 세웠다. 오른손을 펴서 누르는 시늉을 한다.

나는 목소리를 낮추었다.

"최근이에요?"

후루카와의 목소리가 한층 더 작아졌다.

"한 달쯤 전이야. 사사자와 씨는 그때 외유 중이었고 요 며칠 전에야 돌아왔다고 해."

"송금한 곳은요?"

"다이토쿄 은행 오테마치 지점."

후루카와가 이렇게 말했을 때 지점장실 문이 열리고 기타가와가 얼굴을 내밀었다. 후루카와의 모습을 보더니 손짓을 했다.

"부르시는군. 상대 은행에 돈이 남아 있으면 어찌어찌 원만하게 처리할 수도 있는데 말이지."

담배를 끈 후루카와는 일단 벗어둔 상의를 다시 껴입었다.

"다른 놈들한테는 비밀로 해둬."

무거운 발걸음으로 문 안쪽으로 사라졌다.

하지만 원만하게라는 후루카와의 바람과는 완전히 정반대 방향으로 사태가 진전됐음이 오후에 판명되었다.

3시가 지나 직통으로 걸려온 내선전화를 받았더니 상대는 기획부 니시구치 아쓰시였다.

"오랜만이다. 잘 지내고 있어?"

니시구치는 대학 1년 선배로 내가 전에 있던 기획부에서 조사역*을 맡고 있다. 전에 만난 것은 연말로 분명 기획부 시절 동료와의 망년회였을 것이다. 반년 만이지만 본부 엘리트인 니시구치는 이유도 없이 안부 전화를 걸 만큼 한가로운 사람이 아니다.

"덕분에요. 잘 지내는 척이라도 해야 할 상황에 처해 있습니다. 아실 것 같지만요. 그 건인가요?"

니시구치의 정보는 빠르다. 은행원의 부정 송금 같은 큰 사건

---

* 일본 은행의 직함.

에 대한 후각과 상황 판단 능력은 발군이다.

"뭐, 그렇지. 꽤 혼란스러운 모양인데 뭐 알게 된 거 있어?"

"새로운 사실은 없습니다. 사무부에서 정성 들여 조사한 결과 이상으로는 아무것도요. 오전 중에 부지점장님이 그 고객에게 사죄를 하러 갔는데 말도 못 붙여보고 쫓겨났답니다. 게다가 무슨 착각을 했는지 만쥬 상자 대신 아라레*를 가져갔고요."

"둥글게 마무리되기는커녕 모가 나버렸군."

웃음을 참는 소리가 들렸다. 시시한 이야기지만 우리 니토 은행에서는 고객에게 사죄를 할 때는 무조건 만쥬다.

"그 고객 말인데 아까 경찰에 피해 신고를 했어."

"정말입니까?"

사태는 지점 차원에서 무마할 수 있는 범위를 넘어섰다는 말이다.

"인사부 쪽에서 어떻게든 은행 내에서 무마하려고 했던 모양이지만 역부족이었다는 이야기지. 5시부터 긴급 임원회의가 소집될 거야."

"매스컴 대책은요?"

"홍보실이 인사부 사람들이랑 같이 경찰에 가 있어. 이쪽은 아마 무마할 수 있을 것 같아. 단, 고객이 어떻게 나오느냐에 달렸어. 너무 법석을 떨면 우리 니토 은행에도 힘의 한계가 있으니

---

* 찹쌀떡을 작게 썰어서 굽거나 기름에 튀긴 과자.

까. 경우에 따라서는 지점장이 직접 나서야 할지도 모르지. 무익한 설득과 교섭으로 가지 않기를 빌 뿐. 너도 아는 고객이야?"

"얼굴과 이름 정도는요. 그렇게 완고한 사람도 아닌 것 같은데요."

"분명 부지점장이 교섭을 못하는 거겠지."

니시구치가 대놓고 말했다. 그 말이 맞다.

"경우에 따라서는 신문기자가 얼쩡거릴 텐데, 너 어떻게 대응해야 하는지 알지?"

"싹 다 털어놓으면 됩니까?"

니시구치가 흥 코웃음을 쳤다.

"할 수 있으면 해봐."

"지점 내에도 함구령이 떨어졌어요. 어찌된 영문인지 이미 다들 알고 있지만요."

"무슨 그런."

니시구치는 서툰 대응에 어이가 없다는 말투였다.

정보원은 인사부고 지점 직원과 개인적으로 친한 사람이 무심코 떠든 것이 발단이었지만, 그 이야기는 하지 않았다. 니시구치가 있는 기획부와 인사부는 본부 내에서 라이벌 관계다. 그런 무리에게 시시껄렁한 싸움거리를 제공할 생각은 없다.

"후회하냐?"

니시구치가 불쑥 물었다.

"뭘 말입니까?"

나는 시치미를 뗐지만 상대방은 무시하고 계속했다.

"조직 내에서 움직이는 방법을 공부해 놔. 조만간 끌어올려 줄 테니까."

"무슨 말인지 모르겠네요."

니시구치가 들으라는 듯이 한숨을 쉬는 소리가 수화기에서 새어 나오자 내 뇌리에도 3년 전의 사건이 되살아났다.

당시 니시구치와 나는 미국 서해안에 거점이 있는 금융기관을 노린 매수 안건을 비밀리에 진행하고 있었다. 니토 은행이 매수하기로 결단을 내린 이유는 니토에는 없는 금융 파생 상품 등 첨단기술과 해외의 우량 자산, 리스크 관리 기술을 얻기 위해서였다. 매수공작을 지휘한 사람은 당시 기획부장이던 사에키 쇼타로. 부은행장으로 승격하기 위한 결정타가 될 매수 안건으로, 출신 학교를 축으로 한 파벌이 총력을 다해 움직이던 대형 안건이었다.

공작의 중심은 기획부 산하의 국제파들이었는데, 그중에서도 실행 부대를 지휘한 사람이 니시구치다. 그때 나는 니시구치 밑에서 공작에 필요한 밑조사를 담당했다.

준비는 치밀하게 이루어졌다. 매수 신청, 현지인 고용과 고객 대책, 법적인 문제를 조속히 검토하고 사안을 제출한 뒤 단 몇 달 만에 교섭 단계는 최종 국면에 이르려 하고 있었다. 그대로 진행했다면 지휘하던 사에키의 부은행장 승격은 확실해 보였다.

거꾸로 말하면 그러기 위해서는 결코 실패하면 안 되는 안건이 바로 이 매수였다.

내가 상대방 장부에서 부외 채무를 발견했을 때 파벌이 내린 결론은 매수를 계속 진행하는 것이었다. 그들은 내 조사 결과를 은폐하고 공작을 계속하려 했다. 부외 채무가 꼭 불량채권은 아니다. 매수가 장래에 어떠한 결과를 가져오든 사에키만 부은행장으로 승격시키면 뒷일은 어떻게든 되리라고 본 것이다. 그렇게 무리해서 밀어붙여야만 했을 정도로 깊숙이 개입하고 있었다.

하지만 나는 그 결정을 어기고 은행 내부 회의에서 사실을 있는 그대로 밝혔다. 부외 채무를 안고 있는 금융기관을 매수할 수는 없기 때문이다. 설사 그것이 파벌 꼭대기에 앉아 있는 남자의 출세를 막을지언정 저울에 달아볼 필요도 없는 문제라고 나는 생각했다.

결과적으로 매수 안건은 보류되었고 사에키의 부은행장 승격은 그 뒤로 2년이 밀렸다.

책임 소재는 내 초기 조사 부족에 있다는 결론이 나와서 한 달도 되기 전에 내게는 기획부에서 나가 시부야 지점에 근무하라는 사령이 떨어졌다. 사실상 좌천이다.

전근을 명하는 사령에는 사전 통지고 뭐고 없다. 어느 날 아침 갑자기 상사가 불러서 전근이라고 말한다. 나는 충격을 감추지 못한 채로 은행 관례에 따라 새로운 근무지에 전화를 걸었다. 부임 인사를 하기 위해서였다.

은행 전용선으로 시부야 지점을 호출해 전화를 받은 상대에게 이름을 말했다.

"이기구나. 나야."

그 목소리에 깜짝 놀랐다. 사카모토였다. 동요하고 있던 나머지 친한 친구가 시부야 지점에 재직하고 있다는 사실조차 깨닫지 못했던 것이다.

"아아, 그렇구나."

입에서 이런 말이 새어 나왔다.

"그쪽으로 가게 됐어."

이렇게 고한 내게 사타모토는 "응" 하고 든든하게 고개를 끄덕인 듯했다.

"이기. 학수고대하고 있을게."

눈앞에 불빛이 비치는 기분이 들었다. 그 말이 내게 얼마나 큰 구원이 됐는지 모른다. 그 뒤에도 사카모토는 낙담한 나를 염려하고 격려해 주었다.

"평생 지점만 돌면서 살고 싶어?"

전화기 저쪽에서 니시구치가 내 과거를 나무라듯 말했다.

"이건 이것대로 재미있는 일이에요. 선배도 해보면 어때요?"

이건 진심이다. 니시구치는 무어라 말하려다가 소용없다는 사실을 깨달았는지 화제를 바꾸었다.

"오늘 밤이 사카모토 대리 장례식장에서 밤샘하는 날이지?

뭐, 이런 일도 있고 저런 일도 있는 거지. 낙심하지 마라."

니시구치는 진부한 말을 덧붙이고 전화를 끊었다.

6

고객에게 사죄를 하러 갔던 다카하타가 돌아오기를 기다려서 회의가 열렸다. 지점장실에는 다카하타와 기타가와, 후루카와와 나 네 사람만 모였다. 무겁고 답답한 분위기 속에 짜증스러운 초조함이 소용돌이치고 있었다.

"지점장님, 죄송합니다."

후루카와가 고개를 숙이자 다카하타가 손으로 저지했다.

"뭐, 일단 이쪽 성의는 이해해 주신 모양이야. 하지만 아쉽게도 경찰에 신고한 뒤였어. 상대 은행 계좌는 어떻게 됐나, 부지점장?"

기타가와는 입술을 일그러뜨리며 담배 연기를 뿜었다. 자신이 실패한 고객 대응을 다카하타가 수습한 것이 마음에 들지 않아 보인다.

"경찰에서 조사해 봤더니 현금은 이미 인출된 뒤였답니다. 좋지 않은 건 우리 지점 현금지급기 코너에서도 한 번 인출됐다는 겁니다."

기타가와의 입에서 나온 새로운 사실에 후루카와가 절망적인 얼굴을 하더니 어깨를 떨어뜨렸다.

"그쪽 은행에서 조사해 본 결과 지난달에 3천만 엔을 여섯 번에 걸쳐 인출했다는 사실을 알게 됐습니다. 인출한 은행은 전부 다르고요. 5백만 엔씩 여섯 번입니다. 그중 한 번이 대담무쌍하게도 우리 지점 현금지급기였다, 이거지요."

은행 현금지급기는 한 계좌당 최고 인출 금액의 상한이 하루에 5백만 엔까지로 정해져 있다. 그 이상 인출하기 위해서는 날짜를 바꿀 필요가 있다. 그 때문에 장소를 바꾸어 가며 여섯 번에 걸쳐 카드로 인출했다는 말이다.

"이것 참."

다카하타는 창백한 얼굴로 손가락을 이마에 세게 갖다 댔다.

"우리 지점에서 인출한 건 언제야?"

"지난달 15일입니다."

"확인은 해봤나? 현금인출기 코너면 방범 카메라로 찍고 있잖아."

그러자 기타가와가 뭔가 거북한 소식이라도 전하려는지 코에 주름을 잡으며 말을 골랐다.

"실은 그날 현금인출기 코너에 방범 카메라가 작동하지 않았습니다."

다카하타가 기타가와의 얼굴을 뚫어져라 쳐다보았다.

"어떻게 된 거야, 부지점장?"

"당일에 방범 카메라 교체 작업이 있었지 않습니까. 기억 안

나십니까?"

다카하타의 표정에 뭔가가 재빨리 지나갔다. 짚이는 곳이 있는지 후루카와가 고개를 들고 입을 떡 벌렸다. 분명 그런 공사를 했다는 기억 정도는 내게도 있었다.

"이거 곤란하게 됐군."

"다만 당일은 카메라가 없는 대신 경비원을 한 사람 배치해서 대응하기는 했습니다."

"누가 현금을 인출했는지 확인할 방법이 없다는 말이군."

다카하타는 한숨을 쉬고 몸에서 힘이 빠진 듯이 팔걸이의자 등받이에 기댔다.

"일부러 그런 날을 골랐겠죠. 공사 스케줄은 식당 안내판에 공표해 뒀으니까요. 사카모토도 당연히 봤을 겁니다."

"저널은 있었나?"

현금인출기에는 금전등록기와 마찬가지로 거래를 기록하기 위한 저널이라 불리는 기록지가 세트되어 있어서 인출 시간과 카드번호, 인출 금액, 온라인 거래가 완료됐는지 여부의 기록이 남는다.

"있었습니다. 다이토쿄 은행에도 확인했고요. 사카모토 명의 계좌가 틀림없답니다."

"경찰 대응과 관련한 총무부 지시는?"

"기본적으로는 수사에 협력할 수밖에 없다는 겁니다. 숨기려고 하다가 나중에 알게 되면 변명도 못하게 되니까요. 조사역이

벌써부터 리스크 관리에 부주의가 있었던 것 아니냐는 소리를 하더군요."

"공사 중의 대응은 지점 독자적으로 한 건 아닐 텐데."

다카하타의 표정이 흐려졌다.

"서류를 만들지 않았으니까요. 전화로 확인했을 뿐입니다. 그 상대방이 그런 소리를 하니까 본부 녀석들 약삭빠른 건 늘 그렇지만 기가 막힙니다."

본부에 오래 있던 다카하타를 비꼬는 것처럼 들리기도 하는 말이다. 다카하타는 기타가와에게 총부무에 있는 담당 조사역의 이름을 묻더니 나중에 전화해 두겠다고 말했다.

"그리고 요요기 경찰 형사가 찾아와서 부정에 사용된 온라인 시스템을 보고 갔습니다. 지금은 본부에서 사정청취 중인 모양입니다."

다카하타는 기진맥진한 모습으로 얼굴에 손을 가져갔다. 대답이 없으리라는 것을 알자 기타가와는 화제를 바꾸었다.

"그런데 후루카와 과장, 그렇게나 말을 했는데도 지점 내에 정보가 새어나간 모양이야. 어떻게 된 건가?"

후루카와의 표정이 한층 더 괴롭게 일그러졌다. 기타가와는 맞은편 팔걸이의자에서 불쾌하기 짝이 없다는 얼굴로 후루카와의 숱이 다소 적은 머리를 노려보고 있다.

"인사부에서 새어나간 것 같습니다. 전화하다 무심코 입을 잘못 놀린 사람이 있나 봅니다. 누구인지는 모르지만요."

후루카와가 딱해서 옆에서 거들어주었다. 기타가와는 기분 나쁜 것이라도 보는 표정으로 나를 한 번 쳐다보다가 그 바람에 바지에 떨어진 담뱃재를 황급히 털어냈다.

"아까 신문기자 같은 놈이 지점 주변을 얼쩡거리던데 괜찮겠지? 지점에서 이런 정보가 새어나갔다가는 시말서로 끝나지 않을 거야. 고객 돈을 훔쳤다는 게 세상에 알려져봐, 우리 니토 은행의 신용은 박살이야. 누구 신문기자랑 이야기를 한 놈이 없는지 최대한 빨리 확인해서 나한테 보고해. 신문기자가 말을 걸면 노 코멘트. 끈덕지게 물고 늘어지는 것 같으면 내게 보고하도록. 철저히 하라고!"

기타가와가 밉살스럽다는 듯이 내뱉었다.

"후루카와 과장과 이기 대리는 사카모토의 악행이 다른 직원들에게 영향을 끼치지 않게끔 단단히 주의를 줘. 나쁜 짓을 하는 놈들이란 이런 일에 곧장 자극을 받으니까."

기타가와는 단정을 내린 뒤 나를 차갑게 바라보았다.

"자네도 말이야, 사카모토 친구였잖아? 서로 과장 대리였기도 한데 왜 상대방을 잘 관찰하지 않았나? 이번 일은 자네에게도 책임이 있어."

친구를 감시하지 않은 것에 무슨 책임이 있는지 묻고 싶었지만 이것이 기타가와의 수법이었다. 묘한 논리를 동원해서 인간관계나 도의적인 문제를 지적하고, 죄송하다고 말하면 상대방이 잘못한 일로 만들어 버린다. 교활한 처세술에 능한 기타가와는 그런 식으로 몇 명이나 되는 동료와 부하를 짓밟으며 출세 경쟁에서 여기까지 살아남았다.

나는 잠자코 있었다. 기타가와는 내게서 사죄의 말을 끌어내려고 기다렸지만 아무것도 없음을 알자 화가 치민다는 듯이 혀를 찼다.

"그건 그렇다 쳐도 3천만 엔을 어디에 썼을까요?"

후루카와가 의문을 입 밖에 냈다. 사카모토가 부정 송금을 했다는 상대 은행 계좌에서 3천만 엔 전액이 인출되었다는 연락은 이미 받은 뒤였다.

기타가와는 빈정거리듯 입술을 일그러뜨렸다.

"용도를 생각한들 뭐가 돼. 어디 은행에나 부정은 있지만 훔친 돈을 교육비에 썼다는 이야기는 들어본 적이 없어. 도박, 여자, 세상에는 마음만 먹으면 3천만 엔쯤 쓸 방법은 얼마든지 있거든. 하룻밤에라도 쓸 수 있지."

"사카모토는 그런 인간이 아닙니다."

기타가와는 내게 번뜩하는 공격적인 눈길을 보냈다.

"알 게 뭐야. 자네도 그 친구 사생활을 전부 다 알았던 건 아니잖아. 나만 해도 자네 사생활을 아는 건 아니고. 도산한 회사 딸이랑 그렇고 그렇단 이야기는 전혀 몰랐지. 그런 줄 알았으면 자네를 도쿄 실리콘 담당에서 제외했을 거고, 그렇게 했다면 우리 은행 손해도 더 적었을지 모르. 이제 와서는 소용이 없지만."

생각지도 못한 반격에 할 말을 잃었다. 기타가와는 이유가 있다는 듯 히죽거리고 있었다. 담뱃갑에서 담배를 꺼내 손가락으로 가지고 놀면서 내 반응을 즐기고 있다. 그런 말을 들어도 별수 없는 측면은 있다. 그렇다고 해서 도쿄 실리콘에 대한 융자를 후하게 봐준 적은 결코 없지만, 그렇게 말한다고 통할 상대가 아니다.

"분명히 말씀드리겠는데 개인적인 이유로 도쿄 실리콘 융자를 유리하게 진행시킨 적은 전혀 없습니다."

기타가와는 히죽대던 얼굴을 찡그리더니 "글쎄다" 하고 중얼거리고는 다카하타를 흘끗 보았다.

"이기 대리, 지금은 그런 이야기를 하고 있는 게 아니야. 자네가 그렇다고 자신 있게 단언할 수 있다면 그걸로 됐어."

다카하타의 말에 기타가와의 조소가 싹 사라졌다.

그때 옆에서 후루카와가 화제를 바꾸었다.

"오늘이 사카모토 대리의 밤샘 날인데요."

"지점장님과 나는 일단 업무 종료 후에 다녀오지."

기타가와가 시시하다는 듯이 담배를 비벼 끄고 다리를 꼬았다.

"지점에 돌아오십니까?"

"무슨 일 있나?"

"아니요, 딱히 별일이 있는 건 아닙니다만."

목요일이었다. 월초의 분주한 시기는 지났지만 일반적인 결재가 늦어지기 일쑤였다. 후루카와는 그 문제를 은근히 걱정하고 있는 것이리라. 기타가와는 자신의 결재함에 산더미처럼 쌓여 있는 서류를 거의 신경 쓰지 않는 모양이었지만, 그중에는 급한 안건도 몇 개 섞여 있을 터다.

"퇴근할 거야. 나는."

"그렇습니까?"

다른 속뜻이라도 있는 것처럼 말하는 바람에 후루카와는 기타가와의 짜증 섞인 시선을 받았다.

"내일 장례는 10시부터였지?"

둘의 대화는 개의치 않는다는 듯이 다카하타가 상의 앞주머니에서 꺼낸 수첩을 보며 확인했다.

"후루카와 과장, 자네들은 오늘 밤부터 갈 건가?"

"네. 지금은 관이 그 친구 사택에 가족들과 함께 있지만 5시가 지나면 장례식장으로 옮겨질 예정이어서요."

거기서 후루카와는 말을 끊고 조심스럽게 물었다.

"저기……, 가족들에게 송금 건은 이미?"

"아직이야. 자네가 넌지시 이야기해 보지 그래?"

기타가와의 말에 후루카와는 괴로운 얼굴을 했다.

"제가 말입니까?"

"자네 오늘 밤샘에 갈 거잖아?"

후루카와는 시선을 발밑으로 떨어뜨렸다가 다시 얼굴을 들고 약한 반론을 시도했다.

"가능하면 내일 장례가 끝나고 난 뒤가 좋을 것 같습니다만."

"안 돼. 3천만 엔은 사카모토 가족이 변상해야 될 돈이니까.

그 친구 본가에서 부모님이 와 있을 때 같이 검토하는 편이 그쪽도 당연히 더 편하지. 그런 건 자네도 알지 않나."

사카모토의 본가는 니가타이고 부모님은 나가오카 시내에서 작은 회사를 경영하고 있었다. 부고를 듣고 이미 상경했을 터다.

"아직 말하지 않아도 돼."

다카하타가 불쑥 말했다. 기타가와가 뺨이라도 맞은 사람처럼 돌아보았다.

"지점장님, 하지만 말입니다……."

"사실이 제대로 판명되고 나서 내가 정식으로 말하지."

"사실은 이미 거의 판명된 것이나 마찬가지 아닙니까?"

"어떻게 판명됐나?"

기타가와는 한심한 놈이라도 보는 눈을 했다.

"그러니까 사카모토의 오퍼레이터 키를 써서 타행에 있는 그 친구 계좌로 송금됐다고요. 그런 짓을 또 누가 합니까?"

"그것만으로 유죄라고 할 수 있으면 경찰이나 법원도 필요 없겠지. 게다가 만에 하나 사카모토의 소행이라고 해도 그 3천만 엔밖에 피해가 없을 거라고 어떻게 단언하나?"

이 반격에는 기타가와도 반론하지 못하고 입을 다물었다.

"사카모토 가족에게 이야기하는 건 원래 자네 일이야, 부지점장. 하지만 아무래도 자네는 사양하고 싶은 것 같으니 내가 이야기하지. 적어도 그게 오늘이나 내일은 아니네. 그러니까 후루카와 과장 자네는 쓸데없는 말은 하지 않도록. 유족의 감정을 거스르는 일은 절대 하지 말게."

후루카와는 가슴을 쓸어내리고는 고맙다는 인사라도 하는 것
처럼 머리를 깊이 숙였다.

7

장례식장에 설치된 제단 위에는 확대한 사카모토의 사진이 미
소 짓고 있었다. 향냄새가 자욱한, 천장이 높은 홀에 사람 모습
은 별로 없었다. 조문객은 간단하게 향을 피운 다음 반은 집으로
돌아가고 반은 2층에 있는 방으로 향한다. 연회장 같은 큰 방에
는 고인을 회상하는 이들이 여기저기 동그랗게 모여 있었다.

요코는 친척들이 모인 곳 옆에서 은행 시절의 여자 친구들에
게 둘러싸여 있었다. 몇 명은 현역이고 나도 얼굴을 아는 여성들
이었다.

"이기 씨."

그중 하나가 재빨리 눈치채고 조심스럽게 손을 들었다.

나는 요코가 있는 원에 들어갔지만 뭐라고 말을 걸면 좋을지
알 수가 없었다. 그래서 정좌하고 "안타깝게 됐어"라고만 말했다.

그녀가 결혼을 알린 뒤로 이렇게 직접 만나는 것은 처음이다.
벌써 4년이 됐다. 사카모토가 나와 요코 사이를 알고 있었다고는
생각하지 않는다. 초대는 몇 번 받았지만 사카모토 집에 간 적은

없었다. 친구의 아내가 된 그녀의 모습을 보고 싶지 않았다. 상대가 친구든, 다른 남자든 마찬가지다. 요코가 가정을 이루었다는 사실을 인정하고 싶지 않았는지 모른다. 이런 일이라도 없었다면 나는 영원히 그녀 앞에는 모습을 보이지 않았을 것이다.

심복을 입은 그녀는 여위고 창백한 얼굴로 다다미 위에 앉아 있었다.

"와줘서 고마워."

그녀를 둘러싸고 있던 친구들이 다 같이 그 자리를 떠났다. 그들의 뒷모습을 요코의 시선이 쫓았다.

"알고 있어, 저 사람들."

"뭘?"

요코는 대답하지 않았다. 바로 옆에서 요코의 딸이 편안한 숨소리를 내며 잠들어 있었다. 아직 아버지가 죽었다는 사실을 이해할 수 있는 나이가 아니다. 그나마 다행이라는 생각이 들었다. 나는 그렇지 않았기 때문이다. 어머니를 여의었을 때의 충격은 기억의 가장 눈에 띄는 곳에 흡사 인두로 지지기라도 한 것처럼 뚜렷이 남아 있다. 침대에 누워 있던 어머니를 지금도 뚜렷이 떠올릴 수 있다. 숨을 거두기 전에 오랫동안 내 손을 어루만지며 내 표정을 눈에 새기려고 가만히 바라보던 어머니. 그 눈동자에서 넘친 눈물이 창백한 뺨을 타고 흐르던 모습을 나 자신의 눈물로 흔들리던 시야에 대한 기억과 함께 지금도 때때로 떠올리며 가슴이 짓이겨지는 듯한 슬픔을 맛본다.

"어제는 미안해."

나는 대답하지 않고 고개를 끄덕였다. 변변한 말 한마디 건네지 못한 것을 사과하고 싶은 사람은 나였지만 잠자코 있었다. 그 말을 하면 몇 년 동안 억누르던 감정이 되살아날 것 같았기 때문이다.

"잠은 좀 잤어?"

요코는 고개를 옆으로 젓는다.

"생각했어. 여러 가지를. 그 사람과 처음 만났을 때라든지……."

요코를 사카모토에게 소개한 사람은 나였다. 사카모토와 술을 마실 약속을 했었다. 거기에 같은 기획부에서 일하던 요코를 데려갔다. 사카모토와 요코를 이어주려던 것이 아니었다. 결과적으로 그렇게 됐을 뿐이다. 그 무렵 나와 요코 사이에는 어정쩡한 관계가 이어지고 있었다. 요코는 스물다섯, 나는 스물아홉이었다. 나는 그냥 같은 부서에서 일하는 여성이라고 소개했을 뿐, 요코와의 개인적인 관계에 대해서는 일절 언급하지 않았다.

"그 뒤에 있었던 일이라든지."

그 뒤 요코는 내게 이별을 고했다.

"그랬더니 목소리가 좀 듣고 싶어졌을 뿐이야. 하지만 목소리를 들을 수 있는 건 당신이 아직 살아 있으니까. 그 사실을 깨닫고 나니 아무 말도 할 수 없어졌어."

"눈물이 나더라."

요코는 입술을 깨물었다.

"사카모토의 체질에 대해서는 아무것도 몰랐어. 솔직히 말해 두 손 들었다. 넌 알고 있었어?"

"응."

요코는 옆에 있던 재떨이를 내 앞에 놓았다. 나는 고개를 저었다. 자세히 듣고 싶었지만 그녀의 마음을 생각하니 더 이상 캐어물을 수가 없었다.

"나한테는 뭐든지 다 말해줬어. 나는 뭐든지 다 말해준 건 아니었는데."

뭐든지 다 말해준 건 아니다. 그 말의 의미는 묻지 않아도 알 수 있었다. 딸 쪽을 보며 작은 목소리로 말한다. 내게만 들리는 작은 목소리다.

"하지만 행복했어."

"널 닮았네."

딸 얼굴을 보면서 말했다. 요코는 살짝 미소를 지었다.

"이름 알아?"

"사에. 사카모토가 귀에 못이 박힐 정도로 자랑을 했거든."

"그랬구나……."

요코는 쥐고 있던 손수건을 눈에 대고 숨을 들이쉬었다. 희미하게 눈물이 고인 옆얼굴은 내 기억에 있는 요코와 그리 다르지 않았다. 손끝을 보았다. 조금 거칠다. 한 번 더 옆얼굴을 보았다. 이번에는 기분 탓인지 조금 피로가 밴 것처럼 보였다. 잠을 못자서 피로한 것이 아니라 평소에도 없어지지 않는 피로다. 요코도 내 얼굴에서 똑같이 피로를 읽어내고 있을까?

"오늘은 있어줄 거야?"

"응."

"고마워. 그이도 분명 기뻐할 거야."

"그 녀석을 위해서만이 아니야. 너를 위해서지."

요코는 당황한 듯한 웃음을 보이고 말했다.

"조금 다정해진 거야?"

나는 그 말에는 대꾸하지 않고 친척들에게 인사를 한 뒤 그 자리를 벗어났다.

방을 나가서 1층 장례식장으로 갔다. 아래층을 내려다볼 수 있는 계단을 내려가서 접수대에 앉아 있는 같은 용자과의 젊은 직원 두 명에게 어려운 점은 없는지 물었다. 딱히 아무런 혼란도 없어 보였다.

"아까 신문사 사람이 왔는데요."

"무슨 이야기라도 했어?"

"아니요. 조문 온 사람 두셋에게 말을 걸다가 바로 돌아간 것 같아요. 경찰에서도 왔는데 역시 금방 돌아간 것 같고요."

그 정도였다. 나는 두 사람과 헤어져서 내일 장례가 거행될 홀에 들어가 보았다. 커다란 제단 앞에는 접이식 의자가 이미 백 개쯤 줄지어 있었다. 몇몇 사람이 영정사진을 등지고 관계없는 이야기를 하고 있었다. 그 옆을 지나 방 맨 뒤쪽까지 걸어간 다음 제단에 있는 사카모토를 멀리서 쳐다보았다. 동그랗게 부푼 얼굴에 니콜 안경. 애교는 있지만 도저히 미남이라고는 할 수 없는 얼굴이 나를 내려다본다. 무슨 즐거운 일이라도 있었는지 환하게 웃고 있다. 카메라를 들고 있는 사람은 요코일까? 영정사진 속 사카모토는 살벌한 직장에서 보는 표정과는 어딘지 달랐다. 생기가 넘쳤다.

"너무 웃었잖아, 사카모토."

마음속으로 영정사진에 말을 걸었다.

"죽어버리는 놈이 어디 있어."

7시 전후에는 혼잡하던 장례식장도 지금은 한산했다. 밤 9시가 넘은 시각이다. 밤샘을 하러 남아 있는 손님은 거의 2층에 있다. 도시락과 맥주도 나온다. 이 시간이 되면 향을 피우러 오는 사람은 드문드문 있을 뿐이다. 담배를 피우고 싶었지만 헌화로 북적거리는 곳에서는 꺼려졌다.

홀에 한 여성이 들어왔다. 그녀는 곧장 사카모토의 영정사진 앞에까지 가더니 정성껏 향을 피우고 손을 모았다. 내가 있는 것은 눈치채지 못한 모양이다. 나는 그녀가 나가는 것을 눈으로 배웅하고 담배를 피우기 위해 일어났다.

8

나는 장례식에 참석한 사람들 뒤에서 사카모토의 관이 검게

칠한 영구차에 실리는 모습을 지켜보고 있었다.

요코는 가슴에 영정사진을 안고 친척들 가운데 서 있었다. 사카모토의 아버지가 마이크를 들고 인사를 하다가 흐느꼈을 때 오열이 번져 나갔다. 나는 요코가 손가락이 하얘질 정도로 세게 영정사진을 잡고 있는 모습을 멍하게 보고 있었다. 그녀와 사카모토가 어떤 부부였는지 나는 모른다. 거기에 있는 것은 사카모토 겐지의 아내이지, 내 과거의 연인이 아니었다.

영구차가 출발하자 참석자들은 삼삼오오 장례식장에서 흩어졌다. 나는 사카모토를 태운 차가 보이지 않을 때까지 눈으로 배웅하다가 무겁게 드리운 장마 구름 아래를 역까지 걸어갔다.

지점에 돌아가자마자 다카하타가 불렀다. 상장을 떼고 검은 넥타이를 푼 다카하타는 이미 평소 양복으로 갈아입은 뒤였다. 미리 이야기를 해두었는지 다카하타 책상 앞에 선 내 옆에 후루카와가 나란히 섰다.

"사카모토 대리가 관리하던 거래처 말인데 후임이 정해지기까지 자네가 담당했으면 하네. 원래 담당하던 곳은 그대로 맡고. 부담이 되겠지만 후루카와 과장도 가능한 한 거들어줄 거야."

예상은 하고 있었다. 어느 정도 융자 업무 경험이 없으면 채권 회수 일은 못한다. 은행에 갓 입사한 젊은 직원에게는 짐이 무겁고, 그렇다고 해서 2천억 이상의 대출을 관리해야 하는 융자과장이 짬을 내서 담당할 만큼 만만한 일도 아니다.

사카모토의 책상 열쇠를 받은 다음 그가 담당하던 회사를 세어보았다. 합해서 대략 스무 군데쯤 있었다. 그렇기는 하지만 전부 도산했거나 아니면 사실상 경영이 어려운 회사뿐이고 정상적으로 돌아가는 회사는 하나도 없다. 도산 회사는 정상적인 회사의 몇 배, 경우에 따라서는 몇십 배 품이 든다.

끈질김, 정확하고 치밀한 사무 관리, 전문적인 법률 지식, 교섭 능력. 채권 회수는 일반적으로 은행원에게 필요한 모든 능력이 평균 이상으로 요구되는 가혹한 일이다. 그러면서도 평가를 받기는 어렵다. 그런 지저분한 일을 사카모토는 감정을 개입시키지 않고 그저 담담히 해냄으로써 스스로와 균형을 맞춰왔다. 거친 교섭이 이어지면 마지막 날 아침에 그랬던 것처럼 으레 말이 없어졌다. 쾌활한 사람이 조개처럼 입을 다물고, 온후하고 다정한 사람이 감정 없는 톱니바퀴로 변모하지 않으면 해결할 수 없는 모순이 거기 있었기 때문이다.

사카모토에게서 인계한 몇몇 회사는 나도 사장과 면식이 있었다. 한때 담당했거나 아니면 요 2년 반 동안 내점했을 때 대화를 주고받으면서 생긴 것이다.

급한 결재만 마치고 오후 1시가 지난 시간부터 후루카와와 함께 인사를 하러 다녔다. 후루카와가 소개해 주어야 하는 곳은 절반인 열 곳이 채 안 된다. 위치는 전부 시부야구 안이라서 반나절만 있으면 충분히 돌아볼 수 있다. 영역이 명확히 나뉘어 있는 은행 지점의 경우 거래처 대부분은 동일 지역 내에 있다. 사실도로가 한산하기도 해서 예상대로 오후 4시에는 한 차례 설명과 인사를 끝내고 지점으로 돌아왔다.

은행 건물 앞에서 후루카와를 내려준 다음 차를 다시 출발시켰다. 야마테 도로를 북상하다 요요기하치만 교차로에서 왼쪽으로 꺾어 오야마초 방면으로 빠진다. 폭이 좁은 일방통행 도로를 달리다 호화로운 저택이 늘어선 일대를 지나 파출소가 있는 교차로를 직진했다. 오다큐선 고가가 보이기 직전에 하얀 콘크리트 벽에 둘러싸인 멋있는 서양식 주택이 나타났다.

그 하얀 벽 앞에 업무용 차를 세우고 사이드브레이크를 당겼다. 엔진을 끄자 고가를 통과하는 전차 소리가 희미하게 들려왔다.

차에서 내려 벽을 따라 걷다가 서양식 주택 뒤편에 서 있는 철근 3층 건물을 올려다보았다. 불은 꺼져 있고 유리문은 잠겨 있다. 도산한 회사 건물이란 금세 낡아서 폐허처럼 되기 마련인데, 이 건물에는 아직 사람 냄새가 남아 있었다.

그러고는 지금 막 걸어온 길을 돌아가서 서양식 주택을 정면으로 바라보는 대문을 통과했다. 자물쇠가 달려 있지만 잠겨 있지는 않다. 문 사이로 손을 넣어 막대를 들어 올리면 열리게 되어 있다. 안쪽에는 타일을 깐 계단이 반원을 그리며 위로 이어져 있다. 정원을 면한 방 창문이 열려 있었다. 레이스 커튼이 움직이지는 않았지만 인기척이 느껴졌다. 아마 이미 내가 온 것을 알아차렸을 것이다.

문에 달린 초인종을 눌렀다. 인터폰에 빨간 불이 들어왔다.

"배신자가 행차하셨네?"

누구인지 말하기도 전부터 선제공격이 날아들었다.

"배신했다고 생각하지는 않아."

"그럼 뭔데, 처음부터 그럴 생각이었던 거야?"

"문 좀 열어주지 않겠어?"

"당신은 최악이야."

그러더니 상대방 목소리가 낮아졌다.

"무슨 볼일인데?"

"인사하러 왔어."

"인사? 이제부터 우리 집을 경매에 걸겠다는 인사라면 됐어."

"담당이 바뀌어서 그 인사야."

상대방이 침묵했다. 잠금장치가 해제되더니 문이 열렸다. 포
푸리 향과 함께 검은 고양이가 빠져나왔다.

"안 돼, 사키."

그녀는 손을 뻗어 검은 고양이를 안아 올리고는 문틈으로 나
를 노려보았다.

"인사하러 왔어."

나는 한 번 더 말했다.

"다시 도쿄 실리콘을 담당하게 됐으니 잘 부탁드립니다."

야나기바 나오는 감정을 지우고 말했다.

"감사합니다. 잘 봐주시길 부탁드릴게요."

갑자기 문을 닫으려 한다. 닫히려던 문에 내가 구둣발을 끼우

는 바람에 둔탁한 소리가 났다. 고양이가 달아나고, 뒤로 묶은 긴 머리가 흔들렸다. 통이 좁은 청바지에 티셔츠 차림을 한 그녀의 미간에 살짝 주름이 생겼다. 문고리를 잡은 손은 그대로다.

"뭐 하는 짓이야? 경찰 부를 거야."

"거짓말이잖아."

"그럼, 소리 지를 거야."

잠깐 서로 노려보았다.

"사카모토가 죽었어."

이렇게 말하자 문이 다시 열렸다. 나오는 잠깐 무슨 말을 할지 고민하는 눈치였지만 들어오라고 짤막하게 말하고는 안으로 사라졌다.

천장이 높은 현관 홀로 들어갔다. 앤티크 시계에서 작은 비둘기가 마치 인사라도 하듯 얼굴을 내밀고 한번 울었다. 홀 안쪽에는 전부터 눈에 익은 나선계단이 기억과 똑같이 우아한 호를 그리고 있었다. 이것이나 저것이나 불과 여섯 달 전까지의 부를 상징하고 있었다.

거실에 들어가자 그녀가 그때까지 읽고 있었던 것으로 보이는 외서가 테이블 위에 놓여 있었다.

소파에 앉아 그것을 집어 들었다. 그리스 시대 미술에 관한 책이다. 나오는 미타에 있는 대학원에 다니면서 미학 미술사를 전공하고 있다. 거실은 1년에 몇 번 지도교수를 따라 그리스를 여행하는 그녀의 전리품으로 가득했다. 대부분이 모조 고대 미술품이지만 소품 가운데에는 진품도 드문드문 섞여 있었을 터다.

　나는 외서를 테이블 위에 내려놓고 주방에서 커피를 끓이고 있는 나오의 뒷모습을 바라보았다. 가느다란 선 안에 어딘지 그리스 여신 조각 같은 풍만한 유혹을 감추고 있다.

　"어떻게 지냈어?"

　그 뒷모습에 대고 물었다.

　"딱히."

　에스프레소 커피 메이커를 세팅하면서 쌀쌀맞게 말한다.

　나는 커피가 나오기를 기다렸다가 나오가 소파 맞은편에 앉은 뒤 한 모금 홀짝였다. 진하다. 나오는 무릎 위에 잔 받침을 놓고 작은 데미타스 커피잔으로 우아하게 마신다.

　"사카모토 씨는 어쩌다가?"

　"급환으로 죽었어. 너도 알다시피 어제가 밤샘이었고."

　나오는 잔을 내려놓았다.

　"왜 내가 알다시피야?"

　"네가 향을 피우러 온 걸 봤거든."

　"뭐야, 그랬구나."

　"식장 뒤쪽에 있었어, 그때."

　"훔쳐본 거네."

　"네가 눈치채지 못한 거지."

　나오는 그 말에는 대꾸하지 않고 화제를 바꾸었다.

　"사카모토 씨, 무슨 병이었어?"

나는 커피를 한 모금 더 홀짝였다. 혀에 남은 쓴맛에서 그리움을 느꼈다.

"구체적인 병명은 몰라. 무슨 알레르기 증상."

"알레르기?"

나오는 얼굴을 들고 뜻밖이라는 듯 물었다.

"계란 알레르기 뭐 그런 거?"

어제 사법해부가 있었겠지만 그 결과는 듣지 못했다.

"극단적으로 반응하는 체질이 있나봐. 사카모토가 그거였어. 단 무슨 알레르기인지는 몰라."

나오는 마시던 잔을 멈추고는 생각났다는 듯 물었다.

"사카모토 씨는 아이가 있었어?"

"있었어. 하나."

"몇 살?"

"세 살."

나오는 안타까운 얼굴로 나를 보았다. 나나 나오나 어린 시절에 어머니를 여의고 아버지와 둘이서 살아왔다. 그것이 우리의 공통점이었고 둘 관계의 출발점이기도 했기 때문이다.

기획부에서 시부야 지점으로 이동하게 된 나는 도쿄 실리콘을 담당하게 되어 야나기바에게 외동딸인 나오를 소개받았다. 쉰 곳 가까이 있는 담당 회사 가운데 특히 야나기바 사쿠타로에게 끌린 이유는 그 속에 단지 성공한 인물이 아닌 인간적으로 약한 부분이 있었기 때문일지 모른다. 야나기바에게는 대담함뿐 아니라 섬세하고 사람을 배려하는 마음이 있었다.

담당하고 나서 얼마나 지났을 때일까? 어느 날 야나기바는 내가 부모님을 잃고 혼자 살고 있다는 사실을 알자 자택의 저녁식사에 초대했다.

그때 나는 처음으로 나오를 소개받았고 동시에 야나기바 가가 아버지 하나에 딸 하나로 구성된 가족임을 알았다. 그리고 야나기바는 나를 초대해서 그 사실을 알려주고 싶었던 것이 아닐까 하는 느낌을 받았다. 야나기바는 그와 나오가 나와 똑같은 외로움을 가진 인간, 마음에 같은 아픔을 품고 있는 인간임을 내게 말하려 했던 것 아닐까…….

나오가 손수 만든 요리를 셋이 함께 먹는 저녁은 내게 오랫동안 잊고 있던 가족의 따뜻함을 떠올리게 해주었다. 야나기바의 농담에 웃으면서도 방심하다가는 눈물이 떨어질 것 같았다. 기뻤다. 동시에 기획부에서 좌천되어 솔직히 낙담하고 있던 나는 야나기바 같은 사람을 만나게 된 것이 기뻤고, 융자 담당이라는 일의 재미를 깨달았다. 출세를 강하게 바라는 유형은 아니라고 스스로는 생각했는데도 관료적인 본부 기구 속에 있는 동안 저도 모르게 비굴한 경쟁의식을 주입받고 있었다. 은행의 처우에 실망하고 있던 내가 말도 안 되는 사람 같아서 우스꽝스럽기까지 했다.

그 뒤로 야나기바 가의 식사에 간간이 초대받게 된 나는 나오와 친해져서 휴일에는 가끔 둘이서만 만나게 됐다. 연애라기보다는 가족을 잃고 컸다는 상실감을 메우며 서로에게서 따뜻함을 찾는 관계라고 하면 될까? 시부야에서 만나서 영화를 보거나 쇼핑을 한 뒤에 차나 술을 마시고 돌아간다. 그런 교제였다. 그 이상이 되지 않은 이유는 나오가 그때 대학원 진학 문제로 여념이 없었기도 했고 또 거래처 사장 딸이라는 직무상 관계 때문에 나도 속으로 선을 그었기 때문이다.

야나기바 사쿠타로가 세상을 떠난 뒤로 나오는 이 넓은 서양식 저택에서 혼자 살고 있다.

하기야 나오는 워낙 미인이기 때문에 무료함을 달래줄 상대는 부족하지 않을지 모른다.

"'기대하지 말고 기대하세요'라고 사카모토 씨는 말했어. 그렇게 말하고 가셨어. 아버지는 '나오, 두고 봐라'라고 하셨고. 그게 마지막 말이었어."

꽉 다문 나오의 입술에서 위태로운 감정의 일단一端이 엿보였다.

"……다들 떠나버렸네."

나는 한동안 말을 잇지 못하고 나오가 데미타스 커피잔을 기울이는 것을 잠자코 보고 있을 수밖에 없었다.

"기대하지 말고 기대하라니 그 녀석답군."

사카모토다운, 에두른 표현. 늘 그런 식으로 사람 애를 태우면서 즐거워하곤 했다.

"뭐에 대한 말이야?"

"사카모토 씨? 돈이 돌아올지도 모른다, 그런 이야기. 그러니까 비관하지 말라고. 어떻게 애써보겠다면서 격려해 줬어. 친절하게 상담도 해주었고. 어디 사는 누구 같은 냉혈한은 아니었지."

나오는 나에 대한 비아냥을 담아 말했다.

그때 거실 입구에서 꼬리를 세운 검은 고양이가 천천히 들어와 내 옆을 지나가더니 나오 발밑에 몸을 기댔다.

"사키도 건강해 보이네."

내 말은 무시당했다.

"그래서 담당이 바뀌었으니 어쩌라는 거야? 나는 여기서 나가면 돼? 또 그렇게 무지막지한 짓을 하려고?"

나오의 분노에 또다시 불이 붙었다.

"믿어주지 않겠지만 필사적으로 말렸어."

"청구서를 쓴 사람은 대단하신 이기 하루카 선생님이잖아. 시치미를 뚝 뗀 그 필적은 잊으려고 해도 못 잊어. 귀하께 보증을 부탁드린 도쿄 실리콘 주식회사의 채무를 즉각 변제해 주시기를 부탁드립니다, 하는 그거. 아버지 예금은 생활비까지 송두리째 융자랑 상쇄시켜 놓고 무슨 변제야. 우리는 다음 날부터 생활하기도 힘들었어. 그런 건 당신네들은 전혀 모르겠지."

"알아. 줄곧 걱정했어."

"거짓말하지 마!"

사키가 몸을 움찔했다. 반론하려던 나는 나오 눈에서 넘칠 듯한 눈물을 보고 말을 삼켰다.

나오 무릎에서 내려온 사키는 우아한 걸음걸이로 내 쪽에 오더니 발밑에 몸을 기댔다. 고양이는 아무래도 주인과 내 사이가 틀어질까 염려해 조정자 역할로 나설 생각인 모양이었다.

검은 고양이를 안아 올려서 초록색 눈을 바라보고 있으니 그날 기억이 불현듯 생생하게 가슴에 밀려왔다.

9

"야나기바일세. 큰일 났어."

야나기바 사쿠타로의 굵고 절박한 목소리가 수화기에서 들린 것은 반년 전인 1월 31일 오후 3시를 조금 넘은 시간이었다.

창밖은 잿빛. 겨울 하늘에서 떨어지는 가루눈이 나선을 그리며 춤추고 있었다.

지점 안은 바빠서 살기가 등등했다. 그 가운데서 나는 수화기를 움켜쥐고 있었다. 책상 위에는 결재를 기다리는 서류가 산더미였다. 지점 안은 한 달 중에 가장 바쁜 하루의 마무리를 향해 팽팽하게 긴장하고 있는 중이었다.

"무슨 일이십니까?

평소 과장된 말을 하는 사람이 아니다. 좋지 않은 예감이 들었다.

"신에쓰 머티리얼이 방금 나가노 지법에 화의* 신청을 했어. 나는 이제 끝이야."

"설마……."

정신을 차렸을 때는 자리에서 일어나 있었다. 의자가 뒤로 미끄러져서 다른 책상에 부딪치며 요란한 소리를 냈다. 그 층에 있던 같은 과 직원 몇몇이 나를 돌아보았다. 수화기를 든 손이 속수무책으로 떨렸다. 나는 잔고 조회를 하기 위해 옆자리 컴퓨터 단말기로 가서 명령어를 입력했다. 녹색 숫자가 찍혀 나왔다. 무정하게 늘어선 마이너스 여덟 자리 숫자다. 도쿄 실리콘의 당좌예금은 영업시간도 끝난 이 시간에 아직 3천만 엔 가까운 적자 상태였다. 그 사실에 경악했다. 한동안 눈을 뗄 수가 없었다.

"부족한 부분은 이제 못 메워."

마치 내 행동이 보이기라도 하는 양 야나기바가 쉰 목소리로 말했다.

"신에쓰 머티리얼이 입금해 줄 거라 믿었던 돈은 들어오지 않아. 이대로 두면 우리 회사는 부도야."

창밖의 잿빛 세계가 내 마음속에까지 밀고 들어왔다.

"신에쓰 머티리얼 건, 백 퍼센트 확실합니까?"

백 퍼센트라는 말에 힘을 주었다.

"응. 틀림없네."

---

* 기업이 파산·부도 위험에 직면했을 때 법원의 중재를 받아 채권자들과 채무 변제협정을 체결하여 파산을 피하는 제도.

고뇌를 응축시킨 듯한 목소리가 대답했다. 절망 때문인지 맥 빠진 어투였다.

"임원 한 사람이랑 지금 막 연락이 됐어."

"입금해 줄 만한 다른 곳은요?"

상대방은 잠깐 생각하다가 가만히 한숨을 쉬었다. 그것이 대답 대신이었다. 내가 물어볼 필요도 없이 이 사람이라면 충분히 다 생각해 봤음이 분명하다. 그 사이에 컴퓨터가 도쿄 실리콘의 결제 명세를 출력했다. 당좌예금을 마이너스로 만들고 있는 것은 천만 엔 단위의 어음이 몇 장. 나머지는 수십만 엔부터 있는 소액 약속어음 결제였다.

계산기를 두드려보고 당일 결제 총액이 5천만 엔임을 확인했다.

"사장님, 지금부터 말씀드리는 금액이랑 어음 번호를 메모해 주세요."

나는 인출된 금액이 큰 것부터 어음 번호를 붙여서 불렀다. 전부 다섯 장이다.

"어디서 넘어온 어음인지 아시겠습니까?"

"알겠어."

"친한 곳입니까?"

"10년은 된 사이야."

"다섯 장에 몇 곳입니까?"

두 곳이라고 야나기바는 대답했다. 시계를 보았다. 오후 3시

10분. 두 회사와 교섭하기에 시간적으로 불가능하지는 않다.

"잘 들으셔야 합니다. 이제부터 이 두 회사에 연락을 해서 의뢰 반환을 부탁하세요. 즉 어음을 발행한 상대에게 거래 은행 경유로 회수해 달라고 하는 겁니다. 일단 상대방이 어음을 되찾아가면 오늘은 당좌예금 부족이 되지는 않습니다."

"그렇군, 그 방법이 있었구나!"

야나기바가 활기를 띠었다.

"사장님, 어쨌든 서두르십시오. 시간이 없습니다. 타행과의 온라인 교신 시한이 지나면 아웃이에요."

"알겠네. 지금 당장 전화해 보지. 기다리게."

수화기를 놓자 목구멍에서 심장 뛰는 소리가 들렸다. 희망은 있다고 스스로에게 말했다. 야나기바가 거래처와 이야기를 마무리 짓고 상대 은행에서 전신으로 의뢰 반환을 걸면 일단 오늘은 어떻게든 부도를 면할 수 있을 것이다. 뒷일은 그때 가서 생각하면 된다.

나는 자리에서 일어나 손을 멈추고 자초지종을 보고 있던 후루카와 과장에게 사정을 알렸다. 말없이 듣고 있던 후루카와는 굳은 표정으로 혀를 찼다.

"큰일이군."

10분도 지나지 않아서 책상 전화가 울렸다. 야나기바였다.

"틀렸어!"

그 목소리는 거의 비명으로 바뀌어 있었다. 수화기 속에서 소리가 난반사되어 갈라진 것처럼 들렸다. 절망이라는 두 글자가 긴장감으로 멍해진 내 머리에 떠올랐다.

"두 곳 다 거래은행에서 어음할인을 받고 있다는군. 의뢰 반환을 하려면 할인한 어음을 되살 필요가 있는데 그럴 자금이 없어. 다른 회사 몇 곳에도 전화해 봤지만 사장이 자리를 비워서 해결이 안 돼. 만사 끝장이야."

아니, 포기하지 마라. 스스로를 질타했다. 무슨 방법이 있다. 그것을 찾아. 어떻게 해서든 부도를 저지해야 해. 나는 관자놀이를 손가락으로 세게 누르면서 다른 유효 수단이 없을지 생각했다. 생각하고 또 생각했다. 입술을 깨물고 수화기를 움켜쥔 채한동안 로비 벽을 노려보고 있었다.

하지만 안타깝게도 생각이 나지 않았다.

절체절명. 단념했을 때 야나기바가 입을 열었다.

"이보게, 이기. 이걸 좀 상의해 보고 싶은데."

물기를 머금은 말투였다. 말라붙어 있던 곳이 물을 되찾고 야망의 빛을 끌어당기려고 하는, 그런 울림이 담겨 있었다.

"자네 은행에 담보로 넣어둔 정기예금이 5천만 엔 있어. 그걸 해약해 줄 수 없겠나? 그러면 오늘은 어떻게 넘어갈 수 있네. 앞으로의 일은 다시 상의하고. 부탁일세. 좀 살려주게. 부탁이야……."

"그건……."

응하기 힘든 부탁이었다. 담보예금 해지는 일종의 내기다. 상대가 재기할 가능성이 없으면 은행의 손실이 커진다.

하지만 만일 재기한다면 주력 은행으로서 당연한 대처라고 할수 있다. 물론 어떤 선택을 하건 법률적으로 은행에는 죄가 없다. 담보로 잡고 있는 예금을 해지할지 말지는 은행이 어떻게 생각하느냐에 달렸다.

"다시 걸 테니까 잠깐만 기다려보십시오."

일단 전화를 끊고 후루카와를 돌아보았다.

"연쇄 도산이군."

후루카와는 사실처럼 들리기도 하고 의견처럼 들리기도 하는 말을 했다. 이미 체념이 섞여 있는 것처럼 들린다. 구하고 싶다. 어떻게든 살려주고 싶다고 바랐다.

"담보예금을 해지하고 싶습니다. 구해줄 수 없을까요?"

후루카와는 신음했다. 팔짱을 끼고 천장을 올려다보았다. 입술을 꾹 다물고 주먹으로 이마를 몇 번씩 때렸다. 그러고는 불쑥 자리에서 일어나 다카하타의 책상으로 걸어갔다.

"지점장님, 상의드릴 게 있습니다."

후루카와가 지점장에게 사실 경과를 보고하자 곧장 긴박한 검토가 시작됐다. 부지점장 기타가와가 거기에 가세했다.

"도산은 피할 수 없겠네요."

기타가와는 지독히 침착한 어조로 자신이 낸 결론을 입 밖에 냈다. 대답하는 사람은 없다. 눈을 감은 내 귀에 이윽고 "섣부르지 않나?"라는 다카하타의 반론이 들렸다.

"부지점장, 이 회사는 우리 지점 거래처 중에서도 친밀하게 거래해 온 곳이야. 그건 자네가 더 잘 알지 않나? 딱히 의무가 있는 건 아니지만 자네도 신세를 졌을 텐데."

"그건 그거고 이건 이거죠."

기타가와가 내뱉었다.

"이 회사는 신에쓰 머티리얼 없이는 못 살아남을 겁니다. 설사 정기예금 담보를 해지한다 한들 곧 도산하겠죠. 지금 가져올 수 있는 걸 가져옵시다. 그 편이 영리해요."

"벌써 알몸으로 3억이야. 이제 와서 조금 회수해 봤자 언 발에 오줌 누기라고."

담보 없는 대출을 은행에서는 '알몸'이라고 한다. 다카하타는 화를 터뜨릴 곳을 찾지 못했고, 그 말은 우리 발밑에서 불꽃처럼 연기를 피웠다.

"그러면 융자부가 뭐라고 할지 지점장님께서 전화해 보시면 되겠지요."

기타가와는 일찌감치 포기하고 여신을 관할하는 부서의 이름을 꺼냈다.

"품의를 해서 어찌 될 일이면 도산을 한들 책임은 그쪽에다 떠넘길 수 있습니다."

들을 필요도 없이 다카하타는 책상 위의 전화를 끌어당겨 내선을 누르고 있었다.

곧장 격론이 시작됐다. 담당 조사역과는 교섭이 되지 않아서 결국 그 윗선인 융자부 차장과 직접 교섭하게 됐다.

"우리 은행의 예금 담보를 해지하면 어떻게 해결할 수 있습니까."

부임한 지 아직 한 달도 지나지 않은 다카하타는 전화에 대고 역설했다. 하지만 상대는 꿈쩍도 하지 않는다.

내 눈앞에서 엎치락뒤치락하는 공방이 이어졌다. 지점장인 다카하타는 국제 분야에서 날리던 엘리트지만 차장보다 입사 연차가 몇 년 짧다. 본부의 전문적인 자리에서 역량을 발휘하는 것과 이른바 현장 일선에서 영향력을 과시하는 것은 전혀 다른 문제다.

시간은 바작바작 흘러간다. 실랑이가 계속된다. 얼마 지나자 옆에 서 있던 후루카와가 내 팔꿈치를 찔렀다.

"자네는 먼저 품의 준비를 하게."

"알겠습니다."

예금 담보 해지를 주장하는 다카하타 옆을 떠나 컴퓨터 앞으로 달려가서 담보 조건 변경 품의를 입력했다. 품의서는 두 장이다. 첫 번째 장이 품의 사항 요약, 두 번째 장이 여신 관리 데이터 계수. 두 번째 용지가 간신히 출력됐을 때 후루카와가 불렀다.

미간을 찌푸린 다카하타는 열에 들뜬 듯한 얼굴을 하고 있었다.

"이제 됐어."

"어떻게 된 겁니까? 품의도 받아주지 않는다니 대체 어떻게 된 거냐고요. 사람 인생이 달려 있습니다. 우리가 도와주지 않으면 몇 명이나 되는 사람들이 길거리에 나앉게 됩니다. 그런 중대한 일을 전화 한 통으로 정하는 겁니까?"

"야, 이기!"

기타가와가 소리를 치며 테이블을 힘껏 두드렸다.

"죄송합니다."

사과한 사람은 후루카와다. 위협하듯 상체를 일으키고 있는 남자의 눈을 나는 노려보았다. 작고 빛이 없는 납 같은 눈이었다.

심장이 소리를 내고 있었다. 나와 기타가와가 주고받는 말을 잠자코 듣고 있던 다카하타는 보고 있던 도쿄 실리콘의 파일을 덮고 책상에 양 팔꿈치를 괴더니 손가락으로 이마를 눌렀다. 눈을 감고 그 자세로 몇 분간 움직임이 없었다. 몇 분간이다. 그렇게 턱없이 오래 묵고하는 동안 어느새 지점장 자리 주위를 둘러싸고 있던 직원들 중 누구도 말 한마디 하지 않았다. 다들 얼어붙은 상태로 숙고하는 남자를 바라보고 있었다.

다카하타가 고개를 들더니 말없이 책상 위의 전화를 들었다.

"니토 은행 다카하타입니다. 사장님 부탁합니다."

다카하타의 목젖이 움직이는 것을 보고 야나기바가 전화를 받은 것을 알았다.

"아, 사장님. 다카하타입니다. 안녕하십니까. 이기한테 이야기는 들었습니다. 말씀하신 건에 대해 지금 본부와 의논을 끝낸 참입니다."

다카하타는 말을 끊더니 한층 더 낮은 목소리로 계속했다.

"사장님, 이건 단념하실 수밖에 없겠습니다."

도쿄 실리콘이 도산하는 순간이었다. 그 뒤로 이어진 대화는 거의 귀에 들어오지 않았다.

내 자리까지 비틀비틀 걸어가서 의자에 몸을 던졌다. 버스를 기다리는 사람들의 긴 줄과 그 위에 내려앉는 눈. 이따금 울리는 경적 소리를 제외하면 두꺼운 유리창 바깥에서는 소리다운 소리는 거의 들려오지 않았다.

─좀 살려주게.

그 말이 마음속 깊은 곳에서 몇 번씩 반복 재생되었다.

살려주지 못했다.

이 사실은 그가 던진 말에 대한 내 한계를 이야기하고 있었다.

나는 망령처럼 호응하는 말들을 뿌리치고 창밖에 고정되어 있던 시선을 억지로 떼어냈다.

누군가가 내 어깨를 두드렸다. 사카모토였다. 그는 손에 들고 있던 뜨거운 커피가 든 종이컵을 내밀었다.

"마셔. 진정이 될 거야."

뜨거운 액체가 서서히 몸에 퍼져 가서 차츰 생기를 되찾을 때까지 나는 움직일 기력조차 잃고 있었다. 온갖 사념과 현실이 머릿속에서 혼재되어 갈피를 잡지 못한 채 간신히 숨을 쉬고 있는 상태였다.

언제 떠올려봐도 먼 과거에 경험한 단절된 기억 같기도 하고 마치 어제 막 경험한 생생한 기억 같이 느껴지기도 해서 내 마음을 그저 혼란시키는 쓰디쓴 경험이다.

"사카모토."

잠시 후에 앞자리에서 둥근 등을 보이고 있는 그를 불렀다. 경영이 어려워진 도쿄 실리콘은 내 담당에서 제외되어 근시일 안에 사카모토의 담당이 된다. 내 목소리에서 뭔가를 감지했는지 무척이나 진지한 얼굴이 돌아보았다.

"도쿄 실리콘, 잘 부탁해."

"응. 맡겨둬."

사카모토의 든든한 대답만이 단 하나의 구원이었다.

10

오래된 미니카의 힘 빠진 소리를 내는 엔진을 켜고 파출소가 있는 모퉁이를 오른쪽으로 돌아 요요기우에하라역 고가를 빠져나갔다.

나오가 화내는 것도 무리가 아니다.

그날…….

일차 부도가 확정된 도쿄 실리콘과 야나기바 사장에 대한 '청구서'를 작성했다. 거래처의 경영이 어려워지면 은행 융자 담당자가 하는 일은 우선 청구서를 쓰는 것이다. 이것을 배달 증명을 붙인 내용 증명 우편으로 보낸다. 완전히 매뉴얼로 정해져 있는 절차로, 나오가 말했듯 청구서를 쓴 사람은 나다. 도쿄 실리콘에 대한 융자는 여러 방면에 걸쳐 있었는데 청구서에는 그 명세를 하나하나 써야만 한다. 품이 드는 일이었다.

내가 서류를 만드는 동안 기타가와와 후루카와가 도쿄 실리콘에 나가서 수표첩이나 어음첩을 몰수하고 예금을 전액 상쇄하는 난폭한 짓을 했다. 나중에 후루카와에게 듣기로는 야나기바 사장은 "폐를 끼칠 수 없다"면서 기타가와의 지시에 무조건적으로 따랐다고 한다.

그런데 그것만으로는 끝나지 않았다.

늦은 밤, 아직 지점에 남아 있던 기타가와가 말했다.

"이기 대리, 도쿄 실리콘에 전화 좀 해주지 그래? 지금부터 한 번 더 갔다 올 테니."

"이 시간에요?"

귀를 의심했다. 시곗바늘은 이미 자정을 넘어섰다.

"그게 무슨 상관이야. 이런 긴급 사태에 이 시간이고 저 시간이고 어디 있어. 전화해서 사장한테 기다리고 있으라고 해."

"이런 시간에 들이닥치는 건 몰상식하지 않습니까?"

"몰상식? 몰상식한 게 누군데 그래. 부도를 내서 피해를 본 건 우리잖아. 알고 하는 소리야, 너?"

물론 그 정도는 알고 있다. 그런 문제가 아니다. 내가 몰상식하다고 한 이유는 오후 5시 이후의 독촉은 위법이기 때문이다. 대부업체도 못하는 짓을 은행이 해도 될 턱이 없다.

"어쨌든 전화해. 명령이야."

그러고는 후루카와 쪽을 보면서 두꺼운 손가락을 내 코끝에 들이댔다.

"후루카와 과장, 이 녀석 교육을 어떻게 시킨 거야? 과장 대리라고, 이 녀석."

그 층에는 기타가와와 후루카와, 나 말고는 사카모토가 남아 있을 뿐이었다. 사카모토는 일하던 손을 멈추더니 나와 기타가와의 대화를 걱정스러운 얼굴로 듣고 있었다. 젊은 직원이 없는 것을 구실 삼아 기타가와는 나를 실컷 후려쳤다.

"이기 대리, 부지점장님 말씀이 맞아."

후루카와가 말했다. 애원하는 듯한 눈이 내게 호소하고 있었다. 꺾일 수밖에 없었다.

전화를 걸었더니 나오가 받았다.

"지금부터 그쪽에 좀 가려고 하는데."

"지금? 이런 시간에 들이닥치겠다는 말이야?"

나는 말했다.

"기타가와 부지점장님이 그쪽으로 갈 거야."

"아버지는 피곤해서 잠드셨어. 충격이 너무 커서. 쉽게 해드려야지. 원래 심장도 안 좋으시고. 부탁이야, 내일로 해줘. 내일이면 아버지도 좀 진정이 될 것 같으니까."

"안 돼. 부지점장님이 이미 그쪽으로 가고 있어."

나오가 울음을 터뜨렸다. 나는 뭐라 사과해야 할지 몰라 그저 수화기를 움켜쥐고 있었다.

그날 밤 기타가와와 후루카와 두 사람은 도쿄 실리콘 사무소에 쳐들어가 자택에서 쉬고 있던 야나기바를 강제로 불러냈다. 기타가와는 야나기바 앞에서 내가 쓴 청구서를 소리 내어 읽고 수령서에 날인을 시켰다고 한다. 후루카와에게 들은 이야기다. 기타가와를 기다리고 있던 나오가 물러가 달라고 울며 부탁한 모양이지만, 기타가와는 듣지 않았다. 자택 거실까지 쳐들어가서 거기 누워 있던 야나기바를 두드려 깨웠다. 눈이 오는 밤이었다. 한밤중이 되어 얕게 쌓이기 시작한 눈 위를 맨발로 사무소까지 걸어간 야나기바는 혼란스러운 머리로 눈앞의 담보관계 서류에 강제로 서명 날인을 해야 했다.

원한을 사는 것이 당연하다.

일차 부도를 내도 은행이 협력해 주면 재기하는 회사도 있다. 하지만 도쿄 실리콘의 경우에는 기대했던 은행의 협력은 얻어내지 못했다.

그 담보예금을 해지했다면 살아났을지도 모른다…….

이렇게 생각하면 주요 거래처의 연쇄 도산이라는 요인이 있었다 해도 최종적인 사망 선고를 내린 것은 다름 아닌 은행이다. 나는 때때로 야나기바가 그 단말마 같은 전화를 건 뒤에 은행 내에서 이루어진 논의를 떠올려 본다. 지원 여부를 검토하는 과정에서 나온 의견은 어느 것도 도쿄 실리콘 편에 선 것이 아니었다. 고객이 부재한 가운데 은행의 논리를 우선한 끝에 융자를 중단했다는 말을 들어도 별수 없다.

구 야마테 도로가 246번 국도와 합류하는 부근부터 혼잡이 심해지기 시작했다. 정체에 갇혀 엉금엉금 나아가다가 다시 멈춘다. 인도를 걷는 사람에게 추월당하면서 도호생명 빌딩을 올려다보았다. 빌딩 꼭대기 부분만 구름이 옅어져서 번쩍거리는 은빛으로 보였다. 시끄러울 정도로 에어컨이 돌아가고 있었지만 냉방은 썩 잘되지 않았다. 먼지 냄새가 나는 냉풍을 몸에 맞으면서 야나기바 사쿠타로에 대해 생각했다.

1월 말의 일차 부도 때부터 돈을 구하러 뛰어다니던 야나기바는 2월 중순의 어느 추운 아침에 스스로 목숨을 끊었다. 사가미 호반에 세워둔 메르세데스에 배기가스를 주입한 야나기바는 대량의 수면제를 복용한 채 잠자듯 운전석에 누워 파란만장했다고도 할 수 있는 인생의 막을 내렸다.

장례식은 당장이라도 눈이 흩날릴 것 같은 어두운 혹한의 하늘 아래에서 조용히 거행되었고, 유일한 가족인 야나기바 나오가 상주가 되었다. 친척 몇몇과 변호사가 지켜보는 가운데 야나기바의 관은 시부야구 오야마초의 자택과 가까운 요요하타 장례식장으로 운반되어 갔다.

나는 야나기바의 시신과 나오를 태운 영구차가 주택가 모퉁이를 꺾어서 보이지 않게 될 때까지 눈으로 배웅하다 조문객들에 섞여 요요기우에하라역으로 향했다. 차가운 바람이 불어 닥치는 플랫폼에 서 있으니 가루눈이 조금씩 날리기 시작했다. 마치 야나기바의 재 같이 느껴지는 그것은 플랫폼을 덮은 지붕과 방음벽을 피해 내 코트 위에 떨어져서 금방 녹지는 않고 천천히 검은 얼룩으로 바뀌었다.

현실에 등을 돌렸다…….

기타가와 같은 사람은 지금도 그렇게 생각할 것이다. 하지만 야나기바는 도망갈 사람이 아니었다. 어떠한 난관에도 맞설 만한 정신력을 가진 사람일 터였다.

야나기바는 지금으로부터 20년쯤 전에도 한 번 도산한 적이 있다. 그때는 공해 문제가 원인이었다. 야나기바가 경영하는 공장 부근에서 미나마타병과 같은 증상을 호소하는 환자가 속출해서 고소를 당한 것이다. 조사해 보니 공장 폐수에서 메틸수은을 함유한 유해 물질이 검출되어 야나기바는 조업 정지 처분을 받았다. 배상 문제에 관한 교섭이 잘되지 않는 바람에 인근 주민과의 관계가 악화되어 마지막에는 시위대가 둘러싸고 돌을 던지는 가운데 회사 갱생법 적용을 위해 법원 문을 통과했다고 한다.

"이기, 이 손가락 좀 보게."

언제 한번 야나기바가 이렇게 말하며 거칠고 울퉁불퉁한 왼손 손가락을 펴서 보여준 적이 있다. 다른 손가락은 쭉 뻗어 있는데 집게손가락만 안쪽으로 굽어 있었다.

그야말로 반기에 둘러싸인 가운데 거기서 탈출하려 했을 때 군중 속에서 날아온 돌멩이가 얼굴을 감싸고 있던 손가락뼈를 부숴버린 것이다. 뼈는 붙었지만 힘줄은 끊어진 채다. 이때 재건을 걸고 회사 갱생법을 신청하기는 했지만 갱생 계획은 도중에 좌절됐다. 공해 문제를 일으킨 회사와 거래하는 것이 사회적인 이미지 저하로 이어지기 때문이다. 고도성장의 희생으로서 미나마타병과 이타이이타이병이 사회 문제가 되어 있던 시대에 메틸수은을 함유한 공장 폐수 문제가 불거진 기업과 예전처럼 계속 거래해 줄 상대는 예상보다 더 적었다.

그래도 야나기바는 도망가지 않았다. 회사를 청산하고 재산을 잃고 거액의 빚을 떠안고도 아내와 갓 태어난 나오를 데리고 죽을힘으로 일했다. 그리고 도쿄 실리콘이라는 회사를 연 매출 20억 엔의 기업으로 성장시켰다.

도망간 것이 아니다.

야나기바가 스스로 목숨을 끊은 데에는 무슨 사정이 있을 터다.

일차 부도를 낸 뒤의 야나기바가 돈을 구하러 뛰어다닌 것은 다 아는 사실이다. 그러니까 야나기바가 남긴 "나오, 두고 봐라"라는 말의 의미는 얼추 짐작이 간다. 어딘가 돈을 융통할 곳이 있었다는 말이다.

하지만 야나기바 사장의 죽음으로 도쿄 실리콘은 어이없이 월말에 이차 부도를 내며 은행 거래 정지 처분을 받았다. 사실상의 도산이다. 스무 명쯤 있던 사원도 여기저기 흩어졌고, 지금도 그 청산은 공중에 뜬 상태다.

나오는 은행의 강압적인 채권 회수 덕에 생활비에도 궁했다고 말했다. 지금 그녀가 어떻게 먹고 사는지는 모른다. 조금 더 온화하게 대화할 수 있었다면 그것도 물어볼 생각이었지만 그러지 못했다.

앞에서 달리던 도큐 버스가 창백한 매연을 뿜으면서 역 앞 교차로에서 왼쪽으로 꺾었다. 버스는 그대로 터미널로 들어간 다음 다시 승객을 가득 싣고 출발한다. 이 시간대에는 늘 버스 발착이 다소 늦어지는 감이 있다.

나는 역 앞 도로를 왼쪽으로 꺾어서 업무용 차가 들어찬 주차장 게이트를 통과했다. 비어 있는 안쪽 자리에 후진으로 차를 집어넣었다. 차에서 내려 걸음을 떼자 술집 처마 끝에서는 이미 닭을 굽는 연기가 뿜어 나오며 고소한 냄새가 코를 찔렀다.

11

영업실 문을 열자 내 창구에서 남자가 하나 기다리고 있는 것이 보였다.

오후 5시가 지나 지점의 분주함도 일단락된 상태다. 일찌감치 계산을 맞춰보고 하루를 정리하기 시작한 1층 영업과에서 금고실이 있는 2층으로 캐비닛 여러 개가 운반되는 중이었다. 마치 양 떼 같은 캐비닛의 행렬을 피하며 나는 멀리서 그 남자를 관찰했다. 마흔은 넘어 보인다. 더블정장, 옷깃이 넓은 파란 셔츠에 서양 물건 같아 보이는 화려한 넥타이를 멋지게 매고 있다. 멋

부린 옷차림이지만 잘 어울려서 기분 나쁜 느낌이 없다. 어디 회사 사장 같은 분위기는 아니었다.

나는 손에 들고 있던 수첩을 책상 위에 놓았다. 남자가 일어나서 머리를 숙였다.

"사카모토 씨한테 비보가 있었다고 듣고 왔습니다. 채권 서류나 전화를 주고받으면서 신세를 졌는데 뭐라 말씀드려야 할지."

정중하게 인사한 남자가 준 명함에는 '신에쓰 머티리얼 주식회사 이사 재무부장 야마자키 고타'라고 인쇄되어 있었다. 나는 자리를 옮겨 로비 구석에 있는 응접 코너로 야마자키를 안내했다.

"나가노에서 일부러 나오셨습니까?"

신에쓰 머티리얼 본사는 분명 나가노시였을 터다. 그런 생각으로 한 말이지만 명함 주소가 소토칸다로 되어 있는 것을 나중에 알아차렸다.

아니나 다를까 야마자키는 아니라며 손사래를 쳤다.

"신에쓰 머티리얼이 공장은 나가노고 거기가 본사 소재지로 되어 있기는 한데 소토칸다에 도쿄 본사라는 게 있습니다. 나가노에 처박혀 있어서야 영업이 안 되니까요."

"영업이라 하셨는데 지금은 어떻습니까?"

나는 테이블 위에 놓인 야마자키의 명함을 한 번 더 보았다. 재생지에 인쇄된, 장식성이라고는 요만큼도 없는 명함이다. 화의 신청 중인 회사다. 통상적인 영업이 가능할 리가 없다. 하지만 도쿄 실리콘을 도산으로 내몬 회사의 이사는 한 번 죽은 기업에서 보낸 사자치고는 안색도 좋고 정력적인 인상이었다.

"뭐, 화의가 성립할지 여부에 달려 있습니다."

야마자키는 명함지갑에서 새로 한 장을 꺼냈다.

―주식회사 니토 상사 금속 그룹 금속과 과장 야마자키 고타

그제야 짐작이 갔다.

"상사에서 나오셨습니까?"

니토 은행과 자본 계열이 같은 거대 상사다. 니토 상사는 그룹 내에서는 그냥 '상사'로 통한다. 니토 은행, 니토 중공업과 함께 재벌 계열 그룹을 견인하는 '삼대 가문' 중 하나다. 과장 직함은 아무나 얻을 수 있는 것이 아니다. 아마 부하 몇십 명을 통솔하고 있을 터다.

"파견으로 나와 있습니다. 기간 한정이지만요."

기간 한정이라고 덧붙인 데에서 이 남자의 자부심을 느낄 수 있었다.

"니토 상사에서 신에쓰 머티리얼과의 거래를 개척한 사람이 접니다. 몇 년을 했는데도 앞을 내다보는 눈이 좋아지질 않네요."

쓴웃음이 나왔다. 겸손이다. 야마자키의 태도에는 빈틈이 없다. 저자세에다 불쾌한 구석도 없다. 일류 기업 영업사원 중에는 코끝에 자부심을 내걸고 다니는 무리도 적지 않은데, 이 남자에게는 그것도 없다. 있는 것이라고는 온몸에서 발산하는 강한 의지다. 그것은 처음 본 순간부터 내게 명확히 전해져 왔다.

야마자키는 검은 서류가방에서 노란 봉투를 꺼내더니 "보십시

오" 하며 테이블 위에서 이쪽으로 밀었다. 봉투 안에 손을 넣었다. 표지에 '화의 재건안'이라고 적힌 제안서가 들어 있었다.

"실은 다음 주 월요일에 신에쓰 머티리얼의 화의 채권자 집회가 예정돼 있습니다."

야마자키는 내 반응을 살피고는 조심스럽게 슬쩍 물었다.

"알고 계셨습니까?"

"아니요. 몰랐습니다."

나는 솔직히 대답하고 조금 변명 같은 설명을 덧붙였다.

"오늘 막 업무 인계를 지시받은 참이라서 각 회사별 상세사항은 파악하지 못했습니다."

아무래도 내 대답은 야마자키가 예상한 대로였던 모양이다.

"역시 그러셨군요. 저희로서는 귀 은행의 승낙을 얻어서 반드시 화의를 성립시키고 싶습니다. 오늘은 그 부탁을 드리러 온 겁니다."

"잠깐만요. 저희에게 말입니까?"

이야기를 이해할 수 없었다.

"저희는 신에쓰 머티리얼과 직접 거래를 했던 건 아닙니다만. 그런데 어떻게 채권자 집회에 출석할 수 있습니까?"

도쿄 실리콘에 대한 채권은 있지만 신에쓰 머티리얼에 대한 채권은 없다. 따라서 신에쓰 머티리얼의 채권자 집회에 니토 은행이 출석하는 것 자체가 사리에 맞지 않는다. 나는 이렇게 생각했다.

"아니, 아니," 하고 야마자키는 또 손사래를 치더니 어떻게 된 사정인지 설명했다.

"귀 은행에서 저희가 발행한 약속어음을 도쿄 실리콘을 통해 할인해 주고 계시거든요. 그 어음은 전부 저희가 화의를 신청한 난케에서 부도가 났을 테지만, 일부에 대해서는 도쿄 실리콘에서 다시 사들일 자금력이 없어서 귀 은행에서 소지하고 계시고요."

"그게 채권?"

야마자키는 나를 똑바로 보며 고개를 끄덕였다.

"맞습니다. 어음 잔고가 대략 1억 엔쯤 될 텐데요."

나는 그 자리에 가지고 온 도쿄 실리콘의 신용 파일을 열고 이 야기 내용을 확인했다. 틀림없었다.

"그렇군요. 이치는 알겠습니다. 그래서 화의는 어떻게 될 것 같습니까?"

나는 테이블 구석의 재떨이를 가운데로 가져와서 담배를 물었 다. 야마자키는 재떨이를 보지 않았다. 피우지 않는 모양이다.

"정직하게 말씀드려서 어떨까 싶습니다. 부채 총액은 합계 50억 엔 가까이 되는데 의견이 모아질지 어떨지 솔직히 자신이 없어요."

"니토 상사 쪽에서는 찬성이겠지요?"

"물론입니다. 제가 이렇게 찾아뵌 것도 그 의사 표시라고 생각 해 주십시오. 조금 전에 지점장님께도 그렇게 말씀드렸습니다. 찬성하신다고 하셔서 가슴을 쓸어내린 참입니다."

고작 1억 정도의 채권자에게까지 이렇게 사전 교섭을 하는 것도 생각해 보면 대단한 수고지만, 그런 만큼 야마자키가 화의에 거는 결의가 어느 정도인지 느낄 수 있었다. 다카하타가 찬성 의사를 표시했다는 것은 본부와의 조정이 마무리되었음을 의미한다.

"만일 화의가 성립되지 않는 경우에는 배당이 어떻게 됩니까?"

이 질문에 야마자키의 표정이 불현듯 굳어졌다.

"솔직히 말씀드려서 채권액 대부분은 돌아오지 못할 상태입니다."

"그렇게까지……."

나빴냐고 묻고 싶었다.

"화의 계획으로는 니토 상사를 포함한 특정 대형 채권자에 대해서는 10년 안에 채권을 전액 갚을 생각입니다. 또 5억 엔 이하의 채권자에게는 5년 변제가 조건입니다. 이건 귀 은행이나 도쿄 실리콘 입장에서도 득이 되는 이야기리라 확신합니다."

"도쿄 실리콘에서는 누가 채권자 집회에 출석합니까?"

"변호사분이 오실 모양입니다. 거기는 아직 파산 관재인도 없고 미처리 상태니까요."

청산할지 재건할지 아직 채권자와의 조정이 끝나지 않았다. 미처리 상태라는 말은 그 뜻이다. 좋은 의미로나 나쁜 의미로나 야나기바 혼자 지탱하던 것이나 마찬가지인 회사다. 대들보가 빠진 순간 그야말로 뼈대가 해체돼 버려서 조정을 하겠다고 나서는 인물도 없다. 다만 나는 나오의 생활비도 그렇지만 거래처

88

에서 도쿄 실리콘에 빚 독촉을 했다는 소문도 듣지 못한 것이 이상했다. 사무소 상태도 그렇고 나오의 살림살이도 그렇고 어쩐지 앞뒤가 맞지 않는다.

"도쿄 실리콘에서는 찬성인가요?"

넌지시 물었더니 야마자키의 표정이 흐려졌다.

"사실대로 말하면 그리 긍정적인 대답을 얻지는 못했습니다."

"왜지요?"

도쿄 실리콘의 채권액은 아마 5억 엔 가까이 될 터다. 신에쓰머티리얼의 총 화의채권 중 10분의 1이다. 아마 대형 채권자 중하나에 들어갈 것이다. 채권 포기를 포함하지 않는 이 조건에 왜반대하는지 나는 이해할 수 없었다.

"뭐, 변제 기간이 너무 길다는 이야기입니다. 그동안 이자가불어나서 5년 뒤에 돌려받아봤자 의미가 없다고요. 내일이라도또 변호사분을 찾아가 볼 생각인데 어떨까요?"

문득 근본적인 의문이 떠올랐다.

"애당초 도쿄 실리콘의 변호사는 누구 의견을 반영하고 있는겁니까? 설마 변호사 혼자 판단으로 반대하고 있는 건 아닐 테고요. 사장님은 돌아가셨고 의사결정을 할 만한 사람이 없으리라생각하는데요."

야마자키가 얼굴을 찌푸렸다.

"그게 아무래도 야나기바 사장님 따님인 모양입니다."

지긋지긋하다는 듯이 팔짱을 낀다.

놀랐다.

나오가?

야마자키의 표정이 다시 정력적으로 바뀌는 모양을 보면서 반대로 내 가슴에 생긴 새로운 그늘을 깨달았다.

"변호사가 그렇다고 합니까?"

"뭐, 확실하게 들은 건 아니지만요."

야마자키는 의자에 얕게 고쳐 앉더니 이마를 가까이 가져왔다. 목소리를 낮춘다.

"이건 상의를 좀 드리고 싶은데, 귀 은행에서 도쿄 실리콘을 어떻게 설득해 주실 수 없을까요? 화의가 성립하면 도쿄 실리콘이 가져갈 몫도 늘어납니다. 그러면 귀 은행의 채권 회수에도 기여하리라 생각하고요. 어떻습니까?"

들이민 이마는 볕에 타서 이목구비가 뚜렷한 얼굴이 한층 더 예리해보였다. 그 얼굴에 대고 말했다.

"무슨 말씀이신지는 알겠지만 아마 무리지 싶습니다."

"왜요?"

"관계가 악화돼서요. 한심한 이야기지만 채권 회수 방식이 좋지 못해서 그쪽의 분노를 샀거든요. 조언을 할 만한 우호적인 관계가 아닙니다. 하신 말씀을 머릿속에 넣어두기는 하겠지만 기대는 안 하시는 게 좋겠습니다."

"그렇습니까."

야마자키는 입을 동그랗게 만들어서 숨을 불어 올리더니 열어

놓았던 서류가방을 닫았다. 강경한 부분은 있지만 생각보다 밀어붙이지는 않는다. 혹은 처음부터 내 대답을 예상하면서 군이 말해본 건가? 아마 후자일 것이다. 반응에 대해서는 사카모토로 이미 확인이 끝났으리라는 생각이 들었다.

야마자키가 화제를 바꾸었다.

"이기 씨는 이 지점에 오래 계셨습니까?"

"2년 반 됩니다."

"그럼 슬슬 전근인가요?"

"글쎄요. 그건 다카하타 지점장님께 물어보십시오."

내 전근이 예정돼 있었다 해도 사카모토의 죽음으로 한층 멀어진 것은 사실이다.

"전에는 어디에?"

"기획부에 있었습니다."

"승격해서 지점으로 나오신 겁니까?"

"아니요. 옆으로 미끄러진 겁니다."

야마자키의 표정에 미묘한 움직임이 있었다. 나를 쳐다보는 눈에 캐묻고 싶어 하는 기색이 섞였다가 의지의 힘으로 곧장 지워졌다. 출세를 바라는 엘리트일수록 인사에 포함된 사소한 속사정에 대한 후각도 발달한다. 본부의 중추인 기획부에 적을 두고 있던 조사역의 다음 자리로 융자 담당 과장 대리가 적합한지 어떤지, 야마자키는 순식간에 결론을 도출했을 터다. 승자냐 패자냐 분류한다면 지금 나는 명백히 패자다.

"야마자키 씨는 줄곧 금속 분야입니까?"

"입사 이래니까 이제 20년 가까이 됩니다. 하나밖에 모르는 바보지요."

겸손한 말씀이라는 말이라도 해주면 되나? 잠자코 있었더니 야마자키는 금세 웃음을 거두고 사카모토의 이름을 꺼냈다.

"그런데 사카모토 씨 말인데요. 정말 아까운 분이셨습니다. 저도 장례식에 참석하고 싶었는데 빠질 수 없는 볼일이 생겨서 실례를 하고 말았지요. 인간이 참 앞일은 알 수가 없네요."

"정말로요."

"가족 분도 충격을 많이 받으셨겠습니다. 갑작스러운 일이니까요. 아직 젊지 않으신가요? 이기 씨와 동기거나 아니면……?"

"입사 동기입니다."

야마자키는 부정 송금 건에 대해 모른다. 아직 언론에서 다루지 않았기 때문이다. 만일 신문기사라도 났다면 야마자키도 금세 눈치챘을 것이다. 같은 자본 계열의 화제는 더 빨리 눈에 띈다. 그런 법이다.

"저도 다음 주에는 화의 건이 마무리됩니다. 좀 진정되면 한잔 어떻습니까?"

술을 마시는 동작을 하며 즐겁게 웃는다. 인사치레다. "그러게요" 하고 모호하게 대답해두었다.

12

사카모토의 업무를 인계하고 나서 며칠 동안은 슬퍼할 틈도 없을 만큼 바쁘게 지나갔다.

그날 밤. 내가 느끼고 있던 것은 피로가 7할, 식욕이 3할 정도일까?

게이오선 하타가야역 지하 플랫폼에서 계단을 올라가 고슈 가도 남쪽으로 나왔다. 수도고속도로 신주쿠선 고가가 뚜껑처럼 하늘을 덮고 있고 배기가스와 웅웅거리는 소음이 하루 종일 끊이지 않는, 살풍경하기는 하지만 안심되는 거리다.

식욕을 채우기 위해 도중에 편의점에서 도시락을 샀다. 가게를 나와서 상점가를 곧장 걸어간다. 고슈 가도의 소음은 등 뒤에서 작아지다가 1분도 걷기 전에 도시의 밤에 녹아든다. 인적은 드물다. 가게는 채소상이나 잡화, 문구를 파는 개인 상점이 중심이라 8시가 넘으면 반 정도는 문을 닫는다. 이 시간에 가게 문을 열고 있는 곳은 편의점, 라면집과 조그만 술집이 몇 채, 그리고 동네 단골 상대로만 장사하는 스낵바 정도다. 나는 편의점과 라면집 말고는 아무 데도 들어가 본 적이 없지만, 그다지 번창하는 눈치는 아니다.

상점가 중간에서 오른쪽으로 꺾었다. 구립 도서관 앞을 지나 길 끝까지 간 곳에 내가 사는 맨션이 있다. 역에서는 도보 7분. 15분쯤 걸을 마음이 있으면 요요기우에하라역으로도 갈 수 있는 위치다.

내가 이 맨션을 산 이유는 예전에 여기서 걸어서 5분 정도 거리에 있는 단독주택에 살았던 적이 있기 때문이다. 어머니도 아직 건강했던 시절이라 내가 기억하는 가장 행복한 몇 년을 거기서 보냈다. 어머니의 병을 안 것은 아버지가 전근을 가게 되어 삿포로에 이사한 뒤였다.

인생에서 정말로 행복한 시간이란 대체 얼마나 있을까? 어머니가 돌아가신 뒤로 아버지는 늘 쓸쓸해 보였다. 그런 아버지가 급사했을 때 현세에서는 오래 함께하지 못했던 두 사람이 분명 다시 맺어진 거라고 나 자신을 타일렀다. 누가 뭐라고 하든 부모 자식 셋이서 행복하게 살던 그 시절 기억은 내게는 무엇과도 바꿀 수 없는 추억이다. 여기로 돌아온 것은 그 기억을 조금이라도 소중히 하고 싶어서였다. 어린 내 손을 잡고 동요를 부르면서 걷던 어머니의 생전 모습이나 아버지의 다정함을 잊지 않기 위해서다.

내가 신축 매매로 나온 이 맨션을 발견하고 시부야로 되돌아온 것은 아버지가 죽고 얼마 지나서였다. 맨션 구입자금은 외국계 기업의 현직 임원이었던 아버지의 퇴직금과 금융자산으로 충당했다. 남은 돈으로 묘소를 사고 상속세는 보험금으로 지불했다.

이사를 왔을 때 우리가 살던 집은 이미 없어지고 새로 생긴 3층 건물은 어디 회사 사무소가 되어 있었지만, 그래도 나는 여기로 오기를 잘했다고 생각한다. 여기는 내 고향이자 원점이기 때문이다.

맨션 현관 옆에 형사가 서 있었다. 연배가 있는 쪽이 가볍게 손을 들더니 내가 고개를 숙이는 동시에 고개를 숙였다. 말을 꺼낸 사람 역시 그고, 젊은 쪽은 전과 마찬가지로 감정이 담기지 않은 시선을 내게 향하고 있다.

"죄송합니다, 이런 시간에. 은행에 전화했더니 조금 전에 퇴근하셨다고 해서 이쪽으로 왔습니다. 잠깐 괜찮으십니까?"

"네. 여기는 좀 그러니 들어오시죠."

갑작스러운 방문에 다소 당황하기는 했지만 서서 이야기할 내용은 아닐 것 같았다.

"이제부터 식사를 하시는 겁니까?"

편의점 비닐봉투에 눈길을 준 선배 형사가 곧장 물었다.

"네."

"매일 이런 시간에?"

"꼭 그런 건 아닌데 요즘 이래저래 일이 많다 보니까요."

상대방은 수긍한 모양이었다.

"은행 지점에서는 야근할 때 밥이 안 나옵니까?"

나는 쓴웃음을 지었다.

"안 나옵니다. 나오면 고마울 텐데 말입니다."

형사는 말없이 고개를 끄덕이더니 엘리베이터 표시를 올려다보았다. 5층에 도착하는 참이었다.

"자기소개를 아직 안 드렸네요."

집 안으로 안내해서 거실 소파를 권하자 연배가 있는 형사가 명함을 주었다. 경시청 요요기 경찰서 폭력범 수사 제1계 순경장이라는 직함이 어느 정도인지는 알 수 없다.

"오바라고 합니다. 이쪽은 다키가와."

젊은 쪽이 여전히 무뚝뚝한 얼굴로 가볍게 고개를 숙였다. 나보다 두세 살 위다. 형사라는 직업에 그렇게 열의가 없는지 따분해하는 것처럼 보인다. 인사를 하는 대신 헛기침을 하고 가방에서 대학 노트를 꺼내 무릎에 놓는다. 나는 우선 커피를 끓이려고 일어난 김에 도로로 나 있는 거실 창문을 열었다. 하루 종일 닫아놓다 보니 실내에 탁한 공기가 들어차 있어서 환기를 시킬 필요가 있다. 도로는 좁은 T자형 길로 끝나는 일방통행이라 교통량도 적다. 사람이 걷는 발소리가 들릴 만큼 조용하다. 방 안 공기와는 다른 뜨뜻미지근한 공기가 커튼을 넘어 들어왔다. 방충망을 닫고 레이스 커튼은 열었다. 밖에서 들여다보일 일은 없다. 에어컨은 틀지 않았다.

드립커피를 세팅하다가 전화 자동응답녹음을 알리는 버튼이 깜빡거리고 있는 것을 깨달았지만 형사가 듣는 것이 싫었기 때문에 그냥 두었다. 내가 서버에 커피를 받고 있는 동안 두 사람이 실내를 슬며시 관찰하고 있는 것을 알 수 있었다. 그다지 좋은 기분은 아니다.

"크림이랑 설탕은요?"

주방에서 묻자 가구를 보고 있던 얼굴이 이쪽을 휙 돌아보았다.

"아, 부탁드립니다."

나는 잔을 올린 받침에 스틱형 설탕과 크림을 놓고 스푼을 곁들였다.

"피곤하실 텐데 신경 쓰이게 해서 죄송합니다."

오바는 딱히 미안하지도 않은 얼굴로 말하더니 스틱 내용물과 크림을 당연하다는 듯 전부 넣은 커피를 힘차게 젓는다. 아까부터 싹싹하게 행동하고 있지만 속으로는 무슨 생각을 하는지 알 수 없는 눈을 하고 있다. 나는 찾아온 이유를 먼저 물어볼 생각은 없었다. 상대가 잡담을 하면 거기에 맞춰준다. 한동안 두 사람이 커피를 마시는 모습을 지켜보았다. 커피는 두 사람분이고 내 것은 내리지 않았다. 식사 전에 커피를 마시면 식욕이 떨어진다.

"피아노를 치십니까?"

오바가 거실 구석에 놓인 그랜드피아노를 향해 비어 있는 왼손을 모호하게 흔들었다. 어색한 틈을 메우려는 무의미한 질문이다.

"네, 뭐."

치기는 친다. 일주일에 한두 번. 그 외에 마음을 진정시키고 싶을 때 친다. 그럴 때의 피아노는 악기라기보다 약이 된다. 정신안정제다. 나는 보기보다 섬세한 인간이다.

"한데 저렇게 큰 걸 가지고 있는 걸 보면 솜씨가 상당한가 봅니다. 미식축구에 피아노라."

오바는 그다지 감탄한 것 같지도 않은 말투로 말한다. 내 취미를 기억해 준 모양이지만 고맙지도 않다.

"어머니 물건입니다."

오바는 잔을 들어 올리던 손을 순간 멈추고 어리둥절해했다.

"어머님의?"

후르륵 소리를 내며 커피를 홀짝이더니 맛있다는 말이라도 하듯 혀로 소리를 내며 잔을 테이블에 있는 받침 위에 내려놓았다. 평소에는 어머니와 둘이서 지내느냐는 의문이 오바의 얼굴에 떠올라 있었다. 커피는 아직 반 가까이 남아 있다. 다키가와는 이미 다 마셔버리고 나를 무료하게 쳐다보고 있었다.

"이기 씨 어머님은 피아노 선생님이나 뭐 그런 겁니까?"

처음으로 다키가와가 입을 열었다. 분명한 어조에 시원시원하고 빠른 말투다. 살이 좀 찌고 반백인 오바와는 달리 이쪽은 칠대 삼으로 가르마를 탄 공무원 타입으로 줄무늬가 들어간 감색 양복에 유행과는 아무 상관없는 넥타이를 맸다. 둘 다 양복 차림이지만 차림새에는 그다지 신경을 쓰지 않았다. 담배 냄새가 진하게 배어 있었지만 나는 재떨이를 내오지 않았다. 방안에서는 피우지 않기 때문이다. 담뱃진이 피아노에 들어가서 손상의 원인이 된다.

"네, 그랬습니다."

"지금은?"

"돌아가셨습니다."

다키가와는 나를 쳐다보며 "그렇군요, 그건 참"이라고 말했다.

"언제 돌아가셨습니까?"

"한참 전입니다. 제가 아직 초등학생 때요."

아버지는 고생해서 그 피아노를 계속 소유했다. 결코 내놓으려 하지 않았고 1년에 한 번은 조율까지 했다. 아버지가 돌아가신 뒤로는 내가 그것을 물려받아서 지금도 어머니가 쓰던 때와 똑같은 상태를 유지하고 있다. 내게 피아노를 가르쳐준 사람은 어머니였는데, 어머니가 돌아가시고 나서는 독학을 했다. 학원에 다닌 적도 피아노 수업을 따로 받은 적도 없다. 우리 집에 있는 악보는 전부 어머니가 가지고 있던 것이다. 나도 어릴 때 아슈케나지를 동경했고, 한때는 피아니스트가 되고 싶다고 생각한 적도 있다. 하지만 나이가 들어감에 따라 아무리 노력해도 그 경지에 도달하는 것은 무리라는 사실을 알고 단념했다. 역시 재능이 자아내는 예술에는 평범한 사람은 아무리 노력해도 도달할 수 없는 경지라는 것이 있다. 재능이란 일종의 공통 언어 같은 것이다. 그 언어권에서 나고 자란 사람이 아니면 다룰 수 없는 미묘한 정취가 있다.

"취미로 피아노라니 좋네요."

오바는 형사 주제에 월급쟁이 같은 빈말을 한다. 그 말로 서론을 꺼냈다는 생각인지 잠자코 있자 본론을 이야기하기 시작했다.

"그런데 돌아가신 사카모토 씨도 이 방에 오신 적이 있습니까?"

"네, 몇 번 있습니다."

질문의 요지를 이해하지 못한 채로 나는 대답했다.

"어떨 때에?"

"예를 들면 직장 사람들이랑 한잔하고 돌아가는 길에 우리 집에 들러서 마시기도 했고요."

"그렇군요."

형사는 질문을 계속했다.

"반대로 이기 씨가 사카모토 씨 댁에 가신 적은 있습니까?"

다키가와는 대학 노트에 볼펜으로 무언가를 기록하고 있다. 작은 동작으로 쓰고 있는 것을 보고 힘이 들어간 자잘한 글자를 상상했다.

"없습니다."

"사카모토 씨가 이쪽에 오기만 했다는 말씀입니까?"

"네."

"사카모토 씨 부인은 어떻습니까?"

나는 그제야 형사의 공격 방향을 깨닫고 살짝 경계했다.

"어떠냐니요?"

"여기에 오신 적은 없습니까?"

"없습니다. 그 사람이 결혼한 뒤로는요."

"그럼 그전에는?"

"두세 번 있었을 수도 있습니다."

거짓말이었다. 한때 요코는 매일 같이 여기에 왔다. 여벌 열쇠를 가지고 있어서 퇴근하는 길에 들러 요리를 해주거나 하던 시기가 있었다. 지금으로부터 5년쯤 전 이야기다. 그 뒤로 서서히 식어갔다. 아니, 식었다기보다 내 쪽에서 거리를 두었다. 가족의 죽음으로 행복이 깎여 나가는 경험을 거듭한 나는 가정을 갖겠다는 결심을 할 수 없었다. 그것이 요코와 나 사이에 가로놓인 과거다. 그녀는 사카모토에게는 그 이야기를 하지 않았다고 했다. 이야기할 필요도 없었다고 나는 생각한다.

"두 분은 어떤 관계셨습니까?"

"친구입니다."

"친한?"

오바는 내 눈을 가만히 바라보았다.

"네, 뭐."

"지금도 그분, 요코 씨라 했나요, 그분과 연락은 합니까?"

나는 자동응답녹음 버튼의 점멸을 떠올리며 아니라고 대답했다.

"무슨 말을 하고 싶은지 아시겠습니까?"

나는 잠자코 상대방의 말을 기다렸다.

"전에 여쭈어보았을 때 사카모토 씨가 알레르기 체질인 걸 몰랐다고 했죠. 까놓고 묻겠는데 당신 사실은 알았던 거 아닙니까?"

"설마요."

내 눈을 응시한다. 오바는 갑자기 기세를 꺾더니 온화한 어조로 말했다.

"사카모토 씨와 마지막으로 만난 날 오전 중에는 어디에 계셨습니까?"

"그날은 거래처를 두세 군데 돌았습니다."

"그 거래처 이름을 말해주세요."

나는 그날 방문한 거래처 이름과 대강의 주소를 말하고 다키가와가 그것을 메모했다.

"방문한 거래처가 다 사카모토 씨가 발견된 요요기 공원과 가깝네요."

오바가 멍청한 소리를 했다.

"은행에는 영역이라는 게 있어서 시부야 지점 거래처가 요요기 공원 근처인 건 당연합니다. 경찰도 마찬가지 아닙니까? 아니면 요요기 경찰에서는 시부야 경찰 영역까지 순찰을 돕니까?"

"뭐, 그렇지는 않지만요."

오바는 넉살 좋게 말하더니 생각도 못한 반론에 놀란 듯이 다키가와와 얼굴을 마주 보았다.

"사카모토 씨의 검시 결과가 나왔거든요. 벌 알레르기였던 모양입니다."

이번에는 내가 놀랄 차례였다.

"벌⋯⋯?!"

"왜, 곧잘 있지 않습니까. 가을쯤 되면 벌에 쏘여서 사망했단 이야기가. 그거랑 매한가지입니다. 여기가 벌침에 찔린 상태였습니다. 그리고 여기⋯⋯."

오바는 굵고 짧은 제 목을 기울여서 왼손으로 두드린 다음 그 왼손 등을 오른쪽 집게손가락으로 가리켰다.

"아마 차를 운전하고 있을 때 벌이 덮쳤나 봅니다. 몇 마리나 됐던 것 같아요. 그 외에도 몇 군데 쏘인 자국이 있었습니다. 딱하게도 말이죠."

오바의 눈에 분노가 서렸다. 메모를 하던 다키가와가 고개를 들어 나를 보고 있었다. 찾아온 목적을 겨우 이해할 수 있었다.

"이런 알레르기라는 건 곧장 경련과 호흡곤란에 빠지는 모양이에요. 사카모토 씨 입장에서는 칼에 찔린 거나 마찬가지야. 이기 씨, 당신 벌에 쏘인 적은 있고?"

오바는 질문을 계속했다. 말투가 조금 무람없어졌다. 불쾌했다.

"네, 몇 번인가."

"저도요. 그런데 이런 도시에서 차 안에 적어도 몇 마리는 되는 벌이 있었다는 것도 묘하단 말이지. 이상하다고 생각하지 않아요?"

"그래서 절 의심하는 겁니까?"

형사는 이것 봐라 하는 얼굴로 나를 보았다. 다키가와도 보고 있었다.

"아무도 이기 씨를 의심한다는 말은 안 했는데. 하지만 사카모토 씨와 마지막으로 만난 사람은 당신이지. 사카모토 씨 차를 배웅한 건 당신뿐이야."

나는 이 질 낮은 밀고 당기기에 점점 더 부아가 치밀었다.

"어떻게 생각해요?"

오바가 물었다.

"뭘 말입니까?"

"사카모토 씨가 우연히 벌에 쏘여서 돌아가셨다고 생각하느냐고."

"그런 건 전 모릅니다."

침묵. 몇 초 동안 오바와 나는 서로 노려보았다.

"사카모토 씨가 말썽에 휘말렸다는 이야기는 들은 적 없습니까?"

오바는 질문을 바꾸었다. 동시에 말투도 교묘하게 바꾼다.

"아니요, 그런 이야기는 들어본 적 없습니다."

"사카모토 씨 일솜씨는 어땠습니까?"

"유능한 사람이었습니다."

"밀어붙이기도 하고?"

"뭐, 때로는요."

나는 인정했다.

"원한을 살 수도 있을 만큼?"

"글쎄요. 하지만 그 정도로……."

"살해당하면 못 참지."

맞는 말이다.

"알겠습니다."

오바가 크게 숨을 쉬고는 손가락을 움직여 다키가와에게 신호를 보냈다. 다키가와는 대학 노트를 옆에 놓더니 가방을 열어 검은 플라스틱 통에 든 것을 끄집어냈다. 비디오테이프였다.

13

"뭐, 사카모토 씨 알레르기 이야기는 이 정도로 하고 오늘 찾아온 건 또 하나……, 비디오플레이어를 좀 쓰고 싶은데요."

"그러십시오."

나는 근처에 있던 리모컨으로 비디오플레이어와 텔레비전 전원을 켜고 형사가 가지고 온 테이프를 넣었다.

"좀 봐주셨으면 하는 장면이 있습니다."

재생 버튼을 누르자 사카모토 일로 사고능력이 둔해져 있던 뇌에 흑백 영상이 단순한 시각정보를 보내기 시작했다. 눈에 익은 지점 로비가 비치고 있다. 음성은 없다. 줄 서 있는 사람들이 보인다. 프레임을 이어 붙인 듯이 조악한 영상이라 사람 표정도 세부까지 잘 보이지는 않는다.

"이건 댁네 은행 로비입니다."

오바는 소파에서 일어나더니 텔레비전 앞으로 다가가서 무릎을 꿇었다.

"여기 이 사람……. 잠깐 멈춰주겠습니까?"

일시정지 버튼을 눌렀다. 현금인출기 코너에서 순서를 기다리고 있는 선글라스를 낀 남자 위에 오바의 손가락이 멈췄다. 오바는 내게서 리모컨을 받아가더니 조작에 애를 먹으면서도 한 번더 재생 버튼을 눌렀다.

"방범 카메라라 화질이 좀 나쁜 건 그러려니 해주세요. 잘 보세요. 이번에는 현금인출기 앞에 서 있습니다."

장발이고 색깔은 알 수 없지만 짙은 색 셔츠에 같은 계열의 색깔로 보이는 턱 주름 바지를 입었다. 키는 꽤 크지만 앙상하게 말랐다. 빗어 넘긴 긴 머리는 목 뒤쪽 부근에서 뒤집어져서 끝이 위를 향하고 있는 듯하다. 눈은 선글라스로 감추고 있어서 보이지 않는다. 옆구리에는 작은 가방을 끼고 있다. 본 적이 없는 남자다.

다음으로 등이 비쳤다. 꽤 긴 시간이다. 다른 손님은 몇 명 바뀌었는데 이 남자만 같은 기계 앞에 있다. 남자가 돌아보았다. 순간적으로 옆얼굴이 보였다. 여기서 오바가 리모컨을 조작하여 영상을 앞으로 돌렸다. 슬로우로 돌린다. 뒷모습. 손이 움직이고 있다. 이쪽을 돌아보려 한다. 순서를 기다리는 줄 바로 앞. 걸음을 뗀다. 뭔가 신경 쓰이는 게 있었는지 머리가 움직인다. 옆얼굴.

오바가 영상을 정지시켰다. 선글라스 사이로 가까스로 보이는 눈에 손끝을 댔다.

"어떻습니까?"

카메라를 의식하지 않기 때문인지 멍한 구석이 있는 얼빠진 표정이다. 재미있는 일이 없는지 지루해하고 있는 얼굴로도 보

인다. 뭐가 재미있는지는 사람에 따라 다르지만, 이 남자의 경우
는 상대방에게 상처를 주는 야유나 잔인한 웃음을 불러일으킬
만한 무언가일 것이다. 가까이 다가가면 다칠 수도 있을 것 같은
위험한 분위기가 있다. 그때 뭔가가 내 의식을 자극했지만 무엇
인지 알 수 없었다.

"본 적 없으십니까?"

한 번 더 응시했다. 뭔가가……. 하지만 알 수 없었다.

나는 고개를 저었다.

오바는 테이프를 되감더니 처음부터 재생을 시작하고는 똑같
은 질문을 했다.

"어떻습니까?"

"본 적이 없는 남자입니다."

"잘 떠올려보세요. 아는 사람 중에서만이 아니라 당신네 지점
에서 본 사람들도 포함해서 생각해 봐요."

그렇게 해보았지만 결과는 달라지지 않았다.

오바는 낙담한 얼굴은 보이지 않고 테이프를 비디오플레이어
에서 꺼내더니 소파로 돌아왔다.

"사카모토 씨의 부정 송금을 인출한 사람은 이 남자입니다."

그것은 나도 예상하고 있었기 때문에 놀라지 않았다. 오히려
사카모토가 아니어서 안심했을 정도다. 그러고는 마음에 걸리던
것을 질문했다.

"이날은 방범 카메라 공사를 하고 있어서 녹화 테이프가 없다

고 들었는데요. 아까 그 영상은 어떻게 손에 넣으셨습니까?"

오바는 자못 유쾌한 듯이 히죽 웃었다.

"사실은 업자가 카메라 테스트 촬영을 반복하고 있었거든요. 그 테이프가 남아 있다가 우연히 발견된 겁니다. 당신네 은행의 미사용 테이프 상자에서 찾았어요. 이 남자, 다른 은행 방범 카메라에는 헬멧을 쓴 상태로 찍혀 있습니다. 범인은 설마 이런 영상이 찍혀 있으리라고는 꿈에도 생각 못했을걸요."

오바는 신중히 범인이라고 말했을 뿐 구체적인 이름을 거론하지는 않았다.

"사카모토와 관계있을 거라고 생각하십니까?"

"달리 누구 수상한 사람이 있습니까?"

그렇게 물어보니 대답이 궁했다. 부정 송금은 사실이고 누군가가 사카모토의 카드키를 써서 기계를 조작한 것은 알지만, 구체적인 이름은 떠오르지 않았다. 다만 직감적으로 사카모토가 아니라고 생각할 뿐이다.

"만일 사카모토가 이 건에 관여하고 있었다면 왜 직접 현금을 찾지 않은 겁니까? 방범 카메라가 돌아가지 않는다는 걸 알고 있었으면 이 남자한테 부탁하지 말고 직접 찾으면 되는데요."

"그건 나도 생각해 봤는데 경비원이 있어서가 아닐까요. 경비분이랑은 얼굴을 아는 사이일 거 아닙니까, 다들."

오바의 말이 맞다. 대부분의 경비원은 얼굴도 알고 대화도 주고받는다.

"큰돈을 찾고 있으면 수상쩍게 여겨질 수도 있으니 말이죠. 당신도 지점의 누가 몇백만 엔이나 되는 돈을 가방에 넣는 걸 보면 무슨 일인지 의심스럽게 보지 않겠습니까?"

오바는 내 얼굴색을 살피듯이 가만히 시선을 보냈다.

"사카모토 씨가 돌아가신 사건과 이 남자가 무슨 관계가 있느냐, 그게 문제입니다. 벌에 쏘여서 죽은 남자가 실은 부정에 관여하고 있었다. 사실이라면 묘한 우연이죠."

"살인사건이라고 말씀하시고 싶으신 겁니까?"

오바는 눈을 휘둥그렇게 뜨고 놀란 척을 했다.

"단정하는 건 아닙니다. 부정 송금 건만 해도 정황증거뿐이라서 사카모토 씨 범행이라 단정할 수는 없으니까요. 다만 단순한 사고만은 아닐 가능성이 있어서 이렇게 이야기를 듣고 있는 겁니다. 뭔가 짚이는 데가 있으면……, 나중에 생각이 났다거나 그런 게 있으면 그리로 연락 주세요."

오바는 테이블 위의 명함을 가리켰다. 다키가와가 대학 노트와 비디오테이프를 가방에 넣기 시작했다.

"이래저래 무례한 질문을 드려 미안합니다. 이것도 일이다 보니."

오바는 진부한 변명을 하며 자리에서 일어났고 다키가와도 그 뒤를 따랐다.

두 사람을 보내고 나서 자동응답녹음 버튼을 눌렀다. 녹음돼 있는 것은 수화기를 놓는 소리뿐이었다. 어디의 누구인지도 모른다.

사 온 도시락을 테이블에 펼쳤지만 밥맛이 없어서 대신 냉장고에서 맥주를 꺼냈다. 환기는 충분히 했다. 창문을 닫고 그제야 에어컨을 켰다. 소파에 앉아 조금 전까지 텔레비전에 비치고 있던 남자의 모습을 떠올리려 해보았다. 남자의 표정이 흐릿한 것은 기억 때문이 아니라 화질 때문이다.

벌.

나는 형사의 말을 머릿속에서 반추했다.

빚……. 사카모토가 마지막으로 한 말.

남자.

피곤해서인지 5백 밀리리터 캔을 천천히 반 정도 마셨을 때부터 취기가 돌기 시작했다. 자정이 지나서 석간을 훑어보고 한동안 텔레비전을 봤지만 내용은 머릿속에 전혀 들어오지 않았다.

그때까지 어딘가에 갇혀 있던 피로가 알코올 때문에 확 몰려와서 소파에 드러누웠다. 회전이 둔해진 머릿속에 오바와의 대화가 몇 번씩 재생되었다.

—사카모토 씨 입장에서는 칼에 찔린 거나 마찬가지야.

오바의 대사는 뇌리에 달라붙어서 아무리 문질러도 떨어지지 않는 오물 같았다. 지워지지 않는 이유는 거기에 진실의 편린이 있기 때문이리라.

벌.

—이상하다고 생각하지 않아요?

확실히 사고가 아니라고 하면 생각할 수 있는 가능성은 하나밖에 없었다.

타살. 살인. 그것도 계획적인…….

하지만 왜?

아무리 생각해도 사카모토가 살해당할 동기가 될 만한 것은 떠오르지 않았다. 사카모토는 성실한 남자였다. 지나치게 성실했다고도 할 수 있다.

언제 끝날지 모를 사념이 나를 얽어매어 숨을 쉬기가 힘들었다. 소파에서 일어나 침실 침대에 드러누웠다. 잠들지 못하는 밤 내내 현실과 비현실 사이를 몇 번씩 오가면서 어느새 내리기 시작한 거센 빗소리를 듣고 있었다.

제2장
분식 粉飾

1

사카모토가 죽은 뒤로 딱 일주일이 경과한 그날, 나는 아침 7시 좀 지난 시간부터 이미 책상에 앉아 업무를 시작했다. 정리해야만 하는 일은 산더미처럼 있었다. 때때로 창문을 두드리는 비도, 전차가 도착할 때마다 역에서 쏟아져 나오는 우산의 행렬도, 나와는 아무런 관계가 없었다. 아직 전차가 붐비기 전부터 나는 여기에 앉아 있었고, 사카모토의 거래처를 인계하기 위해 그날 하루는 외출을 전부 취소했다.

나는 우선 당일 중에 작성해야만 하는 서류를 전부 써서 후루카와의 결재함에 던져두고 사카모토의 책상으로 갔다. 그의 유품은 아직 정리가 안 된 상태여서 그것을 치우는 것도 그날 내가 해야 할 일 중 하나였다.

나는 사카모토의 책상에 놓여 있던 IBM 노트북을 열고 전원을 켰다. 이 컴퓨터는 사카모토가 자비로 구입한 것이라 은행 비품이 아니다. 그는 이것으로 스케줄 대부분을 관리했기 때문에 프로그램을 열어보면 죽기 전에 사카모토가 어떤 일을 하고 있었는지 파악할 수 있을 터다.

컴퓨터 시스템이 기동되자 스케줄 프로그램이 자동으로 열렸다. 시작 프로그램으로 지정해 둔 모양이다. 프로그램은 월 단위와 하루의 상세한 스케줄을 기입할 수 있는 일 단위로 나뉘어 있었다.

사카모토는 하루가 끝나면 반드시 이 스케줄 프로그램에 다음날 업무를 입력했다. 시간, 거래처 기업 이름, 면담 상대, 장소 그리고 예상 면담 시간 등이 사카모토다운 꼼꼼함으로 기록되어 있다. 사카모토가 이 정도로까지 상세한 기록을 남긴 것은 단지 성격 때문만이 아니라 법적 분쟁으로 가게 됐을 때 필요하다는 직무상의 이유가 크다.

경영난에 빠진 회사가 은행을 고소하는 사례는 적지 않다. 대출기관 책임이나 담보 무효를 호소하는 상대 기업에 대해 언제 어디서 어떤 교섭을 했다는 기록을 남겨두는 것은 설사 정식 기록이 아니라 메모 정도였다고 해도 유리한 증거로 기능한다. 사카모토는 요구되는 수준을 훨씬 넘어서는 주도면밀함으로 그 일을 실천하고 있었다.

스케줄의 면담 기록 하나하나에는 대개 메모 번호가 붙어 있었다. 가령 이런 식이다.

10:00 시부사와 지질 · 오키 변호사(내점) / 9001294-96121601

마지막에 쓰여 있는 것이 메모 번호다. 9001294는 거래처 기업을 가리키는 인식 번호로 금융기관에서는 고객 정보(CIF) 번호라 불린다. 그 뒤는 날짜로 서력 두 자리와 월, 일. 마지막의 '01'은 해당 면담에서 작성된 세부 분류 번호인 모양이었다. 대부분은 01이지만 가끔 02나 03이 있다. 이것은 한 번의 면담에서 여러 장의 메모가 작성되었음을 의미한다.

문제는 메모의 행방이었다. 컴퓨터를 그다지 잘 다루지 못하는 나는 고생스럽게 시스템과 격투하면서 파일 디렉터리를 조사해야만 했다. 짜증을 내면서 몇 번씩 쓸데없는 조작을 반복한 끝에 30분쯤 걸려 같은 하드디스크 안의 서류 전용 폴더를 발견했다. 폴더 안의 파일은 전부 번호로 관리되고 있고, 그것이 스케줄 프로그램의 면담 기록에 붙은 번호와 딱 일치하고 있었다.

메모 내용은 도산해서 청산 단계에 있는 회사와의 교섭 기록이다. 부동산 담보 처분, 골프 회원권 차압, 변호사와의 교섭 기록……, 생생한 다큐멘터리다. 상대의 태도, 언외의 의도나 목적, 이쪽이 발언한 내용 등이 극명히 기록돼 있다. 메모 마지막을 장식하는 것은 사카모토의 논평이다. 물론 온건한 것만 있지는 않다. 회수를 위해서는 사람이 지금 살고 있는 가옥조차 경매 대상이 되는 경우가 드물지 않다. 채무자의 의향에 반하는 차압 등, 법적 집행을 검토하는 경우도 포함된다.

은행이라는 조직의 일원으로서 은행의 이익을 최우선할 것이 요구되는 사카모토의 메모는 자못 기계적이었고 의도적으로 사사로운 정을 배제하고 있다. 다정하기 때문에 되레 그렇게 할 수밖에 없다는 데에서 사카모토의 고뇌가 느껴지는 것 같았다.

하루씩 거슬러 올라가면서 사카모토의 스케줄을 따라갔다. 맨처음에 조사한 몇 주 동안에 작성된 메모는 몇십 개에 이르렀다. 스케줄과 그 메모들을 대조하는 작업은 속이 바작바작 탈 정도로 시간이 걸려서 오전 시간이 눈 깜짝할 사이에 지나갔다.

메모 중에는 말썽을 기록한 것도 있다. 그럴 때는 오바와의 대화가 머리에 떠올랐다. 사카모토가 채권 회수한 거래처의 원한도 동기로 생각할 수 없지는 않지만, 가능성은 옅어 보였다. 다소의 언쟁이나 한순간의 격정으로 계획적인 살인을 저지르리라고는 생각할 수 없기 때문이다. 중요한 것은 사카모토를 죽인다고 해서 은행의 채권 회수가 중단되지는 않는다는 사실이다. 그쯤은 은행과 거래하는 상대라면 누구나 안다.

오후에 계속해서 스케줄을 따라가던 나는 한 가지 마음에 걸리는 기록을 발견했다. 사카모토가 죽기 한 달쯤 전인 수요일의 스케줄이다.

109 조사 97060401

메모가 눈에 띄지 않았다. 사카모토의 실수일까? 혹시나 싶어서 하드디스크 안의 모든 서류로 검색해 봤지만 결과는 마찬가지였다. 6월 4일 스케줄 최상단에 기록된 이 한 줄이 특별히 주의를 끈 이유는 '최우선' 표시가 되어 있었기 때문이다.

애초에 '109'가 무엇인지 나는 알 수 없었다. CIF 번호가 없는 것을 보면 거래처 이름이 아닌 것만은 확실하다.

날짜인가 하는 생각이 들었다. 그렇다면 10월 9일 아니면 1월 9일일 것이다.

전년 10월 9일을 표시해 보았다. 면담 기록은 세 회사였다.

11:00 나카야마 부동산 판매 · 사장(자택) / 9012648-961009
01

14:00 우에하라 인텍 · 곤도 경리부장(사무소) / 9166543-96
100901

16:00 야에스 개발 · 하자마 변호사(내점) / 9102683-961009
01 · 02

처음 두 회사는 내가 인계한 거래처 목록에서는 이미 사라지고 없었다. 사카모토가 남긴 메모는 채권 회수 전망을 보여주고 있는데 그 뒤로 회수해서 거래가 끝난 것이다. 채권 회수가 완료된 회사 자료는 이제 수중에 없다. '끝남' 표시를 한 파일은 진작 서고 깊숙한 곳에 '매장'되었다. 이 두 회사는 회수가 완료된 뒤로 이미 몇 달이 경과해서 새삼스럽다는 느낌이 강하다. 컴퓨터 안의 메모를 읽었지만 말썽 같은 것도 전혀 적혀 있지 않다. 고려 대상에서 제외했다.

세 번째인 야에스 개발은 9월 말에 경영난이 닥친 참이라 10월 단계에서는 한창 채권 처리를 하는 도중이었지만 그 뒤 회사 갱생법이 적용되어 은행의 회수도 일단 전망이 서 있는 상태다. 말썽도 없다. 1월 9일은 '휴가'라 되어 있었다. 연말연시에 바빴기 때문에 뒤늦게 설 휴가를 받았을 것이다. 당연히 이쪽에는 스케줄이 아무것도 들어 있지 않다.

"어때?"

등 뒤에서 목소리가 들리더니 누가 어깨를 두드렸다. 후루카와가 사카모토의 컴퓨터를 들여다보더니 치밀하게 기록된 스케줄 란을 다른 차원의 물건이라도 보는 눈으로 쳐다보았다.

"기록을 잘 해놨습니다. 역시라는 말밖에 못하겠네요."

나는 사카모토의 업무 능력을 솔직하게 칭찬했다. 이만한 일을 처리할 수 있는 사람은 그리 없다는 것이 내 인상이었다. 똑같은 일을 하라고 시켜도 그럴 자신이 없다.

"과장님, 이 '109'가 뭔지 아시겠습니까?"

후루카와는 내가 손으로 짚은 곳을 보더니 벽 쪽을 가리켰다.

"109 아니야? 도큐의 시부야109. 거기는 우리 은행이랑도 가깝게 교류하고 있으니까. 109에서 뭘 조사한다든지. 사카모토 담당인데 의류 관련 거래처는 없었어? 거기 상품 진열 상황이나."

후루카와가 제멋대로 이야기를 부풀린다.

"그런 회사는 없는데요. 디자인 회사는 한 군데 있지만 건축 관계입니다."

"그럼 개인적인 건? 부인 생일에 줄 선물이 109에 없는지 조사한다든지."

"메모 번호가 붙어 있어요. 그러니까 그건 아닐 겁니다. 생일 선물을 찾으러 간 걸 업무 보고할 필요는 없으니까요. 제가 조사한 바에 따르면 여기에는 개인적인 기록이 전혀 없습니다. 이대로 재판장 앞에 내놓아도 부끄럽지 않을 내용이에요."

후루카와는 책상에 양손을 짚고 한동안 액정 화면을 쳐다보고 있었지만 포기하고 허리를 폈다.

"대단한 의미는 없을 거야. 조사라고 되어 있으니까 조사한 결과 별것 아닌 일이었다, 이런 건지도 모르지."

확실히 그 가능성은 있다.

"그 외에는?"

"지금으로서는 딱히 없습니다."

"뭐, 한동안 힘내줘. 그리고."

후루카와는 주위를 살피더니 목소리를 낮추었다.

"어제 저녁에 형사가 찾아갔지?"

나는 놀라서 후루카와를 돌아보았다. "과장님도?"라고 물어볼 뻔하다가 오바 형사의 말을 떠올렸다. 그는 '은행에 전화했더니'라고 말했다.

"전화를 받았더니 형사더라고. 뭐였던 거야?"

응대한 사람이 후루카와여서 다행이라고 생각하면서 나는 지난밤 형사가 방문한 것을 인정했다. 하지만 후루카와에게 전부이야기할 수는 없다. 특히 요코 일은.

"벌이라고? 그거 정말이야?"

후루카와가 믿을 수 없다는 듯이 눈을 동그랗게 떴다. 보아하니 후루카와도 사카모토의 검시 결과는 처음 듣는 모양이다. 하지만 사카모토가 살해당했을지도 모른다는 형사의 이야기는 전하지 않았다. 아직 추측의 범위를 벗어나는 이야기가 아니다.

내 이야기를 듣고 후루카와는 몸을 앞으로 내밀었다.

"그래서 그 비디오 속 남자는 본 적 있었어?"

"아니요."

"뭐야, 그랬군."

후루카와가 아쉽다는 듯이 말하고 침울한 얼굴을 했다. 형사와 마찬가지로 사카모토와의 관계를 염려하고 있음을 알 수 있다. 부하의 부정이나 질 나쁜 교류가 밝혀지면 책임을 져야 하는 위치기 때문이다. 후루카와는 출세를 강하게 바라는 유형은 아니지만 코스에서 벗어나기에는 확실히 아직 이르다.

"그 뒤로 그 건은 어떻게 됐습니까?"

"조사는 하고 있는데 아무래도 부정 송금은 그 한 건뿐인 것 같아. 다른 건 없어."

"역시 사카모토가 한 거라고 생각하십니까?"

후루카와는 흡사 사상 검증이라도 당하는 듯한 얼굴을 했다.

"그렇게 생각하고 싶지는 않아. 단지……."

나는 그 이상 듣고 싶지 않았기 때문에 이제 됐다고 말했다.

"차갑군."

"뭐, 사실은 사실이니까요. 진실은 진실로서 존재한다고 해도요."

"그 말은 또 의미심장한데. 그런데 지금부터 형사가 온다는군. 사카모토 업무 내용에 대한 이야기를 듣고 싶다고 해."

아무래도 오바는 탐문수사의 범위를 넓힐 생각인 모양이다.

"과장님이 대응하십니까?"

후루카와는 뒷자리에 기타가와가 없음을 확인하고 얼굴을 찡그려 보였다.

"원래는 부지점장 업무인데 말이지. 뭐, 실제로 그 친구 업무 내용은 내가 가장 잘 파악하고 있는 건 확실해. 하는 수 없지. 정말 기진맥진이야."

후루카와는 씁쓸한 얼굴을 하고 내가 앉아 있는 사카모토의 책상에서 멀어졌다.

109에 관한 정보는 그 이후의 메모에서도 발견되지 않았다. 마침내 스케줄 프로그램에 기록된 맨 마지막 날인 지난주 수요일, 즉 사카모토가 죽은 날 스케줄을 펼쳤다. 그리고 뜻밖의 사실을 알아차렸다.

공백이었다.

아니, 오후에는 확실히 예정이 잡혀 있지만 사카모토가 밖에 나가 있던 오전 그 시간대에는 아무런 스케줄도 잡혀 있지 않다.

그전까지 사카모토의 업무 스타일을 생각해 보면 이질감이 들었다.

한동안 팔짱을 끼고 생각하고 있었더니 내점객용 엘리베이터가 오바와 다키가와를 2층으로 싣고 왔다. 나를 보자 살짝 고개를 숙여 인사만 했을 뿐 데면데면하게 안내대 앞을 지나쳐 간다. 안쪽에서 후루카와가 기다리고 있었다.

오후 2시가 지난 시간이었다. 줄곧 액정화면을 보고 있었던 눈에서 통증이 느껴졌다. 나는 내 책상에 있던 주소록을 펴고 전화기를 손에 들었다.

"아오야마 클리닉입니다."

접수대의 여성이 받았다.

"니토 은행 시부야 지점 이기라고 합니다."

"어머, 오랜만이야. 잘 지냈어?"

상대의 목소리 톤이 바뀌더니 사무적인 대응에서 친근감을 띤 어조가 되었다.

"네, 그럭저럭이요. 선생님 계십니까?"

"있어."

접수대 여성은 쿡 웃었다. 그리고 나서 전화 저편에서 원장님,

원장님 하고 부르는 소리가 희미하게 들렸다. 곧 〈아름답고 푸른 도나우〉가 수화기에서 갑자기 흘러나오기 시작하더니 10초쯤 지나 시작했을 때와 똑같이 갑자기 끊겼다.

"아오야마다."

귀에 익은 쉰 목소리가 받았다.

"니토 은행 이기입니다."

"이자는 갚고 있는데. 그런데도 아직 불만이 있나?"

"이제 담당이 아닙니다, 선생님."

"흥. 변변치 못해서는. 사람 얼굴만 보면 돈, 돈. 그렇게 돈이 좋나, 너희들은? 그래서 오늘은 뭐지?"

"선생님, 알레르기에 대해 잘 아십니까?"

"너 지금 누구한테 묻는 거냐? 내가 40년 동안 의학의 제일선에 있는 사람이야. 은행장이 따위한테 잘 아느냐는 소리를 들을 정도로 한심한 건 없지."

"좀 여쭈어보고 싶은 게 있는데 찾아뵈어도 될까요?"

"언제?"

"가능하면 오늘."

전화 저편에서 쳇 하고 내뱉는 소리가 들렸다. 그러더니 조금 정상적인 말투로 네 일이냐고 묻는다. 아니라고 대답했다.

"이제부터 4시까지 휴진이야. 오고 싶으면 마음대로 와."

나는 사카모토의 컴퓨터를 종료하고 본체 전원을 껐다. 형사와 후루카와의 모습은 보이지 않는 대신 응접실 문이 닫혀 있었다.

지점은 3시 폐점을 향해 마지막 스퍼트 단계에 들어가 있었다. 후루카와 대신 미결재 서류를 훑어보고 쌓여 있는 일을 처리했다. 월 전반이기도 해서 업무량이 그렇게 많지는 않다. 처리를 끝내는 데에 시간이 걸리지는 않을 터다.

2

아오야마 클리닉은 파르코와 도큐핸즈가 들어선 일대에서 이노가시라 도로로 내려가는 언덕길 중간에 있는 건물에 들어 있다. 1층과 2층을 클리닉이 쓰고 3층부터 5층까지를 사무실로 임대하고 있다.

나는 1층 옆에 있는 계단을 올라가서 젖은 우산을 벽에 세우고 인터폰을 눌렀다. 답이 없다. 한 번 더 버튼을 누르려고 손을 뻗었을 때 의사가 느닷없이 문으로 얼굴을 내밀었다.

"들어와."

슬랙스에 폴로셔츠라는 편안한 차림이다. 가운은 입지 않았다. 나이는 일흔이 될까 말까지만 체격이 탄탄해서 노인이라는 인상과는 거리가 멀다. 들어가면 작은 약품 창고가 있고, 정면에 있는 큰 문 안쪽이 아오야마 의사의 서재와 휴게실을 겸한 방이다. 훌륭한 마호가니 책상과 사방의 벽을 가득 채우고 있는 압도적인 전문서는 여전했다. 두꺼운 모스그린색 카펫에 가죽소파와

오토만이 딸린 팔걸이의자가 놓여 있다.

"우뚝 서 있지 말고 앉아."

소파에 앉았다. 의사가 서재와 연결돼 있는 옆방으로 들어가자 냉장고를 여는 소리가 들렸다.

"네가 온다고 하는 바람에 간호사들이 다 달아나버렸어. 커피, 홍차, 녹차, 우롱차, 감귤 주스 그리고 이건 뭐야? 흥, 그냥 물인가? 뭐로 할래?"

"커피로 주세요."

"뜨거운 거랑 차가운 게 있어."

"차가운 걸로."

"완전 찻집이군."

잠시 후에 아오야마는 아이스커피가 든 가늘고 긴 유리잔을 가지고 돌아와서 테이블 위에 놓았다. 자신은 뜨거운 커피를 머그컵에 담아와서 에어컨 송풍구 밑에 둔 갈색 팔걸이의자에 깊숙이 앉더니 맛있게 마신다.

2년 반 전. 시부야 지점에 부임한 내 첫 번째 일은 궁지에 빠진 이 늙은 의사를 구해내는 것이었다. 당시 의사는 본업인 이 클리닉 외에 친구에게 떠맡은 끝에 결국 권리를 사들일 수밖에 없어진 병원의 경영과 투자 맨션, 골프장 개발 투자, 절세 대책을 사칭한 의심스러운 보험, 주식 투자가 전부 잘 풀리지 않아서 거의 파산 직전까지 내몰리고 있었다. 여기저기 은행이나 비은행 금융기관에서 고리로 빌린 돈이 10억 엔을 넘어 본업으로 돈을 벌기는커녕 전 재산을 송두리째 빼앗기게 생긴 상태였다. 나는 아오야마에게 12억 엔을 융자해서 그것으로 다른 금융기관에서 빌린 돈을 전부 변제하게 했다. 대출을 한 곳에 모음으로써 변제액을 대폭 삭감했을 뿐 아니라 지불 금리를 낮추는 데도 성공했고, 그 김에 잉여 자산을 매각해 자산 재구축도 추진했다. 억지로 밀어붙이기는 했지만 그 보람이 있어서 클리닉은 무사히 되살아났다. 그 뒤로 일로 시작된 의사와 나의 친밀한 관계가 개인적으로 이어지고 있는 셈이다.

"그래서 무슨 용건이야?"

잠깐 커피를 마시며 편하게 앉아 있다가 아오야마는 성가시다는 듯 물었다.

"전화로도 말씀드린 것처럼 실은 알레르기에 대해 조금 가르쳐주셨으면 합니다."

"무슨 알레르기인데?"

"벌이요. 단도직입적으로 여쭈겠는데 그걸 이용해서 벌 알레르기인 사람을 죽이는 게 가능할까요?"

아오야마는 얼굴을 비스듬하게 기울이고는 눈만 들어서 안경 너머로 수상쩍다는 시선을 보냈다.

"왜 그런 걸 묻지? 사람이라도 죽이게?"

"얼마 전에 친구가 그렇게 세상을 떠났습니다."

"어디서?"

"이 근처요. 운전하던 차 안에 벌이 있어서 쏘였다고 생각합니다. 차는 요요기 공원 옆 길거리에서 발견됐습니다.”

아오야마 의사는 갈색이 도는 눈으로 내 표정을 살폈다.

“당연한 소리지만 그런 게 가능할지 어떨지는 개인차가 있어. 그 친구를 진찰한 게 아니니까 뭐라고도 할 수 없지.”

“알레르기 과민 반응이 사인이라고 경찰에서는 들었습니다.”

“아나필락시스 쇼크인가? 뭐, 경찰이 그렇다고 하면 틀림없겠지. 안 됐군. 네 친구는 조직폭력배나 그런 거야?”

“아니요, 은행원입니다.”

의사는 자신이 벌에 쏘인 것처럼 얼굴을 찡그렸다.

“거 참 무시무시한 직업이야.”

“아나필락시스 쇼크라고 하나요? 어떤 겁니까?”

“일반적으로 보고된 증상으로는 혈압 저하, 기관지 경련 등을 동반한 호흡곤란, 발진, 두드러기 같은 피부 증상, 설사나 구토 등 소화기능 장애 같은 거지. 이걸 일으키는 알레르기 물질로는 벌 같은 곤충의 독뿐 아니라 음식물, 계란이나 땅콩, 우유, 대두, 밀가루, 생선 등이 있고. 어디에 반응하는지는 사람마다 달라. 알레르기라는 건 원래 우리 인간이 가지고 있는 면역 기능이 정상적으로 작동하지 않아서 생기는데, 아나필락시스의 경우는 그 증상이 아주 돌발적인 데다가 상당히 심하지. 너무 과민한 사람 혹은 처치를 하지 않고 내버려둔 경우에는 죽을 수도 있어.”

“벌에 쏘이고 나서 증상이 나타날 때까지의 시간은 얼마나 됩니까……?”

"바로. 몇 분 만에 일어나. 목숨이 아까우면 한시라도 빨리 병원에서 치료를 받아야 해. 아나필락시스로 죽는 건 호흡곤란과 순환기능 부전이 원인이야. 따라서 치료법으로는 이소프로테레놀이나 에페드린 같은 심장 자극제나 승압제, 혈관수축제를 투여하지."

약 이름을 알아듣지 못한 내가 끼어들려고 하자 의사는 귀찮다는 듯 생략했다.

"요컨대 링거야. 다만 안타깝게도 많은 경우에 환자 본인이 가볍게 생각해서 치료를 받지 않았기 때문에 증상이 악화되거나 목숨을 잃거나 해. 네 친구가 그랬는지 어땠는지 모르지만 한동안 차 안에서 상태를 두고 보자고 생각했을지도 모르지. 혹은 증상이 너무 심해서 우선 차를 길가에 세우고 나서 의식을 잃었거나……. 내가 진찰한 게 아니니까 그건 뭐라 말할 수 없고."

"치사량이라는 게 있습니까? ……알레르기 물질의."

"미량. 아주 미량이야. 공기 중에 포함된 물질로도 증상이 나올 때가 있어. 검출조차 어려울 정도의 미량으로도 나타나."

"그렇게 조금으로요?"

벌 몇 마리는 충분하고도 남을 정도의 치사량이었다는 말이다.

의사는 에어컨 바람을 너무 맞아서 추워진 것처럼 목을 움츠렸다.

"지독한 이야기군. 알레르기가 있는 사람에게 알레르겐이라는 건 우리에게는 칼이나 권총과 마찬가지거든. 그걸 이용해서 사람을 죽이겠다는 생각을 하는 놈은 어지간히 비정하고 어린 애 같은 놈이야."

아오야마는 에어컨 스위치를 끄더니 블라인드를 올렸다.

3

밤 9시가 지난 뒤에도 아직 혼란스러운 정보 속을 방황하고 있었다. 영업실에 남아 있는 사람은 이제 나 혼자로, 사카모토가 남긴 자료나 그가 담당하던 거래처 기업의 대출에 관한 정보를 각 회사별로 모은 신용 파일에 둘러싸여 있었다. 미아가 되어 어쩔 줄 모르는 어린아이 같은 기분이었다.

"아직도 일하십니까?"

갑자기 누가 말을 걸어서 놀라 돌아보니 경비원인 다카하시가 영업실 입구에 서 있었다.

"이제 곧 나갈 겁니다."

"일을 너무 많이 하면 몸에 안 좋습니다."

"그렇게 많이 하지는 않아요. 나갈 때 말씀드리겠습니다."

사카모토의 유품을 넣기 위해 바닥에 놓아둔 갈색 종이박스를 발밑으로 끌어당겼다. 결국 맨 처음에 하려던 일이 맨 마지막이 되어버렸다.

책상 오른쪽 서랍은 삼단인데 하나같이 서류나 자료로 가득

찬 상태였다. 나는 그것을 일단 전부 책상 위에 꺼내 놓았다. 개인 물품과 그렇지 않은 것을 분류하는 일은 작은 이사와 비슷해서 손이 많이 들어가는 대규모 작업이었다. 서류 대부분은 사외비지만 일부 자료나 서적, 노트 종류는 개인 물품이다. 책도 몇 권 들어 있었다. 《슈퍼 재무 분석 입문》이나 《채권 회수 사례 연구》 같은 종류의 전문서다. 그리고 맨 밑 서랍 안쪽에 《벤처 경영》이라는 잡지가 떨어져 있는 것을 발견했다. 사카모토가 이런 잡지를 읽고 있는 줄은 몰랐기 때문에 뜻밖이라는 생각이 들어서 옆으로 치워놓았다. 읽어보면 사카모토가 생각하고 있던 내용에 조금이라도 다가갈 수 있을지 모른다는 생각도 있었다.

적다고 생각했던 개인 물품은 뜻밖에도 양이 많아서 박스 절반 이상까지 찼다. 아까까지 조작하던 노트북 컴퓨터를 그 위에 올렸다.

"이게 다인가?"

문득 책상 매트에 끼워져 있는 사진이 눈에 들어왔다. 가족사진이다. 낮은 나무들이 능선을 메운 배경에서 사카모토와 요코가 웃고 있다. 요코의 팔 안에서 아직 어린 딸이 조그만 손가락으로 뭔가를 가리키고 있다. 바람이 센지 요코는 왼손으로 딸을 끌어안고 다른 한쪽 손으로 머리카락을 잡고 있다. 몹시 만족한 얼굴의 사카모토가 웃음을 던지고 있었다.

나는 그 사진을 은행 봉투에 넣은 다음 접히지 않게끔 내 서류 가방에 넣었다. 아직 조금 남아 있는 박스 빈 공간에는 다 보지 못한 신용 파일을 밀어 넣었다. 덕분에 박스가 묵직해졌다. 그것을 안고 영업실을 나서는데 영화 《워킹 걸》에서 해고된 직원이 개인 물품을 박스에 넣고 회사를 나가는 광경이 문득 떠올랐다.

계단을 내려가니 직원 출입구 옆 경비실에 있던 다카하시가 내 모습에 놀라 택시를 부르러 뛰어갔다. 가랑비가 흩날리는 가운데 그 뒤를 쫓아가서 택시에 올라탄 나는 집까지 가는 길을 말했다. 이미 유품을 전해줄 만한 시간이 아니었다.

맨션 문을 열고 고생해서 들고 온 박스를 안쪽 작업실까지 운반했다. 어깨에 매달려서 허리나 다리에 자꾸 부딪치던 서류가방을 업무용 책상에 올리고, 육체적이라기보다는 정신적으로 기진맥진한 몸을 의자에서 잠깐 쉬게 했다.

석간을 펼치고 냉장고에서 맥주를 꺼낸 다음 깜빡이고 있는 자동응답녹음 버튼을 눌렀다. 아무 말 없는 전화가 한 건, 동창이자 같은 은행에서 일하고 있는 친구의 조문 전화가 한 건. 술 마시러 가자는 권유가 한 건.

거실 테이블에 형사가 놓고 간 명함이 그대로 남아 있었다. 오바와의 기분 나쁜 대화를 떠올리자 마음이 무거워졌다. 버릴까 생각하다가 그만두고 주방 코르크 보드에 핀으로 꽂아 놓았다.

온갖 것들에 침범당해 갈 곳을 잃은 듯한 정신 상태를 나는 어찌하지 못하고 있었다. 나 자신을 되찾을 시간과 공간이 필요했지만 생각나는 것은 목욕과 피아노 정도밖에 없다. 하지만 피아노는 안 된다. 이 시간이 되면 낮에는 들리지 않을 소음 페달을 밟은 소리도 편안한 수면을 방해하기에 충분한 소음으로 바뀐다. 목욕을 골랐다.

뜨거운 욕조에 오래 몸을 담그고 있으니 맥주의 알코올이 빠져나갔다.

티셔츠와 트레이닝복 바지로 갈아입고 커피를 내린 다음 책상 스탠드를 켰다. 박스를 열고 은행에서 가져온 남은 신용 파일을 펼쳤다. 도산해서 해체 직전인 회사들. 도산 회사와의 거래는 채권 회수가 완료된 단계에서 전부 끝난다. 경우에 따라 영구히 남는 약정 서류도 있지만, 관리할 필요는 없어진다. 여기에 남아 있는 것은 채권 회수가 덜 끝났거나 독촉해도 변제할 전망이 없는, 즉 죽으려도 죽을 수 없어 마치 현세를 떠도는 망령 같은 회사뿐이다.

나는 한 시간쯤 걸려 세 회사의 신용 파일을 훑어보았다. 거래 내용이나 채권 회수 상황은 알 수 있었지만 그 이상은 발견할 수 없었다. 사카모토의 업무를 인계하는 것이 주 목적이었는데, 전혀 다른 것을 찾아 서류 사이를 왕복하고 있는 스스로를 몇 번이나 깨달았다. 사카모토가 살해당했다면 그 이유가 있을 터다. 그런 생각이 내게 무의식중에 작용했기 때문이다.

나는 세 번째 파일을 덮고 책상 구석에 쌓았다. 남아 있는 것은 내 가방에 들어 있는 파일뿐이다. 그중 하나를 꺼냈다. 그것은 내가 전에 익히 보던 파일이었다.

도쿄 실리콘.

그리운 물건을 손에 들고 있는 감촉이 있었다. 앨범을 펼치는 것과 비슷하다. 열어보니 내용은 내가 관리하던 시절과 별로 달라지지 않았음을 금방 알 수 있었다. 사카모토의 메모가 몇 장 끼워져 있었지만 대부분은 야나기바 사쿠타로 사장의 자살에 관한 정보였다. 그 외의 것도 내용은 동정적이었는데 나오를 배려한 것처럼 보였다. 나오나 변호사와 면담해서 얻은 정보를 그때그때 기록으로 남긴 짧은 메모에 지나지 않았다.

기대하지 말고 기대하세요.

나오에게 들은 사카모토의 말을 떠올렸다.

사카모토가 쓴 몇 장의 메모는 품의서가 철해져 있는 페이지 맨 위쪽에 겹쳐서 스테이플러로 찍어 놓았다. 그중에 사카모토가 나오에게 한 말을 뒷받침할 만한 것은 보이지 않았다.

페이지를 넘겨보다가 노란 포스트잇이 자료 사이에 붙어 있는 것을 발견했다. 무심코 손이 멈추었다. 포스트잇에는 어떤 글자가 적혀 있다.

—109.

그렇게 쓰여 있었다. 같은 곳에 리포트 용지가 끼워져 있다. 거기에는 사카모토가 쓴 꼼꼼한 숫자가 늘어서 있다. 처음에는 그것이 무엇을 의미하는지 알 수 없었지만, 잘 보다보니 여신 즉 융자 잔고를 계산한 것임을 깨달았다.

"이것과 관계가 있나?"

나는 사카모토가 리포트 용지 위에다 쓴 것을 따라 해보기로
했다. 도쿄 실리콘에 대한 융자 잔고를 도산 1년 전 즉 작년 1월
부터 가지고 와서 합계를 내고 월별로 나열해 보았다.

우수리를 생략한 대강의 숫자는 다음과 같았다. 사카모토의
메모와 일치한다.

2월 8천5백만 엔

3월 9천2백만 엔

4월 1억 3천만 엔

5월 1억 2천5백만 엔

6월 1억 7천만 엔

7월 2억 천만 엔

8월 2억 2천만 엔

9월 2억 4천만 엔

10월 2억 4천5백만 엔

11월 2억 9천만 엔

12월 2억 9천5백만 엔

1월 2억 8천만 엔

도쿄 실리콘에 대한 무심사 대출 가능 범위는 작년 3월까지
1억 엔이었는데 그 뒤 야나기바 사장의 의뢰로 몇 차례에 걸쳐
확대하다 보니 1년 정도 만에 3억 엔까지 늘었다. 11월부터 1월

까지 석 달 동안은 새롭게 설정한 대출 범위 상한에 닿을 정도의 상태다.

당시에는 대출 증액을 부탁하러 온 야나기바가 신에쓰 머티리얼의 실적이 빠르게 늘고 있다고 설명한 것이 무척 설득력 있었다. 신에쓰 머티리얼의 실적이 오르면 이 회사를 주 판매처로 하는 도쿄 실리콘의 매상도 늘지만 동시에 매입도 증가한다. 그러다 보니 선대자금이 기존보다 더 필요하게 됐다는 이야기는 간단명료하고 이해하기 쉬운 구도다. 다카하타의 전임자에 해당하는 당시 지점장이나 기타가와도 무심사 대출 가능 범위 확대에는 거의 바로 동의했을 터다. 전 지점장인 후지에다 겐은 임기 1년 정도 만에 본부로 돌아가서 지금은 기획부장으로 니시구치 아쓰시 위에 있다.

대출 증가분은 대부분이 '어음할인'이라는 종류의 융자가 차지하고 있었다. 신에쓰 머티리얼이 대금으로 지불한 어음을 기일이 되기 전에 은행이 사들여서 현금화하는 것이다. 은행이 사들인 날부터 어음 기일이 도래해 어음이 결제되기까지의 기간이 실질적인 대출이 된다. 일반적으로 흔하디흔한 융자 방식이다.

확실히 신에쓰 머티리얼의 화의 때문에 최종적으로 그 할인이 연쇄도산의 원인이 되었음은 부정할 수 없지만, 그래서 어쨌다는 걸까? 상장을 목표로 급성장하고 있는 회사를 주요 거래처로 삼고 있으면 이 정도 속도로 잔고가 증가하는 일도 당연히 있을 수 있다.

나는 사카모토가 남긴 포스트잇에 의문을 던지면서 추출한 숫자를 한동안 만지작거렸다.

모르겠다. 사카모토가 무엇을 알아차렸는지 알 수 없었다.

나는 반쯤 체념해서 파일 내용물을 다시 한 번 체크했다. 놓친 것이 있을지도 모른다. 자료를 한 장씩 꼼꼼하게 살폈다.

있었다.

결산서 일부다. 아니, 정식 결산서는 아니다. 시산표*일 것이다. 매달 매상이 출력돼 있다. 있는 것은 그 한 장뿐이었는데, 정식 결산서가 들어 있어야 할 곳에 자못 당연하다는 듯 철해져 있었기 때문에 되레 눈치채지 못했다. 내가 계산한 할인 월과는 한 달 어긋나지만 이 회사 매상액은 다음과 같았다.

1월 2억 천만 엔

2월 1억 9천만 엔

3월 2억 5백만 엔

4월 1억 7천만 엔

5월 1억 6천만 엔

6월 1억 9천만 엔

7월 1억 5천만 엔

8월 1억 7천만 엔

* 복식 부기에서 원장에 올린 것의 정확성을 검산하는 표.

9월 1억 9천만 엔

10월 1억 8천5백만 엔

11월 1억 6천만 엔

12월 1억 7천5백만 엔

나는 그 숫자를 빨려 들어갈 듯이 쳐다보았다.

내가 보고 있는 것을 믿을 수 없었다. 이 숫자가 옳다면 매상이 증가했다는 야나기바의 설명은 완전히 엉터리였던 셈이다. 파일을 뒤져보면 당시 야나기바가 제출한 자료가 있겠지만 볼 필요도 없었다. 대출 자체가 2억 엔 이상이나 증가했는데도 회사 매상은 그냥 옆걸음질……. 이런 일은 상식적으로 있을 수가 없다.

지나고 나서야 아는 일이지만 확실히 경영이 순탄치 않은 회사에 대한 매상이 급증하고 있다는 말도 안 되는 이야기가 있을리 없다. 사카모토는 무심사 대출 범위 증액을 신청한 내 품의서를 다시 읽어보다 이런 의문을 품은 것 아닐까? 솔직히 말해 당시 나는 신에쓰 머티리얼이라는 회사를 맹신하고 있었다. 같은 자본 계열인 니토 상사가 상당히 깊은 거래를 하고 있다는 것도 신뢰의 근거였다. 내가 놓친 그 부분을 사카모토는 냉정하게 생각해서 밝혀냈다.

두 손 들었다…….

이런 기분이었다. 나는 감쪽같이 속은 것이다.

곧장 다른 의문이 들었다.

도쿄 실리콘은 애초에 영업에 필요 없는 돈을 빌려간 셈이다. 그러면 그 돈은 어디로 갔을까?

신에쓰 머티리얼.

답은 불을 보듯 뻔했다. 내가 할인에 응한 신에쓰 머티리얼의 어음은 대부분이 융통어음, 즉 매상의 실체가 수반되지 않는 어음이었다는 말이다.

도쿄 실리콘은 그 어음을 할인받고, 그렇게 얻은 차입금은 신에쓰 머티리얼에 송금한다. 신에쓰 머티리얼은 그 돈을 운영자금으로 쓰는 것이다.

"제길, 융통어음이었나."

나도 모르게 얼굴이 구겨졌다. 충격이다. 그때 사카모토의 말이 생각났다. 그와 마지막으로 만났을 때다.

—너 나한테 빚진 거다?

그 말의 뜻은 바로 이거였다. 대꾸할 말이 떠오르지 않았다. 통한이라 표현해도 좋을 실패다.

하지만 이 융통어음을 발견했다고 해서 도쿄 실리콘에 돈이 돌아오지는 않는다. 신에쓰 머티리얼은 이미 화의 신청 중인 회사다. 융통어음이라 해도 화의 조건에 따라 통상 채권과 똑같이 취급될 가능성이 높다. 사카모토가 무슨 근거로 나오에게 기대하라고 했는지 결국 나는 알 수 없었다.

"게다가 이거야."

나는 '109'라고 적힌 노란 포스트잇에 시선을 떨어뜨렸다. 사카모토가 남긴 수수께끼 같은 전언이다.

역시 의미는 알 수 없다.

문득 창밖이 밝아오기 시작한 것을 깨닫고 암담한 기분으로 책상 스탠드를 껐다.

4

다음 날 영업과 미야시타에게 과거의 계좌잔고 기록을 보여 달라고 부탁했다. 은행의 온라인 단말기가 기록으로 보존하는 기간은 기껏해야 한 달 정도고 그 이전 것은 전부 마이크로필름 에 담겨 금고에 보관된다. 이것은 영업과 관할인데 우리 지점에 서 그 일을 맡고 있는 사람이 미야시타였다.

"세무조사 같은 거야?"

미야시타는 개점 준비를 하느라 분주하게 손을 놀리면서 물 었다.

"도쿄 실리콘 계좌 잔고 추이를 조사하려고."

손이 멈췄다.

"이제 와서?"

"좀 마음에 걸리는 게 있어서."

"뭐, 상관없지. 하지만 그거라면 전에 사카모토도 조사했던 거 같은데."

"사카모토가?"

"응. 어째 심각한 얼굴로, 지금 너처럼 말이야. 비슷한 말을 하면서 금고 열쇠를 강탈해 가더라고."

말은 그렇지만 별로 분한 눈치는 아니다. 사람 좋은 미야시타는 그 일을 그리운 추억처럼 이야기한 것이다.

"그게 언제쯤이야?"

"요 근래야. 지난달 초쯤 아니었나?"

나는 무심코 미야시타의 얼굴을 봤다.

"그 녀석이 그때 무슨 말 안 하든? 조사 내용이 어떻다느니, 뭐든 상관없어. 생각 좀 해봐."

"글쎄다."

미야시타는 고개를 갸웃했다.

"기억이 안 나는데. 뭐 문제라도 있어?"

"뭐, 좀."

미야시타는 열쇠를 모아둔 상자에서 작은 열쇠를 하나 끄집어내어 내게 넘겼다. 열쇠에 달린 조그만 판에 유성 펜으로 '27'이라는 숫자와 '마이크로필름'이라는 미야시타의 못생긴 글자가 쓰여 있다.

"그럼 잠깐 빌릴게. 그리고 필름 리더기도 써도 돼?"

"응, 괜찮아. 오전 중에는 비어 있으니까 마음대로 써."

미야시타는 책상으로 얼굴을 돌리더니 출납계에서 넘어온 현금다발을 손에 들었다. 왼손에 들고 손목을 세 번 흔들면 보기 좋은 부채꼴로 펴진다. 그것을 오른쪽 엄지손가락으로 다섯 장씩 세는 것이 지폐를 세는 기본 기술이다.

나는 2층 금고실에 들어가 바닥부터 천장 가까이까지 가득 들어찬 철 상자에서 27번 문을 찾았다. 목적한 자료를 보관하고 있는 플라스틱 파일 케이스는 쉽게 찾을 수 있었다. 그것을 기지고 필름 리더기가 놓인 1층으로 돌아갔다.

필름 리더기를 쓰는 것은 꽤 인내심이 필요한 작업이다. 금고실에서 가지고 온 파일에 보관되어 있는 필름은 월 단위로 몇 년분이다. 그중에서 조사하고 싶은 달을 골라낸 다음 거기서 다시 도쿄 실리콘이라는 개별 계좌 명세를 기록한 부분을 찾아내서 복사한다. 참 고맙게도 모든 과정이 수작업이다.

나는 도쿄 실리콘이 도산한 올해 1월부터 과거 1년 치 데이터를 복사할 생각이었는데 석 달 치를 마쳤을 때쯤 눈이 아파왔다. 게다가 리더기에 딸려 있는 복사기는 속이 타들어갈 정도로 느리고 세 번에 한 번은 종이가 걸린다.

11시가 넘어서야 겨우 데이터 복사가 전부 끝나서 종이다발을 들고 그 방에서 나왔다. 그러고 있는 약 두 시간 동안 내 책상을 가득 메운 갖가지 서류를 분류하고 급한 것을 처리한 뒤에 나오에게 전화를 걸었다.

"무슨 볼일이야?"

언짢은 목소리다. 그 주인공에게 이제부터 가겠다고 말하고 상대방이 투덜투덜 불평을 하기 전에 나는 전화를 끊었다. 나중에 천천히 볼 생각으로 복사한 다발은 모아서 책상 위에 놓고, 늘 쓰는 수첩과 도쿄 실리콘 신용 파일을 옆구리에 꼈다. 업무용 차의 키를 들고 오랜만에 갠 하늘 아래로 나갔다.

"뭐야?"

문을 연 나오는 데님원피스 차림으로 나를 노려보았다.

"조사하는 걸 좀 도와주지 않겠어?"

나는 현관에 서서 말했다. 나오는 방문 판매원이라도 대하듯이 문을 10센티미터 정도 열고 그 틈으로 언짢은 얼굴을 내보였다. 오늘은 문에 체인이 걸려 있다.

"왜 내가 당신네 은행을 도와줘야 되는데? 농담도 적당히 해. 사람 사정도 묻지 않고 마음대로 들이닥치지 마."

"은행이 아니라 지금은 개인적으로 조사하는 것뿐이야."

"뭐가 달라?"

닫히는 문을 손으로 잡았다. 체인이 귀에 거슬리는 소리를 냈다. 나는 가지고 온 자료를 나오에게 보여주었다. 매상액 숫자가 늘어서 있는 시산표다.

"이런 게 나왔어. 출처를 확인하고 싶은데."

"그게 뭔데?"

손이 나오더니 서류가 문 안쪽으로 빨려 들어갔다.

"사카모토가 파일에 넣어뒀더라. 경리용 컴퓨터에서 출력한 거 아닐까 싶어. 여기서 나온 건지 아닌지 확인하고 싶을 뿐이야."

서류에서 얼굴을 들고 진위를 따지는 눈으로 나를 본다.

"하는 수 없네."

나오는 조금 퉁명스러운 어조로 말하더니 문을 잡고 있는 내 손을 보았다.

"치워. 체인을 못 풀잖아."

나오는 일단 집안으로 들어가서 사무소 열쇠를 가지고 나왔다. 자택과 같은 부지를 지나 도쿄 실리콘 사무소로 가서 뒷문에 열쇠를 꽂는다.

문을 열면 철제 계단이 있다. 그녀는 책상이나 전화기가 그대로 남아 있는 2층 방으로 들어가서 구석에 있는 컴퓨터를 가리켰다.

"저거야. 한 달도 더 전이지만 사카모토 씨가 와서 컴퓨터에서 무슨 서류를 출력해 갔어. 쓰는 방법 알아?"

"몰라."

나오가 어깨를 움츠렸다.

"그건 안 됐네. 나도 모르거든. 사카모토 씨는 알았던 것 같지만."

"사카모토는 컴퓨터를 잘 다루었으니까."

"당신은?"

대답 대신 나도 어깨를 움츠렸다. 나오가 스위치를 켜자 하드 디스크가 가볍게 윙윙거리면서 구동하기 시작했다.

나는 의자에 앉아서 조작을 시작했다. 나오는 그 자리를 떠나 사무소 창문을 열고 다녔다. 그러고 나서 사장 의자에 앉아 심심한 듯 바깥을 멍하게 바라본다.

재무 프로그램은 난생 처음 써보지만 조금 만지작거리다 보니 시산표 인쇄 바로가기 버튼이 화면에 배치되어 있는 것을 발견했다.

어떻게 될 것 같다. 인쇄 버튼을 클릭하면서 가슴을 쓸어내리고 있었더니 나오가 옆에 서서 화면을 들여다보았다.

인쇄된 시산표는 역시 내가 도쿄 실리콘 파일에서 발견한 것과 완전히 똑같았다.

"여기 입력된 데이터가 잘못됐을 가능성은 없어?"

"그럴 리 없잖아. 아버지가 돌아가시기 전까지 요시카와 씨가 하던 일인데."

요시카와는 오랫동안 도쿄 실리콘 경리를 맡아온 고참 사원이다. 화장기 없는 얼굴에 두꺼운 안경을 쓰고 거의 웃지 않는 여성이었다. 나는 나오 말에 고개를 끄덕였다.

"이것 봐. 도쿄 실리콘에 대한 융자 잔고야. 이게 지금 출력한 매달 매상이고."

나는 가지고 온 융자 잔고가 적힌 메모와 그 자리에서 출력한 매상 추이를 나오에게 보여주었다.

"이게 왜?"

"융자는 세 배가 됐는데 매상은 그대로야. 너희 아버님 설명으로는 신에쓰 머티리얼에 대한 매상이 늘었으니까 무심사 대출 범위를 올려달라는 거였거든."

나오의 표정에 당혹감이 어렸다.

"설명해줘. 알잖아."

나는 프린터가 토해낸 용지를 손에 들고 다시 한 번 잔고를 확인했나.

"아마 융통어음일 거야."

"그게 뭔데."

"이렇게 된 거야."

나는 옆에 있던 메모용지에 그림을 그렸다.

"먼저 자금 변통이 어려워진 신에쓰 머티리얼이 상거래의 실체가 없는 어음을 도쿄 실리콘에 건네. 너희 아버지는 그 어음을 은행에서 할인해서 자금을 만들어. 그 돈을 아마 신에쓰 머티리얼에 송금한 게 아닐까 싶어."

메모용지에 그려진 그림을 나오는 한동안 바라보았다.

"하면 안 되는 일인 거야?"

"도의적으로는."

"배신당해서 화난 거야?"

"조금."

"제멋대로네. 자기들이 한 짓은 모른 척하면서 이런 거 가지고 화내다니. 애당초 많이 빌려주면 그만큼 은행은 돈을 벌잖아."

"그런 문제가 아냐."

나오는 지긋지긋하다는 표정으로 한숨을 내쉬었다. 오늘은 언쟁을 할 기운이 없나 보다.

"아버지도 피해자야."

"알고 있어. 그런데 네가 신에쓰 머티리얼의 화의에 반대하는 이유는 뭐지?"

나오는 내게 등을 돌리더니 가까운 책상에 기대서 팔짱을 꼈다.

"우리가 이렇게 돼버린 건 신에쓰 머티리얼 때문이야. 그런데 뭐? 사장인 난바 씨는 아버지가 그렇게 잘해줬는데 도산하자마자 자취를 감추더라. 화의인지 뭔지 몰라도 피해를 준 거래처는 뒷전이고 자기 회사만 다시 일어서겠다니 얼토당토않은 소리잖아."

자료를 손에 들고 다시 한 번 보더니 짜증스럽다는 듯이 돌려주었다.

"화의 채권자 집회에서 고발해 버릴까? 정말이지."

"변호사한테 맡기는 게 좋아."

억지로 화의를 망쳐봤자 채권자에 대한 배당은 거의 기대하지 못한다. 그러면 조금이라도 가능성이 있는 쪽에 거는 편이 낫다.

"당신은 눈치 못 챈 거야?"

"응. 눈치채지 못했어."

솔직히 자백했다.

"처음 눈치챈 사람은 사카모토야."

나는 야나기바의 말을 신용하고 반쯤 곧이곧대로 받아들였다. 도쿄 실리콘은 니토 은행과는 20년 가까운 거래 실적이 있는 친밀한 곳이다. 오랫동안 주거래은행으로서 상호 신뢰 관계를 맺어온 상대였다. 하지만 융통어음을 놓친 것은 은행의 융자 담당자로서 변명할 수 없는 실패다. 그런데도 사카모토는 이 사실을 눈치챈 뒤에도 그것을 밝히려 하지 않았다. 나를 지키려고 한 것이다. 이미 본부에서 노여움을 사서 좌천되어 온 나를.

"사람이 너무 좋아서 탈이야, 아버지나 당신이나. 사카모토 씨가 말한 것처럼 이 돈은 돌아와?"

나는 고개를 저었다.

"아마 무리일 거야."

나오의 눈동자에 낙담한 빛이 떠올랐다.

"사카모토는 그것과는 다른 이야기를 한 것 같아."

"다른 이야기라니?"

"그건 아직 모르겠어."

나오는 입을 꾹 닫고 잠자코 창가로 다가가더니 일단 열어놓은 창문을 닫으려 했다.

"실컷 이용당하다가 끝에는 버려지는 건가."

나오가 돌아보며 말했다.

"세상이란 건 이런 걸까?"

"현실은 혹독해."

"혹독하다고는 생각하지 않아. 비열하다고는 생각해."

"그러게. 정말이지……, 비열한 현실이야. 하지만 이런 일에 혈안이 되는 무리도 있어. 현실이 비열한 건 비열한 무리가 있기 때문이지."

"당신도 어엿한 일원이잖아."

이 말이 내 가슴을 따갑게 찔렀다.

"돈인가? 그렇게 돈을 벌어서 뭐 하려고? 그걸 위해 평생을 마소처럼 살면서."

거기까지 말하고 나오가 벽시계를 올려다보았다. 오후 1시가 되어간다.

"밥 먹고 갈래?"

"아니. 돌아가서 조사할 게 있어."

"그래?"

두 팔을 들고 기지개를 펴면서 주택가 풍경과 그 위에 펼쳐진 파란 하늘을 우러러본다.

"이제 학교야?"

"3시."

나는 나오 옆에 나란히 서서 밖을 바라보았다.

"앞으로 어떻게 할 거야? 박사과정에 진학해?"

나오는 석사 2년차다. 위로 올라가지 않는다면 다른 진로를 정해야 한다. 벌써 7월이다.

"어떻게 할지 망설이고 있어."

뜻밖에도 나오는 내게 속마음을 내비쳤다. 고민하는 것처럼 보인다.

"그래? 하고 싶은 일이라도 있어?"

나오는 그 말에는 대답하지 않고 등 뒤로 팔짱을 낀 채 내게 옆얼굴을 보였다.

"모르겠어. 정말로 하고 싶은 건 뭔지. 혹은 뭘 해야 하는지. 그걸 잘 모르게 됐어."

"그래?"

"그래? 그 말밖에 못해?"

"나오……."

오랜만에 그녀의 이름을 불렀다는 것을 깨달았다. 마지막으로 그녀를 이름으로 부른 것이 언제였던가.

그녀는 아주 조금 쓸쓸하게 웃었다.

"저기, 아까 그 융통어음이랬나? 그런 걸 조사해서 어쩔 생각이야?"

"사카모토 녀석, 그걸 눈치채고도 감싸줬어. 빚진 거라고 하더라. 그걸 갚으려면 녀석이 하려던 일을 이어받을 수밖에 없잖아."

"우정이라는 거야?"

"우정이라는 거지. 하지만 그것만은 아니야. 지금은 채권 회수도 일이거든. 사카모토가 너한테 기대하라고 했잖아. 어딘가에 돈을 회수할 수 있는 실마리가 있다는 뜻이야. 그걸 찾겠어."

"그렇구나. 기대하지 말고 기대하라는 거네."

그녀는 컴퓨터 전원을 껐다. 나는 출력된 자료를 신용 파일에 끼우고 나오가 컴퓨터에 방진 시트를 씌우는 것을 도왔다.

"사키 보고 갈래?"

자택 현관까지 오자 나오가 물었다.

"다음에. 네가 안부 전해줘. 그리고 요전에 기억하고 있어줘서 고마웠다고."

나오가 미소를 지었다. 나는 가볍게 손을 흔들고 길거리에 세워 놓은 업무용 차로 향했다. 반쯤 채워지고 반쯤 채워지지 않았다. 그런 기분이었다.

오전 중에 찾아놓은 자료를 검토하면 도쿄 실리콘의 융통어음을 해명하는 데에 그리 시간이 걸리지는 않을 것이다. 그렇게 생각했다.

5

그런데 내 책상으로 돌아간 순간 사태가 수상쩍어졌다.

고생해서 모은 계좌 이동 명세가 사라지고 없었다. 주위를 둘러보았지만 보이지 않는다. 나도 모르게 혀를 찼다.

"오타니 씨."

나는 융자 담당 사무를 담당하는 여성 직원을 불렀다.

"내 책상 위에 도쿄 실리콘 계좌 명세 복사본을 두었는데 안 보이네."

"오늘 두신 거예요?"

"아까 나가기 전에. 혹시 몰라?"

오타니는 난처한 얼굴을 했다.

"저는 몰랐어요. 야마모토 씨……."

오타니는 입사한 지 얼마 되지 않은 신입 여성 직원에게 물어 보았지만 야마모토는 자기 업무를 처리하느라 정신이 없어서 도 저히 남의 자료 행방 따위를 신경 쓸 여력은 없다는 느낌이다.

"몇 시쯤이었는데요?"

오타니가 야마모토에게서 내게로 시선을 돌렸다.

"11시 지나서. A4로 서른 장 가까이 있었을 텐데."

둘 다 난처한 얼굴로 서로 마주 보았다. 오타니가 그날 회부된 자료를 보여주었지만 섞여 있지 않았다. 내부의 누군가가 실수 로 가져갔다고밖에 생각할 수 없다. 이것으로 오전 중의 두 시간 이 완전히 허사로 돌아간 셈이다.

미야시타에게 다시 열쇠를 빌려 마이크로필름을 꺼내러 금고 로 갔지만 이번에는 필름 리더기에 빈자리가 없었다. 결국 또다 시 눈 아프게 자료를 다 모은 것은 저녁 7시가 지나서였다.

그러고 나서 자료를 바탕으로 도쿄 실리콘 당좌예금의 동향을 쫓았다. 입금과 출금 상대를 하나하나 확인했다. 내가 알고 싶은 것은 은행에서 할인을 한 돈의 행방이다.

계좌 추이를 따라가 보니 은행이 당좌예금에 입금한 할인대금 은 월말 결제 외에도 월중에 수천만 엔 단위로 예금계좌에서 몇 번 인출되었다는 사실을 알게 되었다.

하지만 그것이 융통어음이라고 단정하기 위해서는 예금계좌

에서 찾은 돈이 신에쓰 머티리얼에 입금되었다는 것을 확인해야
만 한다.

거기서 발이 걸렸다.

예금계좌에 있는 돈을 다른 곳에 보낼 경우 두 가지 처리 방식
이 있다. 하나는 예금계좌에서 그대로 입금하는 것인데 그러면
내가 보고 있는 자료에 '흔적'이 남는다. 또 하나는 예금계좌에
서 필요한 만큼 현금을 인출해서 그 돈으로 입금하는 방법이다.
이 방법을 쓰면 기록에 입금 상대의 이름이 남지 않을 뿐 아니라
입금에 쓰였다는 것조차 알 수 없다.

야나기바가 쓴 방법은 후자였다. 그래서 자료에는 현금을 인
출했다는 기록은 있지만 그 돈이 어떻게 쓰였는지에 대한 기록
은 남아 있지 않다. 이 방식이면 현금을 다른 은행에 가져가서
입금할 경우 추적하기가 완전히 불가능해지고, 설사 니토 은행
시부야 지점 창구에서 입금했다 해도 그때 기입한 입금 의뢰서
라는 서류를 찾지 않으면 입금 상대를 알 수 없다.

꼬리가 잡힐 것 같으면서 잡히지 않는다. 하지만 유일한 희망
은 다 똑같이 처리했으리라는 법은 없다는 것이다. 똑같은 거래
를 오래 계속하다 보면 가끔은 계좌에서 직접 입금할 때도 있을
지 모른다. 나로서는 그 우연에 걸 수밖에 없었다. 상대가 경계
하고 있었다면 그런 우연을 기대할 수도 없지만, 당시 나는 도쿄
실리콘의 어음이 융통어음이라고는 털끝만치도 생각하지 않았
다. 그런 의미에서는 야나기바도 방심하고 있었을 것이다. 그렇

다면 이쪽에도 아직 승산이 있다.

나는 자료를 차례차례 넘겼다. 자료를 1년 치밖에 복사하지 않은 것이 후회되었다. 조금 더 긴 기간의 자료가 필요했을지 모른다. 그렇게 생각하던 찰나 발견했다. 계좌에서 입금한 것을 보여주는 '흔적'을.

—F.

나는 한동안 결이 거친 복사 용지의 한 점을 주시했다. 'F'라는 한 글자가 출금을 표시하는 행의 구석에 인쇄돼 있다.

F는 **입금했음**을 의미한다.

딱 한 번, 야나기바가 당좌예금에서 그대로 입금했다는 말이다.

날짜는 9월 6일. 나는 날짜와 금액 4천5백만 엔을 탁상 메모지에 쓴 다음 그것을 가지고 영업실 안쪽에 있는 엘리베이터로 직행했다. 밤 10시가 지나 대부분의 직원은 이미 집으로 돌아갔다.

단서를 찾았다. 그런 실감이 있었다. 분명 사카모토도 나와 똑같은 행동을 했을 터다.

엘리베이터 안내판이 점멸하면서 숫자를 바꾼다. 목적지는 지하 2층이다. 낡은 엘리베이터 문이 삐걱거리는 소리를 내며 열렸다.

어둠.

맨 처음 내 눈에 들어온 건 그 압도적인 칠흑이었다. 엘리베이터 내부에 켜진 전등이 바닥에 네모난 빛을 던지고 있다. 눈이 익숙해질 때까지 나는 엘리베이터 열림 버튼을 계속 누르고 있었다. 빛이 없어지면 만지기 전에는 내 얼굴조차 모를 정도다.

벽을 손으로 더듬어 불을 켰다.

검붉게 탄 형광등이 맥없이 깜빡이다가 켜졌다. 나는 서고 앞에 서 있었다. 여기가 시부야에서 가장 비싼 땅이라는 것이 믿을 수 없을 정도로 조용했다.

서고를 막고 있는 격자문에 열쇠를 넣고 돌렸다. 찰칵하는 딱딱한 소리가 공간에 울렸다. 굵은 전용 케이블을 연결해서 서고 안에 불을 켰다.

여기에는 은행 거래에서 취급된 어음이나 수표, 예금 해지 서류, 입금 의뢰서를 비롯한 각종 서류가 일정 기간 보존된다. 금고보다 훨씬 더 넓은 공간이다. 천장도 높아서 삼각형 이동식 계단이 입구를 막고 있다.

나는 목표물인 입금 의뢰서가 보관되어 있는 곳을 찾아 넓은 서고를 걷기 시작했다.

도쿄 실리콘은 8월 28일에 신에쓰 머티리얼 명의의 어음 등으로 약 6천만 엔의 할인을 받았다. 그중 2천만 엔 조금 안 되는 돈을 월말 결제로 돌리고, 다음 달인 9월 6일에 4천5백만 엔이나 되는 금액을 **어딘가**에 입금했다. 입금한 곳이 신에쓰 머티리얼이라면 당시 내가 놓치고 있던 융통어음을 통한 자금 흐름이 증명된다.

커다란 선반이 세 줄 늘어서 있다.

그 한구석에서 자금 이동 관련 즉 계좌이체나 입금을 취급하는 부문의 서류를 보관하는 장소를 발견했다. 꽤 큰 공간으로, 내가 찾는 것은 득별한 종이상자에 들어 있었는데 그 중앙 부근에 몇 단씩 쌓여 있었다. 종이상자는 연월 순이다. 상자 안도 규칙은 똑같아서 날짜순으로 정리되어 있다.

9월 6일 서류는 상자 안쪽에서 누가 열어보기를 숨죽여 기다리고 있었다.

철해져 있는 의뢰서는 천 장 가까이 된다. 하루 동안 접수한 양이다. 그것을 한 장씩 확인했다.

나는 벽 쪽에 방치돼 있던 박스에 걸터앉았다. 형광등 불빛도 충분히 닿지 않는 서고 구석에서 자신의 숨소리를 듣고 있다. 먼지가 많고 움직임이 없는 공기 속에서 종이를 넘기는 메마른 소리가 감정을 서서히 고양시켰다.

거의 다 왔다. 천천히 그리고 확실히 입금 의뢰서 묶음을 넘겼다. 이렇게 되면 끈기 싸움이다.

5백 장 가까이 넘겼다. 이제 반이 남았다.

"이 중에 있어."

억누르려 해도 기분이 고조되었다. 귀 안쪽에서 맥박 뛰는 소리가 들렸다. 손가락을 계속 움직였다. 한 장. 또 한 장. 남은 종이가 줄어든다. 그럴수록 이 중에 있다는 기분은 고조되었다.

손가락을 계속 움직였다. 남은 매수는 자꾸만 줄어든다.

그리고 마지막 한 장도 넘겼다.

없다.

한동안 망연자실했다.

"왜 없지?"

놓쳤나? 가능성은 있다. 한 번 더 종이뭉치를 처음부터 넘겼다.

결과는 똑같았다. 왜? 가슴속에서 의문이 커졌다. 없을 리는
없다. 생각할 수 있는 가능성은 무슨 착오 정도다.

아니, 이런 것도 생각할 수 있다. 인출은 9월 6일이지만 입금
의뢰서 자체는 9월 5일자로 되어 있을 경우. 3시가 지난 시간에
들어온 것은 이렇게 처리될 가능성이 있다.

나는 상자에서 9월 5일 서류철을 찾아냈다.

하지만 결과는 똑같다. 한 시간쯤 경과한 뒤였다.

"뭐 하는 거야?"

그때 갑자기 굵은 목소리가 실내에 울려 퍼져서 나는 튕기듯
이 얼굴을 들었다.

기타가와가 서 있었다. 입구에 딱 버티고 서서 의심 가득한 눈
으로 나를 응시하고 있다.

"뭘 좀 찾고 있습니다."

나는 서류철을 상자 안에 다시 넣었다.

"서고 관리자는 자네가 아니잖아."

기타가와는 내가 있는 곳까지 오더니 발밑에 떨어져 있는 열

쇠에 눈길을 주며 타박했다.

"조사할 게 있어서 미야시타 대리한테 빌렸습니다."

"관리자를 임명하는 사람은 나야, 이기."

기타가와는 내 발밑에 있는 입금 의뢰서 상자를 내려다보았다.

"뭘 찾고 있어?"

"거래처에서 입금 확인을 해달라고 해서요. 하지만 이제 끝났습니다."

적당히 둘러대고 일어났다. 기타가와는 움직이지 않았다. 그래서 통로 출구를 막고 선 모양이 됐다.

"전에 있던 데서 전달받은 대로군, 이기. 너, 기획부에서 실패하고도 아직 정신을 못 차렸나? 제멋대로 행동하다가는 다음번도 기대 못해. 각오해 두는 편이 좋을 거야."

기타가와는 입술 끝에 야비한 웃음을 띠고 발길을 돌렸다. 그 모습이 입구 저쪽으로 사라지고 나서 나는 다시 한 번 입금 의뢰서 묶음을 손에 들었다.

끝을 가지런히 모아서 드릴로 구멍을 뚫고 플라스틱제 심으로 묶어 놓은 서류철이었다. 지점에 설치돼 있는 기계로 간단히 처리한 것이다.

자세히 살펴보니 플라스틱 심 부분에 작은 종잇조각이 끼어 있는 것이 보였다. 그것이 무엇을 의미하는지 생각할 필요도 없었다.

누가 가져갔다.

여기에 들어올 수 있는 사람은 이 지점에 근무하는 50명 가까운 은행원뿐이다. 그중 누군가가 이 서류철에서 도쿄 실리콘의 입금 의뢰서를 파기했다고 생각할 수밖에 없었다.

6

신주쿠에서 혼잡한 야마노테선을 하차해서 게이오신선으로 갈아탔다. 이 시간에 승차하는 손님 절반은 취객이다. 열차가 플랫폼에 도착해서 안에 한 발 내딛은 순간 알코올 냄새가 났다. 마흔이 넘은 회사원 몇 명이 혀 꼬부라진 말투로 언쟁을 하고 있었다. 전차가 흔들릴 때마다 그중 한 사람이 내 어깨에 부딪친다. 부딪친 쪽은 나 같은 사람은 전혀 개의치 않은 듯 이야기에 열중하고 있다. 불쾌했지만 내 인내심이 아직 한계에 도달하기 전에 하타가야역에 도착했다. 지하 플랫폼에서 지상으로 나가자 고슈 가도에는 평소처럼 소음과 배기가스로 인한 불쾌한 냄새가 떠다니고 있었다.

상점가에서 조용한 주택가 길로 들어섰을 때 별생각 없이 뒤를 돌아봤더니 사람 그림자가 슥 움직이는 것이 보였다. 나는 발길을 멈추고 그 움직임이 사라진 쪽을 살폈다.

구립 도서관 자전거 보관소와 불 꺼진 현관. 반대편은 어느 회사 사택으로 문은 닫혀 있다. 그 안에는 아이들이 놀 수 있는 공원이 있고, 길가 풀숲에서는 벌레가 울고 있었다.

맨션의 내 방에 돌아가서 불을 끈 채 아래쪽 도로를 내려다보았다.

형사인가?

가능성은 있다. 어쨌든 나는 용의자다. 그렇게 생각하니 갑자기 부아가 치밀었다.

면바지에 폴로셔츠를 입고 식사를 하러 나갔다. 도중에 몇 번 돌아보면서 걸었다. 하기야 형사였다면 그렇게 간단히 알아차릴 수 있는 미행은 하지 않을 것이다. 아니면 처음에 내가 돌아봤을 때 들켰다 생각하고 미행을 중지한 걸까?

중년 회사원이 반대편에서 걸어왔다. 상당히 취했는지 걸음걸이가 위태롭다. 스쳐지나가면서 또 뒤를 돌아보았다. 이번에는 그림자가 움직인 듯한 느낌이 들었다. 주택 화단이다. 나는 한동안 거기 서서 기척을 살폈다. 말없이 서로 노려보고 있는 것인지, 그냥 착각인지 분간이 되지 않았다. 잠깐 서 있었지만 아무 일도 일어나지 않았다.

고슈 가도에 있는 레스토랑에 들어가 맥주와 흰 살 생선을 주문했다. 나온 맥주잔을 기울이면서 오늘 경험한 일을 이리저리 생각해 보았다. 사실의 단편은 전부 뿔뿔이 흩어져 있어서 곧 수습할 수 없어졌다.

돌아가는 길에는 일일이 뒤를 신경 쓰는 것이 귀찮아져서 미행하려면 마음대로 하라는 기분이 들었다. 이변을 눈치챈 것은 맨션 현관에 들어섰을 때다.

나도 모르게 멈춰 섰다.

우편함이다.

홀 벽에 스테인리스로 된 네모난 우편함이 방 개수만큼 설치되어 있다. 그중 하나의 문이 보기 흉하게 휘어져서 열려 있었다. 내 우편함이다. 문 가운데가 일그러져 있다.

가까이 가서 보았다. 우편함 안에 뭔가가 굴러다니고 있다. 분노가 치밀었다. 나는 그 쓰레기 같은 것을 치우기 위해 손을 뻗었다가 황급히 뒤로 뺐다.

"⋯⋯!"

벌이었다. 쌍살벌이다. 시체인가 싶었지만 움직이고 있었다. 꽁무니에서 독침을 내민 채 날개가 뜯겨나간 무참한 모습으로 우편함 속을 필사적으로 기고 있었다. 나는 일순 사고가 혼란스럽고 머리가 텅 비었다. 그러고 나서 마음속에 한 줄기 공포가 스며들었다.

움직일 수 없었다. 앞발로 무거운 배를 끌던 벌은 우편함 끝까지 오더니 보이지 않는 폭포에 빨려 들어가듯 바닥에 떨어졌다. 내 발밑. 황급히 발을 뒤로 뺐다. 툭 하는 소리가 오싹했다. 긴다. 이놈은 살기를 바라며 기고 있다. 눈앞에 다가온 죽음과 열심히 싸우고 있다. 본능이 가르쳐주는 건가? 불완전해진 개체는 살겠다고 계속 긴다.

뒤를 돌아보았다. 깨끗하게 닦인 유리문에 내 모습이 비치고 있었다. 덩치가 큰, 청년 같기도 하고 중년 같기도 한 남자의 모습이다. 초점을 바꾸니 문 바깥의 가로등이 밝은 빛을 던지고 있는 것이 보였다. 그 빛의 수비범위에서 벗어나는 왼편은 어둠이 차지하고 있다.

나는 키패드에 암호를 입력하고 맨션 안으로 들어갔다. 누군지 알 수 없다. 하지만 그놈은 이 맨션까지 찾아왔다. 어디서부터인지 나를 따라와서 내게 벌을 두고 갔다. 다음은 너다. 그렇게 말하는 것 같기도 했다.

—어지간히 비정하고 어린애 같은 놈이야.

의사의 말이 가슴에 되살아났다.

엘리베이터로 곧장 5층으로 올라가서 방으로 들어갔다. 불을 켜고 거기에 평소와 똑같은 광경이 떠올라도 내 심장박동은 잠잠해질 것 같지 않았다.

오바 형사의 명함을 들고 그 번호로 전화를 걸었다.

무뚝뚝하고 알아듣기 힘든 굵은 목소리가 받았다.

진정하기 위해 숨을 들이쉬고 집에 오면서부터 있었던 일을 설명했다. 오바는 말없이 듣고 있다.

"알겠습니다. 그럼 잠깐 들러볼까요."

그리 적극적이라고는 할 수 없는 말투다. 전화기 저편에서 뭐라 말을 주고받는다. 어쩔 수 없군. 이런 말이라도 하는 건가?

"기다리겠습니다."

수화기를 놓았다.

15분 뒤에 초인종이 울렸다. 엘리베이터로 1층에 내려가자 오바와 다키가와 두 사람이 일그러진 우편함을 보고 있었다.

"이겁니까? 벌은요?"

오바는 우편함 안을 신중하게 들여다보고는 제 발밑을 두리번두리번 둘러보았다. 내가 마지막으로 봤을 때는 우편함 바로 밑에 있었지만 이동했는지 모습은 보이지 않았다.

"아, 저기네요."

홀 구석에서 다키가와가 벌을 발견했다. 죽어 있었다. 그 뒤로 벌은 몇 미터를 더 기어가다가 거기서 죽은 모양이었다. 다키가와는 준비해 온 흰 장갑으로 작은 시체를 집어 들더니 비닐봉지에 넣었다. 꽁무니에서 침을 꺼낸 채 움직이지 않게 된 개체는 아직 살아서 기어다니고 있던 때의 기분 나쁨은 사라지고 어쩐지 가엾게 느껴졌다. 마치 이 곤충도 피해자라는 듯이.

"잠깐 이야기를 들어볼 수 있을까요?"

비닐봉지를 들여다본 오바가 말했다. 나는 두 사람을 집으로 데려가서 거실로 안내했다.

"얼굴은 못 보셨다는 거지요?"

하타가야역에서부터 지금까지 일어난 일을 다 이야기하자 오바가 물었다. 나는 고개를 끄덕이고 다키가와가 들고 있는 비닐봉지에 시선을 던졌다. 누군가가 곤충의 날개를 산 채로 뜯어내는 장면을 상상하니 오싹했다.

"기척뿐입니까?"

오바의 질문은 전부 부정적으로 들린다. 다키가와는 대학노트를 펴고 있지만 거의 아무것도 적지 않는다. 노트는 그냥 제스처일 뿐 실은 다른 부분을 보고 있는지도 몰랐다.

"최소한 얼굴만이라도 봐주셨으면 좋았을 텐데 말입니다. 이것만 가지고는."

오바는 이렇게 말하며 벌을 가리켰다.

"그동안 줄곧 혼자였습니까? 같이 온 사람도 없고?"

넌지시 요코 이야기를 하는 건가 싶기도 했지만 잠자코 있었다.

"요컨대 당신 말이 전부인 거네."

그 말에 머리에 피가 몰렸다. 자작극이라는 말이라도 하고 싶은 건가? 입에서 이 말이 튀어나올 뻔했지만 참았다. 다키가와는 여전히 토용 같은 표정으로 대답하는 나를 관찰하고 있다. 그리고 이번에는 뭔가를 기록했다.

"뭐, 일단 오늘 일은 들어두겠습니다. 또 뭐 이상한 일이 있으면 연락하십시오."

다시 정중한 말투가 되더니 오바는 자리에서 일어났다. 무람없는 말과 정중한 말을 번갈아 쓰는 오바의 이야기 방식은 전혀 마음에 들지 않는다. 상대를 하고 있으니 바보 취급을 당하는 것 같은 느낌이 들었다. 그런 식으로 말함으로써 자기 쪽이 냉정하고 이론적이라고 상대방에게 말하고 싶은 걸까?

"저기……."

뭐가 더 있냐는 듯 오바가 내려다보았다.

"사카모토 건은 그 뒤로 진전이 있었습니까?"

뭐야, 그 이야기인가 하는 얼굴을 하고 옆에 있던 다키가와와 눈을 맞추었다. 다시금 내 쪽을 보는 시선에는 차가운 것이 섞여 있었다.

"조사하고 있습니다."

성가시다는 듯이 말한다.

"그 현금인출기 코너에 찍혀 있던 남자는요?"

이번에는 조금 귀찮은 기색이 됐다.

"그것도 조사하고 있고요."

말하는 방식에 부아가 났다.

"요컨대 아직 모른다는 겁니까?"

오바의 시선에 날카로움이 더해졌다.

"그 뒤로 아직 이삼일이잖습니까. 그렇게 간단히 풀리면 고생 안 하죠."

"바쁘신데 오시라 그래서 죄송하게 됐네요."

비꼰다고 한 말이지만 오바는 코웃음을 쳤다. 시시한 일로 전화하지 말라는 표정이다.

두 사람을 보낸 뒤에 나는 가지고 왔던 사카모토의 개인 물품에서 컴퓨터를 꺼내 전원을 켰다. 이미 새벽 1시 가까이 돼 있었다. 스케줄 프로그램이 켜지기를 기다려서 6월 초에 사카모토가 한 행동을 체크했다. 도쿄 실리콘을 방문한 기록은 역시 없었다.

하지만 사카모토는 도쿄 실리콘의 경리 서류를 조사하기 위해 한 번은 방문했을 터다.

잠깐 생각하다 이번에는 메모를 모은 폴더를 샅샅이 뒤졌다.

없다.

문득 생각이 나서 스케줄 프로그램의 '이력'을 조사했다. 마우스를 아이콘에 가져가서 우클릭을 하면 '속성'이 나온다. 속성을 보면 수정한 날짜를 알 수 있다. 전에 지점에 있는 컴퓨터의 데이터가 갱신됐는지 아닌지 몰랐을 때 사카모토가 가르쳐준 방식이다. 같은 방법으로 사카모토의 스케줄 프로그램의 속성을 열고 수정한 날짜를 확인했다.

7월 3일, 오후 9시.

그것은 사카모토의 장례식 밤샘이 있던 날이었다.

7

다음 날 나는 오전 7시가 조금 지나 다른 직원이 출근하기 전에 지점에 도착했다. 건물 관리를 하는 경비보안 담당은 오늘도 다카하시였는데, 뒤쪽 출입구에 난 작은 창으로 내 모습을 확인하더니 놀란 얼굴로 문을 열었다.

"안녕하세요. 일찍 나오셨네요."

"좀 조사할 게 있어서요."

나는 젖은 레인코트를 벗었다.

"고생 많으십니다."

경례하는 다카하시 옆을 지나 나는 방범 시스템이 설치된 1층의 작은 방으로 들어갔다. 주 전원을 켜자 모터가 돌아가는 기동음이 들리더니 모니터에 빨간 불이 들어왔다. 지점 안의 모습이 영상으로 전송되기까지 10초 가까이 걸린다.

흑백 화면은 1층 지점 앞부터 시작해서 현금인출기 코너, 2층 앞까지 카메라 총 열두 대로 촬영되고 있다. 비디오레코더는 한 대. 각 카메라는 고정식이어서 늘 한 곳의 영상만을 비추지만, 카메라를 순서대로 전환하면 원경이 되거나 각도가 바뀐 영상이 기록된다. 한 곳의 영상은 약 2초 만에 다음 영상으로 바뀐다. 전부 열두 대니까 22초면 지점 앞 영상으로 돌아오는 계산이다.

아주 느린 속도로 녹화되기 때문에 비디오테이프의 소비량은 하루에 하나다. 시스템을 격납하는 선반에 날짜 라벨을 붙인 비디오테이프가 늘어서 있다.

모니터를 보고 있었더니 경비보안 모자를 옆구리에 끼고 다카하시가 다가왔다.

"무슨 일 있습니까, 이기 대리님."

2층 영업실을 비추고 있는 카메라는 총 세 대다.

"이 방범 카메라, 몇 시부터 몇 시까지 돌아갑니까?"

"아마 오전 8시부터 현금인출기 코너가 닫힐 때까지일 텐데요. 그러니까 오전 7시겠지요."

전원을 켜고 끄는 것은 수동이다. 누가 바로 정지시키지 않는다면 한동안은 더 돌아가고 있을 터다.

"사카모토 책상은 안 찍히는군."

나는 혼잣말처럼 중얼거렸다. 2층 구석 쪽에 있기 때문에 방범 카메라의 모든 앵글에서 제외돼 있다. 그리고 사카모토가 부정송금에 썼다고 하는 온라인 단말기도 여기에는 찍혀 있지 않다. 만일 찍혀 있었다면 사실이 진작 판명됐을 가능성이 높다. 거꾸로 생각하면 찍히지 않으니까 범행에 쓰였다고도 볼 수 있다.

"융자과 고객님들은 다들 안면이 있으니까요. 외환 창구랑 대여금고를 노립니다. 처음 오는 고객이 가장 위험하지요."

"그럴까요?"

내가 의문을 표했기 때문에 다카하시는 질문하는 듯한 시선을 내게 보냈다. 그 눈에 반론이나 의심의 기색은 없다. 다만 내 말에 놀랐을 뿐이다. 처음 오는 고객은 위험하다는 것은 일반론이다. 하지만 가장 위험한 것은 신뢰하고 있는 상대의 배신이다. 도쿄 실리콘의 야나기바를 나는 싫어하지 않는다. 오히려 신뢰하고 존경하기까지 했다. 하지만 지금은 솔직히 그런 마음은 없어졌다. 고객뿐만이 아니다. 지점 직원이라도 마찬가지다.

카메라 한 대가 원경을 비추고 있었다. 그 촬영 범위에 내 책상이 가까스로 찍혀 있다. 그것을 확인하고 시스템 전원을 껐다.

"이제 된 겁니까?"

영문을 알 수 없다는 눈치로 다카하시가 물었다.

"네, 괜찮습니다. 대충 알았거든요. 지금 여기에 들어 있는 테이프는 어제 겁니까?"

"네, 그럴 겁니다."

"테이프를 바꾸는 건 다카하시 씨가 하십니까?"

다카하시는 고개를 옆으로 저었다.

"아니요, 늘 미야시타 대리님이 하십니다."

"미야시타가."

그렇게 말하고 잠시 망설였다.

"그 친구, 평소에 테이프를 교환할 때 전날 분량이 찍혀 있는지 아닌지 확인을 할까요?"

다카하시는 고개를 갸우뚱했다.

"글쎄요. 하지만 가끔 테이프 교환하는 걸 잊어버릴 정도니까 거기까지는 안 하시겠죠."

"그렇군요."

다카하시의 말에 걸어보기로 했다.

"다카하시 씨, 이 테이프를 좀 더빙하고 싶은데 부탁 좀 드려도 될까요?"

다카하시는 의아한 듯이 나를 봤다.

"무슨 일 있었습니까?"

"네. 좀 개인적인 일이어서요. 다카하시 씨 정도밖에 부탁드릴 사람이 없어요. 제가 반출했다고 하면 문제가 될 테니까요."

다카하시는 킥 웃더니 알겠다고 말했다. 나를 신뢰하고 있는 모양이었다.

"이기 대리님이라면 틀림없겠지요."

"그럼 이거. 부탁합니다."

나는 한 번 더 비디오레코더의 전원을 켜고 안에 있던 테이프를 꺼내 다카하시에게 건넸다.

"이건 어떻게 하시겠어요?"

다카하시는 빈 레코더를 가리켰다.

"그제 거라도 넣어둘까요?"

퇴역군인 같은 다카하시의 윙크에 웃음이 치밀었다.

"네, 그렇게 하죠."

"더빙하는 곳이 있던가요?"

마루야마초에 있는 비디오대여점을 다카하시에게 가르쳐주었다. 옆 책상에 있던 메모지를 뜯어 간단한 지도도 그렸다.

"10시에 가실 수 있습니까?"

"괜찮습니다. 9시면 퇴근이니까 어디서 한 시간쯤 시간을 죽이지요."

"죄송합니다, 야간 근무를 하신 뒤인데."

다카하시는 전혀 아랑곳하지 않는 모양으로 손을 흔들었다.

"더빙이 끝난 테이프는 어떻게 할까요?"

"비디오점에 그냥 두시면 됩니다."

내가 말하자 다카하시가 제안했다.

"제가 일요일부터 야간 근무거든요. 원본은 제가 받으러 가서 여기다 돌려놓을까요?"

고마운 말이다.

"부탁드려도 되면요."

나는 다카하시에게 감사인사를 했다.

"별것 아닙니다."

다카하시는 모자를 쓰고 챙에 손을 올리더니 빙긋 웃었다.

"그리고 이 일은……."

"알고 있습니다."

다카하시는 테이프를 넣은 제복 주머니를 가볍게 툭툭 두드렸다.

"비밀로 해두면 되지요?"

더 할 말은 없었다.

내 책상으로 돌아갔지만 아직 아무도 출근한 사람은 없었다. 7시 20분. 거래처 주소록을 펼쳐서 번호를 눌렀다.

"무로오카입니다."

무로오카는 마루야마초에서 비디오대여점을 경영하고 있다. 부모에게서 상속받은 자그마한 토지에 3층 건물을 세운 뒤 1층을 비디오점으로 만들어 직접 경영하고 2층을 임대 사무소로, 3층을 자택으로 쓰고 있다. 아예 1층 비디오점을 다른 회사에 빌려주고 임대 수입만으로 먹고 사는 편이 낫지 않겠냐고 내가 제안한 적이 있지만, 보람이 안 생긴다는 이유로 벌이가 그리 좋아 보이지도 않는 가게를 계속하고 있다.

누구인지 밝히자 상대는 순간 말을 삼키더니 내키지 않는 목소리를 냈다.

"당신이었어? 무슨 일인데?"

전화기 저편에서 분명치 않은 여자 목소리가 들렸다. 나는 전에 대출 계약서에 도장을 받기 위해 찾아갔을 때 본, 신문이나 잡지로 발 디딜 틈도 없는 마흔 남자의 방을 떠올렸다. 무로오카는 자유로운 독신 생활 중이다.

"부탁이 있어."

"뭐?"

무로오카는 안절부절못하는 투로 말했다. 가냘픈 목소리가 또 들리더니 대화가 끊겼다. 수화기를 막고 여자에게 조용히 하라는 말이라도 했음이 분명하다.

"10시에 우리 경비원이 그쪽에 테이프를 가지고 갈 거니까 더빙해 줘."

"그것뿐이야?"

"응. 얼마지?"

"테이프 길이에 따라 달라."

무로오카는 말했다. 나는 길이는 모른다고 말하고 대금은 오늘 밤에 내가 가지러 갈 때 내겠다고 했다.

좀 있으니 융자과장 후루카와가 출근했다.

"일찍 왔군."

평소 습관대로 담배를 물고 긴 출근시간을 인내한 뒤의 한 모금을 즐긴다. 후루카와도 내가 도쿄 실리콘에 대해 조사하고 있는 것을 아는 사람 중 하나지만 태도에 부자연스러운 구석은 없다.

나는 오전 시간을 책상 업무를 보는 데에 썼다. 일주일 만에 제대로 된 시간에 점심을 먹고, 오후부터는 거래처를 몇 곳 돌았다. 사카모토에게서 인계한 업무가 아니라 내가 원래 맡고 있던 업무 쪽이다. 별다를 것도 없다. 또 비즈니스를 찾아 정처 없이 시부야구 안을 차로 달렸을 뿐이다.

지점에 돌아오니 오후 3시가 지나 있었다. 2층 영업실에 들어가자 심각한 얼굴을 한 미야시타가 기타가와 책상 앞에 서 있는 것이 보였다. 덕분에 경비원인 다카하시의 감이 틀렸음을 알았다.

"왜 없어!"

기타가와의 날카로운 말이 미야시타를 향했다. 미야시타는 대답할 말이 없는 듯이 고개를 숙이고 있었다.

"방범 비디오 관리 하나 못하나, 자네?"

"죄송합니다."

기타가와는 이마에 퍼런 핏줄을 세우고 미야시타를 호되게 질책했다. 나는 잠자코 내 책상으로 돌아가 등 뒤에서 두 사람이 나누는 말을 듣고 있었다.

"어떻게 할 거야?"

"찾겠습니다."

"뭐라고? 찾아서 없으니까 나한테 온 거잖아. 잠꼬대하나?"

"한 번 더 찾아보겠습니다."

"애초에 어제 방범 테이프를 세팅하긴 한 거야, 너?"

"네."

"그런데 왜 없어?"

"모르겠습니다. 누가 가지고 갔을 수도 있습니다."

미야시타의 말이 들리고 몇 초 동안 침묵이 생겼다. 기타가와의 목소리가 낮아졌다.

"누가?"

"그러니까 모르겠습니다."

미야시타가 작은 목소리로 대답했다.

"네가 관리를 대충 하니까 이렇게 되는 거야. 반드시 찾아내. 나올 때까지 내 앞에 꼴도 보이지 마."

기타가와가 소리쳤다. 그 층에 있던 모든 사람의 시선이 조심스럽게 미야시타의 등으로 모이는 가운데 미야시타는 작게 고개를 숙이고 맥없이 그 자리에서 벗어났다.

"이기 대리."

뒤에서 후루카와가 불렀다.

"미야시타 대리가 관리하는 방범 테이프 하나가 안 보인다는데, 자네 모르나?"

그 말에 기타가와의 시선이 이쪽을 향했다. 노려보듯 격렬한 시선이다.

"글쎄요."

내가 말했다.

"오늘 아침에 자네보다 일찍 지점에 나온 사람은 없었고?"

"모르겠습니다."

"그래? 그럼 됐어. 그리고……."

후루카와가 목소리를 낮추었다.

"관리하지 않는 열쇠를 너무 빌려가거나 하지 말게."

서고 건을 말한다는 사실을 금방 알 수 있었다. 아마 내가 올 때까지 미야시타는 그 일로도 혼이 나고 있었음이 틀림없다. 미안한 마음이 들었지만 사과는 나중에도 할 수 있다.

"알겠습니다."

나는 내 자리로 돌아가서 품에서 용지를 꺼낸 다음 그날 모아 온 융자 안건에 대한 개요와 소견을 정리했다. 늘 쓰는 재무 분석과 논평, 자금 수요 요인 등을 기입하는 사이에 시간은 쏜살같이 지나갔다. 비교적 사무 부담이 적은 월 중순이기도 하다 보니 직원들은 6시 지나서부터 하나둘 퇴근하기 시작해서 8시가 지났을 무렵에는 영업실에 나와 후루카와 두 사람만 남았다.

"이기 대리."

슬슬 업무를 정리하고 무로오카의 비디오점에 가려고 하는데 후루카와가 불렀다. 아무래도 내 일이 끝나기를 기다리고 있었던 모양이다.

"가지. 잠깐."

8

러시아워가 지나 한산해지기 시작한 야마노테선을 타고 신주쿠역 동쪽 출구로 나가 고슈 가도 방면으로 5분쯤 걸었다. 목적지는 마루이나 미쓰코시와 가까운 번화가 지하에 있는 술집이다. 만석이었지만 기다리고 있으니 5분 정도 만에 자리가 났다. 가게 안은 떠들썩했지만 2인용 테이블에서 상사와 마시기에는 이 정도로 북적거리는 편이 그나마 낫다.

"별일이 다 있어."

후루카와는 술을 마시면 금방 얼굴에 표가 나는 체질이다. 나는 빨개지지는 않지만 도를 넘으면 파랗게 질린다. 피곤한 상태였기 때문에 취기가 빨리 돌았다. 마시는 속도를 줄이고 안주 양을 늘렸다. 후루카와는 마실 때는 음식을 별로 먹지 않는다. 건강은 생각하지 않고 퍼마시는 유형이다.

"그런데 이기 대리, 다카하타 지점장님 말인데."

한 시간쯤 마셨을까, 후루카와가 문득 술이 깬 것처럼 정색을 하더니 두서없는 잡담을 걷어치우고 말했다.

"……좌천일지도 몰라."

술김에 축축해진 눈은 울고 있는 것처럼 빨갛다. 나를 불러낸 것은 이 말이 하고 싶어서였나?

"도쿄 실리콘 때문입니까?"

후루카와가 고개를 끄덕였다.

"어떤 의미인지 알아? ……우리 말인데."

젓가락을 놓고 후루카와를 똑바로 쳐다보았다.

"무사히 못 넘어간다고요?"

후루카와가 떨떠름한 얼굴로 확언을 피했다. 나는 각오가 돼 있었다.

"하지만 다카하타 지점장님도 운이 나빠. 부임하고 한 달도 안 지났다고. 도쿄 실리콘에 대한 융자는 전임인 후지에다 씨 일이 었는데 문제의 후지에다 씨는 기획부장이랍시고 거들먹거리고 앉아서 문책도 없을 전망이지. 정치가야, 그 인간은."

"어떻게 된 겁니까?"

표정을 풀고 굳은 어깨를 주무르더니 자기 잔에 차가운 일본 주를 따른다.

"파벌 싸움이지. 통상적으로 우리 지점 지점장은 임기가 2년 이야. 그런데 그 사람은 1년 조금 하다 본부로 컴백했거든. 마치 도쿄 실리콘에서 달아나듯 말이지. 다카하타 지점장님은 함정에 빠진 것 아닌가 싶어."

"설마요. 아무리 그래도 너무 나간 것 아닙니까?"

나는 웃었지만 후루카와는 여전히 심각하기 짝이 없는 얼굴이 었다.

"첫째로 과장님 말씀대로라면 후지에다 부장님은 지점장 시 절에 도쿄 실리콘의 도산을 예견한 게 되지 않습니까? 당시 도쿄 실리콘이 이렇게 되리라고 예측한 사람은 아무도 없었습니다.

설마 신에쓰 머티리얼의 화의 신청으로 연쇄 도산하다니, 예상 불가능한 일이에요. 교통사고를 당하는 거나 매한가지니까요."

"그럴까?"

후루카와가 의문을 표했다.

"신에쓰 머티리얼의 실적을 알고 있었을지도 모르잖나."

그 말에 말없이 상대방을 다시 보았다. 진심으로 하는 말인지 확인하기 위해서다. 농담인 척하는 웃음도, 생각 없이 말하는 허술함도 거기에 없었다.

"신에쓰 머티리얼에는 니토 상사가 몇 퍼센트 출자하고 있어."

야마자키의 얼굴이 떠올랐다. 애초에 그 출자를 총괄한 사람이 아마 야마자키일 것이다.

"상사에서 우리 쪽으로 경영 상황이 전달된 것 아닌가? 그래서 잽싸게 달아났다고도 생각할 수 있어. 상대 파벌의 희망한테 불리한 카드를 쥐여주고 말이야. 일석이조지. 우리는 거기 말려든 거고. 마치 고래 싸움에 새우등 터진 기분 아니야?"

확실히 있을 수 없는 이야기는 아니다. 그렇다고 하면 후지에다는 수억 엔의 손실이 나온다는 것뿐 아니라 도쿄 실리콘의 도산이나 그로 인해 종업원이 길거리에 나앉게 되리라는 것을 예측하면서도 그 사실을 숨긴 셈이다. 아무리 파벌 싸움이 격렬한 재벌계 금융기관이라지만 그렇게까지 할까라는 인상은 있었다.

"그게 정치가인 이유지. 뱃속은 보여주지도 않아."

후루카와가 다소 혀 꼬부라진 말투로 덧붙였다.

"정말이지 이놈이나, 저놈이나. 기타가와 부지점장도 그렇고. 헷."

풀어졌던 얼굴을 다잡더니 술에 취해 멍해지기 시작한 눈으로 나를 똑바로 보았다.

"부지점장, 요즘 본부 사람들한테 자주 알랑대는 모양이더라고. 책임 면피를 위해서 말이지. 나나 자네 같은 건 벌레 취급도 안 해. 발판으로 삼아서라도 자기는 살아남을 생각이야. 지금 그 인간한테 약점 잡힐 것 같은 행동은 하지 마. 오늘 열쇠 건 같은 짓 말이야. 절대 하지 마."

기타가와가 어떻게 손을 쓸지는 충분히 예상하고 있었다. 하지만 이미 늦었다. 기타가와는 도쿄 실리콘의 도산 원인을 나와 나오의 관계 같은 것도 포함해서 본부 내에 선전하고 있음이 틀림없다. 후루카와도 들어서 알고 있는 모양이었지만 그 말은 하지 않았다. 나도 물어볼 생각은 없었다.

첫 번째 가게에서 그럭저럭 되는 양의 술을 마시고 나서 후루카와의 단골이라는 가부키초의 스낵바로 갔다. 변두리 가게다. 일고여덟 명이면 꽉 차는 카운터와 테이블석이 두 개 있다. 여종업원은 한 명뿐이었는데 카운터 안에서 여사장을 거들면서 카운터와 테이블석 사이를 왕복하고 있었다. 노래방 기계가 있어서 단골들끼리 오래된 노래를 고래고래 불러댔다.

후루카와는 어지간히 짜증이 쌓였던지 첫 번째 가게에서부터 빠른 속도로 마셨다. 꽤 취했다. 가게에 도착하자마자 카운터에 기대서 사장과 농담 섞인 말을 주고받고 새 양주병을 땄다.

"오늘 밤은 마시는 거야, 이기."

기세가 대단하다. 양주는 '포 로지즈'. 거품경제 시대의 주택 대출을 듬뿍 끌어안고 있는 후루카와는 연봉에 비해 저렴한 술을 마시고 있다.

사장이 첫 번째 잔을 만들었다. 후루카와는 그것을 단숨에 반쯤 마시고 직접 버번을 추가했다. 곧장 기타가와의 험담이 나왔다. 쌓여 있던 불만의 배출구를 마침내 찾아내기라도 했다는 듯 후루카와는 푸념했다. 기타가와의 이름에서 직함이 빠지더니 결국 이름이 '그놈'이 되기까지 시간은 걸리지 않았다. 그 무렵에는 나도 '자네'에서 '너'가 되어 있었다.

"애초에 그놈은 나 같은 건 요만큼도 신용을 안 해. 흠만 찾아대지. 정신 차려보면 부탁도 안 했는데 내 자리에서 서류를 보고 앉았어. 자기 일은 미뤄놓고 말이야. 내 머리 너머로 직원들한테 불평을 하지를 않나. 다카하타 지점장님이 그런 짓은 하지 말라고 그렇게 말하는데도 무시하는 거지. 자기보다 나이 적은 지점장한테 대항의식을 그대로 드러내고, 그렇게 꼴사나울 수가 없어."

나는 말없이 잔을 입에 댔다. 기타가와에게 불만은 있지만 같이 불평할 마음도 들지 않았다. 복잡한 생각이 마음속에 쌓여 있다. 후루카와는 여전히 혀가 꼬부라진 상태이지만 그렇게 크게 무너지는 일은 없다. 말은 험하지만 취기 안쪽에 숨어 있는 의식은 확실하다. 술을 마신다고 무너지는 사람은 큰 은행에서는 과장 이상으로 올라가지 못한다.

등 뒤 테이블석에 있던 회사원 몇 명 중 하나가 일어나서 노래를 부르기 시작했다. 들어본 적은 있지만 제목은 모르는 곡이다. 오래된 노래다.

칫 하고 후루카와는 시끄럽다는 듯 얼굴을 찡그리더니 내 귀에 대고 무어라 말했다.

"뭐라고요?"

"여자야."

후루카와가 말했다.

"기타가와 그놈, 여자가 있다고."

나는 저도 모르게 후루카와를 다시 보았다. 기타가와의 여자. 후루카와가 그런 이야기를 꺼낼 줄은 몰랐다.

"어떻게 아십니까, 그런 걸?"

후루카와의 귀에 대고 물었다.

"우연히 목격했어. 신바시에서. 딱 붙어서 팔짱을 끼고 걸어가더라고."

"그렇다고 해서 꼭 그런 관계인지는 모르잖아요."

후루카와가 히죽 웃었다.

"그리고 좀 뒤에 그놈이 어떤 가게에 데려갔거든. 상대는 거기 사장이야. 틀림없어. 자주 애용해 달라네, 글쎄. 웃기는 소리하고는. 거기서 우리가 한 험담이나 소문을 여자한테서 들을 생각인 거지. 그놈이 생각하는 건 그 정도 수준이야. 완전 삼류 스파이 영화 같잖아."

야비한 웃음으로 불만을 해소한다. 후루카와가 계속 말했다.

"매주 목요일에는 반드시 그 여자한테 가. 왜, 지난주 목요일노 그랬잖아. 내가 기타가와한테 물어본 거 기억 안 나?"

기억하고 있었다. 기타가와에게 사카모토의 장례식 밤샘에 갔다가 지점으로 돌아올 거냐고 물었다.

─퇴근할 거야, 나는.

그렇게 말한 기타가와에게 후루카와는 뭔가 모호한 반응을 보였다. 거기에는 이런 의미가 있었던 것이다.

"알겠지? 기타가와는 자기 부하 장례식인데 여자한테 직행한 거야."

노래방 기계가 연주하던 곡이 말하는 도중에 끝나는 바람에 마지막 부분만 유난히 큰소리로 가게 안에 울렸다. 카운터 옆자리에서 마시고 있던 중년 이인조가 후루카와를 흘낏 보았다.

사카모토의 장례식 밤샘은 7월 3일이다. 누군가가 그의 컴퓨터를 건드려서 파일을 갱신한 것과 같은 날 밤이었다.

"기타가와 지점장님은 정말로 그 가게에 갔을까요?"

나는 머릿속에 떠오른 의문을 입 밖으로 꺼내보았다. 후루카와는 땅콩을 집어넣은 입을 딱 벌렸다.

"그야 갔겠지."

당연하잖아. 그렇게 말하고 싶은 투다.

"과장님, 그날 밤에 몇 시쯤까지 지점에 계셨습니까?"

후루카와는 술에 취한 눈으로 담배연기가 소용돌이치고 있는 가게 천장을 올려다보았다.

"7시 지나서였지. 그러고 나서 장례식장으로 바로 갔어."

후루카와는 내게 손가락을 내밀며 기억을 확인했다. 나는 고개를 끄덕였다. 장례식장에 먼저 가 있던 내가 후루카와를 맞이한 시간은 독경이 끝난 뒤인 8시경이었을 것이다. 식장은 고탄다였고 역에서는 걸어서 10분 넘게 걸린다. 요코와 이야기를 하기 전이었다. 한편 기타가와가 다카하타와 함께 밤샘에 온 것은 그보다 훨씬 빠른 6시 좀 지난 시간이다. 기타가와가 그 뒤에 지점으로 돌아가 아무도 없는 영업실에서 사카모토의 컴퓨터를 조작하는 것은 불가능하지 않다.

"그때 지점에 남아 있던 건 누구인데요?"

후루카와는 왜 그런 걸 묻느냐는 얼굴을 하면서 기억을 뒤졌다.

"2층에서는 내가 마지막이던가. 젊은 친구들은 전부 거기 가 있었고."

"그러니까 아무도 없었다?"

"응, 확실해. 그래, 분명 영업실 불을 끄고 나온 기억이 있어."

나는 눈앞의 잔을 들고 후루카와에게 옆얼굴을 보인 채로 말했다.

"그 뒤에 누군가가 사카모토의 컴퓨터에서 데이터를 지운 것 같습니다."

한동안 대꾸가 없었다. 나는 말없이 몇 모금 마시며 후루카와의 반응을 보았다. 나를 뚫어져라 응시하는 후루카와의 얼굴이 거기에 있었다.

"정말이야?"

"네."

"뭐 때문에 그런 짓을 해?"

"글쎄요, 뭐 때문일까요."

나는 잔에 든 액체를 한 모금 더 입으로 옮기고는 말을 이었다.

"애초에 사카모토는 왜 살해당한 걸까요?"

9

다시금 귓가에서 노래방 기계 소리가 들리기 시작하더니 내 왼쪽 옆에 있던 남자가 노래를 부르기 시작했다. 군데군데 음정이 맞는 부분도 있는데 대부분은 반음 넘게 어긋난다. 스트레스 발산도 좋지만 듣는 쪽에 스트레스가 쌓인다.

후루카와는 말을 잃은 모양이었다.

"살해당해?"

입술은 움직이고 있었지만 목소리는 사방을 울리는 스피커 소음에 묻혀서 들리지 않는다. 나는 담배를 꺼냈다. 사장이 눈치를 채고 불을 내밀었다. 후루카와가 버린 꽁초로 가득한 재떨이가 새것으로 교환되었다.

"살해당했다고? 이기, 설명해. 어떻게 된 거야?"

후루카와는 격한 어조로 말하며 내 팔을 흔들었다. 카운터 안에서 사장이 걱정스럽게 쳐다보았다. 나는 괜찮다는 의미로 웃어 보이고 후루카와에게 자초지종을 간단히 설명했다.

"그래서였군."

후루카와가 수긍한 듯이 중얼거렸다.

"아니, 형사가 사카모토의 거래처 이름이랑 업무 내용 같은 걸 자세히 물어봐서 묘하다고는 생각했거든. 하지만 동기가 없잖아. 대관절 사카모토가 어떤 이유로 살해당했다는 거야?"

"아직 자세한 건 모릅니다."

"너, 단서를 조금은 잡은 거야?"

나는 고개를 저었다. 그러자 후루카와가 다소 주저하는 기색으로 물었다.

"지점 내에 범인이 있다고 생각해?"

"단정은 못합니다. 다만 어느 쪽이든 간에 단독으로 움직이고 있는 건 아니라고 생각합니다."

"어떻게 알아?"

"사카모토가 부정 송금했다고 하는 현금을 인출한 남자는 은행 내부 인간이 아니니까요."

"사카모토 짓이 아니라는 지론은 그대로야?"

"물론입니다."

"비밀번호는 어쩌고. 만에 하나 누가 사카모토의 오퍼레이터 키를 슬쩍해서 그걸로 온라인 조작을 했다 해도 비밀번호는 필요하잖아."

"8597."

후루카와가 순간 휘둥그레지더니 쓴웃음을 지었다. 그것은 후루카와가 가지고 있는 카드의 비밀번호였다.

"어떻게 알아?"

"보고 있으면 알게 돼요. 키보드로 입력하니까요. 거기다 비밀번호는 신고제라서 엄밀한 의미에서 완전한 보안은 아니고요."

"그놈을 의심하는 거야?"

긴장한 목소리로 후루카와가 말했다. '그놈'이 누구인지는 말할 필요도 없었다. 나는 대답 대신 잔에 손을 뻗었다. 그 동작을 후루카와가 가만히 보고 있었다.

"그러면 미야시타한테서 테이프를 가지고 간 사람은 너겠군."

나는 잠자코 있었다.

"나 참, 무슨 짓을 하고 다니는 거야."

후루카와는 기가 막힌 듯이 말하더니 쥐고 있던 라이터를 카운터에 던졌다.

"너 그런 짓하다가는 언젠가 은행에서 쫓겨날 수도 있어."

"그럴지도 모르죠."

"회사는 너 같은 놈이 제일 다루기 힘들어. 출세에 혈안이 된 놈들이랑은 다르고, 그렇다고 해서 안온하게 월급쟁이 생활을 계속하는 것도 아니고, 조직에 달라붙어 있지 않으면 길거리에 나앉는다는 비애도 없고. 요컨대 너한테는 지킬 게 없어. 그러니까 조직 입장에서는 종잡을 수 없는 존재로 보이지. 목적이 뭐야?"

"이번 경우는 지키기 위해서네요."

"지켜? 출세를?"

"설마요. 더 중요한 겁니다."

"중요한 거?"

후루카와는 이렇게 말했지만 그 이상으로 깊이 파고들지는 않고 잔에 반쯤 남아 있던 술을 전부 털어 넣었다. 나는 잔에 버번을 새로 따르고 물을 타서 후루카와에게 건넸다.

"너는 장래에 불안을 느끼지 않아?"

"느끼지 않는다고 하면 거짓말이겠지요."

"결혼은 안 해?"

후루카와가 마치 독신 여성 직원에게 할 것 같은 질문을 했다. 나도 모르게 웃음이 났다.

"이 자식, 비웃고 앉았네."

후루카와는 취기가 꽤 도는지 잔을 입으로 가져간 뒤에 지친 듯 한숨을 쉬었다. 그러고는 담배를 한 대 꺼내고 담뱃갑은 셔츠 앞주머니에 넣었다.

"좋겠어, 홀가분해서. 하지만 쓸쓸하군."

후루카와는 웃으면서 담배 연기를 뿜었다. 시계를 보았다. 자정이 조금 넘었다. 생각보다 시간이 늦었다는 데에 놀라서 나는 잔에 조금 남아 있던 술을 마셔버렸다. 거의 얼음물이었다. 사장이 새로 술을 따르려 하는 것을 손으로 제지했다.

"늦어졌군, 그만 일어날까?"

후루카와가 담배를 재떨이에 비비더니 비틀거리면서 의자에서 일어났다.

밤이 이슥했다. 후루카와는 갈지자로 걷기 시작했다. 가게는 가부키초 변두리에 있었다. 사장의 배웅을 받고 엘리베이터에서 나오자 스낵바가 들어 있는 건물 외에는 가로등이 우두커니 서 있을 뿐인 쓸쓸한 거리였다.

"사카모토, 안타깝게 됐어."

후루카와는 휘청거리는 걸음걸이로 내 옆에서 걷고 있다. 비는 그친 뒤였다. 피곤한 데다 취하기도 해서 방심하고 있었다. 나는 어딘가에서 다가온 발소리에 전혀 주의를 기울이지 않았다. 하늘을 올려다보았다. 별은 없네, 그런 생각을 했다. 어둠침침한 진회색 구름이 도시의 네온을 반사하고 있을 뿐이다. 축축하게 습기를 머금은 공기가 피부에 들러붙었다.

발소리가 바로 등 뒤에서 들렸다. 후루카와가 돌아보았다.

"어이!"

후루카와가 날카로운 소리를 질렀다. 돌아보려고 한 내게 후루카와가 몸을 부딪쳤다. 왼팔 쪽으로 아스팔트에 쓰러졌다. 통증이 왔다. 상반신을 일으켜 올려다본 시야 속에서 후루카와와

검은 덩어리가 엉겨 붙고 있었다. 한순간이었다. 검은 덩어리가
몸을 뗐다. 먼 가로등의 약한 불빛이 그 옆얼굴을 희미하게 비추
었다. 선글라스. 그리고 질주하는 광기로 가득 찬 눈. 만족한 듯
이 입술이 말려 올라가더니 목젖이 움직였다.

그 남자다.

남자가 재빨리 몸을 반대로 돌리더니 달아났다. 그 손에서 뭔
가가 흔들렸다. 칼이다. 번뜩 하는 기분 나쁜 광채를 발한다.

"과장님!"

무릎이 푹 꺾인 후루카와에게 달려갔다. 내 팔 안에서 후루카
와의 몸이 점점 더 무거워졌다. 배가 순식간에 피로 번졌다. 근
처 건물에서 나온 회사원 두세 명이 이상을 알아차리고 멀찍이
둘러쌌다. 술집 종업원처럼 보이는 흰 미니스커트를 입은 여자
가 비명을 지르며 허둥지둥 가게 안으로 뛰어 들어갔다.

"구급차, 구급차!"

누군가가 외쳤다. 조용하던 거리에 사람들이 모여들었다. 후
루카와는 아직 의식이 있었다.

"가방."

이런 말이 입에서 새어 나왔다. 움직이지 않게 후루카와의 몸
을 받치면서 나는 가방을 찾았다. 후루카와의 가방이 발밑에 떨
어져 있었다. 없는 것은 내 가방이었다. 곧 구급차 사이렌 소리
가 다가왔다. 후루카와는 눈을 작게 뜨고 텅 빈 시선을 허공에
던지고 있었다. 눈을 감고 있는 편이 더 나을 정도의 하늘밖에

거기에는 없었다. 더 아름다운 밤하늘을 보여주고 싶었다. 아픔이 심한지 어금니를 꽉 물고 있다.

사이렌 소리가 다가오더니 멈추었다. 빨간 경고등이 골목에 반점을 새기기 시작했다. 인파가 갈라지더니 들것이 왔다.

"일행이십니까?"

구급대원의 질문에 고개를 끄덕였다.

"같이 타세요."

후루카와는 의식이 없어졌는지 축 늘어져 있다. 구급대원이 그 얼굴에 산소마스크를 갖다 댔다.

운이다.

언젠가 후루카와 자신이 한 말이 기억 속 깊은 곳에서 되살아났다.

기도하는 수밖에 없다.

하지만 나는 기도할 수 없었다. 그 남자. 화질이 나쁜 방범 테이프에 찍혀 있던 남자의 표정이 내 눈꺼풀에 극명히 새겨졌다. 아드레날린이 온몸을 뛰어다니기 시작했다. 어젯밤에는 경고. 그리고 오늘밤에는 공격해 왔다. 후루카와는 몸을 던져서 나를 지키려다 대신 칼을 맞았다.

구급차는 혼잡한 야스쿠니 도로를 지나 도쿄의과대학병원으로 향했다.

수술이 시작됐다.

나는 후루카와의 자택에 전화를 걸어 갑작스러운 비보에 이

성을 잃은 부인에게 용태를 전했다. 수술 경과에 달렸다. 반반이다. 의사의 말은 너무나도 현실적이어서 사태를 한층 더 비관적으로 보이게 할 뿐이었다. 다카하타와 기타가와에게도 연락해야만 했다. 사태를 알리자 기타가와는 혀를 찼다.

대기실 소파에 앉았다.

"아까 칼에 찔린 남자의 관계자 되십니까?"

얼굴을 들자 제복경찰이 들여다보고 있었다.

"사정을 좀 설명해 주시겠습니까?"

가게를 나오고 나서 있었던 일을 이야기했다. 범행은 고작 몇 초 사이에 일어났다.

"범인의 얼굴을 봤습니까?"

"네."

나는 인상을 설명했다.

"뭔가 빼앗긴 물건은요?"

내 가방이 없어졌다고 알렸다. 초록색 서류가방으로 내용물은 신문과 서류, 문고본 한 권. 지갑과 정기권은 양복 안주머니에 넣어두어서 살아남았다.

남자가 가방을 왜 가지고 갔는지 짚이는 구석이 있었다.

비디오테이프다.

그 말은 하지 않았다.

세타가야구 내에 사는 다카하타가 도착한 시각은 오전 1시경.

기타가와는 그보다 한 시간 정도 늦었다. 그즈음에는 가족들도 달려와서 비탄에 젖은 무거운 침묵이 로비를 지배하고 있었다. 후루카와의 가족은 세 사람으로, 부인 외에 중학생인 딸과 초등학생인 아들이 있었다. 견디기 힘든 시간이다.

"뭘 하고 다니는 거야, 너희들은?"

도착하자마자 기타가와가 내게 호통을 쳤다.

"죄송합니다."

앉아 있던 소파에서 일어나 기타가와와 마주 보았다. 나보다 키가 10센티미터쯤 더 크다. 눈 속에서 증오의 불꽃이 타오르고 있는 것이 보였다. 기타가와는 평상복을 입었는데 골프웨어 같은 폴로셔츠에 슬랙스 차림이었다.

"설명해, 이기."

기타가와의 말에 사실을 있는 그대로 이야기했다. 그 배후에 숨어 있을 진실에 대해서는 한마디도 언급하지 않았다.

"너희들이 틈을 주니까 당하는 거야."

기타가와는 비난하더니 다카하타가 앉아 있는 소파 옆에 앉아 다리를 꼬았다. 지금까지 내가 앉아 있던 자리다. 나는 내내 로비에 서서 복도 끝에 있는 유리창으로 날이 희붐하게 밝아오는 것을 바라보았다. 줄곧 주먹을 쥐고 있었다. 적을 앞지른 줄 알았는데 반대였다. 수읽기가 얕았음을 통감했다.

이렇게까지 내가 어리석게 여겨졌던 적은 없었다. 그 어리석음 때문에 후루카와가 이런 일을 겪게 하고 말았다.

오래 걸리던 수술은 새벽 4시가 넘어서 끝났다. 어찌어찌 목숨을 부지하고 마취로 잠든 상태의 후루카와가 무균 처리된 중환자실로 실려가는 것까지 보고 병원을 나왔다.

제3장
의뢰서

1

거실에 있는 전화의 자동응답녹음 버튼을 누르자 무로오카의 불퉁한 목소리가 들려왔다.

"무로오카야. 테이프 어쩔 거야? 일단 맡아둘 테니까 가지러 와. 필요 없어졌어도 대금은 받을 거야. 연락해."

샤워를 하고 아침 9시에 알람을 설정한 뒤 침대에 누웠다. 아무 생각도 하지 않으려고 하면서 눈을 감았다. 어느새 잠이 들었다. 고작 몇 시간 잤을 뿐이지만 몸이 조금은 개운했다. 팔에 아픔은 남아 있지 않았다. 청바지에 흰 티셔츠를 입고 근처 카페에서 식사를 한 다음 요코에게 전화해서 이제부터 짐을 가지고 가겠다고 알렸다.

내 차는 낡아빠진 시빅이다. 신경 쓴 적은 없지만 고급 외제차가 많은 지하주차장에서는 되레 눈에 띄는 존재다. 조수석에 사카모토의 개인 물품이 든 박스를 싣고 맨션을 나섰다. 엔진은 낡았지만 상태는 좋다. 늘 시원하고 기분 좋게 달린다. 그렇게 잘 보살펴주는 것도 아닌데 고장이 난 적도 없다.

사카모토의 사택은 오타구 이케가미선이 지나가는 곳에 있었다. 고슈 가도로 나간 다음 야마테 도로를 남하해 고탄다에서 나카하라 가도로 들어간다. 센조쿠 연못을 지난 부근에서 왼쪽으로 꺾었다. 가장 가까운 역은 이시카와다이다. 일방통행인 상점가를 똑바로 달려간 곳 왼쪽이었다.

부지에 차를 넣고 인접한 땅과의 경계에 서 있는 콘크리트 벽 옆에 세웠다. 입주 안내판에서 사카모토의 이름을 찾는다. 나란히 서 있는 건물 세 동 중 가운데다. 정식 이름은 '이시카와 아파트'인 이 사택은 1960년대 중반에서 1970년대 중반 사이에 지어진 건물로 산뜻한 주택가에 있기에는 초라하고 지저분하다.

사카모토의 사택을 방문하는 것은 처음이었다. 엘리베이터가 없어서 계단으로 3층까지 올라갔다. 콘크리트가 노출된 계단은 자못 살림에 찌든 느낌이어서 주택 빈곤 이야기라는 말을 떠올리게 했다*.

무거운 박스를 양손에 들고 살구색 쇠문에 'SAKAMOTO'라

---

* 《주택 빈곤 이야기》는 1979년에 발간된 건축학자 하야카와 가즈오의 책으로 현대 일본의 주택 문제를 다루고 있다.

는 영문자를 붙인 나무 문패 앞에 섰다.

상자를 콘크리트 바닥에 살짝 놓고 초인종을 울렸다.

"네."

요코의 목소리가 문 안쪽에서 작게 들린다. 그와 동시에 작은 발소리가 콩콩 뛰어왔다.

"아빠!"

문이 열리자 요코보다 먼저 사에가 뛰어나왔다. 하지만 거기에 서 있는 사람이 나인 것을 알자 순식간에 표정이 흐려졌다. 요코 뒤에 숨는다. 강아지 인형을 안고 불안한 눈빛으로 나를 바라본다.

"사에, 안녕."

낯을 가리는지 요코 무릎에 얼굴을 묻은 사에는 한쪽 손으로 엄마 다리를 안은 채 나를 보았다.

"사에, 안녕하세요 해야지."

요코가 말하자 사에는 얼굴을 더 세게 묻었다.

"아빠가 돌아올 줄 알아. 돌아오면 이 인형을 주겠대."

어린 옆얼굴을 보고 있으니 가슴이 죄이는 것 같았다. 그 작은 가슴에 새겨진 사카모토의 기억을 언제까지 계속 가지고 있을 수 있을까? 아버지한테 안기거나 손을 잡고 같이 산책 갔던 때의 추억은 이 아이 기억에 언제까지 남을 것인가?

"고마워. 여기까지 가지고 와줘서."

나는 몸으로 문을 받치고 박스를 안으로 운반했다.

"이게 전부야."

요코가 상자 안을 들여다보았다.

"무거웠지? 들어와."

나는 주저했다.

"들어와."

요코가 재차 말했다.

"그럼 잠깐만."

운동화를 벗은 내 등 뒤에서 문이 조용히 닫혔다.

리놀륨을 깐 복도 끝이 다다미 여덟 장쯤 되는 넓이의 주방이
었다. 거실은 없이 맹장지를 떼어낸 다다미 여섯 장 방을 연결해
서 쓰고 있었다. 좁은 베란다가 있었고 창문 위에서 에어컨이 소
리를 내고 있었다. 테이블보를 깐 사인용 테이블에는 조금 전까
지 읽고 있었는지 그림책이 두 권 있었다. 《개구쟁이 꼬마 원숭
이》와 《곰돌이의 피크닉》. 안쪽 다다미방의 작은 제단에서 사카
모토의 영정사진이 미소 짓고 있다.

요코는 물을 끓여서 커피를 탔다.

"일단 친정에 돌아갈까 해. 엄마도 그러라고 하고……."

다리에 달라붙어 있던 사에를 어린이용 의자에 앉히고 컵에 우
유를 따랐다. 요코는 그 옆 의자에 앉아서 핼쑥한 표정으로 테이블
을 사이에 두고 나와 마주하고 있다. 요코의 친정은 조후에서 양조
장을 하는데, 하나뿐인 오빠가 가업을 잇고 있는 것으로 안다.

"다음 일은 그 뒤에 생각하려고."

쓸쓸하게 말하고 사에가 우유를 마시는 모습을 다정하게 지켜본다.

"지금은 아직 아무것도 생각할 수 있는 상황이 아니거든."

"알아."

나는 값싼 격려의 말을 커피와 함께 삼켰다.

"경찰에서 무슨 연락 있었어?"

요코가 물었다.

"딱히."

요코가 사카모토의 죽음에 대해 얼마나 알고 있는지 알 수 없다.

"사실은 어떻게 된 거야?"

그녀는 사에의 입가를 닦고 접시를 꺼내 비스킷을 몇 장 올렸다. 아무렇지 않아 보이는 그 몸짓과는 반대로 말 속에는 터져버릴 것 같은 무거운 감정이 가라앉아 있다.

"······사고가 아니었어?"

손수건을 쥔 손가락을 코로 가져가 눈물을 참으면서 그것을 숨기듯이 분주하게 사에를 돌본다. 사에는 엄마의 감정 움직임을 민감하게 알아채고 비스킷을 든 채 불안한 얼굴로 요코를 올려다보았다.

"경찰이 뭐라고 해?"

"아무 말도. 하지만 사택 사람들이 이런저런 말들을 하거든. 사에 아빠는 도둑이라든지."

그 순간 뺨이 흔들리더니 그녀의 눈동자에 가득하던 눈물이 한 줄기 흘러 떨어졌다. 이상하다는 듯 올려다보는 사에에게 억지로 웃어 보이려 하지만 표정이 일그러졌다.

당장이라도 울음을 터뜨릴 것처럼 사에의 입꼬리가 처졌다. 요코가 안아 올렸다. 등을 쓰다듬으면서 소리를 내지 않고 계속 운다.

"사카모토가 그런 짓을 할 리가 없어. 그건 너도 잘 알잖아."

"그럼 누가 했는데? 겐지 씨의 오퍼레이터 키로 송금됐다면서. 지점장님이 그렇게 설명했어."

"그렇다고 해서 사카모토가 했다는 법은 없어. 그 녀석은 절대 그런 짓 안 해. 다른 놈들이 뭐라고 하든 사카모토를 가장 잘 아는 건 우리야. 그걸 증명해 보이겠어."

요코는 입술을 꾹 다문 채 한동안 테이블 한구석을 바라보고 있었다. 감정이 진정되자 숨을 후 내쉬더니 "그래" 하고 말했다.

"……그래. 그치, 사에. 아빠는 그렇게 나쁜 짓 안 하지?"

딸을 끌어안는다. 그 모습에 문득 그녀의 옛 모습을 겹쳐 보며 지나간 시간의 무게를 느꼈다.

"사카모토가 죽기 전에 뭐 이상한 거 없었어?"

요코는 코를 조금 훌쩍이더니 사에를 의자에 다시 앉히고 짧게 커트한 머리를 오른손으로 빗었다.

"딱히 없었어."

"일과 관련해서 뭐 이야기하지는 않았고?"

요코는 고개를 저었다.

"원래 집에서는 이야기를 안 하는 사람이어서."

더 이야기해 주기를 바랐는데. 그렇게 말하고 싶어 하는 것도 같았다. 하지만 나는 사카모토의 기분도 잘 이해할 수 있었다. 실은 채권 회수 이야기 같은 것은 가능하면 아내에게 들려주고 싶지 않았던 것 아닐까? 진흙탕 같은 교섭 일 따위 가정에서는 잊어버리고 싶었으리라.

"다이토쿄 은행에 계좌가 있었던 건 알고 있었어?"

"응. 거기 오테마치 지점에 그이 대학 시절 친구가 있거든. 전화를 받았어. 신규 계좌 획득 바터로 만들었다는 것 같아. 형태뿐이어서 실제로는 전혀 안 썼을 거야. 가계 계좌는 니토 은행이고 거의 그거밖에 안 썼어."

바터란 업무 교환을 말하는데, 서로 실적을 만들어주기 위해 보통예금 등의 계좌, 정기예금 혹은 신용카드 등을 상대 은행에서 만드는 것이다. 획득한 실적이 부족한 경우에 가끔 쓰는 수법이다. 사카모토답지 않지만 상대가 부탁했을 가능성이 크다. 부탁을 받으면 거절하지 못하는 성격이었다.

"통장을 봤어?"

"아니. 나는 본 적 없어. 하타케 씨……, 아, 그 다이토쿄 은행 사람 말인데, 그 사람 전화를 받고 처음으로 그런 계좌가 있는 걸 알았거든."

"만든 건 언제야?"

"작년 12월이라고 들었어. 통장이랑 현금카드는 그냥 은행에 놔두지 않았을까?"

요코는 안쪽 방에서 갈색 서류 상자를 가져와 뚜껑을 열었다.

"유품을 정리했는데 은행에 돌려줘야 할지 모르겠는 건 따로 분리해 뒀어. 좀 봐줄래?"

전화번호부 정도 크기의 납작한 상자의 내용물을 한 장씩 확인했다. 통달이나 품의서 복사본 같은 것들이 많이 있었다. 집에서 일 이야기는 하지 않더라도 일 자체는 꽤 가지고 와서 했던 것이리라. 유품 가운데에는 열심히 일했음을 보여주는 흔적이 몇 개나 있었다.

"어때?"

"뭐, 대부분은 그냥 처분하든가 네가 가지고 있어도 괜찮은 것뿐이네."

나는 서류를 넘기며 대답했다.

업무 통달 복사본이 몇 통 묶여 있었다. 사외비지만 외부로 새어 나갈 일은 없을 터다. 그 묶음을 풀었을 때 나도 모르게 손이 멈추었다.

"왜 그래?"

"아니야. 이 복사본 좀 빌려도 돼?"

요코는 의아한 표정으로 나와 복사본을 쳐다보았다.

"괜찮아. 그게 왜?"

"찾고 있었어."

나는 상자 안에서 그것을 꺼내어 바라보았다.

9월 6일. 입금 의뢰인 도쿄 실리콘. 입금액 4천5백만 엔…….

사카모토는 입금 의뢰서에 당도한 것이다.

시선이 송금 받는 곳 란으로 빨려 들어가듯 움직이다가 그 자리에 고정되었다.

하지만 솔직히 당황했다. 거기에는 내가 예상한 '주식회사 신에쓰 머티리얼'이라는 이름은 어디에도 없었다.

송금 상대는 개인이었다.

여성이다.

"니시나 사와코."

나는 무심코 그 이름을 소리 내어 말했다. 들은 적이 없는 이름이었다. 사카모토의 복사본 구석에는 검은 삼각형 그림자가 찍혀 있다. 두꺼운 입금 의뢰서 묶음에서 복사했음이 분명하다. 즉 사카모토가 조사했을 때는 입금 의뢰서가 아직 존재했다는 뜻이다. 그 뒤 은행 내부의 누군가가 그것을 처분했다는 이야기다.

그렇다고 해도 왜? 왜 야나기바 사쿠타로는 이 여성에게 송금을 했을까? 나는 다시금 벽에 부딪혔음을 통감했다. 어디까지 파내려가면 진상에 도달할 수 있을까?

나는 모든 서류를 다시 한 번 훑어보았다. 예의 '109'에 관한 것이 포함돼 있는지 확인하기 위해서였지만 보이지 않았다. 하지만 이 입금 의뢰서 복사본만으로도 커다란 수확이다.

나는 요코에게 인사를 하고 일어났다. 사에게 줄 뭔가 재치

있는 선물이라도 가지고 왔으면 좋았을 텐데 그렇게 하지 않은
것이 후회되었다.

2

"이기야."

엘리베이터로 3층에 있는 무로오카의 집까지 올라가서 인터
폰을 누르자 잠시 후에 반바지에 러닝셔츠 차림의 무로오카가
얼굴을 내밀었다.

"테이프를 받으러 왔어."

"응. 가게에 놔뒀으니까 좀 기다려."

무로오카는 일단 방으로 돌아갔다. 건물 뒤쪽에 출입구가 하
나 더 있어서 그리로 1층 비디오대여점에 드나들 수 있다.

나는 문이 닫히지 않게 한쪽 발을 밀어 넣고 기다렸다. 무로오
카가 주거하는 부분의 현관은 큰길 반대쪽 도로를 면하고 있다.
뒤쪽은 작은 공원이다. 정글짐과 미끄럼틀이 보이지만 아이들
모습은 없었다. 고개를 돌리면 큰길의 인파가 조금 보인다.

별 생각 없이 그쪽으로 시선을 던졌을 때 심장이 철렁했다.

그 남자다. 건물 사이로 보이는 큰길을 지나갔다. 내가 본 것
은 뒷모습이다. 하지만 틀림없었다. 어디서부터 따라붙었는지
알 수 없다.

3분도 되기 전에 무로오카가 테이프를 세 개 가지고 나타났다.

"6배속으로 녹화돼 있던데. 방범 카메라지, 이거? 그래서 2배속으로 다시 편집해서 세 개야. 3천6백 엔."

나는 지갑에서 4천 엔을 꺼내 내밀었다.

"4백 엔은 보관료야."

"쌩큐. 영수증 필요해?"

"아니, 필요 없어."

나는 말했다.

"하지만 한 가지 더 부탁할 게 있어."

무로오카의 표정이 경계심으로 흐려졌다.

"성가신 일이라면 사절이야."

"간단해. 비상계단으로 내려가고 싶어."

무로오카의 안색이 변했다. 시선이 방안을 향한다. 나는 안에서 숨죽이고 있는 존재를 눈치채고 무로오카가 그 사실을 알리고 싶지 않아 한다는 것을 깨달았다.

"그건 좀⋯⋯."

"그리고 가능하면 여기서 잠깐 담배라도 피우고 있었으면 좋겠어. 큰길에서는 얼굴이 보이지 않게."

나는 무로오카가 당황하는 것을 무시하고 청바지 주머니에 들어 있던 담배를 꺼내 한 대 불을 붙인 다음 억지로 무로오카에게 건넸다. 무로오카가 못 받는 바람에 담배가 굴러간다. 뭔가를 떨어뜨린 척하면서 재빨리 무로오카를 내가 서 있던 자리에 대신 세웠다.

"아니, 이러지 마시고, 이기 씨."

애원하는 무로오카의 말은 흘려 넘기고 가볍게 손을 든 뒤 안으로 들어갔다. 비상계단이 어디 있는지는 알고 있었다. 거실에서 세면실로 빠지는 곳 끝이다. 구두를 벗고 거실로 들어갔다. 소파에 드러누워 있던 젊은 여성이 화들짝 놀라 일어났다. 나는 그 옆을 지나 방 한편에 있는 철문을 열었다.

양말만 신고 조용히 계단을 내려간 다음 다 내려간 곳에서 구두를 신었다. 주위는 단독주택과 맨션 그리고 상점이 혼재된 지역이다. 그 속의 복잡하게 얽힌 길을 우회해서 원래의 주차장으로 돌아가기 전에 한동안 주변을 살폈지만 남자의 모습은 이제 보이지 않았다.

맨션 지하주차장에 시빅을 주차하고 바로 5층으로 올라갔다.

문을 잠그고 도어체인을 걸었다. 기분 나쁜 꿈을 꾸고 있는 듯한 느낌이 들었다. 창문으로 한동안 바깥을 내다보았지만 남자의 모습은 눈에 띄지 않았다.

주방 코르크 보드에 꽂아 놓은 오바의 명함을 손에 들고 전화를 걸었다. 부재중이다. 무심코 혀를 차고 싶어졌다. 중요한 때에 없다.

창문이 잠겨 있는지 확인하고 커튼은 닫은 채 비디오플레이어에 테이프를 넣었다. 셋 다 앞부분을 틀어서 찾고 있는 시간대가 들어 있는 테이프를 찾았다. 발견하기는 간단했다.

나는 소파에 앉아 재생 버튼을 눌렀다. 흑백 화면이 지점 안 모습을 비추고 있다. 화면 왼쪽 아래에 시각 표시가 있었는데 오전 8시가 지난 시간이었다. 일단 정지시킨 다음 빨리 감았다. 두세 번 반복하다 겨우 내가 외출하기 전인 오전 10시 30분 영상에 도달했다. 화면이 조금씩 바뀌며 전개되는 동안 구석의 시각 표시는 앞으로 나아간다. 나는 그중 하나에서 화면을 정지시키고 찍혀 있는 2층 영업실의 모습을 면밀히 관찰했다.

대출 창구가 보이고 내점객의 모습이 있다. 응대하는 오타니와 야마모토의 뒷모습이 찍혀 있다. 내 책상은 화면 오른쪽 아래에 가까스로 나오는 정도다. 왼쪽 아래 시각 표시는 10시 51분. 내 모습은 없고, 책상 위에는 이 시간에 내가 조사하고 있던 도쿄 실리콘의 계좌 추이 자료도 없다. 나는 '정지'를 해제하고 테이프를 재생했다.

테이프는 현금인출기 코너부터 1층 영업실 그리고 2층 영업실을 몇 초씩 돌면서 나아간다. 정말로 보고 싶은 부분은 딱 2초 정도인데 그 사이에 무관한 장면이 20초쯤 끼어든다. 빨리 감기와 보통 속도를 반복하면서 한동안 재생했다.

오전 11시 3분. 내가 화면에 나타났다. 손에 자료를 들고 있다. 분실한 도쿄 실리콘의 계좌 추이를 기록한 복사본이다. 화면 속 나는 필름 리더기에서 뽑아온 복사 다발을 안고 책상 옆에 서 있었다. 그리고 화면이 바뀌었다가 20초 뒤에 다시 내 책상이 나왔다.

정지.

내가 안고 있던 자료가 책상 위에 보였다.

그러고 나서 한동안 나는 계속 사무를 본다. 10분 뒤 책상 위의 전화를 들고 있는 내가 찍혀 있다. 나오에게 찾아가겠다고 말하는 전화일 것이다. 화면이 또 한 바퀴 돌았다. 다음 장면에서 나는 일어나 책상 위의 자료를 정리하고 있다.

화면이 바뀌었다. 다음 장면. 내 모습은 이미 찍혀 있지 않다. 하지만 책상의 자료는 찍혀 있다. 오전 11시 15분이다.

한동안 아무 일도 없었다. 일정한 간격으로 등장하는 2층 영업실 장면에는 내 책상과 그 위의 자료가 보인다.

12시 가까워지면서 창구 업무가 분주해지는 것을 화면으로 알 수 있었다. 점심시간을 이용해 대출 상담을 하러 내점하는 회사원으로 혼잡한 것이다. 응대하는 오타니와 야마모토는 접객에 쫓겨 도저히 주위에 신경을 쓰고 있을 겨를이 없다. 내 자료가 없어졌다는 말을 듣고 두 사람이 고개를 갸우뚱하는 것은 당연했다.

12시 23분, 문제의 장면이 시작됐다.

한 인물이 화면에 나타났다. 달리 목적이 있어 보이지는 않는다. 어떻게 일하나 보기 위해 걷고 있다는 느낌이다.

바뀐다. 다음 장면. 그 인물이 내 책상에서 멈춰 서서 자료를 손에 들고 있었다. 장면이 바뀌었다. 카메라가 바뀌고 다시금 내 책상이 비쳤다.

그 인물의 모습은 거기에 없었다. 나는 정지 버튼을 누르고 화면을 멈추었다. 텔레비전에 비친 책상 위를 뚫어져라 쳐다보았다. 화질은 확실히 좋지 않지만 A4 복사 다발이 있는지 없는지를 판별하기에는 충분했다.

자료는 책상 위에서 자취를 감추었다.

확실히 하기 위해 내가 돌아올 때까지의 테이프도 보았다. 그동안 내 책상으로 온 사람은 없다.

테이프를 다시 앞으로 돌려서 문제의 부분을 보았다. 틀림없다. 그대로 한 시간쯤 생각했다. 그리고 마음을 진정시키기 위해 한동안 피아노를 쳤다.

손님이 왔음을 알리는 벨이 울린 것은 저녁이 다 된 시간이었다. 벽의 인터폰을 받았다.

"네."

"기타가와다."

그 목소리를 듣는 순간 머릿속에서 경보가 울리기 시작했다.

"쉬고 있는데 미안하지만 좀 할 이야기가 있어."

"혼자 오셨습니까?"

"그래."

쫓아 보낼 수는 없다. 나는 인터폰 옆에 붙어 있는 현관문 열림 버튼을 눌렀다. 비디오플레이어에 들어 있는 것은 그대로 두고 남은 비디오테이프는 작업실로 옮겼다. 한꺼번에 책상 서랍에 넣었을 때 문에서 초인종이 울렸다.

열기 전에 문에 달린 외시경에 눈을 댔다. 어젯밤과 똑같은 복장을 한 기타가와가 안절부절못하는 모양으로 서 있었다. 나는 문을 열었다.

"들어오세요."

기타가와는 말없이 들어오더니 내가 꺼내준 슬리퍼를 무시하고 바로 거실로 들어갔다. 빈손이었다. 이쪽이 쫓아가는 꼴이다. 문을 잠그고, 거실 입구에서 좌우를 둘러보며 우두커니 서 있는 기타가와에게 소파를 가리켰다.

"마실 건요?"

"됐어."

기타가와는 소파에 얕게 앉더니 허리를 앞으로 숙여 양 팔꿈치를 무릎 위에 놓고 손깍지를 꼈다. 표정에는 생기가 없고 반나절만에 여위어버린 것처럼 창백하다. 내가 팔걸이의자에 앉자 잠이 부족해 보이는 충혈된 눈으로 이쪽을 보았다. 힘없는 눈빛 깊은 곳에서 뭉근한 불과 같은 증오가 어른어른 타오르고 있었다.

"이야기란 게 뭡니까?"

"뭘 조사하고 있는 거야?"

기타가와가 덤비듯이 말했다.

"무슨 말씀이신지 모르겠는데요."

"시치미 떼지 마. 네가 방범 카메라 테이프를 가지고 있는 것쯤은 훤히 아니까."

"글쎄요, 무슨 말씀이신지. 그런 걸 물어보려고 휴일에 일부러 오신 겁니까?"

깍지 끼고 있던 손가락으로 주먹을 쥐더니 오른쪽 무릎 위를 두드렸다.

"장난도 정도껏 쳐. 이건 지점에 중대한 문제야!"

"지점이 아니라 당신한테 아니고요?"

"이 새끼가!"

기타가와가 일어나더니 내 멱살을 잡았다. 티셔츠가 늘어나서 기타가와의 주먹에 휘감겨 있다.

"내놔! 어디냐고, 내놔!"

"뭘 그렇게 겁을 먹은 겁니까?"

"시끄러워!"

기타가와가 주먹을 들었다. 나는 발을 걸어찼다. 190센티미터 거구가 어이없이 바닥에 넘겨졌다. 상사와 부하라는 관계가 무너지는 순간이었다.

"이 새끼, 상사한테 이런 짓을 하고 그냥 넘어갈 줄 알아!"

불타는 듯한 눈을 크게 뜨고 기타가와가 큰소리로 고함을 쳤다.

나는 팔걸이의자와 소파 사이 바닥에 납죽 엎드린 기타가와를 내려다보았다. 안색이 바뀐 기타가와가 무시무시한 형상으로 달려들었다.

나는 봐주지 않았다. 펀치를 날리자 퍽 하는 요란한 소리와 함께 넓적한 볼에 들어갔다. 기타가와의 머리가 뒤로 넘어가더니 무릎에서부터 무너져 내렸다.

단지 몸집만 클 뿐 기타가와에게는 민첩함과 힘이 없다. 그래도 내게 주먹을 휘두른 것은 내가 예의를 차리느라 손을 대지 않을 거라고 생각했기 때문이다.

"더 하시겠습니까?"

소파와 테이블 사이에 뻗어 있는 기타가와에게 내가 말했다. 대꾸는 없었다. 기타가와는 머리를 흔들면서 팔꿈치를 괴어 상반신을 일으키더니 비틀비틀 일어섰다. 왼팔로 입술의 피를 닦고는 몸을 앞으로 숙이고 어깨로 숨을 쉰다.

"건방지게. 이제 출셋길은 막힌 줄 알아! ……뭐가 웃겨?"

나는 엉겁결에 새어 나온 실소를 참고 필사적인 얼굴로 노려보는 기타가와를 똑바로 바라보았다.

"당신이 생각하는 게 너무 우스꽝스러워서 그래."

"뭐라고?"

"인사를 들먹거리면 상대방을 움직일 수 있다는 생각이 한심하다는 말이야."

이미 기타가와에게는 전의가 없었다.

"하나만 충고하지. 우쭐해서 쓸데없이 참견하다가 조만간 큰코 다칠 거야, 이기. 이 건에서 손을 떼. 언제까지고 뻗대며 살수 있으리라고 생각하면 큰 오산이니까."

"이 건이라는 게 뭘 말하는 겁니까?"

"시치미 떼지 마!"

기타가와가 목소리를 높였다.

"그러면 나도 충고 하나 할까? 조만간 당신 본성을 파헤쳐줄 테니까 각오해 두는 편이 좋을 거야. 사카모토한테 교묘히 죄를 뒤집어씌운 줄 아나 본데, 당신이 한 짓은 이미 알고 있어, 기타가와. 각오힐 사람은 딩신이야."

기타가와의 안면에서 핏기가 가셨다. 지금까지 짓고 있던 분노의 표정과 절망이 뒤섞이면서 표정이 기묘하게 일그러졌다.

"너, 너 같은 새끼가 뭘 할 수 있다고. 짓밟아 버리겠어. 짓밟아 버리고 말 테야!"

이렇게 말하고 기타가와는 얻어맞은 뺨을 문지르면서 뒤도 돌아보지 않고 나갔다. 창문으로 보니 가까운 길거리에 세운 흰 세단 운전석에 올라타는 기타가와의 모습이 보였다. 아무래도 혼자 온 모양이었다.

소파로 돌아가 리모컨의 재생 버튼을 눌렀다. 남자가 내 서류를 손에 들고 있는 장면에서 정지시켰다.

화면에 비치는 기타가와 무쓰오의 표정을 나는 한동안 바라보고 있었다.

그날 밤은 11시에 침대에 누웠다. 지쳐 있었다.

잠은 금세 찾아왔다. 깊은 수면이다.

얼마나 잤을까, 의식 어딘가에서 소리가 들렸다. 신경에 거슬리는 소리. 집요하게 계속 울리는 소리. 나는 팔을 뻗어 침대 옆에 둔 무선전화를 잡았다. 어둠 속에서 디지털시계가 오전 5시를 가리키고 있었다.

"……네."

"이기 대리인가?"

누구 목소리인지 알아듣는 데에 시간이 걸렸다. 상대가 누구인지 알았을 때 그쪽에서 말했다.

"다카하타야."

나는 놀라서 몸을 일으켰다.

"지점장님. 무슨 일이십니까, 이런 시간에?"

"……기타가와 부지점장이 사고로 죽었어."

다카하타가 무슨 말을 하는지 이해가 되지 않았다. 다음 순간에는 잠도 어딘가로 달아나고 없었다. 침대에서 벌떡 일어났다.

"지금 어디십니까?"

"집이네. 지금 연락을 받은 참이야. 자세한 사정은 모르겠지만 차 사고라고 해. 하루미 부두에서 차에 탄 채로 바다에 빠진 것이 발견됐다는 모양이야."

다카하타의 깊은 탄식이 수화기에서 새어 나왔다.

3

기타가와의 자택은 게이세이선 사쿠라역 근처의 신흥 주택가에 있었다. 전면이 좁고 세로로 긴 일본식 분양 주택으로 양쪽에는 비슷하게 생긴 집들이 늘어서 있다. 집 앞 공터에는 차가 몇 대 먼저 와서 서 있었다. 나는 그 뒤에 시빅을 세우고 조용한 주택가 도로에 내렸다.

현관 초인종을 누르자 상복을 입은 노인이 나와서 거실로 안내했다. 친척이나 지인 같은 사람들이 벌써 몇 명 와 있었는데 나를 안으로 들인 노인도 그들 곁으로 갔다. 거실은 햇볕이 잘 들어서 강한 햇살이 마룻바닥을 비추고 있었다.

"기타가와예요."

몸집이 작은 여성이 깊숙이 고개를 숙였다.

"이기입니다. 삼가 고인의 명복을 빕니다."

"휴일인데 이렇게 와주셔서 감사합니다."

부인은 이렇게 말하고 일단 안쪽 방으로 들어가더니 곧 차를 가지고 나왔다. 와 있는 사람이 남자분이어서 차를 내올 사람도 달리 없는 모양이다.

한동안 친척들 가운데 앉아서 이야기를 듣다 보니 기타가와의 가족이 이 자그마한 부인과 대학생인 아들뿐임을 알게 됐다. 그럭저럭 다부지게 행동하는 부인과는 반대로 아들은 자기 방에 틀어박혀서 나오지 않았다.

"아무리 그래도 취해서 바다에 빠지다니 변변찮은 이야기 아닌가."

부인이 자리를 비웠을 때 나를 안내해 준 노인이 한심하다고도 딱하다고도 들리는 말투로 되풀이했다.

"점심 지나서 볼일이 생겼다며 나갔대요. 누구와 만났는지 몰라도 삿짱이 불쌍하네요. 그렇게 극진했는데."

삿짱은 부인을 말하는 모양이었다.

"그건 그렇다 쳐도 갑작스러워."

내 오른쪽 옆에 앉아 있던 남자가 툭 중얼거리자 노인이 부아가 난다는 듯이 대꾸했다.

"사고라는 건 언제 일어나도 갑작스러운 거야."

볕에 잘 탄 주름 많은 손으로 성냥을 감싸고 입가로 가져간다.

좀 지나자 다카하타가 지점의 과장 몇 명과 함께 나타났다. 가장 가까운 역에서 만나 택시로 왔다고 한다. 장례식 절차를 정하는 의논은 30분 만에 끝났다.

식사를 권하는 것을 거절하고 기타가와의 집을 나왔다. 돌아가는 길에 비교적 한산한 항만 도로에서 문득 마음먹고 하루미 부두로 가보았다.

구름이 엷게 깔린 하늘 아래 납빛을 한 도쿄만이 둔탁한 빛을 발하고 있었다. 거대한 창고가 늘어선 부두 한쪽 구석에 시빅을 세웠다. 기타가와의 집에서 들은 이야기로 사고 현장이 어디인지는 대충 짐작이 갔다.

평일이라면 창고에서 작업을 하는 사람들을 볼 수 있겠지만 일요일이라서 인적도 없이 고요했다. 먼 곳을 지나는 화물선이 아지랑이 저편에서 흔들리며 시야를 가로질러 갔다.

현장까지는 차에서 내려 도보로 갔다. 이윽고 우둘두둘한 오래된 아스팔트가 이어지는 부두 구석에서 미안한 듯이 흠뻑 젖어 있는 하얀 세단을 발견했다. 군데군데 도장이 벗겨져 빛바랜 것처럼 보이는 것은 해저에 축적돼 있던 오염된 진흙이 부착된 것이리라. 앞 유리는 깨지지 않았다. 그렇게 세게 바다에 처박힌 것은 아닌 모양이다. 경찰 몇 명과 감식관으로 보이는 남자가 차 주변을 조사하고 있었다. 주위에는 조수와 기름이 뒤섞인 듯한 냄새가 자욱했다.

사고라는 생각은 들지 않았다. 하물며 자살일 리가 없다.

전날 내 맨션을 찾아왔을 때 기타가와의 모습을 떠올렸다. 기타가와를 움직이고 있던 것은 단순한 분노만이 아니다. 초조함, 공포, 그리고 절망……, 그런 것이 표정에 묻어 있었던 것 같다. 그 이유를 생각했다.

견인차가 도착해서 경찰 하나가 와이어를 연결하기 위해 기타가와의 차 아래쪽으로 몸을 밀어 넣기 시작했다.

긴자에서 한조몬 부근까지 붐볐기 때문에 맨션 주차장에 들어갔을 때는 오후 2시가 지나 있었다. 습한 공기가 피부에 달라붙는 듯한 오후다. 상점가의 불고기 요리점에서 늦은 점심을 먹고 돌아왔다. 기다렸다는 듯이 인터폰이 울렸다.

"요요기 경찰입니다."

이 탁한 목소리를 듣는 것이 벌써 몇 번째일까?

두 사람을 안으로 들이고 평소처럼 거실 소파를 권했다. 오바에게는 오늘 아침 다카하타의 전화를 받은 뒤에 연락해 두었다.

형사는 진지한 표정으로 내가 맞은편 의자에 앉기를 기다리더니 가시 돋친 말투로 말했다.

"전화 주신 건 말인데 쓰키시마 경찰한테 확인해 달라고 했습니다. 기타가와 씨가 여기 왔을 때 일을 한 번 더 이야기해 주시겠습니까?"

나는 어제 일을 가능한 한 정확히 이야기했다.

"때린 건 얼굴 어느 부분?"

"이 근처입니다."

나는 주먹을 쥐고 내 얼굴에 댔다. 다키가와가 진지한 표정으로 리포트 용지에 얼굴을 그리고 주먹을 댄 장소에 동그라미 표시를 하는 것이 보였다.

"그 외에는?"

"한 방뿐입니다."

"틀림없습니까? 일단 쓰키시마서에서도 연락해서 사실관계를 확인할 겁니다. 대충 말하지 마세요."

"대충 말한 적 없어요."

오바의 말에 나도 모르게 목소리가 거칠어졌다. 오바는 내 얼굴을 지그시 봤지만 사과하지는 않았다.

"기타가와 씨가 가지러 왔다는 비디오테이프는 아직 있습니까? 있으면 보여주시겠습니까?"

비디오플레이어에 들어 있던 테이프를 꺼내 오바에게 보여주었다. 제목도 뭣도 적혀 있지 않은 테이프다. 오바의 요청으로 나는 그것을 재생해서 문제의 장면을 보여주었다. 그것을 유심히 보는 오바와 다키가와의 표정에 당혹감이 어렸다.

나는 도쿄 실리콘의 무심사 대출 범위에 의문을 품은 경위부터 설명하고 입금 의뢰서 복사본을 오바에게 보여주었다.

"그렇군요, 융통어음이라. 단어는 들은 적이 있는데. 그게 근데 불법은 아니죠."

오바는 그 부분이 중요하다는 듯이 확인했다.

"뭐 그렇습니다."

"이 입금에 무슨 비밀이 있는 게 아닌가, 이 말씀인 거겠네요."

이야기를 듣는 사이에 오바의 태도도 다소 누그러졌다. 테이블에서 복사본을 손에 들어 찬찬히 바라보더니 다키가와에게 건넸다. 다키가와는 그 내용을 급하게 메모하고 내게 돌려줬다.

"이 니시나 사와코라는 인물에 대해 입금 상대 은행에서는 알 텐데 우리로서는 조사할 도리가 없습니다. 물어도 가르쳐주지 않을 테니까. 하지만 경찰은 조사할 수 있을 겁니다. 조사해서 가르쳐주지 않겠습니까. 어디 사는 누구인지. 그걸 들으면 뭔가 알 수 있을 겁니다."

오바는 심각한 얼굴을 하고 한동안 생각하더니 "뭐 알겠습니다" 하고는 다키가와와 함께 자리에서 일어났다.

4

우울한 월요일은 뜨뜻미지근한 비와 함께 시작됐다.

오바에게서 전화가 온 것은 오전 11시를 지났을 무렵이었다. 니시나 사와코에 대해 조사해 준 것이다.

"예의 입금 건 말인데요, 대단한 건 별로 못 건졌습니다. 은행에 등록되어 있는 것은 주소와 생년월일, 성별뿐이고. 주소는 히가시나카노에 있는 아파트 같은데 지금은 임대 건물로 바뀌었어요. 소유주가 바뀐 모양이야. 근무처인 바인지 스낵바인지 전화번호가 등록되어 있기는 한데 이쪽은 오래전에 망해서 없고요. 그도 그럴 게 계좌가 만들어진 게 벌써 10년 이상 전이라네. 바뀌는 게 당연하지. 이걸로는 당신도 별수 없겠어."

"현금을 인출했을 겁니다. 금액이 크니까 아마 창구에서. 어쩌면 입금했을지도 모르지만요. 그건?"

"조사했어요. 마흔쯤 되는 여자가 매달 한 번 내점해서 창구에서 전부 현금으로 인출했다고 해요."

오바의 말처럼 이것만으로는 아무것도 할 수 없었다. 기대하고 있었던 만큼 낙담도 컸다.

오후가 되어 신에쓰 머티리얼의 채권자 집회에서 화의가 가결되었다는 연락이 들어왔다. 지점장 대리로 나가노까지 출장을 갔던 영업과장 오카시마의 전화에 나는 우선 가슴을 쓸어내렸다.

"야아, 간단히 결정될 거라고 쉽게 봤는데 말이야. 꽤나 다투는 바람에 아슬아슬했어. 우리가 반대했으면 위험하지 않았을까?"

흥분한 기색으로 상황을 설명한 오카시마의 전화가 끝나는 것을 기다렸다가 나오에게 전화했다.

"야나기바입니다."

신호음 한 번에 나오가 받았다.

"화의, 성립됐대."

"들었어. 지금 변호사님이 전화해서."

"그랬구나."

"그게 다야? 그럼 끊을게. 나 이제 학교 가야 돼."

"아, 그리고……."

전화를 끊으려던 나오에게 나는 말했다.

"기타가와 부지점장님 말인데."

"그 이름 듣고 싶지도 않아. 전근이라도 갔어?"

"죽었어. 토요일 밤에. 차에 탄 채로 바다에 빠져서."

침묵이 돌아왔다.

"고소하게 됐네."

나오가 간신히 말했다.

"부인과 아들, 대학생이라고 하던데, 둘이 남았어."

나오는 말을 삼켰다. 잠시 뒤에 중얼거리는 것처럼 작은 목소리가 들렸다.

"그래? 안 됐네."

"오늘 밤이 밤샘이야."

"난 안 가."

"딱히 가달라는 말을 하려는 건 아니야. 나도 안 가니까."

먼 곳이기도 해서 나는 내일 장례식을 총괄하는 역할을 맡았다.

"그 인간이 죽어서 충격받았어?"

"뭐, 다른 의미로."

하지만 어떤 의미인지를 설명하기는 어렵다. 전화 저편에서 나오가 침묵했다.

"있잖아. 오늘 밤에 시간 있어?"

나오가 갑자기 물었다. 저녁부터 밤샘에 참석하는 사람이 많아서 빨리 일을 끝내는 분위기였다.

"응, 일단 일정은 없어."

"가끔은 밥이라도 사."

문득 요전에 나오가 한 말이 떠올랐다.

—어떻게 할지 망설이고 있어.

나오는 아직 고민하고 있다. 일가친척이 없는 그녀의 불안함이 전해져 왔다.

"8시쯤이면 나갈 수 있을 것 같아."

"그거면 괜찮아. 리타 마리에서 기다릴게. 요즘 거기 가?"

"아니. 너무 바빠서 못 가고 있어."

원래 리타 마리는 나오가 내게 소개해 준 가게다. 그러다 나 혼자서도 가게 됐고, 나오와의 사이에 균열이 생겨도 가게는 계속 드나들었다.

"그러면 기다릴게."

이렇게 말하고 나오는 전화를 끊었다.

실제로는 저녁 7시를 지나자 대부분의 직원이 지점을 나갔다. 반은 기타가와의 밤샘에 가고 남은 반은 업무를 일찌감치 끝내고 퇴근했다. 나는 7시 반 넘어서 지점을 나가 도겐자카의 약속 장소로 서둘렀다.

이노가시라선 고가 아래에서 스크램블 교차로를 따라 왼쪽으로 꺾은 다음 혼잡한 인파 속을 걸어 리타 마리의 간판을 통과했다. 서늘한 가게 안으로 들어가자 나오가 벌써 와서 구석 테이블에서 커피를 마시고 있는 것이 보였다. 자주색 브이넥 앞섶에 선글라스를 걸었고, 흰 미니스커트에서는 아름다운 다리가 나와 있다.

"빨리 왔네."

말을 걸자 읽고 있던 페이퍼백에서 고개를 들고 입술로만 웃어 보였다.

월요일이라서인지 가게 안은 한산했다. 우리는 카페에서 레스토랑석으로 이동해 도겐자카를 오가는 사람들을 내려다볼 수 있는 창가 자리에 앉았다. 생맥주를 두 잔 시키고 코스가 아니라 일품요리를 주문했다.

나오는 생맥주 첫 잔을 눈 깜짝할 사이에 마셔버리고 아직 뜨거운 피자를 한 입 입에 넣은 뒤 후후 불면서 먹는다. 겉으로는 기운이 넘치는 척 가장하고 있지만 뭔가 하고 싶은 말이 있는 것이다. 나는 그것을 알았다. 센 척하는 면은 전과 전혀 달라지지 않았다. 그것이 참 나오답다.

알코올과 요리를 배에 조금 넣고 느긋한 기분이 되었을 때 그녀가 말을 꺼냈다.

"오늘 자퇴서를 내고 왔어."

나는 리조토를 뜨려던 손의 움직임을 멈추고 놀라서 나오를 쳐다보았다. 그녀는 지나가던 웨이터를 불러서 맥주잔을 가리키며 같은 걸로 달라고 하면서 집게손가락을 세웠다. 내 맥주는 아직 반 넘게 남아 있었다.

"이제 대학은 그만둘 거야. 그렇게 놀란 얼굴 하지 마. 전부터 생각하던 거야."

"반년만 더 있으면 석사과정 졸업이잖아."

"그런 문제가 아니야. 나도 현실에 눈을 떴거든. 고대 그리스 미술사를 위해 몇백만 엔이나 낸다는 게 얼마나 사치인지 알았어. 학문하는 사람이라고 하면 멋있지만 대학에 남아서 그걸로 먹고살 수 있을 때까지 몇 년이 걸릴지, 혹은 먹고살 수나 있을지조차 몰라. 실력이 아니란 말이지. 운이랑 연줄. 그런 거, 부자들 도락 같은 거잖아. 내게는 다른 해야 할 일이 있다는 것을 깨달았어."

나오는 새로 나온 맥주를 마셨다. 가게 안의 조명은 어둠침침한 다크브라운이고 테이블에는 자그만 램프가 놓여 있다. 그녀는 상기된 얼굴을 창문에서 보이는 광경으로 돌리더니 턱을 괴었다. 유리 너머로는 도겐자카를 지나는 사람들과 군데군데 박힌 전기 장식 그리고 언덕을 오르는 자동차의 행렬이 보였고, 그 바로 앞에는 우리의 모습이 비치고 있었다.

나오는 대학을 그만두었다는 말을 분명 누군가에게 하고 싶었음이 틀림없다. 하지만 들은 나로서는 이야기해 준 것을 기쁘게 생각하는 반면 충분한 조언을 해줄 수 없다는 데에 답답함을 느꼈다. 애초에 지금까지 해왔던 학문에 대해 그녀가 정말로 '부자들의 도락'이라고 생각할 것 같지는 않았다. 스스로를 단념시키기 위한 하나의 수사법에 지나지 않는다는 것은 조금 공허한 구석이 있는 그 눈을 보면 알 수 있다.

"다른 해야 할 일이 뭔데?"

나는 물었다.

"도쿄 실리콘을 재건할 거야."

내 귀를 의심했다.

"네가?"

"응. 언제까지나 아버지 죽음을 슬퍼하고 있어도 소용없잖아. 내가 할 수밖에 없어. 이래 보여도 거래처에는 얼굴이 알려져 있거든, 나. 그러니까 당신도 여러모로 도와줬음 해."

"하지만 그 거래처에는 상당한 채무가 남아 있잖아. 아무리 얼굴이 알려져 있다 해도 그 문제를 해결하지 않으면 거래 재개에 이르지는 못 해."

"세상이 그렇게 만만하지 않다는 건 알아. 요 반년간 몸으로 배웠으니까. 하지만 그 걱정은 됐어, 거래처에 진 빚은 이제 남아 있지 않으니까."

어떻게 된 일인지 알 수 없었다. 도쿄 실리콘에는 매입 대금 등 수억 엔 단위의 채무가 있었을 텐데.

"실은 아버지가 돌아가신 뒤에 야마나시에 있던 산이 팔렸어. 채석업자가 비싸게 사줬거든. 이 이야기가 반년만 더 빨리 생겼어도 도산하지 않을 수 있었는데. 하지만 그 대금으로 거래처 빚은 전부 현금으로 변제할 수 있었어. 그전까지 돈 돌려달라며 눈을 치뜨고 공격하던 사람들 앞에 이렇게 현금다발을 탁 놓고……."

나오는 두 손으로 커다란 지폐 다발을 테이블 위에 얹는 흉내를 냈다. 수억 엔 돈이면 두랄루민 케이스로 몇 상자가 된다. 상당한 장관이었음이 분명하다.

"그 자리에서 이자까지 지불해 줬어. 볼만했지. 돈을 보는 순간 씩씩거리던 아저씨들이 다 입을 다물고 파리처럼 손바닥을 비비더라. 말투까지 바뀌지 뭐야."

나오는 경멸하듯 말했다.

"단, 은행에는 갚을 생각 없어. 당신한테는 미안하지만."

"상관없어. 당분간 연명할 수 있다는 걸 알게 돼서 안심이야."

나는 솔직한 감상을 말했다. 야나기바가 야마나시에 산을 가지고 있었다는 말은 금시초문이었지만, 설사 알았다고 해도 담보가 되지는 못했다. 은행이 거래처 자산을 전부 파악하고 있는 것은 아니다. 야나기바가 이 산에 대해 은행에 이야기하지 않은 것은 그저 이야기할 정도는 아니라고 생각했기 때문일 것이다. 산림 같은 경우는 팔려고 해도 팔리지 않는 경우가 많고, 게다가 가격도 낮다. 오히려 그만한 금액으로 매각할 수 있었던 것이 행운이었다. 나는 그 대금으로 채권을 회수하겠다는 생각은 하지 않았다. 나오에게도 살아가기 위한 자금이 필요하다. 돈을 되찾기 위해서라면 무슨 짓을 해도 되는 것은 아니다.

"다만 문제가 하나 있어. 네가 아버님 사업을 계속하고 싶다고 생각하는 건 잘 알겠지만, 도쿄 실리콘은 금융기관에 수억 엔의 빚이 남아 있는 상태야. 만약 사업 자체는 잘 풀린다고 해도 금융기관에 그만한 채무가 남아 있어서는 사회적 신용을 얻지 못해. 게다가 이차 부도를 냈으니까 거래 정지 처분 기간인 3년 동안은 어음이나 수표를 끊을 수 없다는 약점도 있어."

"어떻게 하면 돼? 실은 그런 것도 가르쳐줬음 해."

나오는 악조건을 듣고도 기죽지 않고 나를 똑바로 보았다. 그 눈빛은 그야말로 아버지에게 물려받은 것이다. 일찍이 공해문제로 도산하고 무일푼에서 다시 일어선 사쿠타로의 불굴의 의지가 나오에게 옮겨간 것만 같다.

"새 회사를 세우는 편이 나아. 네가 사장이 돼서 도쿄 실리콘의 거래처를 이어받는 거지. 사원은 도쿄 실리콘에서 근무하던 사람들을 가능한 한 다시 불러들이고."

야나기바 사장은 종업원들에게 잘해주던 경영자였다. 은혜를 갚고 싶다고 생각하는 사원은 적지 않을 터다.

"분명 아버지가 설립한 유한회사가 있었던 것 같은데, 그걸 쓸 수 있을까?"

"유한회사?"

"소재지는 도쿄 실리콘이랑 같고 사무소 일부를 빌려 쓰는 걸로 돼 있는 모양이야. 사업을 조금 확장하려 한 것 아닐까? 변호사님이 조사해 보고 알았는데, 일단 도쿄 실리콘에 계속 임대료도 내고 있어. 설립한 지 벌써 몇 년이나 됐는데 활동을 안 하고 있으니까 그 임대료만으로 적자지만."

나오는 웃었다.

"만일 그런 유한회사가 있다면 최고지. 경매에 걸든 이상한 회사가 건물에 들어 있다고 하면 팔릴 리가 없으니까. 임대료 적자라 해도 별것 아니지 않아?"

"2년 동안에 3백만 엔 정도인가? 자본금 같은 건 이미 없어. 확실히 이상한 회사라고 해도 별수 없네."

나오는 조금 부루퉁한 어조로 말했다.

"그러면 네 수중에 있는 돈으로 증자해서 주식회사로 만들면 어때? 유한회사라는 건 자본금 3백만 엔 정도잖아. 자본금을 천만 엔으로 해서 적자를 없애면 돼. 그 김에 정관을 변경해서 도쿄 실리콘 사업을 이어받고. 임대료라 해도 도쿄 실리콘에 지불할 뿐이니까 실질적으로 밖으로 나가는 돈이 되지는 않거든. 하지만 난처하게 됐네."

"입장이 있으니까 물어보지 않는 편이 나았어?"

나도 모르게 쓴웃음이 났다.

"가능한 한 빨리 사업 플랜을 짜고 싶어. 좀 도와줄 수 없을까? 당신 힘이 필요해."

"물론 가능한 일이 있다면 기꺼이 협력하지."

기분 좋게 승낙했다. 나오는 조금 안심했는지 한시름 던 표정으로 새로 나온 맥주에 손을 뻗었다. 나는 담배를 끌어당기며 그녀가 맛있게 잔을 기울이는 모습을 바라보았다.

"그런데 기타가와 말이야……, 사고였어?"

"토요일 밤에 술에 취해서 차에 탄 채로 바다에 빠졌어. 실은 그전에 우리 집에도 왔고. 죽은 건 그 뒤야. 사고인지 아닌지 지금 경찰에서 조사 중인데, 아마 사고가 아닐 것 같아. 게다가 자살도 아냐."

그녀는 말의 진의를 추측하듯 침묵하고 나서 물었다.

"의심받고 있어?"

"솔직히 경찰이 어떻게 생각하고 있는지 모르겠어."

나는 오바와 주고받은 대화를 떠올리며 말했다.

"그런데 너는 니시나 사와코라는 이름 들어본 적 없어?"

"니시나?"

나오는 고개를 저었다.

"들어본 적 없는데. 그 사람이 왜?"

"지난주에 조사한 융통어음 말인데, 도쿄 실리콘에서 입금한 돈이 그 여자 계좌로 들어갔어."

테이블에 놓인 램프의 호박색 불꽃이 나오의 뺨을 비추는 가운데 그녀의 눈동자가 휘둥그레졌다.

"뭐 때문에?"

5

나는 요 열흘 정도에 있었던 일을 나오에게 들려주었다. 사카모토의 마지막 모습을 배웅한 장면부터 시작해서 기타가와의 죽음에 이르기까지, 일련의 불가해한 사건을.

이야기가 끝날 때까지 나오는 꼼짝도 하지 않았지만 이윽고 빠져나갔던 영혼이 육체로 돌아온 것처럼 손을 움직여 잔을 들고 입으로 가져갔다.

"기타가와가 살해당했다면 그 배후에는 또 다른 범인이 있는 게 되나? 그놈은 비디오테이프에 찍혀버린 기타가와의 입을 막을 필요가 있었다는 거야?"

테이블 위는 맥주에서 와인으로 바뀌어 있었다. 나오가 좋아하는 스페인산 레드와인이다. 파슬리만 남은 접시 한 장이 나와 나오 사이에 남아 있었다. 나오의 손가락은 반쯤 찬 잔을 가지고 놀고 있다.

"그렇다면 기타가와의 역할은 뭐였지?"

잠시 뒤에 나오가 의문을 입에 담았다. 자문하고 있는 것처럼
도 들린다.

"은행 내부의 협력자거나 아니면 그냥 이용당했을 뿐이거나.
신주쿠에서 습격당했을 때 본 그 남자는 평범한 사람으로는 안
보였어. 기타가와한테는 회사원으로서 증오를 느낄 뿐이지만,
그 남자를 봤을 때 느낀 건 공포야. 기타가와는 그래도 같은 세
계에 사는 사람이지. 하지만 그 남자는 달라. 기타가와가 그 남
자를 자유자재로 다루었을 것 같지는 않아."

"그 니시나 사와코라는 여자는 어떨까?"

그것은 나도 생각하고 있었다.

"가능성은 있지. 단, 지금으로서는 정체를 알 수 없는 상대야.
뭐라 말할 수가 없어."

나오는 뭔가를 생각하더니 내가 남몰래 품고 있던 것과 똑같
은 의문을 제기했다.

"뭔가를 놓치고 있는 게 아닐까? 융통어음 하나 때문에 사람
이 죽는다고 생각할 수는 없어. 이미 우리에게 단서가 있는데 그
게 보이지 않을 뿐일지도 몰라. 난바 씨와 연락이 닿으면 뭔가
알 수도 있을 것 같은데. 정말 열 받아, 그 인간."

신에쓰 머티리얼 사장이던 난바의 행방은 아직 모른다.

"자취를 감추었다며."

"빛을 만드는 바람에 밖으로 못 나오고 있는 거야. 살았는지 죽었는지도 알 수 없어, 이 상태로는."

나오는 농담 같기도 하고 진담 같기도 한 말을 했다.

"너는 난바를 만난 적이 있어?"

"딱 한 번 우리 집에 온 적이 있어. 그때 조금 이야기한 정도?"

"어떤 놈이었는데?"

"그다지 경영자 타입이라는 느낌은 아니었어. 어느 쪽이냐면 학자 타입. 반도체에 홀린 사람이야."

"홀려?"

"그래. 반도체를 오래 연구하다가 거기서 개발한 기술을 사업화했어."

"잘 아는 것 같네."

나오는 당연하잖아 하는 얼굴이다.

"우리 가족이 그걸로 생활했잖아. 아무리 사업에 젬병인 나라도 반도체가 뭔지 정도는 알아."

"그러면 물어보자. 신에쓰 머티리얼의 기술은 어떤 거였어?"

"재활용이야."

"재활용?"

나오가 내 잔에 와인을 따랐다. 두 잔째. 그녀는 벌써 세 잔째다.

"반도체의 기반이 되는 게 실리콘 웨이퍼인데, 이걸 만드는 건 대단히 어려워. 대체로 열 개를 제조했을 때 에러 없이 움직이는, 그러니까 상품이 되는 건 세 개에서 잘해도 아홉 개고 나머지는 불량품이 되거든."

"다시 말해 수율이 30퍼센트에서 90퍼센트로 불규칙적이라는 거네."

"흠, 이런 걸 수율이라고 해?"

뭔가 어긋나는 대화다. 나오에게는 반도체 지식은 있어도 장사 지식은 없다. 이래서야 꼭 둘이 합해서 일인분 같다.

"난바 씨 연구는 불량품이 된 이 실리콘 웨이퍼를 회수해서 재가공한 다음 상품화하는 기술이었어. 소위 말하는 벤처지. 틈새산업이지만 대성공이었던 거야. 뭐, 결과적으로 과잉투자가 화근이 돼서 그렇게 돼버렸지만. 도쿄 실리콘은 반도체 회사들과 거래가 있었으니까 불량품인 실리콘 웨이퍼를 회수해서 그걸 신에쓰 머티리얼에 팔았어."

도쿄 실리콘의 사업은 원래 카드뮴 등 독성이 강한 산업 폐기물을 처리하는 것이었다. 거래처에는 대형 제조업체가 즐비했지만 실리콘 웨이퍼를 산업 폐기물 인수 목록에 추가함으로써 신에쓰 머티리얼이라는 생각지도 못한 돈줄을 붙잡았다고 할 수 있다. 끝에 가서는 그것이 발목을 잡았지만, 신에쓰 머티리얼의 급성장에 견인된 도쿄 실리콘에도 상당한 돈이 떨어졌을 터다.

"신에쓰 머티리얼이 성공하니까 같은 사업을 노리고 신규 진입한 기업도 몇 군데 있었던 모양인데, 다 잘 안 됐대. 그만큼 신에쓰 머티리얼의 기술적 우위가 압도적이었던 거지. 그리고 보니 니토 상사도 진입하려다 실패했어."

"상사가?"

야마자키의 얼굴이 떠올랐다.

"니토 상사는 처음에 자기들 쪽에서 돈을 전부 내서 반도체 회사를 만들었거든. 그런데 아무리 해도 잘 안 돼서 결국 다 그만뒀어."

"청산했다는 거야?"

"청산? 그런 걸 청산이라고 하나? 잘 모르겠어."

"뭐, 상황에 따라 다양한 형태가 있지만 그건 본론이랑은 관계없으니까 됐어. 계속 이야기해 줘."

나오는 잔에 든 와인을 한 모금 마셨다.

"그래서 자기네가 회사를 만드는 건 포기하고 신에쓰 머티리얼에 돈을 대기로 한 거야."

"출자했다는 거군. 일부."

"응, 그거."

나오는 집게손가락을 답답하다는 듯 움직였다.

"뭐, 백기를 든 거지. 하지만 실은 신에쓰 머티리얼을 매수하려고 한 적도 있었어. 그걸 그 출자로 참은 거지."

나는 신음했다. 물론 기업 매수는 일급비밀이고, 통상적으로 교섭은 결코 공적으로 드러나지 않는 수면 아래에서 이루어진다. 공표될 때는 교섭이 성립됐을 때인데, 대부분은 공표하기 전에 어그러져서 그 사실조차 밝혀지는 일이 없다. 그런 이야기를 나오에게 들으리라고는 생각지도 못했다.

"이건 놀라운데. 상사가 신에쓰 머티리얼을?"

냉정하게 생각하면 확실히 있을 수 없는 이야기는 아니다. 보통 새로운 시각에서 개척된 비즈니스의 경우 시장 규모가 백억을 넘어가면 큰 회사가 진입하는 것을 볼 수 있다. 신에쓰 머티리얼의 매상 규모는 아직 그 정도는 아니었지만, 몇 년 뒤에는 백억 엔대 돌파가 확실했으니 성장주를 재빨리 매수하려고 한 상사의 의도는 모를 것도 없었다.

"매수는 왜 실패했을까?"

"반대했기 때문이야, 난바 씨랑 아버지가."

"야나기바 사장님이? 왜?"

나오는 어깨를 움츠렸다.

"자세한 건 몰라. 돈 문제일 수도 있고 기분 문제일 수도 있고. 뭘까? 둘 다일 거야, 분명. 우리 아버지도 의외로 어린아이 같은 면이 있었으니까."

"그보다 야나기바 사장님이 신에쓰 머티리얼에 그만큼 영향력이 있었다는 점이 더 놀라워."

"난바 씨와는 사이가 좋았거든. 아버지도 곧잘 조언을 해준 것 같아. 난바 씨가 조금만 더 기업 경영에 강했으면 하고 아버지가 탄식하곤 했어. 이렇게 될 줄 알았으면 니토 상사가 매수해 가는 게 나았을 텐데."

나오는 애가 탄다는 듯이 말하고 창밖으로 시선을 던졌다. 기가 센 것은 아버지를 닮았지만, 반듯한 생김새나 가녀린 인상은 반대로 어머니를 닮은 것 같다.

"사카모토의 스케줄 프로그램에 있던 109는 어때? 짐작 가는데 없어? 도쿄 실리콘 파일에도 포스트잇으로 붙어 있었으니까 무슨 관계가 있을 텐데."

"109 말이지……. 모르겠어, 그건. 우리랑 관계있는 건 틀림없어? 그냥 우연 아니고?"

"틀림없어. 그걸 보고 융자 잔고와 매상고 사이의 모순을 눈치챘거든. 그건 우연 같은 게 아니야. 무슨 의미가 있을 거야."

나오는 잠깐 생각했지만 거기에 대해서는 생각나지 않는 모양이었다. 필시 나오나 내가 아직 모르는 사실이 숨어 있는 것이다. 그렇다고 생각할 수밖에 없다. 하지만 그것을 알아낼 단서나 경로는 지금은 막연한 안개 속이다.

사건에 관한 추측이 막히자 침묵이 찾아왔다.

"저기, 나오. 우리 둘 말인데."

잔을 돌리고 있던 나오의 손이 멈추었다. 투명한 작은 공간 속에서 붉은 과실주가 보이지 않는 스크루로 휘젓기라도 한 것처럼 춤추고 있다. 그녀는 내 말을 기다리고 있었다.

"전으로 돌아갈 수 없을까?"

나오는 테이블에 양 팔꿈치를 괴고 다시 잔을 돌리기 시작한다.

"영화를 보고, 쇼핑을 하고, 식사를 하고, 그대로 집까지 바래다주고, 그 김에 아버지한테 인사까지 하고 말이야. 행실이 발랐지, 하루카. 그때로 돌아가는 거야?"

놀라서 나오를 보았다. 말문이 막혔다. 거래처의 딸, 대학원 진학. 그런 환경에 너무 신경을 쓰느라고 그녀에게 솔직해지지 못한 스스로를 깨달았기 때문이다. 그녀가 나를 하루카라고 이름으로 부른 것은 처음이었다.

"미안."

"바보 같아. 사과하지 마. 내가 비참해지잖아."

그러더니 나오는 진지한 표정으로 잔을 보며 천천히 입을 뗐다.

"전으로 돌아가는 건 절대 싫어. 발전이 없잖아. 하루카, 나한테 전부 이야기했어? 하루카에 대해. 나는 다 이야기했어. 지금도 이렇게 이야기하고 있어. 아버지나 회사 일, 대학 같은 걸 신경 썼겠지만 나는 그런 건 아무래도 상관없지 않느냐고 계속 생각했거든. 그런 형태만 신경 쓰는 관계 같은 건 이제 아무래도 상관없어. 그런 거 나는 필요 없어."

"나오……."

"그럴 수 있어?"

"해볼게."

자신은 없었다.

"정말일까?"

나오가 의심스러운 시선을 보낸다.

"정말이야."

밤 11시를 지나 우리는 가게를 나섰다. 나오가 내 팔에 팔짱을

졌다.

"취했어?"

그 눈을 바라보았다. 아무 말도 할 필요가 없었다.

리타 마리 앞에서 택시를 잡고 운전기사에게 행선지를 고했다. 내 맨션이다.

"이게 문제의 우편함이야?"

보안 키패드에 암호를 치고 있었더니 나오가 신기하다는 듯 일그러진 스테인리스를 쳐다보았다.

"문 여는 법도 모르는 짐승이 벌레를 배달해 왔어."

나는 나오를 문 안쪽으로 들였다. 나오가 웃었다.

"세상에는 행실이 바른 사람만 있는 게 아니거든."

제4장
반도체

1

기타가와 무쓰오의 고별식은 이번 장마의 끝인가 싶은 억수 같은 비가 퍼붓는 가운데 사쿠라에 있는 정토종 절에서 거행되었다. 조문객은 약 2백 명. 세차게 우산을 두드리는 비와 튀어 오르는 흙탕물. 자잘한 자갈을 깐 바닥은 오래 서 있으면 움푹 패고, 물 빠짐이 나쁜지 거기에 빗물이 고인다. 기타가와의 시신을 넣은 나무관이 제단에서 내려와 영구차에 실리자, 장의사들은 이미 머리에서 물이 뚝뚝 떨어질 정도로 비에 젖은 채 정성껏 문을 닫았다.

JR을 갈아타고 지점으로 돌아오니 점심이 지난 시간이었다. 할 일은 정해져 있다. 나는 기타가와 무쓰오 명의의 보통예금 계좌번호를 조사해서 온라인 단말기가 보유하고 있는 1개월분의 데이터와 그 이전 것을 마이크로필름으로 추적할 생각이었다.

오후 한 시간쯤을 필름 리더기 앞에 계속 앉아 있고서야 겨우 찾던 정보에 도착했다.

'아오키 후사코'라는 명의의 계좌로 매달 얼마간의 송금을 하고 있었다. 생활할 수 있을 만큼의 액수는 아니다. 아마 매달 술값 정도일까? 돈이 들어간 계좌는 같은 니토 은행 교바시 지점이다. 계좌번호를 바탕으로 컴퓨터에서 교바시 지점의 고객 파일을 열어 등록된 정보를 손에 넣었다.

아오키 후사코의 자택은 요코하마시 고호쿠구. '근무지'란에 등록된 '에트랑제'라는 것이 가게 이름인 모양이었다. 가게 주소는 히가시신바시라 후루카와의 이야기와도 일치한다.

나는 화면을 출력한 뒤 등록돼 있는 전화번호로 전화를 걸었다. 신호음이 열 번 넘게 울려서 포기하고 수화기를 놓으려 했을 때 상대가 받았다.

"감사합니다. 에트랑제입니다."

귀여운 목소리다. 앞치마 차림에 머리를 땋아 올린 자그마한 미인을 나는 상상했다. 침착한 억양으로 보면 나이는 마흔이 좀 넘은 정도일까? 그렇게 젊지는 않을 것 같다.

"거기 쉬는 날을 알고 싶은데요."

이름은 밝히지 않고 그것만 물었다.

"목요일입니다."

과연, 그날 하루만은 기타가와 한 사람을 위해 가게를 여는 것이다. 나는 인사를 하고 전화를 끊은 다음 나오에게 연락했다.

그러고 나서 두 시간쯤은 다소 지체돼 있던 업무를 집중해서 처리했다. 지점은 오후 2시가 지나면 내점객 수의 정점을 맞으며 몹시 분주해진다. 은행원의 열기도 점차 고조되어 살벌한 분위기 속에서 셀 수 없을 정도로 많은 결재와 확인이 이루어지고 전표가 날아다닌다. 나는 점차 그 흐름에 휩쓸려 오후 3시 반이 지나 지점 내 방송으로 영업과장이 계산 대조가 '정'임을 알릴 때까지 정신없이 일했다. '정'이란 그날 하루의 전표와 현금 처리가 전부 일치하는 것을 말한다. 정답. 계산 대조 완료다. 그러고 나면 화재 현장 같은 소란은 급속히 가라앉고 가슴을 쓸어내리는 듯한 분위기가 돌아온다. 책상 위 결재함에서 서류가 깨끗이 사라지고 젊은 직원들이 고객에게 받은 쿠키를 나눈 다음 티슈로 싸서 내 책상에 올려놓았을 때 내선전화가 울렸다.

"이기 대리님, 신에쓰 머티리얼 야마자키 씨라는 분이 오셨습니다."

"2층으로 올라오시라고 해주세요."

나는 말하고 줄곧 의자 등받이에 걸어놓았던 상의를 껴입었다.

"야아, 저희 화의가 무사히 성립해서요, 인사를 드리려고 왔습니다. 귀 은행 덕분입니다. 신세 많이 졌습니다."

볕에 탄 얼굴에 회심의 미소를 지으며 야마자키는 양쪽 무릎에 손을 짚고 고개를 깊숙이 숙였다. 흰빛을 띤 마 양복에 파스텔 계열 넥타이를 매고 응접실 소파에 앉아 있는 야마자키는 세련된 모습이 중절모라도 쓰고 있으면 오죽 어울릴까 싶은 풍모다. 기타가와에 대해서는 아직 모르는 것 같아서 아무 말도 하지 않았다. 내 쪽에서 말할 것도 없다.

"딱히 저희 덕분은 아니겠지만 어쨌든 성립돼서 다행입니다."

본심에서 나온 말이다. 5년이 걸리더라도 채권을 전액 돌려준다는 약속이라면 실손을 각오한 은행 입장에서 나쁜 이야기는 아니다. 나오에게도 그것은 마찬가지다.

야마자키는 손에 들고 있던 종이봉투를 테이블 옆으로 내밀었다. 고급 새우 전병으로 유명한 가게의 봉투다.

"별것 아니지만 다 같이 드십시오."

"이러지 않으셔도 되는데요."

"사양 마시고요. 성의니까."

내가 받아들자 야마자키는 안심한 듯 웃었다.

"그 화의로 저 자신도 마무리를 잘 지을 수 있어서 기쁘거든요. 신에쓰 머티리얼에 홀딱 반한 데다 그 정도 규모의 거래였으니까요. 니토 상사에도 피해를 끼쳤습니다. 저한테도 인생의 대사건이었어요. 그게 일단락된 겁니다."

신에쓰 머티리얼에 대한 니토 상사의 채권은 출자금 외에도 상당한 액수에 달한다. 채권자 중에서는 가장 컸을 터다. 거대한 상사라 해도 한 회사에서 10억 이상의 손실은 결코 적은 것이 아니다.

"저도 많이 배웠어요."

야마자키는 웃음이 가신 진지한 표정으로 말했다.

"야마자키 씨가 신에쓰 머티리얼과의 거래를 트신 거군요."

"맞습니다."

야마자키는 직원이 내온 보리차를 한 입에 반쯤 마셨다.

"상사도 전처럼 거래 중간에 끼어서 소개료나 받는 비즈니스로는 앞날이 빤해요. 박리다매가 아니라 더 실리 있는 장사를 찾아서 다양한 분야에 진출하려고 혈안이 된 거죠. 제가 손댄 반도체 사업도 그렇습니다. 결국 다 실패했지만요."

야마자키는 패배를 숨기려 하지 않았다. 패배는 패배라고 순순히 인정할 수 있는 것도 마음에 여유가 있기 때문일 것이다. 회사원으로서 야마자키의 장래성이 어느 정도였는지 나는 모르지만, 신에쓰 머티리얼은 출세 가능성을 끊기에 충분할 만한 실패였을 터다.

"뭐, 신에쓰 머티리얼이 형편없는 회사면 단념도 되죠. 제 입으로 말하기도 그렇지만 맨 처음에 신에쓰 머티리얼을 알았을 때 다이아몬드 원석처럼 보였어요. 눈 깜짝할 사이에 급성장해서 그야말로 해가 뜨는 것을 보는 기분이었습니다."

내 생각을 눈치챘는지 야마자키는 과거를 돌아보는 어조로 말했다.

"상당한 기술력이라고 들었는데요."

나오에게 들은 이야기를 떠올렸다.

"국내, 아니 세계 정상급입니다."

야마자키는 태연하게 단언했다. 그만큼 자신이 있다는 이야기다.

"처음에는 어리석게도 대항해 보려고 이리저리 해봤는데요, 도저히 안 되더라고요. 그래서 제가 나가서 출자 건을 해결하고 거래를 시작한 겁니다."

"야마자키 씨는 분명 전에는 금속과장이었다고 했죠. 반도체가 금속과 담당입니까?"

"재료가 규석이니까요."

규석이라는 말을 들어도 퍼뜩 떠오르지는 않는다. 답을 못하고 있자 야마자키가 "이거, 죄송합니다" 하고 보충설명을 했다.

"유리랑 똑같은 재료예요. 그걸로 실리콘을 만들거든요. 그 관계예요. 신에쓰 머티리얼의 사업은 칩을 올리는 기반 다시 말해 실리콘 웨이퍼 부분이니까, 재료에 가깝다고 하면 가까운 거지요."

"그렇군요 하고 말하고 싶지만 실리콘 웨이퍼가 구체적으로 어떤 건지 제대로 설명하지 못하는 수준입니다. 기대에 못 미쳐서 죄송합니다."

"이기 씨의 그런 솔직한 부분이 좋아요."

야마자키가 상쾌하게 웃었다. 나는 야마자키에게 도쿄 실리콘의 융통어음에 대해 물어보기로 했다. 지금 야마자키는 신에쓰 머티리얼의 이사 재무부장이다. 당시 거래에 대해 뭔가 파악하고 있을 가능성이 높다.

"한 가지 여쭈고 싶은 게 있습니다. 실은 도쿄 실리콘에서 할인받던 신에쓰 머티리얼 발행 어음 중에 부정한 어음이 섞여 있었던 것을 최근에 알게 됐어요. 그 건에 대해 좀 아시는 게 있습니까?"

야마자키는 진지한 얼굴로 돌아가서 목소리를 낮추었다.

"죄송하게도 그런 어음이 일부 포함되어 있는 것은 저도 알고 있습니다. 실은 신에쓰 머티리얼은 화의 신청 반년쯤 전부터 이미 불붙은 차 상태였거든요. 도쿄 실리콘뿐 아니라 여러 회사에서 자금을 긁어모으고 있었어요. 실체가 없는 어음이지만 그것도 채권으로 인정하고 있습니다."

"그건 알겠습니다. 하지만 조사해 보니 자금을 송금한 곳이 신에쓰 머티리얼이 아니라 개인한테 흘러갔어요. 처음에는 신에쓰 머티리얼의 운전자금을 염출할 목적으로 발행한 융통어음, 뭐, 엄밀하게는 금융어음이라 해야 할 종류가 아닌가 싶었지만, 아무래도 그렇지도 않은 것 같아요."

야마자키는 조금 놀란 얼굴을 했다.

"정말입니까? 뭐, 그런 일도 있을지 모르겠네요. 지금까지는 화의를 성립시키기 위해 전력투구를 해왔는데, 앞으로는 그런 불투명한 자금 흐름도 차차 해명할 생각입니다. 시간이 걸리겠지만 잘 부탁드립니다."

"해명이 잘되면 좋겠네요."

나는 진심으로 말했다.

야마자키를 지점 뒷문까지 배웅하고 그 모습이 소나기가 내리는 거리로 사라질 때까지 보고 있었다. 야마자키의 명쾌한 태도와는 반대로 응대한 내 마음속에는 꺼끌꺼끌함이 남았다.

2

다음 날 저녁 6시가 지나 약속 장소인 모야이상으로 갔다. 나오가 먼저 와서 기다리고 있었다. 꽃무늬 우산 손잡이를 두 손으로 받쳐 들고 뒤로 젖혀서 쓰고 있다. 내가 가볍게 손을 들자 나오는 우산을 빙글빙글 돌려서 답했다. 통이 좁은 청바지에 민소매 셔츠, 머리를 하나로 묶고 금귀고리에 모자를 쓴 차림이다.

시부야역 계단을 올라가서 3층에 있는 긴자선 개찰구를 지났다.

"무슨 가게야, 거기?"

마침 전차가 들어온 참이라 긴 좌석에 나란히 앉자 나오가 물었다.

"과장님 이야기로 보면 스낵바거나 펍이겠지."

다만 스낵바와 펍이 어떻게 다른지 나는 모른다.

"그 인간이 가게를 열어줬을까?"

"그럴지도."

"얼마나 들어?"

"뭐, 봐야 알겠지만 번화가 임대 건물의 한 층을 빌려서 개업하려고 하면 천만 엔은 하겠지. 권리금이랑 인테리어, 거기다 잔 같은 도구류. 술. 여종업원이 있으면 그 친구들에게 줄 당분간의 월급, 이 정도인가."

그렇게 생각해 보니 천만 엔으로는 턱도 없을 것 같다.

"경제력을 보여준 건가?"

"아니, 그럴 여유는 없었을 거야."

은행 부지점장의 급여 따위 높다고 해봤자 빤한 수준이다. 적어도 여자를 위해 천만 엔씩 호기롭게 낼 수 있을 정도의 급료는 아니다. 빚을 냈다고 보기에는 지바에 있는 기타가와의 자택이 아직 새것이었다. 즉 대출도 남아 있었을 터라서 다른 데서 빌릴 수 있을 만한 자금 조달 여력은 없었을 것이다.

신바시에서 하차해서 지상으로 나갔다. 야마노테선 고가를 따라 조금 걷다가 각종 유흥점이 혼재돼 있는 일대에 발을 들였다. 평범한 술집부터 타이트한 미니스커트를 입은 젊은 여성이 전단지를 들고 호객을 하는 가게까지 각양각색이다. 길을 걷는 남성에게는 모조리 말을 걸던 여성도 내게는 말을 걸지 않는다. 나오가 옆에 있기 때문이다. 나오는 그런 여성의 모습 같은 것은 전혀 보이지도 않는 양 무시하고 있다.

'에트랑제'는 번화가 끄트머리, 중소기업 사무실도 섞이기 시작하는 부근에 조용히 간판을 내고 있었다. 폭이 좁은 건물 1층으로 어디에나 있을 법한 구조의 가게였다. 이차 혹은 삼차로 잠깐 얼굴을 내미는 가게 느낌이다.

"어서 오세요."

놋쇠 손잡이가 달린 문을 열자 어제 전화에서 들은 목소리가 맞이했다. 마음이 담긴 상냥한 말투다. 예상했던 대로 마흔이 넘은 자그마한 여성이 카운터 안에 서 있었다. 기모노가 아니라 얇은 분홍색 원피스 차림이었던 점은 예상이 빗나갔다. 동그란 얼굴에 우리를 맞이하며 미소 짓는 눈꼬리에는 주름이 조금 져 있다. 고용되어 있는 느낌은 아니다. 이 여성이 아오키 후사코 본인임이 틀림없다. 시간이 일러서 가게 안에는 아직 손님이 없었다. 젊은 여성을 고용하고 있다고 해도 그 모습은 아직 보이지 않았다. 이 여성 혼자다.

"카운터에 앉으셔도 되고, 저기도 괜찮아요."

벽 쪽에 세 개 정도 늘어선 테이블석을 액세서리를 감은 손으로 가리킨다.

"전에 기타가와 씨한테 소개받았는데요."

이렇게 말하자 여성의 표정이 조금 온화해진 것 같았다.

"아아, 그랬군요. 감사합니다. 앞으로도 잘 부탁드려요. 앉으세요."

나는 나오와 나란히 카운터 의자에 앉았다. 작은 등받이가 달린 빨갛고 동그란 의자다. 끌어당기자 손에 무게가 느껴진다. 두꺼운 감색 융단이 깔려 있어서인지 전체적으로 소리가 불분명하게 들린다. 안쪽 천장에 있는 에어컨에서 차가운 바람이 나오고 있었다. 오크로 만든 카운터는 먼지 한 점 없이 조명을 받아 반짝이고, 벽 쪽에는 깨끗하게 닦은 유리잔이 늘어서 있다. 아무래도 밑 준비를 하던 중인 모양이다. 그러고 보니 바깥 간판이 조금 안쪽으로 들어온 위치에 있었다.

"아직 개점 전이셨군요."

어제 전화를 했을 때 개점 시간은 묻지 않았다. 사장은 잔을 씻고 있던 손을 계속 움직이면서 붙임성 있는 웃는 얼굴을 들었다. 눈 화장이 짙다. 가까이서 보니 화장이 꽤 두껍다.

"아니요, 괜찮습니다. 지금 막 열려는 참이었거든요. 뭐로 드릴까요?"

"그럼 맥주로 주세요."

사장은 카운터 안에 있는 냉장고에서 중간 크기 병을 꺼내 나와 나오 앞에 놓은 잔에 따랐다. 그러고는 간판을 내놓으러 문밖으로 나갔다가 돌아왔다.

"사장님, 그 기타가와 씨 말인데요, 이미 알고 계시나요?"

사장, 아오키 후사코는 의아한 얼굴을 했다. 오른손이 움직이더니 칙 하는 소리와 함께 그때까지 카운터 안의 수도에서 흘러나오고 있던 물이 멈추었다. 후사코는 카운터에서는 보이지 않는 곳에 있는 수건에 손을 닦았다.

"뭐를요?"

"지난 토요일 밤에 돌아가셨습니다. 아직 모르시면 알려드리려고요."

한동안 아오키 후사코는 아무 말도 하지 못했다. 조금 앞으로 숙인 자세로 얼어붙은 것처럼 움직이지 않았다. 크게 뜬 눈은 깜빡이지도 않고 나를 바라본다.

"거짓말……이죠?"

나는 말없이 고개를 옆으로 저었다. 후사코는 오른손으로 입을 막았다. 그 손가락 사이로 점차 오열 소리가 새어 나오기 시작했다. 눈꺼풀이 실룩실룩 경련하고 작은 코가 움직였다. 손이 재빨리 움직이더니 눈물이 본격적으로 흘러넘치기 전에 자잘하게 손수건을 댄다. 그러고는 카운터 안에 있던 동그란 의자에 탈싹 앉았다.

"만취한 상태에서 차에 탄 채로 하루미 부두의 바다에 빠졌다고 합니다."

아오키 후사코가 진정되기를 기다렸다가 나는 말했다. 그녀는 심호흡하듯 큰 숨을 몇 번 반복해서 쉰 뒤에 의자에 앉혀 놓은 인형처럼 허탈한 모습으로 고개를 갸우뚱했다. 시선은 카운터 구석에 고정된 상태. 작은 스윙 도어가 있었는데 그녀의 머릿속처럼 정지해 있었다.

"어제 오전이 장례식이었어요."

나는 말을 이었다.

"상주는 부인 분이고, 가족은 아드님이 한 분. 곧 상속 이야기가 나올 것도 같아요. 그래서 사장님한테도 귀띔해 두려고요."

넌지시 미끼를 던지자 후사코가 나를 올려다보았다. 나를 쳐다보는 눈빛에 점차 다른 무언가가 섞여들기 시작했다. 나에 대한 의심이다.

"손님, 은행 분이세요?"

나는 고개를 끄덕였다.

"무슨 말씀이죠?"

"만일 아니라면 죄송합니다. 기타가와 씨를 잘 아는 사람의 그릇된 추측이라 생각하고 흘려들으시면 좋겠습니다. 제가 하고 싶은 말은 이 가게 소유권을 기타가와 씨가 가지고 있지 않았나 하는 겁니다."

눈동자에서 의심이 사라지고 이번에는 망설임이 번지기 시작했다.

"실례지만 손님은······?"

나는 양복 안주머니에서 명함지갑을 꺼내 카운터 너머로 후사코에게 내밀었다. 그녀는 두 손으로 그것을 받아들고 물었다.

"그러면 어떻게 되는데요?"

의문형이지만 그렇다고 답한 것이나 마찬가지였다. 두 사람 사이에 암묵적 전제가 성립되었다.

"그러면 소유권은 부인이나 아드님 손에 넘어가게 됩니다. 어떤 권리관계인지 자세히는 모르지만 사전에 변호사에게 상담을 받는 편이 좋을 거라고 봐요."

후사코는 양쪽 무릎에 손을 얹고 망연자실한 모양으로 고개를 숙였다. 흘러넘친 눈물이 분홍색 원피스에 떨어져 얼룩을 만든다. 갑자기 이 여성이 딱하게 느껴졌다.

"가게는 기타가와 씨한테 빌리신 겁니까?"

후사코는 고개를 저었다.

"부업 수입이 있으면 안 된대서 일단 제 명의예요."

"빚을 진 걸로 했군요."

기타가와가 후사코에게 돈을 빌려주고 그 돈으로 이 가게를 손에 넣었다는 이야기다. 가게는 좁지만 돈이 들어간 만듦새다. 건물 자체도 아직 새것이다. 천만 엔으로는 도저히 무리일 것이다. 그 배 가까이 든 것 아닌가? 기타가와가 그 돈을 어떻게 마련했는지는 알 도리도 없었다.

"기타가와 씨는 그 돈을 어디서 빌렸을까요?"

내가 질문한 것과 후사코가 다시 두 손으로 얼굴을 덮은 것은 동시였다. 평온해 보이는 겉모습과는 달리 정이 많은 여성인 모양이었다. 나는 그녀가 진정되기를 기다렸다. 기다리는 동안 거품이 사라진 맥주를 한 모금 홀짝였다.

"돈이 들어올 데가 있다면서 빌려줬어요."

어제 지점 단말기에서 입수한 아오키 후사코의 정보로는 예금 개좌를 개설한 시기가 작년 3월이었다. 그 무렵 기타가와에게 무슨 임시 수입이 있었다는 이야기다.

"엉뚱한 질문이지만 지지난 주 목요일에 기타가와 씨와 만났는지 기억하십니까?"

"네."

후사코가 멍한 얼굴을 들었다. 그날은 사카모토의 장례식 밤샘이 있었던 날이자 그의 컴퓨터 데이터가 삭제된 날이기도 하다.

"몇 시쯤에요? 가능한 한 정확히 생각해 내시면 고맙겠습니다."

"늦은 시간이었어요."

"8시, 9시, 10시……?"

"9시는 지났을 거예요. 10시쯤이었나."

사카모토의 스케줄 프로그램의 최종 갱신은 밤 9시였다. 그렇다면 얼추 시간이 들어맞는다.

"주제넘은 질문 같지만 매주 목요일에 기타가와 씨와 만나셨죠? 늘 그 시간쯤이었습니까?"

후사코는 고개를 저었다.

"아니요. 그날만 늦어졌어요. 평소에는 더 이른 시간에."

울어서 부은 눈을 내게 향했다.

"그게 왜?"

"조금 신경 쓰이는 게 있어서요."

의자에서 일어났다. 후사코가 침울해진 상태로 움직이지 않았기 때문에 카운터에 5천 엔 지폐를 놓고 그대로 가게를 나섰다.

"사랑했을까, 그 남자를?"

비가 다시 퍼붓기 시작한 거리로 나오자 나오가 복잡한 표정을 하고 물었다.

"돈뿐인 관계는 아닌 것 같아. 은행 부지점장 정도로 스폰서 같은 건 애초에 경제적으로 무리거든."

나오는 몹시 진지한 얼굴을 했다.

"그러면 사랑하는 사람이 죽어버린 것조차 몰랐어, 저 사람은. 장례식조차 못 간 거야."

"알았어도 장례식에 갔을지는 모르지."

"그런가?"

"그런 거야. 하지만 이걸로 사카모토의 컴퓨터에서 데이터를 삭제한 사람이 누구인지 알았어."

"하지만 기타가와가 컴퓨터를 잘 알았을까? 그 정도 세대는 컴퓨터에 젬병이라고 해야 하나, 그야말로 키보드 알레르기로 죽어버릴 것 같은 사람들도 있잖아. 우리 교수님도 그랬지만."

"괜찮아. 사카모토랑 똑같은 걸 가지고 있어."

나오는 이해가 안 된다는 얼굴로 나를 보았다.

"무슨 말이야?"

"은행이 직원들에게 비품으로 노트북을 나눠주거든. 최종적으로는 전원이 다 받을 수 있게 한다는 계획인데, 경기도 나쁘고 한꺼번에 사기는 힘드니까 상급자부터 배부해. 시부야 지점에서는 지금 지점장부터 각 과 과장까지 받은 상태야. 전부 IBM 제품인 데다 사카모토랑 같은 패키지 소프트웨어가 들어 있어. 그러니까 조작 자체에 어려움은 없었을 거야. 문제는 무엇을 위해,

혹은 누구를 위해 기타가와가 그런 짓을 했는가지."

다시 긴자선을 타고 밤 9시 가까이 돼서 시부야로 돌아왔다. 센터거리에 있는 레스토랑에서 맥주를 마시며 식사를 하고, 택시로 나오를 오야마초의 집까지 바래다주었다.

맨션으로 돌아와서 문에 열쇠를 꽂고 있는데 안에서 전화가 울렸다. 나는 황급히 문을 열고 거실 벽에 걸려 있는 수화기를 들었다.

오바였다.

"실은 예의 남자 건인데요."

목소리에 긴장한 울림이 있었다.

"겨우 알아냈습니다. 이름은 리 요헤이. 리는 나무 목 자에 아들 자 자를 쓰고, 태평양 할 때 양에 평평하다 할 때의 평입니다. 별다른 전과는 없는데 미해결 사건 몇 개에 관여했을 가능성이 있어요. ……전부 살인이고요."

소식을 들으면서 문을 잠근 다음 넥타이를 풀어서 소파 등받이에 던졌다.

"외국인입니까?"

"아니, 이건 통칭이에요. 사실은 일본인이라고 하는데 외국인 상대로 일할 때 쓰는 이름이라고 합니다. 본명은 몰라요. 한때 이케부쿠로 일대에 얼굴이 알려져 있었던 모양인데 요 1년쯤 얌전히 있었습니다. 어제 연행한 남자가 우연히 알고 있었던 덕분에 판명됐어요. 지금 몽타주를 만들고 있는데, 위험한 남자니까

주의하십쇼. 정체가 확인되는 대로 수배하겠습니다."

그렇다고 해서 금방 잡히는 것은 아니다.

"그 뒤로 뭐 이상한 일은 있었습니까?"

"아니요, 딱히."

"뭐, 어쨌든 조심하세요."

팽팽하게 긴장된 신경을 풀어주듯 젖은 가죽구두에 튄 진흙을 걸레로 닦아낸 다음 솔로 정성껏 닦았다. 욕조 물을 받는 동안 석간을 훑어보았다. 이렇다 할 기사는 실려 있지 않았다. 뭐 하나 색다를 것 없는 7월의 목요일에 대한 기록이다.

뜨거운 물에 몸을 담그고 사카모토가 죽은 뒤의 일을 멍하니 생각하다 보니 또 하나 신경 쓰이는 문제가 나왔다. 발단은 니토 상사가 신에쓰 머티리얼을 매수하려고 했다는 나오 이야기다. 신에쓰 머티리얼이 자금 융통에 궁해졌을 때 니토 상사에 그것을 구제하려는 움직임은 없었던 걸까?

화의를 하게 되어 상사는 신에쓰 머티리얼에 야마자키를 보냈다. 야마자키의 직함은 이사 재무부장인데, 이것은 화의 회사에서 가장 중요한 위치다. 상사가 신에쓰 머티리얼을 버리지는 않은 것이다. 그것이 유난히 어정쩡해 보이는 이유는 무엇일까? 뭔가 걸린다.

그리고 야마자키의 그 여유.

목욕을 마치고 기획부 니시구치 아쓰시의 자택에 전화를 걸었다.

11시가 다 되었지만 아직 귀가 전이어서 부인이 받았다. 니시구치는 은행원 아니랄까봐 사내 결혼을 했다. 상대는 임원 비서실에서 영업부장의 비서를 하던 여성이다. 아마 미타카의 지주 딸이었을 테고, 니시구치는 장인장모가 세워준 단독주택에 살고 있다.

"공교롭게도 니시구치는 아직 돌아오지 않았습니다."

비서 시절의 흔적인지 정중한 것도 같고 점잔빼는 것도 같은 어조로 상대는 말했다.

"그렇군요. 그러면 이기가 전화했다고 전해주십시오."

부인과는 개인적으로 친한 관계도 아니기 때문에 그 이상은 이야기하지 않았다. 지독히 사무적인 대화였다고 생각하지만 아닌 척 꾸밀 마음도 들지 않았다.

한동안 텔레비전을 보고 있었더니 자정 가까이 되어 니시구치에게서 전화가 왔다. 막 귀가한 참인지 말투가 조급하다.

"오, 어쩐 일이야, 이기? 뭐 별다른 일이라도 있었어?"

학생 시절 변론부에 있던 니시구치는 작은 체격과 고지식해 보이는 외관과는 달리 뜻밖이라 여겨질 정도로 호탕하게 말한다.

"별다른 일투성이에요. 그래서 긴히 의견을 듣고 싶은 일이 있어서요."

"결혼이라도 해?"

틈을 놓칠세라 파고든다. 나도 모르게 실소했다.

"아니에요. 안됐지만 일 이야기입니다."

신에쓰 머티리얼이라는 회사명을 꺼내고 채권 회수를 맡고 있다고 설명했다. 니시구치는 말없이 듣고 있다.

"그거랑 또 하나 부탁드릴 게 있는데요."

"위험한 이야기라면 거절이야."

니시구치는 내 어조에서 분위기를 알아챘다. 후각이라 할지 감은 여전히 둔해지지 않았다. 행간을 읽거나 미묘한 사정을 식별해 내는 능력, 균형 감각은 눈 감으면 코를 베어가는 부문에서 이겨서 살아남기 위한 필수품이다.

"선배, 의국 의사랑 아는 사이였죠. 세키야 씨라고 했던가요."

"그게 왜?"

"직원 파일을 좀 봐주셨음 해서요."

"너, 대체 무슨 생각을 하는 거야?"

니시구치는 경계했다. 겁이 많은 남자는 아니다. 다만 이야기 내용의 이해득실을 재고 있을 뿐이다. 개의치 않고 계속했다.

"죽은 사카모토의 차트를 조사해 줬으면 해요."

"뭐라고? 내가 할 이유는?"

"사카모토는 살해당했을 가능성이 있어요."

니시구치는 몇 초 침묵했다. 생각하고 있는 것이리라. 나도 모르는 갖가지 힘 관계나 권력 구도를. 은행의 추한 단면은 모세혈관 한 줄까지 모두 이 남자의 뇌 속에 들어 있다.

"인사부도 그 사실을 알아?"

"경찰도 살인이라 단정한 건 아닙니다. 하지만 여기저기 냄새를 맡고 다니고 있어요."

"뭘 물어보면 돼?"

니시구치는 움직이기로 한 모양이다. 나는 빙긋 웃었다. 기획부의 최대 라이벌은 인사부다. 은행 내 정보전을 휘어잡는 것은 기획부에 이득이 된다. 관료 같은 본부 엘리트에게 그것은 꿀보다 달고, 니시구치라 해도 저항하지는 못한다.

"사카모토가 알레르기성 체질이었다는 것이 기록되어 있는지, 그 사실을 은행 내의 누가 알고 있었는지 알고 싶어요."

"알았어."

마지막으로 니시구치가 물었다.

"네 목적은 뭐야?"

"영혼의 구제라고 할까요."

나는 딴에는 진지하게 말했다.

"무슨 바보 같은 소리야."

"실은 아무래도 석연치 않은 구석이 있어요."

"은행원으로서의 후각이야?"

"서글픈 습성이라고 하는 편이 좋을지도 모르겠습니다. 언제 알 수 있을까요?"

"급해?"

"물론이죠."

"내일 밤이면 시간을 내지."

"저도 괜찮습니다. 시부야, 신주쿠?"

"신주쿠에서 7시. 아니, 7시 반. 서쪽 출구 지하 파출소 앞."

"오랜만에 한턱내시죠."

이렇게 말하자 니시구치는 전화선 저쪽에서 흥 코웃음을 쳤다.

"무슨 소리야. 왜 처자식이 있는 내가 독신인 너한테 밥을 사. 가처분소득을 생각해야지."

나는 시간과 장소를 한 번 더 확인하고 이야기를 끝냈다.

3

"기다렸지?"

약속 장소에 5분 늦게 온 니시구치는 앞장서서 걷기 시작했다. 고가쿠인 대학 근처의 건물 지하에 있는 일본풍 레스토랑으로 들어간다. 기모노에 앞치마를 한 젊은 여성이 아르바이트로 서빙을 하는 가게다. BGM은 거문고 연주. 테이블 양쪽에 장지문을 본 딴 파티션을 세워 칸막이 좌석처럼 되어 있다. 말쑥하지만 고급인 것은 아니다. 니시구치는 우선 생맥주를 두 잔 주문했다.

"정말이지, 네 부탁에는 두 손 들었어."

목이 말랐는지 운반돼 온 맥주를 단숨에 3분의 1쯤 마시고 니시구치는 양복 주머니에서 홀쭉하고 검은 가죽 수첩을 꺼냈다.

"세키야 씨도 환자에 대해서는 비밀을 지켜야 할 의무가 있으니까 좀체 입을 열지를 않아. 알아내느라고 아주 고생했어."

"죄송합니다. 그래서 어땠습니까?"

니시구치는 수첩을 펼쳤다.

"사카모토 대리의 알레르기 체질에 대해서는 일단 의국에서 파악하고 있어서 기록이 남아 있었어. 의사와 면담하면서 직접 알렸다고 해. 벌독으로 쇼크 증상이 생긴다고. 뭐라더라, 아나······."

"아나필락시스 쇼크요."

나는 니시구치의 말을 이어받았다.

"그건 세키야 의사만이 알고 있었던 게 아니죠?"

"물론 그렇지. 대학 시절에 쌍살벌에 쏘여서 병원에 실려간 적이 있었대. 사카모토 대리 본인은 가능한 한 비밀로 해달라고 했지만 어쨌든 은행 의국이니까 인사부에는 연락이 갔어."

"기타가와 부지점장님이 그걸 알 수 있었을 가능성은 있습니까?"

"인사부 나카무라 부장 대리가 관리 담당이야. 46년 입사, 도쿄대. 알아?"

"이름 정도는요."

"동창은 아니지만 기타가와 씨와는 동기 입사로 이어져 있어. 친밀했을 거야."

"거기서 새어 나갔다고."

"틀림없어."

"확인했습니까?"

놀랐다. 니시구치가 그렇게까지 철저하게 조사해 주리라고는 기대하지 않았기 때문이다.

"사카모토 대리와의 개인 면담에서 기타가와 씨 자신이 본인한테 그 비슷한 내용을 우연히 들었다는 모양이야. 나카무라 씨도 지점에서 급한 대응이 필요해질 수도 있겠다 판단해서 이야기했다는군."

니시구치는 탐색하는 듯한 눈으로 나를 보았다.

"벌 알레르기 증상으로 죽었지, 사카모토 대리가. 경찰이 그걸 의심하는 거야?"

"맞습니다. 단, 타살이라는 증거가 없어요. 문제의 부지점장님이 어떻게 됐는지는 선배도 이미 알고 계시고요."

니시구치가 그답지 않게 눈을 동그랗게 떴다.

"이봐, 이봐. 너희 지점은 어떻게 된 거야?"

"제가 더 알고 싶습니다."

"그래서 네 의견은? 경찰 내부에서도 수사본부를 설치할 움직임이 있는 모양이던데."

"정말입니까?"

일단 단서만 잡으면 니시구치의 정보는 빠르다.

"인사부에 수사 협력 요청이 왔다더군. 후루카와 씨 상해 사건도 있고 말이야. 그건 너도 관계있지."

뺨 쪽에 니시구치의 시선을 느끼면서 잠자코 맥주를 마셨다.

"대체 뭐가 있는 거야?"

"그걸 조사하는 중입니다."

"무엇을 위해?"

"불량 채권을 회수할 수 있을지도 몰라요."

"그렇군. 그게 진짜 목적이야?"

니시구치는 수긍한 듯 수첩을 주머니에 넣고 등 뒤의 벽에 기댔다. 나는 옆을 지나가던 종업원에게 손을 들어 안주를 몇 가지 주문하고 나서 니시구치를 마주 보았다.

"어젯밤에 말한 일 이야기란 건 뭐야?"

"니토 상사가 신에쓰 머티리얼이라는 반도체 기업을 매수하려고 했답니다."

니시구치는 퍼뜩 시선을 들었지만 그대로 팔짱을 끼고 눈을 감았다.

"그런데 신에쓰 머티리얼은 올해 1월에 도산해서 얼마 전에 화의가 성립했어요. 니토 상사는 매수는 못했지만 출자는 하고 있었고요. 그 때문인지 야마자키라는 금속과 과장이 거래 추진자로서 강제 사직을 당하는 형태로 그 회사에 파견을 나갔습니다. ……그런 상황인데 아무래도 마음에 들지 않아요."

"뭐가 마음에 안 들어?"

눈을 뜬 니시구치는 느닷없이 벌레를 씹은 얼굴을 했다.

"역시 알고 계셨군요."

"왜 그렇게 생각해?"

"간단해요. 후지에다 씨가 냉큼 본부로 도망갔잖아요."

후지에다는 8개월 전까지 시부야 지점의 지점장이었지만 작년 12월 인사이동으로 기획부장이 되어 전출하고 대신 현 지점장인 다카하타 고이치로가 국제영업부에서 부임해 왔다. 신에쓰 머티리얼의 화의 신청과 도쿄 실리콘의 도산은 그로부터 고작 한 달 뒤 일이다. 신주쿠의 술집에서 후루카와에게 들은 이야기는 처음에야 믿을 수 없었지만, 시간이 경과함에 따라 내 안에서 거꾸로 신빙성이 더해졌다.

지금 후지에다는 기획부장으로 니시구치 위에 있다. 시부야 지점에 부임하기 전의 후지에다는 영업본부 제3부 차장으로 자본 관계가 있는 대기업과의 거래를 지휘했다. 거래처에는 당연히 니토 상사도 포함된다. 후지에다가 신에쓰 머티리얼의 실적을 알고 있었던 것 아닌가라는 후루카와의 말을 믿는 이유는 거기에 있다.

"남들이 들으면 큰일 날 소리 마라, 이기. 너도 후지에다 부장님한테는 신세를 졌잖아. 대학 후배로서."

그렇다, 후지에다와 니시구치와 나는 같은 대학 선후배 사이다. 그것은 사실이므로 어쩔 수 없다. 하지만 그렇다고 해서 내가 파벌 싸움의 한편에 가담할 마음은 없었다. 니토 은행의 파벌은 학벌이 축이다. 서로 격렬하게 칼날을 겨누고, 때로는 정치적인 움직임이 비즈니스에 선행한다. 그들은 같은 대학을 나왔으면 동포라고 믿는 단순한 면이 있지만, 나는 같은 대학이라도 마음에 들지 않는 녀석과는 한 팀이 되고 싶지 않다.

니시구치의 충고를 무시하고 나는 계속했다.

"후지에다 부장님은 신에쓰 머티리얼의 실적이 악화되고 있는 것을 알고 있었습니다. 아닙니까?"

"나한테 그걸 말하라고?"

"그 말만으로도 충분히 답이 된 것 같지만요."

"잠깐, 이기. 거기에 무슨 문제가 있다는 거야?"

"도쿄 실리콘이라는 회사를 정쟁의 도구로 썼어요. 거래처 운명보다 파벌 싸움을 우선하는 신경을 이해할 수 없습니다."

"그건 아니야. 도쿄 실리콘은 신에쓰 머티리얼의 경영이 어려워지면 어차피 살아나지 못했을걸. 지점장이 후지에다 선배든 다카하타 씨든 결과는 똑같았어. 그렇게 생각하지 않아?"

니시구치는 도쿄 실리콘이라는 회사명을 아무런 주저 없이 입에 담았을 뿐 아니라 정확한 상황 판단까지 해보였다. 아무리 정보가 현저하게 모여드는 기획부라 해도 일개 지점의 그것도 연매상이 20억 정도 되는 기업의 도산 요인이 머리에 들어 있다는 것 자체가 평범한 일이 아니다.

"하지만 충고 정도는 가능했을 테죠. 우리에게도."

"그건 네가 할 말이 아니잖아. 부장님이 직접 정할 일이야. 첫째로 신에쓰 머티리얼의 정보를 직접 확인할 수 있는 게 아니야, 이기. 이야기를 하면 상대방에게 피해가 갈 수도 있어. 후지에다 부장님이 도쿄 실리콘에 충고를 하면, 그것이 원인이 돼서 마무리될 이야기도 마무리되지 않는 경우도 있었을 거다. 니토 상사가 아무리 같은 자본 계열이라 해도 거래처 재무 내용이 다 새어나오는 관계는 아니야. 그건 너도 잘 알잖아. 기업이 자선사업으로 성립하는 게 아니니까."

"이야기는 있었습니까?"

니시구치는 가볍게 혀를 차고 험악한 표정으로 담배를 뺐다.

"신에쓰 머티리얼이 상사에 구제 신청을 했다더군."

생각했던 대로다.

"언제쯤입니까?"

"자세한 건 몰라. 타이밍으로 보면 기껏해야 위기에 처하기 몇 달 전쯤이겠지. 검토하는 데에 최소 한 달 정도는 걸리니까."

"구제를 보류한 이유는 뭡니까?"

"내용이 너무 나빴어."

니시구치는 자조하듯이 입술을 일그러뜨리며 담배에 불을 붙였다.

"출자한 뒤에 재무 내용이 부실하다는 사실을 깨닫는 건 곧잘 있는 이야기야. 3년 전에도 아무개 씨가 그런 이야기를 한 적이 있지."

"원한이 골수에 사무칩니까?"

거기에는 대답하지 않고 니시구치는 말을 이었다.

"요즘 세상에 상장회사의 결산도 분식이 예사야. 병원 놈들이 무슨 짓을 하는지 알아? 결산부터 언론 발표까지 유리하게끔 만든다고."

'병원'이란 상장 기업이라도 적자나 채무 초과에 빠진 기업만을 상대하는 심사부의 통칭이다. 영업부에서 심사부로 관리가 바뀌는 것을 입이 험한 사람들은 '입원'이라 말하는데, 은행이 대출 파워를 빌미로 마음대로 행동한다.

"기업의 진짜 재무 내용 같은 건 아주 심오한 곳, 보물창고 안에 있어. 개중에 쓰레기 같은 결산을 숨기고 있는 기업이 얼마나 많은지 너도 잘 알 텐데. 밖으로 나오는 건 1년에 한번은 고사하고 경영난에 빠졌을 때뿐이야."

니시구치는 운반되어 온 참치회를 간장에 찍어 젓가락으로 마는 것처럼 집고는 입으로 가져갔다.

"이번 건도 정말 그게 이유라고 생각하세요?"

니시구치는 젓가락을 멈추고 눈만 들어 나를 보았다.

"응. 생각해. 뭐, 상관없잖아. 오랜만에 얼굴 보는데. 그렇게 뾰족하게만 굴지 말고 얼른 마셔."

니시구치는 차가운 일본주와 닭꼬치를 추가 주문했다. 그러고 나서 한동안 니시구치가 이야기하는 기획부 내의 근황 보고에 귀를 기울였다. 본부 인간들의 관심사는 대개가 인사 문제다. 누가 어디로 내려갔느니 영전했느니 하는 시답잖은 이야기를 듣고 있는 사이 차츰 취기가 돌기 시작했다. 권하는 대로 잔을 기울이고 있었더니 마음이 해이해졌는지 담배 대신 이쑤시개를 물고 니시구치 쪽에서 먼저 신에쓰 머티리얼로 화제를 돌렸다.

"너, 신에쓰 머티리얼의 화의가 잘 풀릴 것 같아?"

"기술력은 있다고 들었습니다. 경영이 바뀌면 궤도에 오르지 않을까요? 그러니까 은행도 찬성한 거잖아요."

"물러 터졌군."

니시구치는 이쑤시개를 재떨이에 버리고 담뱃갑에 손을 뻗었다.

"화의가 성공한 예가 없어."

"징크스인가요?"

눈가에 반짝 냉기를 띠고 니시구치가 코웃음 쳤다.

"징크스? 설마. 사실이야, 이건. 내가 조사한 바에 따르면 여기에 와서 신에쓰 머티리얼의 대항마도 등장했어. 니토 상사의 거래도 신에쓰 머티리얼에서 그쪽으로 옮겨가기 시작했고. 경영이 바뀌면 궤도에 오른다는 건 전혀 전망 없는 이야기야. 신에쓰 머티리얼의 매력은 이제 거의 바닥났어."

나는 믿을 수 없다는 마음으로 마시던 잔을 내려놓았다.

"어떻게 된 겁니까?"

"말 그대로의 의미지. 신에쓰 머티리얼의 기술력은 이제 그 회사만의 전매특허가 아니라는 거야. 어떤 회사가 상당히 공격적인 방식으로 신에쓰 머티리얼에서 기술자를 빼가고 있다는 소문이 있어."

"설마. 니토 상사는 신에쓰 머티리얼의 화의를 승인했어요. 야마자키라는 금속과장을 재무부장으로 보냈고요. 꽤 유능한 남잡니다."

"유능한지 어떤지 모르겠지만 상사에 인재는 발에 채일 정도로 많아. 아마 그놈은 희생양이겠군. 화의로 가져가서 다소나마 회수시키려는 거겠지. 내버릴 준비는 한쪽에서 착착 진행되고 있다는 뜻이야. 화의가 중단되면 이거다."

니시구치는 손을 칼처럼 만들어 테이블에 내려쳤다.

"인의 없는 싸움이야. 중요한 기술자가 계속 유출되는 화의 회사 따위와 어울릴 필요는 없다 이거지. 너도 알겠지만 반도체 업계란 곳은 4년 주기로 호황, 불황을 반복하는 경기 순환이 있어."

그 경기 순환을 실리콘 사이클이라 한다. 4년 주기인 것은 기술적인 비약이 대개 4년에 한 번 주기로 이루어지기 때문이다. 8비트가 16비트가 됐다가 그것이 32비트가 되고 64비트로 진화해 간다. 이른바 기술 혁신이 등장할 때마다 반도체 시장은 과거 주류 제품의 다량 재고와 가격 폭락에 따른 불황에 노출되고, 그것이 일종의 경기 순환을 형성해 온 셈이다.

"잘 들어, 이기."

니시구치는 진지한 눈빛으로 양 팔꿈치를 테이블에 괴더니 나와 다시 마주 보았다.

"상사는 전부터 반도체 시장의 패권을 노리고 있었어. 그러기 위해서는 기술력이 있는 강력한 장기 말이 필요했고. 신에쓰 머티리얼의 기술은 비트 수를 올리는, 돈만 잡아먹는 무모한 개발 경쟁과는 전혀 다른 차원의 기술 혁신을 가져왔어. 아니, 가져오는 중이었지. 상사가 그 기술에 눈독을 들인 진짜 이유는 반도체 경쟁에 뒤늦게나마 참전하기 위해서 같은 좀스러운 목적 때문이 아니야. 놈들은 실리콘 사이클을 통제하려고 한 거다. 대단히 저렴한 데다 수율도 좋은 기판의 시장 점유율을 좌지우지함으로써 반도체 가격 선도자라는 지위를 얻으려고 한 거지."

"그런 게 가능합니까?"

"가능해."

니시구치는 단언했다.

"그놈들이라면 가능해. 개발 경쟁으로 격전을 벌이는 종합 전자 제조업체와는 전혀 다른 각도에서 의표를 찌르지. 이게 바로 상사의 발상이야. 생각해 보라고, 위성방송을 해야겠다 싶으면 우선 인공위성을 쏘아 올리는 데서부터 시작하는 치들이잖아. 무슨 그렇게까지 장대한 판을 까나 어처구니가 없지만, 생각하기 따라서는 적이라도 인정할 수밖에 없지. 그런 생각을 해내는 건 세계가 넓다 해도 종합상사 정도일 테니. 장난치기 좋아하는 애들 같은 발상이야. 연간 15조 엔이나 되는 돈을 움직이는 천진난만한 어린애, 그게 니토 상사다. 내가 무슨 말을 하고 싶은지 알겠어? 어린애만큼 잔혹한 게 없거든. 그런 거야."

머릿속에 한 가지 가설이 떠올랐다. 그것은 확실히 잔혹한 가설이었다.

"니시구치 선배, 이건 제 상상인데 니토 상사는 신에쓰 머티리얼을 일부러 도산시켰어요. 아닙니까?"

니시구치는 대답하지 않았다. 눈에서 광채가 사라지고 무거운 시선이 나를 찔렀다.

"상사가 매수공작을 했을 때 반대한 사람은 신에쓰 머티리얼의 난바 사장과 도쿄 실리콘의 야나기바 사장이었다고 들었습니다. 만일 신에쓰 머티리얼을 구제하면 이 두 사람은 목숨을 건지지만 결국 아무것도 달라지지 않죠. 하지만 구제를 일축하고 경영이 어려워지면 원하는 기업을 싼값에 손에 넣을 뿐 아니라 방해가 되는 경영자를 내쫓을 수도 있습니다. 그야말로 일석이조예요."

"글쎄, 어떨까."

진상을 아는지 모르는지 니시구치는 모호하게 말하고 차가운 일본주를 자작했다. 막힘없이 당당한 그 태도에는 비즈니스의 첨단에서 갈고 닦은 강함 같은 것이 있다. 니토 상사의 야마자키와도 통하는 감각이 넘쳐흐른다.

"그런데 그런 니토 상사에도 오산은 있었어요. 싼값에 후려쳐서 사들인 줄 알았던 신에쓰 머티리얼이 뚜껑을 열어보니 기술자는 빠져나가고 형해화돼 있었던 거죠. 파견 보낸 사원의 활약으로 화의는 성립했지만 이미 아무 의미도 없어진 뒤였습니다."

야마자키의 혈색 좋은 얼굴을 떠올렸다. 화의 회사로 파견 나가게 된 야마자키가 왜 그렇게 발랄할 수 있었는지, 그 이유를 이제야 비로소 이해할 수 있었다. 하지만 그가 모르는 곳에서 신에쓰 머티리얼은 버려졌고, 야마자키 자신에게도 같은 비운이

기다리고 있었던 셈이다. 그때 야마자키가 예의 상쾌한 미소를 보일 수 있을지 이번에야말로 의문이다.

니시구치는 모르는 체하며 그릇에 든 음식을 젓가락으로 집어 입에 옮기고 있다.

"후지에다 부장님은 거기까지 알고 있었던 겁니까?"

"적당히 해, 이기. 시시한 탐색은 그만둬."

니시구치의 목소리가 거칠어졌다.

"파벌 싸움이나 돈을 위해서라면 뭐든 한다. 그게 기업의 논리입니까?"

"언제부터 그렇게 달달한 인간이 됐어?"

나는 니시구치의 야유를 한 귀로 흘렸다.

"사에키 부은행장."

음식을 집고 있던 손이 딱 멈추었다.

"말 함부로 하지 마라, 이기."

눈빛이 불온하게 반짝인다. 아무래도 핵심을 찌른 모양이다.

"아무리 그래도 부장급 인사이동을 조정할 수 있는 인간은 그렇게 많지 않죠. 신에쓰 머티리얼 정보만 해도 상사 임원급과의 파이프가 없으면 못 듣는 이야기고요. 은행을 싫어하는 언론이 좋아할 것 같은 이야기네요."

"너, 날 협박할 작정이야?"

눈을 부라린다. 한동안 서로 노려보았다. 나는 니시구치의 안경 안쪽을 똑바로 바라보면서 말했다.

"설마요. 아니면 협박당할 만한 뭔가가 있습니까?"

"무슨 생각을 하는 거지?"

"딱히."

"네가 얌전하게 있을 놈이면 나도 걱정 안 해. 또 3년 전과 똑같은 잘못을 되풀이할 생각이냐, 이기?"

웃음이 치밀었다.

"뭘 그렇게 무서워하는 겁니까?"

"내가, 무서워해?"

니시구치는 그 단어를 처음 듣기라도 한 양 중얼거렸다.

"그렇게 부은행장이나 부장이 중요합니까? 파벌인지 뭔지 모르겠지만 결국은 자기 출세를 위해 이용하고 있을 뿐이죠. 필요 없어지면 키우던 사람도 아무렇지 않게 짓밟는 놈들이에요. 선배 의견은 어떻습니까?"

"내 의견? 나는 월급쟁이야. 상사가 하는 말은 따를 수밖에 없어. 그게 기업의 논리잖아."

"비굴하네요. 비애가 느껴집니다. 그런 기업의 수장이 꼭 나쁜 짓을 하죠."

"이 새끼……. 장래가 아깝지도 않아?"

니시구치는 불타는 눈으로 나를 보았다.

"마지막으로 하나만 가르쳐주지 않겠습니까? 신에쓰 머티리얼에서 기술자를 빼가고 있는 곳은 뭐라는 회사입니까?"

"이 자식이 보자보자 하니까."

니시구치는 화를 터뜨릴 곳을 찾았지만 결국 빈 담뱃갑을 있는 힘껏 쥐어서 으스러뜨렸을 뿐이었다.

"신경 쓸 것 없습니다. 처음부터 저한테 가르쳐줄 생각이었잖아요."

그 으스러진 덩어리가 날아왔다. 내 가슴에 맞고 바닥에 떨어진다. 나는 전혀 움직이지 않았다.

"뭐, 상관없겠지. 가르쳐줄게. 본사는 신주쿠야."

니시구치는 다시 검은 가죽수첩을 꺼내더니 무뚝뚝하게 주소를 불렀다.

"회사명은…… 주식회사 텐나인. 대표이사 니시나 사와코."

나도 모르게 수첩에 받아 적던 손이 멈추었다.

니시나 사와코의 한자 표기를 설명하는 니시구치의 목소리는 귀에 들어오지 않았다.

그것은 갑자기, 너무나도 갑자기 내 앞에 모습을 드러냈다. 니시나 사와코. 그분만이 아니다. 나는 사카모토의 스케줄 프로그램에 남아 있던 수수께끼 같은 표기의 답을 지금 손에 넣었다.

109……. 이 숫자는 텐나인이라 읽는 것 아닌가?

대표이사.

니시나 사와코.

그랬나, 이거였나?

"야, 듣고 있어, 이기?"

멀리서 니시구치의 목소리가 들려서 헤매고 있던 의식이 현실로 돌아왔다. 이 자식 괜찮은가 하고 의심하는 눈이 나를 보고 있었다.

"나머지는 신용 조회 시스템에서 조사해."

은행의 신용 조회 시스템은 민간 신용 조사 기관과 제휴한 기업 정보 데이터베이스다. 몇 명 규모의 소규모 회사부터 대기업까지 얼추 회사의 형식을 갖추고 있는 곳이라면 대개는 등록되어 있다.

니시구치는 이것으로 끝이라는 듯 수첩을 덮었다. 그러고는 종업원을 불러서 동전을 건네며 담배 이름을 말했다.

4

신주쿠역 지하에 있는 승강장에서 택시를 이용해 집으로 돌아왔다. 이미 10시가 넘은 시간이었다. 사건이 언제 정리될지 예상도 안 갔지만, 그때까지는 외로운 밤길과 일정량을 넘는 혼잡은 가능하면 피하자는 의식이 싹터 있었다. 일종의 방어본능이라 해도 좋다.

리.

그 남자의 옆얼굴을 떠올렸다. 어쩐지 기분 나쁜 냉소. 가로등에 비친 옆얼굴. 대체 누가 조종하는 걸까? 리가 단독으로 움직이고 있을 리 없었다.

메이지 도로와의 교차로까지 이어지던 정체를 빠져 나가자 고슈 가도는 원활하게 흐르기 시작했다.

택시 안에서 줄곧 사카모토가 어떻게 텐나인이라는 회사에 당도했는지, 그 경로를 생각했다.

사카모토는 도쿄 실리콘에서 니시나 사와코 앞으로 입금한 거액의 돈에 대해 알아냈다. 입금 의뢰서 복사본이 사카모토의 수중에 있었다는 것이 그 사실을 증명한다.

하지만 니시나 사와코와 텐나인이라는 회사를 연결한 것이 무엇이었는지는 알 수 없었다. 나는 지금껏 사카모토가 했을 조사를 거의 충실히 따라왔을 터다. 그 속에는 신에쓰 머티리얼의 기술력에 대한 의문도, 하물며 텐나인이라는 회사의 존재를 가리키는 정보도 존재하지 않는다.

정말이지 이해할 수 없다고 말할 수밖에 없었다.

도쿄 실리콘이 할인받은 어음은 전부 신에쓰 머티리얼이 발행한 실체 없는 어음이었다. 하지만 그 대금은 신에쓰 머티리얼이 아니라 니시나 사와코라는 여성에게 입금되었다. 지금은 신에쓰 머티리얼을 능가할 듯한 라이벌 반도체 기업 사장의 계좌다.

왜? 왜 야나기바 사장이 그런 기업의 수장에게 자금을 보냈을까? 왜 신에쓰 머티리얼은 그것을 위해 어음을 발행했을까? 새로운 수수께끼가 등장한 셈이다.

나는 현관 중앙에 있는 엘리베이터로 5층까지 올라갔다.

집 문에 열쇠를 꽂고 돌렸다.

불이 켜져 있었다. 큼직한 캐리어와 고양이를 넣는 한쪽 면이 그물로 된 이동장이 맨 먼저 눈에 들어왔다. 거실에 인기척은 없었지만 샤워 소리가 들렸다.

나오다.

그렇게 생각했을 때 뭔가가 피아노 위에서 움직였다.

"사키."

에메랄드그린색 눈이 친근함을 표시하며 가느다래졌다. 하지만 평소처럼 가까이 다가오지는 않았다. 환경이 바뀌었기 때문인가 순간 생각했지만 곧 몸에 배었을 담배 냄새 때문임을 깨달았다. 사키는 담배 냄새를 극단적으로 싫어한다. 증오한다고 해도 좋다. 사키가 태어난 지 아직 얼마 지나지 않았을 때 얼굴에 심한 화상을 입고 거의 죽을 지경이 되어 집으로 돌아온 적이 있다. 누가 새끼 고양이였던 사키를 붙잡아서 담뱃불을 댄 것이다. 그때 생긴 동그란 화상 자국은 지금도 잘 보면 사키의 코 윗부분에 남아 있다. 그 뒤로 사키는 담배를 극도로 싫어하게 됐다. 아니, 싫다기보다 공포와 적의의 대상이 되었다. 그것이 어느 정도인지 실제로 사키 앞에서 담배를 피운 적이 없는 사람은 모른다. 나는 한 번 경험한 뒤로 사키 앞에서는 두 번 다시 담배를 피우지 않기로 했다. 이것은 그때 나오가 내게 해준 이야기다.

"주인님은 목욕 중이야?"

나는 피곤한 몸을 소파에 던졌다. 방에는 진한 아로마 오일 향이 떠돌고 있었다.

"왔어?"

좀 지나자 젖은 머리를 수건으로 닦으면서 나오가 욕실에서 나왔다. 권투선수가 입는 것 같은 파란 트렁크를 입고 위는 하얀 탱크톱이었다.

"오늘 난바 씨한테서 연락이 왔어."

"정말?"

"낮에. 내가 집에 있을 때 전화가 왔어. 아버지가 돌아가신 걸 누구한테 들었다면서. 뭘 이제 와서 싶은 느낌이었지만. 페페론치노 만들 건데 먹을래?"

"주소 물어봤어?"

나는 손에 들고 있던 상의를 안쪽 방으로 가져가서 옷걸이에 걸었다.

"미안해, 먹고 왔어."

"그래?"

조금 미안한 마음이 들었지만 나오는 전혀 아랑곳하지 않는 눈치로 파스타면을 삶은 다음 고추와 마늘을 잘게 썰어서 함께 볶은 것을 주방에서 테이블로 내왔다. 아무래도 혼자 먹을 모양이다.

"나가노 시내 주소였어. 방 호수가 붙어 있었으니까 맨션이겠지."

"그래? 아, 이쪽도 진전이 있었어. 나오, 텐나인이라는 회사 알아?"

"텐나인?"

나오는 스푼 위에 세운 포크로 매콤한 스파게티를 말면서 고개를 갸웃했다.

"텐나인은 아는데 텐나인이라는 회사는 몰라."

나오는 일어나서 주방으로 가더니 와인병과 잔 두 개 그리고 오프너를 가지고 돌아왔다.

"텐나인은 안다는 건 무슨 뜻이야?"

나는 오프너를 꽂고 당기려고 하는 나오의 손에서 병을 가져와서 대신 코르크 마개를 땄다. 리오하. 스페인산 레드와인이다. 나오가 좋아하는 와인인 듯하다.

"알지. 소수점 아래에 '9'가 열 개 이어진다는 거야."

갑작스러운 설명에 바로 이해가 되지 않았다.

"그러니까 99.9999999999퍼센트를 텐나인이라고 해. 반도체로 보자면 실리콘 웨이퍼의 재료가 되는 단결정 실리콘은 순도가 높아야 하거든. 그 지표가 텐나인이야. 무슨 회사인데, 거기?"

"반도체."

나는 나오의 훌륭한 설명에 내심 감탄하면서 말했다.

"흠."

나오는 스파게티를 입으로 옮기면서 말했다.

"꽤 재치 있는 이름이네."

"신에쓰 머티리얼의 대항마래."

잔에 넘치도록 따른 리오하를 한 모금 마셨다. 맛있다.

"그 회사, 벤처 같은 거야?"

"벤처라. 잠깐만, 그렇구나……!"

알 것 같았다. 사카모토가 어떻게 이 회사를 알았는지. 그제야 알 것 같았다

"왜 그래?"

나오가 놀라서 올려다보았다. 나는 거실 안쪽 문을 열고 옆방으로 달려갔다. 작업용 책상이 놓여 있는 다다미 여섯 장 크기 방이다. 사카모토의 유품을 정리하다 발견한 잡지가 그때 그대로 책상 위에 놓여 있었다. 《벤처 경영》이라는 잡지였다. 서랍 안쪽에 떨어져 있었다.

페이지를 넘기는 것도 애가 탔다. 찾아보았다. 목차를 뒤졌지만 보이지 않았다. 표지부터 순서대로 봤다. 그리고…… 발견했다.

그것은 〈이 달의 벤처〉라는 한 페이지짜리 연재 코너였다. '반도체 비즈니스의 틈새 산업'이라는 표제가 크게 나와 있고 텐나인의 간단한 회사 개요와 기술이 소개되어 있는 기사다. 내 눈은 페이지 중앙의 사진으로 빨려 들어가듯 움직였다. 깔끔한 사무실을 배경으로 마흔 전후의 여성이 사진에 찍혀 있었다.

"갑자기 왜 그러는데?"

나오가 내 등 뒤에서 잡지를 들여다보았다.

"이거야."

내가 말했다.

"사카모토는 이 잡지에서 텐나인이라는 회사를 발견했어. 사

카모토가 이 잡지를 정기구독했을 것 같지는 않으니까 아마 서점에서 우연히 찾았겠지. 그리고 신에쓰 머티리얼과 완전히 동일한 기술을 가지고 있다는 사실을 깨닫고 의문을 품었어. 그래서 조사해 보기로 했어. 그게 그 녀석 스케줄 프로그램에 기록돼 있던 '109 조사'라는 말이었던 거야. 나오, 텐나인이라는 건 어떻게 써?"

"표기 방법 말이야? 뭐, 딱 정해져 있지는 않아. 텐나인은 텐나인이지 생략표기는 본 적이 없어."

"사카모토는 그걸 109라고 써놨어. 어떻게 생각해?"

"그래? 그건 가능성이 있네. 나는 텐나인이라는 말이나 의미는 알았는데, 109라는 숫자에서는 연상하지 못했어. 텐나인이라고 쓰라고 하면 그냥 글자로 쓰거든."

"그러니까 기타가와도 놓친 거야. 그래서 다른 메모 종류나 스케줄은 삭제되어 있었는데 이 기록만 남아 있었어. 그리고 사카모토는 도쿄 실리콘의 융통어음을 조사하다가 생각지도 못한 곳에서 이 회사와의 관계를 눈치챈 거지."

"관계?"

"응, 이 여자야."

나는 페이지 중앙에 게재된 사진을 가리켰다. 나오는 사진에 담겨 있는 정장 차림의 여성을 찬찬히 바라보았다.

"누군데?"

나오가 나를 보았다.

"니시나 사와코."

그녀의 눈이 휘둥그레졌다.

나오는 잘 빠진 다리를 쭉 뻗고 소파에 앉아서 아까부터 《벤처
경영》의 니시나 사와코를 노려보고 있었다. 나이는 들었지만 니
시나 사와코는 상당한 미모의 소유자였다. 특히 눈이 인상적이
다. 빨려 들어갈 것 같다는 형용이 딱 어울리는 눈동자였다. 경
국지색이란 이런 여성을 말하는지도 모른다.

"문제는 아빠가 왜 이 여자에게 돈을 보냈느냐는 거네."

나오는 이 여자라고 말할 때 기분 나쁜 것이라도 보는 표정을
했다. 그녀에게 니시나는 적으로 보이는 모양이었다. 하기야 여
자들끼리는 원래 라이벌 의식을 불태우는 면이 있다.

"설립 연월일을 봐."

나오 옆에 앉아서 생각을 하고 있던 나는 말했다.

"우리가 도산하기 직전이네."

"야나기바 사장님이 송금했을 때는 텐나인이라는 회사는 아직
이 세상에 존재하지 않았다는 뜻이야. 당연히 니시나 사와코의
직업이나 직함도, 그런 게 있다면 말이지만 지금과는 달랐을 테
고. 신에쓰 머티리얼의 난바, 네 아버님, 그리고 니시나 사와코.
이 세 사람의 관계에 사건을 풀 열쇠가 있을 것 같아."

"난바 씨한테 물어보면 뭔가 알 수 있을지도 몰라."

나오는 바닥에 펼쳐놓은 캐리어에서 시스템 수첩을 꺼냈다.

손에 익은 붉은 가죽 수첩이다. 포스트잇이나 엽서 등이 많이 끼어 있다. 나오는 메모에 기록한 주소를 펴서 내게 보여주었다. 전화번호도 적혀 있었다.

"나, 한번 가볼까 싶어. 나가노에는 우리 공장도 있거든."

"그러면 보레 토요일까지 기다렸다가 같이 가지 않겠어?"

나오는 안심한 표정을 지었다.

"다행이다. 사실대로 말하면 나 혼자는 좀 불안했어."

"내일, 우선 이 텐나인이라는 회사에 대해 조사해 볼게."

나는 샤워를 하기 위해 욕실로 향했다. 내일이라고 했지만 이미 자정을 넘은 시간이었다. 사키는 피아노가 어지간히 마음에 들었는지 검은 피아노 커버를 덮은 뚜껑 위에 엎드려 있었다. 나오가 일어나서 발돋움을 하며 침대가 있는 방으로 들어가는 모습이 보였다. 우리 집에 침대는 하나밖에 없다. 나는 땀과 담배 냄새가 밴 옷을 벗어 던지고 샤워기 수량을 최대한으로 돌렸다. 찌를 것처럼 센 물줄기가 무수히 피부를 두드렸다. 약 10분 뒤에 몸의 물기를 닦고 목욕수건을 목에 두른 나는 그대로 나오가 사라진 문을 향해 걸어갔다.

5

지점의 신용 조회 시스템에서 얻은 주식회사 텐나인의 정보에 따르면 니시나 사와코는 이 회사 최대주주였다. 즉 오너 사장인 셈이다. 자본금 2억 엔. 주요 거래처에 니토 상사의 이름이 올라 있었지만 그 외의 거래 관계는 공란이었다.

지도에서 찾아보니 텐나인이 입주해 있는 건물은 신주쿠교엔 옆에 있었다. 시부야에서는 한 시간만 있으면 다녀올 수 있는 장소다.

도로는 고슈 가도와 교차하기 전부터 붐비기 시작했다. 신주쿠역 남쪽 출구를 빠져나가는 데에 예상 이상으로 시간이 걸려서 신주쿠교엔을 따라 난 일방통행 도로로 들어섰을 때는 30분을 경과하고 있었다.

파크사이드 빌딩이라는 입지 조건과 꼭 같은 이름을 단 건물 간판에서 주식회사 텐나인이라는 이름을 발견했다. 그 건물 앞에 공간을 찾아서 차를 세웠다.

구태여 약속은 잡지 않았다. 환영받을 자신은 없다. 전화로 방문 목적을 밝히면 거절당할 가능성이 컸다. 느닷없이 방문하는 편이 만날 확률은 높다고 판단했다.

5층 건물의 1층은 도예품을 파는 가게여서 큰 접시나 작은 찻잔, 주발 같은 것을 진열한 쇼룸이 있었다. 입구에는 각 층 입주자를 표시하는 판이 붙어 있었는데, '주식회사 텐나인'은 4층과 맨 위층인 5층에 들어가 있었다.

쇼룸 안쪽의 엘리베이터로 4층에 올라갔다.

작고 높은 테이블에 초인종만 덩그러니 놓여 있는 단순한 접수대였다. 안내 담당은 없다. 바닥에는 연지색 카펫이 깔려 있고, 사무실 입구에 배치된 테이블 양쪽에는 관계자가 아닌 사람이 들어오는 것을 막기 위한 배리어가 쳐져 있다. 그 안쪽에는 파란 칸막이가 놓여 있어서 내가 있는 곳에서는 회사 내부의 모습을 엿볼 수 없다. 여기는 본부일 뿐이고, 정보 단말기에서 얻은 자료에 따르면 제조 부문은 가와사키 시내에 있을 터다.

초인종을 누르자 점잔 빼듯 맑은 소리가 났다. 내가 주머니에서 명함지갑을 꺼내 한 장 준비했을 때 칸막이 안쪽에서 사슴이 연상되는 얼굴을 한 여성이 고개를 내밀었다. 감색 사무복을 입은 젊은 여성이다. 왼쪽 가슴에 '와카바야시'라는 이름표가 달려 있었다.

"저는 니토 은행의 이기라고 하는데 사장님 계십니까?"

여자의 시선이 내가 건넨 명함과 나 사이를 두세 번 왕복한 뒤 매뉴얼에 따른 질문이 이어졌다.

"약속을 하셨습니까?"

"아니요. 실은 저희들 쪽 현금 입금 서류에 문제가 있었다는 것을 알게 돼서요. 사죄도 드릴 겸 사인을 받으러 왔습니다."

"입금……이요?"

상대는 그다지 익숙하지 않은 말을 되풀이할 때처럼 서투르게 대답하더니 잠시 기다리라는 말과 함께 칸막이 안쪽으로 일단 모습을 감췄다.

접수대의 초인종 앞에 혼자 남았다. 의도적인 배려가 느껴지는 단조로운 로비에 불필요한 물건은 하나도 없었다. 일부러 그렇게 디자인한 것일 터다. 벽 일부가 유리로 되어 있어서 신주쿠 교엔의 광대한 녹음을 내려다볼 수 있다. 공원 위에는 얇은 구름이 깔린 파란 하늘이 보였다. 슬슬 장마가 끝날 무렵이다.

잠시 후에 와카바야시라는 사무원이 다시 나타났다. 맨 처음에 나왔을 때보다 허둥대고 있었다.

"죄송합니다, 이기 님. 입금 관련 어떤 용건이십니까?"

사장에게 잘 설명하지 못해서 난처하다는 얼굴이다. 경험이 부족하면 들은 이야기도 머리에 들어가지 않는 법이다. 나는 참을성 있게 되풀이했다.

"서류에 문제가 있어서 사장님 사인을 받지 않으면 처리가 공중에 떠버립니다."

천천히 말했다. 사무원의 반응은 "사인이요"였다.

"네, 사인이요."

틀리지는 않으므로 그렇게 대답하자 그녀는 허둥지둥 안으로 사라졌다가 이번에는 금방 나왔다. 답은 얼굴을 보면 알 수 있었다. 그녀는 배리어 안쪽에 있는 자물쇠를 풀고 이쪽으로 오라며 엘리베이터 쪽으로 안내했다.

위를 표시하는 버튼을 그녀가 눌렀다. 5층 건물이어서 거기가 최상층이다. 사장실은 최상층에 있나 보다.

"사장님은 늘 이쪽에 계십니까?"

엘리베이터를 기다리는 동안 그녀에게 물었다.

"그렇지요. 대체로 계십니다. 한 달에 몇 번쯤 공장에 가시기는 하지만 그 외에는 본사에."

"이 회사를 설립하시기 전에는 뭘 하시던 분입니까?"

"글쎄요. 저도 지난달에 들어온 참이라서 잘."

사무원은 고개를 갸웃했다.

"설립하고 반년 만에 급성장하고 있다면서요."

"네, 그런 것 같아요."

경영에 대해서는 잘 모르는지 모호한 대답이다. 입사한 지 1개월 된 신입사원에게 한 질문치고는 좀 많이 어려웠던 모양이다.

"대단하네요."

내가 말하자 그녀는 수줍은 듯한 표정을 지을 뿐이었다. 그렇게 수다를 좋아하는 타입도 아닌가 보다. 엘리베이터가 도착하자 그녀가 먼저 올라타서 5층 버튼을 눌렀다.

문이 열리자 엘리베이터 앞은 전면 벽이었다. 짙은 나뭇결무늬다. 임대한 뒤에 사용하기 쉽게 개축한 것이리라. 꽤 돈을 들였다. 사장과 마찬가지로 세련된 회사인 셈이었다.

벽 중앙에 유리문이 달려 있고 '관계자 외 출입금지' 표시와 빨간 원 한가운데에 가로줄이 들어간 와펜이 붙어 있었다. 내 맨션에 있는 것 같은 보안 시스템이 작동하고 있다. 실수로 5층에 올라온 불의의 손님도 이보다 더 안쪽으로는 들어가지 못하게 되어 있다. 사무원의 안내가 필요한 이유도 이것으로 수긍이 갔다.

그녀가 잠금장치를 풀고 안으로 들어갔다. 양쪽에는 응접실이 두 개씩 늘어서 있었다. 그 안쪽 문이 열려 있어서 타원형 테이블과 최신형 프로젝터가 보였다. 회의실일 것이다. 검은 가죽 의자 수는 그리 많지 않다.

지나온 통로에는 두꺼운 녹색 카펫이 깔려 있었다. 와카바야시라는 사무원은 나조차도 서둘러야만 쫓아갈 수 있을 정도의 속도로 마른 나무 같은 다리를 번갈아 움직이고 있다. 나무 인형이 걷고 있는 것 같다. 통로는 회의실 뒤쪽에서 끝나서 왼쪽으로 꺾였다. 그 정면에도 방이 있고, 은색 배경에 '사장실'이라고 검은 스크린 인쇄를 한 판이 오크재 문 상단에 끼여 있었다.

그녀는 귀를 기울이는 것처럼 옆으로 서서 가볍게 쥔 오른손으로 노크했다. 대답이 들렸다. 짧은 소리였지만 맑은 가운데 어쩐지 나른함을 띤 것처럼 들리기도 했다.

손잡이를 아래로 내려서 묵직한 문을 열었다.

"사장님, 니토 은행 분이십니다."

그러고 나서 내 쪽을 돌아보며 문을 잡은 채 들어가시라고 말했다. 가볍게 고개를 숙이고 그녀 옆을 지나자 등 뒤에서 문이 소리를 내며 닫혔다. 그녀의 역할은 끝난 것이다.

먼저 수입품 같은 큼직한 소파가 눈길을 끌었다. 소파 맞은편에는 대리석 다리가 달린 유리 테이블을 사이에 두고 암체어가 두 개 나란히 놓여 있었다. 둘 다 베이지색에 평균적인 일본인이 앉기에는 좀 너무 큰 사이즈다. 문 바로 오른쪽에 베일을 두른 반라의 여신상이 있었다. 허리쯤 오는 높이의 대리석 조각으로 공허한 눈이 창문을 향하고 있다.

창문은 전면 유리였는데 그 너머로 신주쿠교엔의 녹음이 눈이 시릴 듯 펼쳐져 있었다. 좋은 전망이다. 햇살을 피하려고 방의 반에는 블라인드를 쳤다. 그렇게 해서 생긴 그늘진 공간에 커다란 마호가니 책상이 있고, 그 옆에 새하얀 정장을 맵시 있게 입은 아름다운 여성이 서 있었다. 정장에는 너무 티 나지 않게 샤넬 로고가 들어 있다. 잡지 사진에 찍혀 있던 그 여성이지만 실물의 미모에는 사진에는 없던 요염함이 있었다.

"니토 은행의 이기라고 합니다. 바쁘신데 불쑥 찾아와서 죄송합니다."

"앉으세요."

그녀는 아마도 영업용일 미소를 지으며 오른손으로 응접세트를 가리켰다. 나는 소파 쪽에 앉아서 손에 들고 있던 수첩을 무릎에 놓았다.

니시나는 우아한 발걸음으로 다가와서 내 맞은편에 앉았다. 타이트스커트에서 살집이 있는 다리가 내 앞에 드러났다. 깊은 샘과도 닮은 눈이 강렬한 인상이었다.

"아직 회사를 설립하고 얼마 되지도 않았는데 엄청난 성장이네요."

한 차례 인사를 마치고 이렇게 말하자 심연이던 니시나의 눈동자가 현실적인 빛을 띠었다. 재미있어하는 표정이다.

"우리 회사를 아세요? 덕분에 순조롭게 자리 잡고 있습니다.

하지만 그쪽과는 거래가 없죠."

"네."

"당분간 은행 거래를 늘릴 생각은 없어요."

"그런 용건으로 찾아뵌 것은 아닙니다."

"입금 문제라고요. 사인하면 되나요?"

그녀는 가느다란 금색 볼펜을 손에 쥐고 있었다. 크로스 최고
급품이었다.

"그 전에 확인을 해주셔야 합니다."

수첩에 끼워두었던 복사 용지를 그녀 앞에 내밀었다.

도쿄 실리콘에서 니시나 사와코 앞으로 보낸 4천5백만 엔 입
금 의뢰서의 복사본이다.

테이블에 펼친 순간 상대방의 표정에 변화가 나타났다.

"이거 모르십니까?"

"뭐죠?"

목소리에 험악한 기운이 섞였다.

"저희 거래처가 당신한테 입금한 것일 텐데요."

"동성동명일 수도 있어요."

니시나 사와코는 마치 어린아이를 타이르듯 말했다. 나는 오
바가 조사한 생년월일을 메모하지 않았던 것을 후회했다. 그것
이 있었다면 여기서 증명할 수 있었을지도 모른다.

"통장으로 확인해 주시지 않겠습니까? 이만한 금액을 기억하
지 못하신다면 그렇게 부탁드릴 수밖에 없습니다."

"난처한 말씀을 하시네요. 통장이 지금 당장 나오지는 않죠. 집에 두니까. 게다가 있을지 없을지도 모르고."

"이 계좌는 이제 안 쓰십니까?"

"부탁을 받고 여러 개 개설했으니까 조사를 해봐야 알아요. 첫째로 이게 제 계좌라는 건 당신들도 확인하지 않았잖아요. 처음에 말했다시피 동성동명일 수도 있는데."

"확인할 방법이 없습니다. 이 은행에 물어봐도 고객 정보는 가르쳐주지 않으니까요."

"방법이 있고 없고는 그쪽 문제고, 고객한테 올 때는 확인부터 하지 않으면 곤란하죠. 그런데 느닷없이 찾아와서는 사인을 해달라니 좀 횡포 아닙니까?"

말씨는 정중하지만 어조에는 가시가 섞이기 시작했다. 그녀의 말씨에는 상대를 위압하는 면이 있었다.

"횡포인가요? 그냥 확인을 부탁드리는 게."

커다란 눈이 나를 바라보았다. 표정을 꾸미고 있던 화려함이 가라앉고 초조함이 두드러졌다.

"실은 이 입금 말인데 의뢰서 자체가 없어졌어요. 좀 더 알기 쉽게 말하면 누군가가 부정하게 파기했을 가능성이 있습니다."

"없어졌으면 이건 어디서 복사했는데요?"

꽤나 기가 센 여자 같았다. 게다가 머리도 좋다.

"입금을 조사하던 사람이 우연히 복사를 했거든요. 원본이 없어진 건 그 뒤입니다."

"결국 그건 그쪽 실수 아닌가?"

"어떤 의미에서 저희한테도 과실은 있었다고 생각하지만 나쁜 사람은 따로 있습니다."

"나랑은 별로 관계없네요."

"떠올려봐 주시지 않겠습니까?"

"무리예요."

화제를 바꾸기로 했다. 정말로 알고 싶은 것은 이 자금의 용도다. 이 여자가 말하듯 동성동명의 타인이라고는 거의 생각할 수 없지만, 여기서 실랑이를 한들 결말이 나지 않는다.

"니시나 씨는 이 회사를 설립하시기 전에는 어떤 일을 하셨습니까?"

"그런 걸 물어서 어쩌시려고요."

"역시 반도체 관계?"

니시나 사와코는 대답해야 할지 고민하는 듯했다.

"뭐, 대충 그렇죠."

적당히 응대하자는 결론을 내린 모양이다.

"이 입금 의뢰서에 있는 도쿄 실리콘이라는 회사는 모르십니까?"

"거래하는 회사가 많아서요."

"귀사를 설립하기 전 이야기입니다."

"설립 전도 포함해서 말씀드린 겁니다."

"실리콘이라고 붙어 있는 만큼 반도체 관련이라고 상상할 수 있죠. 역시 무슨 관계가 있었던 것 아닙니까?"

니시나 사와코는 입을 다물었다.

"야나기바라는 이름은 어떻습니까?"

"기억에 없네요. 만약 기억한다 해도 사람에게는 잊어버리고 싶은 과거도 있기 마련이잖아요. 아니면 당신 같은 엘리트한테는 그런 과거가 없나요?"

"물론 저한테도 말씀하시는 그런 과거가 있습니다. 게다가 많이."

처음으로 니시나 사와코가 미소 지었다.

"이 복사본도 그중 하나라는 말입니까?"

나는 그녀 앞에 펼쳐둔 입금 의뢰서를 가리켰다. 니시나 사와코는 두 번 다시 거기에 눈길을 주려 하지 않는다. 볼펜을 가지고 노는 손가락은 가늘고, 완벽한 진홍색 매니큐어가 칠해져 있다.

"슬슬 가주세요. 바빠서요."

니시나는 하나밖에 없는 문 쪽으로 가서 무거운 문을 잡아당겼다. 서로 노려보았다. 하지만 이 이상 버텨봤자 성과는 기대할 수 없을 것 같다. 테이블 위에 펼쳐둔 복사본을 수첩에 다시 넣었다.

그녀 옆을 지날 때 향수 냄새가 났다. 그 잔향을 털어내듯 지금까지의 지나칠 정도로 정중하던 어조와는 완전히 달라진 날카로운 말이 날아왔다.

"두 번 다시 시시한 용건으로 찾아오지 마."

내 코앞에서 문이 소리를 내며 닫혔다. 별안간 쥐죽은 듯 고요해진 통로에 서 있는 나를 발견했다. 물러날 수밖에 없는 모양이었다.

엘리베이터를 타고 일단은 1층 버튼을 눌렀지만 고쳐 생각하고 4층에서 내렸다.

초인종을 눌렀다.

나타난 것은 아까와 똑같은 와카바야시라는 사무원이다. 나를 보더니 의아한 표정을 지었다. 아직 뭐가 더 있느냐는 얼굴이다.

"아까는 감사했습니다."

"네."

웃음은 들어간 채다.

"하나 여쭈어보고 싶은데요, 전에 여기에 니토 은행의 사카모토라는 사람이 찾아오지 않았습니까? 아마 한 달쯤 전일 것 같은데요."

"사카모토 씨?"

와카바야시는 이름을 중얼거렸다.

"아니요, 잘 기억이 안 나네요. 은행 분들이 워낙 많이 오시기도 해서요."

"하지만 사장실로 안내하는 사람은 그렇게 많지 않잖아요."

"네, 그건 그렇죠. 하지만……."

정말로 기억에 없는 모양이었다.

"아니, 생각이 안 나면 괜찮습니다. 실례했습니다."

혹은 그녀가 입사하기 전이었을 가능성도 있다. 아까 와카바야시는 이 회사에 온 지 아직 1개월이라고 했다.

밖으로 나와서 문득 지금 나온 건물을 올려다보았다. 맨 위층 창문에서 사람 그림자가 움직인 듯한 느낌이 들었다.

6

3시 전에 지점에 돌아간 뒤로는 사무 처리에 쫓기다가 저녁 6시를 지났을 무렵에야 일단락이 되었다. 의식을 팽팽하게 긴장시키는 상태가 오래 이어졌기 때문에 분명히 느낄 수 있는 피로가 몸에 축적돼 있었다.

"수고했어."

서류에서 얼굴을 들자 책상 옆에 피로한 표정의 다카하타가 서 있었다. 기타가와의 죽음으로 부지점장 자리가 비었기 때문에 다카하타 자신이 결재에 쫓기는 구조였다.

"고생하셨습니다."

"끝날 것 같아? 위로 겸 한 잔 사지."

농담인 줄 알았지만 다카하타는 진심인 모양이었다.

"일주일 동안 일이 많았어. 7시쯤 나갈까? 나도 그때까지 일이야. 아니면 뭐 다른 볼일이 있나?"

"아니요, 볼일은 없습니다. 감사합니다."

"고마운 사람은 나야."

다카하타는 내 어깨를 두드리고 지점장 자리로 돌아가서 미결 재함에 남아 있던 품의서 파일을 훑어보기 시작했다. 실제로 기타가와가 쌓아두던 안건은 다카하타가 결재함으로써 급격히 정리되는 중이었다. 융자 담당으로서는 정말 감사할 일이었다. 젊은 직원들 사이에서도 환영하는 무드가 고조되고 있는 것을 느낀다. 후임이 누구든 기타가와가 그리워질 만한 인물은 별로 없을 것 같다.

7시 넘어서 지점을 나서자 다카하타는 역 반대편에 있는 미야마스자카의 솥밥집에 나를 데려갔다. 지점 근처 가게에서는 안면이 있는 사람과 만난다. 굳이 거기까지 걸어간 것은 그다지 남들이 듣기를 원하지 않는 이야기가 있다는 증거다.

솥밥집이라고 해도 마지막에 배가 덜 부를 때나 솥밥을 주문할 뿐, 실은 닭꼬치와 술을 먹으러 회사원들이 모여드는 가게다.

금요일 대목 때기도 해서 혼잡했지만 한발 빨리 와서 5시쯤부터 마시던 무리와 교대할 시간이기도 하다. 5분도 기다리기 전에 중앙 카운터 자리가 두 개 비었다. 테이블보다 카운터 쪽이 이야기하기 편하다. 이때쯤에는 다카하타의 목적이 단순한 위로만이 아님을 어렴풋이 눈치채고 있었다.

맥주를 한 병 시켜서 건배를 하고 목을 축인 뒤 차가운 일본주를 주문했다. 통술을 병에 담은 것이었는데 코를 가까이 대니 노송나무 향이 났다.

"힘든 일주일이었어."

다카하타가 곱씹듯 말했다.

"동감입니다. 물론 그렇게 된 이유가 문제지만요."

"경찰은 아직 기타가와 부지점장이 자살인지 타살인지 단정 못하고 있는 모양이야."

"그런 것 같습니다."

그러고 보니 어제 오늘은 오바한테서 연락도 오지 않았다. 리 요헤이에 대해 알려준 이래다. 오바의 목소리를 자주 듣다 보니 이틀이나 전화가 없는 것이 되레 신경 쓰인다. 하기야 그 뒤로 내 주변에서 리의 기척을 느낀 적은 없다.

"자네는 어떻게 생각하나?"

다카하타가 터놓고 물었다.

"타살입니다."

"근거는?"

"아직 막연하기는 하지만 사카모토 사건과 관계가 있다고 생각합니다."

"그 친구의 부정 송금 의혹 말인가, 아니면……."

죽음 말인가? 이렇게 물으려다가 말로 옮기는 것을 주저한 눈치다.

"둘 다입니다."

"가르쳐주지 않겠나? 자네는 대체 뭘 조사하는 건가?"

지점장은 내 잔에 술을 따르고 물었다. 다카하타는 동기 입사

중에서 제일가는 엘리트지만 똑같이 출세가 빨라도 후지에다처럼 악착같은 면은 없다. 솔직한 데다 자연스러운 것을 선호한다. 말도 온화하게 해서 찌르듯이 위협조로 내뱉는 것은 들은 적이 없다.

"사카모토 대리의 죽음에 경찰이 의문을 품고 있다는 사실은 나도 알고 있어. 후루카와 과장이 습격당하고 다음은 기타가와 부지점장이야. 이것들이 전부 따로따로 일어난 일이라면 나는 어지간히 운이 나쁜 인간이겠지. 하지만 각 사건의 밑바닥에 흐르는 것이 같다면 앞으로라도 취할 수단이 있는 게 아닌가 하는 느낌이 들어."

"사카모토는 도쿄 실리콘의 융통어음을 알아챘습니다."

나는 도쿄 실리콘의 신용파일에 붙어 있던 '109'라는 사카모토의 메모에서 시작해 신에쓰 머티리얼의 융통어음에 이른 경위를 다카하타에게 이야기했다.

"그 할인이 말인가? 자네는 그걸 알고 있었나?"

"아니요. 만일 제가 알아챘더라면 죽은 건 저였을 겁니다. 그런 의미에서 사카모토는 저 대신 희생된 거지요. 할인한 돈은 여성 명의의 계좌로 송금됐습니다."

다카하타는 한동안 말의 의미를 음미하고 있었다.

"입금한 곳 명의가 벤처 기업 경영자인 여성으로 되어 있는데, 그 회사는 지금 신에쓰 머티리얼의 라이벌 기업입니다. 신주쿠에 있는 회사라 오늘 오후에 들여다보고 왔어요. 본인은 입금과 관계없다고 부정하지만 사실이라는 생각은 안 듭니다."

두 번 다시 오지 말라고 한 니시나 사와코의 목소리가 귓속에서 되살아났다.

"여성의 이름은?"

"니시나 사와코라고 합니다."

"니시나 사와코……."

다카하타는 짚이는 구석이 있는지 생각하는 모양이었지만 이윽고 "들어본 적이 없군"이라고 말했다. 후지에다에게서 인계한 사항이라도 떠올려봤던 것이리라.

"그게 이 사건과 관계가 있을까?"

"도쿄 실리콘의 부정한 자금 이동을 조사할 때 마이크로필름에서 복사한 자료를 도둑맞는 방해를 받았습니다. 별것 아닌 단순한 사건이지만 그 일을 저지른 인간 입장에서는 조금이라도 발견을 늦추어보겠다는 의도가 있었다고 생각할 수밖에 없어요. 반쯤 충동적인 행동이었다고 생각합니다. 저는 범인을 찾기 위해 당일 방범 카메라 녹화 테이프를 보기로 했습니다. 그런데 더빙을 보낸 사이에 미야시타 대리가 테이프 분실을 눈치채는 바람에 소란이 일어났습니다."

"그건 알아. 자네가 한 일이었군. 왜 밝히지 않았나?"

다카하타는 꾸중하는 투도 아니고 단지 흥미가 있어서 물은 모양이었다.

"아무도 신용할 수 없었기 때문입니다. 그래서 지금까지 드린 말씀도 죄송하지만 보고서를 작성하지는 않았습니다."

다카하타는 침묵했다.

"그 테이프는 실은 거래처인 비디오대여점에 맡겼는데 조사를 방해한 범인은 제가 가방에 테이프를 숨겨놓았다고 생각했습니다. 후루카와 과장님을 찌른 범인이 노린 건 제 가방이었어요. 후루카와 과장님이 칼에 찔린 이유는 그것을 알아채고 저항했기 때문이지, 처음부터 목숨을 노린 건 아닙니다."

"그러면 후루카와 과장을 찌른 범인과 방범 테이프에 찍혀 있는 자네의 조사를 방해한 범인은 동일 인물이었나?"

"아니요, 다른 사람입니다. 후루카와 과장님을 찌른 남자는 리요헤이라는 남자입니다. 하지만 나중에 본 방범 테이프에 찍혀 있던 건 다른 인간, 물론 지점장님도 잘 아시는 은행 내부 인물이었습니다."

"기타가와 부지점장인가?"

"그렇습니다. 아마 기타가와 부지점장님은 이 사건 배후에 있는 인간과 이어져 있으리라는 생각이 듭니다. 그래서 경찰에 입을 열기 전에 살해당했고요."

"만일 기타가와 부지점장이 살해당했다 치고 자네는 짐작 가는 범인이 있나?"

"아마 후루카와 과장님을 찌른 남자일 거라고 생각합니다."

"그 리라는 남자?"

"네. 다만 리가 단독으로 행동하고 있다는 생각은 안 듭니다."

"이게 무슨 일인가."

다카하타가 신음했다.

"누가 그 리라는 남자를 조종하고 있을까?"

"모릅니다. 게다가 야나기바 사장님이 왜 니시나 사와코에게 송금했는지 그 이유도 모르겠고요. 니시나도 아마 그 일에 대해서는 입을 다물고 있을 겁니다."

"경찰은 어때?"

"물론 그것도 생각하고 있습니다. 최종적으로는 경찰이 움직이지 않으면 아무 것도 안 됩니다. 그런데 지금으로서는 사카모토나 기타가와 부지점장님의 죽음과 니시나 사와코를 연결할 근거가 없습니다. 융통어음도 거래상의 신의 원칙에는 위배되지만 법률 위반은 아니고요. 설사 상법 등을 위반했다 한들 그것을 입증하는 증거는 아직 없습니다."

"경찰을 움직일 정도의 증거는 안 되겠군, 아마. 하지만 그 리라는 남자가 움직이고 있는 것 아닌가?"

"경찰이 조심하라고 그러더군요."

나는 야유를 담아 말했다. 다카하타의 어깨가 흔들렸다. 웃은 모양이었다. 입가는 웃고 있는데 눈빛은 금방 진지해졌다.

"하지만 지금 이야기로는 대책을 세우려 해도 꽤 어렵겠군."

"지점장님이 세워야 할 대책은 따로 있습니다."

다카하타는 두꺼운 눈썹을 들어올렸다. 칠 대 삼으로 가른 머리에는 흰 것이 섞이기 시작했다. 나는 다카하타의 잔에 술을 따랐다.

"지점장님은 이상하다고 생각하지 않으십니까? 왜 후지에다 전 지점장님이 1년 조금 있다 본부로 돌아갔는지. 도쿄 실리콘이 도산한 건 그 한 달 뒤입니다."

다카하타는 잔에 든 술을 가만히 바라보면서 아무 대답도 하지 않았다. 나는 계속했다.

"후지에다 부장님은 신에쓰 머티리얼의 경영이 어려워지리라는 것을 미리부터 알고 있었습니다. 그걸 이용한 거예요."

"내가 함정에 빠졌다고?"

"다음 주였죠? 임원회의."

"그래."

다카하타는 먼 곳을 바라보는 눈빛을 하면서 표백하듯 표정을 지웠지만 돌아봤을 때는 평소의 따뜻한 눈동자로 돌아와 있었다.

"피곤한 이야기군."

"죄송합니다."

"아니, 자네가 나쁜 게 아니야. 배후는 필경 사에키 씨 언저리겠지."

나는 다카하타의 추측이 정확한 데에 놀랐다. 권력 구조 속에서 오래 살아온 남자 특유의 후각이었다. 온화한 인품 어디에 그런 감각을 키우고 있는지 궁금했다.

다카하타는 흥미로운 존재라도 보듯이 나를 보았다.

"자네는 왜 나한테 그런 이야기를 하나? 자네는 분명 후지에다 씨와 같은 대학 후배였을 텐데."

"저는 제 생각으로 움직이고 있습니다."

"그렇군. 요즘 세상에 보기 드문 인종이야, 자네. 솔직히 말해 부러운 듯도 하고 무서운 듯도 해. 분명 앞으로 더욱 경멸할 만한 인간을 만나게 될 걸세, 이 세계에서는. 각오하는 편이 좋아."

"지점장님은 어떠십니까?"

"나 말인가? 나도 내 나름대로 싸워왔다고 생각은 하네. 솔직히 말해 자네가 경멸할 것 같은 짓도 했어. 게임처럼 가볍게 생각할 때가 많았지만."

"게임으로 길거리에 나앉아서야 못 참을 노릇이죠."

"도쿄 실리콘 말인가? 구해줄 수 있었을 거라고?"

"네."

"가차없군."

다카하타는 팔짱을 끼고 허공을 노려보았다. 마치 6개월 전 그날 오후에 지점장석에서 그랬던 것처럼 굳은 표정을 지었다.

"내가 내린 판단은 잘못됐던 걸까?"

"모르겠습니다. 하지만 그 뒤 기타가와 부지점장님이 취한 행동은 명백히 잘못됐다고 생각합니다."

"야나기바 씨한테는 미안한 일을 했군. 설마 기타가와 부지점장이 그런 짓을 할 줄은 몰랐어."

"원래부터 신뢰했던 건 아니지 않습니까?"

말문이 막힌다. 난처하다는 듯이 입가에 웃음이 고였다.

"아무래도 자네한테는 진심만 통용되는 모양이야."

그러고는 불현듯 그 웃음을 지우고 진지한 눈빛이 되었다.

"자네 아까 기타가와 부지점장이 배후에 있는 인물과 이어져 있기 때문에 살해당했다고 했지. 자네 자료를 숨기려고 했다는 건 기타가와 부지점장이 그 인물의 조종을 받았다는 이야기야. 그 인물은 어떻게 그를 손아귀에 쥐었을까?"

"돈 아닐까요?"

내가 희미하게 생각하고 있던 답을 말하자 다카하타는 설마 하는 얼굴을 했다. 신바시에 있는 에트랑제라는 가게에 대해 다카하타는 모른다. 그 가게 자금이 제대로 된 곳에서 나왔다고는 생각할 수 없었다.

"돈의 힘으로 움직일 수 있는 인간은 적지 않습니다. 그런 치들을 매수하는 건 간단해요."

그리고 나중에는 돈을 받은 것을 이용해서 역으로 협박할 수도 있었을 터다. 출세를 지향하는 은행원에게 불륜 상대가 있다는 소문은 치명적이다. 기타가와처럼 상승 지향이 강한 사람일수록 일단 어딘가에 균열을 내면 무너뜨리는 것은 간단할 터다.

"매수되었다는 말인가?"

"신바시에 에트랑제라는 가게가 있습니다. 기타가와 부지점장님이 애인에게 내준 가게입니다."

다카하타는 천장을 올려다보았다.

"등신 같은 자식이."

다카하타의 입에서 험한 말을 들은 것은 처음이었다. 그러고 는 내 쪽으로 갑자기 돌아앉더니 질문을 던졌다.

"왜 그를 매수할 필요가 있었을까?"

한 가지 생각나는 것이 있었다. 뜬금없지만 용의주도하다고도 할 수 있는 상대의 이제까지의 움직임을 보면 가능성이 없는 이 야기는 아니었다.

"추측일 뿐이지만 기타가와 부지점장님은 도쿄 실리콘의 어음 할인과 관련된 진상을 사전에 알고 있었을 겁니다. 매수돼서 도 쿄 실리콘의 어음 할인이 순조롭게 이루어지게끔 감시하고 있었 다는 뜻입니다. 니시나 사와코에 대한 송금을 뒤에서 백업하는 역할이었죠."

"그렇군. 가능성은 있겠어. 후지에다 씨도 그건 간파하지 못한 건가?"

"아니요. 후지에다 부장님의 속셈은 다른 곳에 있었을 겁니다. 이 경우는 이해관계가 일치했다고 하는 편이 좋을지 몰라요."

"즉 알면서 봐줬다?"

나는 대답하지 않았다. 가게 안은 시끌벅적한 교성과 웃음소 리가 소용돌이치고 있었다. 나는 다카하타가 생각에 잠겨 있는 동안 주위에서 마시고 있는 이들의 표정을 관찰하고 있었다. 즐 거워 보이는 표정도 있는가 하면 가라앉아서 납빛을 한 눈을 가 진 사람도 있다. 터질 것 같은 웃음도 있는가 하면 분노로 얼굴을 붉히고 뭔가를 필사적으로 주장하는 사람도 있다. 이렇게 많은 인간이 있지만 집단으로 인식할 수는 없다. 있는 것은 개인이다. 도시 특유의 단절된 감각에 오랜 시간에 걸쳐 익숙해졌다는 느낌이 든다. 지금 내 가슴속에는 이 세상에서 살아가는 것의 추함과 허무함이 표류할 뿐이다.

지킬 것이 필요하다. 무언가.

갈망하고 있었다. 추억이 아니라 현실에 있는 것으로서. 인생에서 키워갈 온기를 나는 갈망하고 있었다.

그날 밤 꿈을 꾸었다.

죽은 사람들이 잔뜩 등장하는 꿈이었다.

어머니가 있고, 피아노 연습을 하는 내게 뭐라고 잔소리 같은 말을 한다. 사카모토와 요코가 놀러 와서 단란한 한때를 보내고 있다. 어머니의 눈물이 쓱 흐르고, 따뜻한 손가락이 내 손을 세게 잡는다.

아버지가 옆에 서서 내 귓가에 뭐라고 속삭이고 있다.

"안 들려, 안 들려."

나는 몇 번이나 귀를 기울이지만 아버지의 말을 들을 수 없다.

작은 창문에서 보이는 풍경이 선회하고, 그 모습을 붙잡으려고 손을 뻗은 내 눈앞을 암거暗渠가 가로막는다. 니콜 안경이다. 어둑어둑한 골목길의 세피아색 삼각뿔.

"……탓이야."

기타가와가 말했다.

탓?

눈. 칼날 같은 시선.

말도 안 돼.

이름은? 이름은?

아니야, 아니야, 아니야. 뭔가 잘못됐어.

귓가에서 뜨뜻미지근한 숨을 느끼면서 의식이 돌아왔다. 딱딱한 것이 느슨하게 유혹하듯 귓불을 물고 있다. 몇 번이고, 몇 번이고.

나오가 불안한 눈으로 나를 보고 있었다. 꿈인지 현실인지 판별하는 데에 시간이 걸렸다.

"가위에 눌리고 있었어."

"꿈을 꿨어."

"괜찮아. 난 여기에 있으니까."

나오가 하얀 팔을 뻗어 침대 옆 테이블에 놓인 에어컨 리모컨의 스위치를 눌렀다. 땀이 흥건히 흘러서 시트를 적시고 있었다. 죽을지도 모른다는 예감 같은 것마저 느껴졌다. 침대 옆 테이블의 디지털시계가 하얀 글자를 표시하고 있었다. 새벽 2시. 밤은 감성을 예민하게 한다. 미칠 듯이 민감하게 만든다. 나오는 다시 잠들었는지 움직이지 않았다. 에어컨에서 나온 바람이 방을 식히는 동안 나는 눈을 감고 있었다.

심장이 세게 뛴다. 나는 지금 내 정신에 상주하고 있는 것 중

하나가 공포임을 부정할 수 없다. 예사롭지 않은 공포. 달아날 길 없는 공포. 그놈이 영혼을 꽉 움켜쥐고 놓지 않는다.

……아빠!

문득 뇌리에 숨겨져 있던 다른 방문이 활짝 열리더니 공포를 대신했다. 슬픔. 남겨진 아이의 절규. 그것이 날카로운 일별처럼 허공을 찔렀다. 결코, 이제 결코 닿을 일 없는 작은 기도. 돌아오지 않는 사람을 천진난만하게 기다리는 순진한 마음.

그리고 슬픔은 분노로 바뀐다. 확실한 방향성을 가진 분노다.

나는 감은 눈꺼풀 안쪽에서 ……와 대치한다.

형태도 없고 개념도 없는 것. 있는 것은 단지 추한 사념뿐이다. 그야말로 암거다. 영혼의 심연, 끝없이 깊은 암담함. 그것은 단지 가치관 같은 척도로 설명할 수 있는 범위를 초월하고 있다. 시작도 끝도 없으며 계기조차 알 수 없는 광기. 이 이상 이놈을 살려둘 수는 없다. 사카모토를 위해. 사에를 위해. 요코를 위해. 나오를 위해. 야나기바를 위해. 후루카와를 위해. 그리고……, 나를 위해.

제5장
회수

1

아침 7시가 지나 고슈 가도에서 8번 순환도로로 들어갔다. 네리마 인터체인지에서 간에쓰 자동차 도로를 타고 후지오카 분기점에서 나가노 방면으로 향하는 경로다.

쾌청. 나오가 켜놓은 FM라디오가 장마가 끝났음을 알렸다. 여름이 도래한 것이다.

길은 원활하게 흘러갔다. 후지오카 분기점을 지난 부근부터 차가 더욱 줄어들어서 조신에쓰 도로는 꽤 달리기 쉬워졌다. 여름휴가 시즌치고는 정체다운 정체도 없다. 니시하라의 맨션을 나와 두 시간 반 정도 만에 나가노 시내에 들어섰다.

겨우내 스파이크 타이어로 깎여 나간 도로의 보수 작업을 하고 있는 시내를 달려 난바 슌조가 알려준 나가노 시내의 맨션을 찾아냈다.

각 층 베란다에는 빨래나 이불이 널려 있었다. 하얀 회반죽처럼 보이게 만들어 놓은 콘크리트 벽은 꾀죄죄하고, 비를 맞아 생긴 먼지 흔적이 금처럼 건물 전체를 덮고 있었다. 쾌청한 하늘에 우뚝 솟은 지붕에는 파란 기와가 얹혀 있었지만, 그것은 구름 한 점 없는 하늘 아래에서 칙칙하게 빛바래 보였다.

건물 옆은 시멘트 공장이다. 콘크리트 담장 너머로 거대한 모래 산이 보이고, 파이프가 복잡하게 얽혀 있었다. 공장과 맨션 사이에는 한산한 곁길이 있었는데, 양쪽 가에는 냉이가 난 U자형 배수로가 묻혀 있다. 거기에 빠지지 않게끔 시빅을 길가에 세웠다. 마침 맨션에서 드리운 그림자가 차를 덮고 있었지만 만일을 위해 앞 유리에 선바이저를 세우고 공기가 빠져나가도록 창문을 새끼손가락 폭만큼 열어 놓았다.

유리문이 활짝 열린 입구를 통과하자 옆에 우편함이 있었다. 다이얼식 잠금장치가 달린 703호실 우편함에 이름은 들어 있지 않았다.

안으로 쭉 뻗은 통로는 바닥에 남색 타일이 깔려 있었는데 어둑어둑하고 동굴처럼 싸늘했다. 위층에 멈춰 있던 엘리베이터를 불러서 더러움이 눈에 띄는 크림색 상자에 올라타고 '7' 버튼을 눌렀다. 반응이 둔하다. 덜컹하는 소리와 함께 문이 닫히고 그보다 한 박자 더 늦게 둔중한 몸을 들어올리기 시작했다. 때때로 흔들린다.

"상당하네, 이거."

층수를 표시하는 숫자가 바뀌는 것을 올려다보면서 나오가 겁을 먹고 말했다. 문이 열리자 창백한 북알프스 산릉이 시야에 뛰어 들어왔다. 멀리서 실려 온 청량한 바람이 나오의 머리카락을 흔들었다.

바로 옆이 707, 그 뒤로 문 네 개를 지났다. 어린아이들이 노는 곳인지 통로에는 장난감이 굴러다니고 있다. 플라스틱 자동차. 분홍색 줄넘기. 어딘가에서 아이들이 떠드는 소리가 들렸다.

군데군데 녹이 슨 703호 문에 입주자 문패는 없다. 복도 쪽을 면한 방 창문에는 커튼도 보이지 않아서 사람이 살고 있는 기척조차 느껴지지 않는다. 나오와 얼굴을 마주 보았다. 나오가 손에 들고 있던 메모와 문의 숫자를 확인하고 틀림없다는 듯 고개를 끄덕였다. 인터폰을 울렸다.

남자의 짧막한 대답 소리가 들렸다.

나오가 이름을 댔다. 찰칵 소리와 함께 인터폰이 끊기고 희미하지만 발소리가 들렸다. 문이 열리더니 쉰이 안 돼 보이는 남자가 얼굴을 내밀었다. 잠겨 있지는 않았던 모양이다. 초록색 폴로셔츠에 턱 주름이 들어간 면바지 차림은 나이에 비해 젊어 보이지만 꾀죄죄하고 무릎이 나와 있다. 이지적인 용모에 지치고 고민에 잠긴 표정을 띠고 있었다. 남자는 나오를 알아보고 나서 뒤에 서 있는 내게 시선을 옮기고 작게 고개를 숙였다. 어제 나오가 방문을 알렸을 때 나도 동행한다는 사실은 전해두었다. 나오의 친구라고 설명했다.

안으로 들어가서 다다미 반 장 크기쯤 되는 콘크리트 현관에 섰다. 벗겨진 마룻바닥이 뻗어 있고, 그 너머에 거실 같은 공간이 보인다. 활짝 연 창문으로 여름 햇살을 받아 반짝이는 시가지 광경이 보였다. 방이 아니라 '공간'이라 느낀 이유는 가구다운 가구가 전혀 없었기 때문이다. 융단도 없이 빛바랜 다다미가 그대로 나와 있었다. 커튼레일 왼쪽 구석에 창문 높이보다도 짧은 노란 천이 미안한 듯 뭉쳐 있었다.

"들어오세요. 정말 아무것도 없는 곳이라 부끄럽습니다만."

난바는 송구스러워하는 태도로 말하고 앞장서서 그 여섯 장 다다미방으로 우리를 안내하더니 자신은 앉지 않고 "차를 좀 내오겠습니다" 하면서 그대로 부엌으로 모습을 감추었다.

방 한가운데에는 요즘 세상에는 텔레비전 홈드라마에서나 볼 수 있을 법한 밥상이 있었다. 텔레비전은 없다. 시대에 뒤떨어진 다이얼식 전화가 벽에서 바닥으로 검은 코드를 늘어뜨리고 있었다. 베란다에는 빨래를 너는 줄 두 개가 제각기 다르게 축 늘어져 있고 끝에 빨래집게 두 개가 꽂혀 있었다. 파란색과 분홍색이다. 풍경이 있었지만 줄 아래쪽에 있어야 할 바람받이는 없고 흰 실만 늘어져 있을 뿐이다. 에어컨도 없다. 30년 전에서 타임슬립해 온 듯한 방이었다.

나와 나오는 열을 머금은 다다미 위에 앉아 부엌 쪽에서 식기가 내는 소리를 듣고 있었다.

그곳은 영락없이 파산한 남자의 집이었다.

작은 쟁반에 찻잔 세 개를 올리고 난바가 돌아왔다. 뜨거운 차다. 냉장고조차 있을지 의문이라는 생각이 들었다. 냉장고가 없으면 차가운 보리차도 못 마신다.

"죄송합니다. 이런 거밖에 없어서요."

정말로 미안하다는 듯 난바는 파란 바탕에 하얀 방울 무늬가 들어간 납작한 찻잔을 나오와 내 앞에 놓았다.

"난바 씨, 신경 쓰지 않으셔도 돼요."

나오는 이렇게 말하고 난바가 밥상에 앉는 것을 기다렸다.

"가족분은 어떻게 지내고 계세요?"

"아내는 지난달에 이혼하고 친정으로 돌려보냈습니다. 애들도 같이 지금은 마쓰모토에 있어요. 그렇기는 하지만 아내와는 사실 벌써 5년 넘게 별거하고 있었으니까 단지 법률적인 문제가 마무리된 정도입니다. 그보다⋯⋯."

난바는 나오 쪽으로 돌아앉더니 두 손을 바닥에 짚고 깊숙이 고개를 숙였다.

"정말로 죄송합니다. 저 때문에 이런 일이 벌어져서. 부디 용서해 주십시오. 이렇게 사죄드립니다. 정말 죄송합니다."

거스러미가 일어난 다다미에 이마를 갖다 대고 있는 난바의 목소리가 메었다. 내 자리에서 난바의 더러운 맨발이 보였다. 등이 떨리고 있었다.

"난바 씨, 고개를 드세요."

잠깐 난바의 등을 바라보고 있던 나오가 문득 체념한 표정을 했다.

"마음은 알겠습니다."

"고맙, 습니다."

난바는 젖은 뺨을 들고 정좌한 무릎 위에서 주먹을 꼭 쥐었다. 그러고 나서 몸은 나오를 향한 채 나에게 고개를 숙였다.

"정말 죄송합니다. 이런 꼴을 보여드려서."

"아, 소개가 늦었는데 이쪽은 제 친구고 이기 씨라고 해요."

"난바입니다. 지금은 이유가 있어서 이런 생활을 하고 있지만 전에는 야나기바 씨한테 큰 신세를 졌습니다."

"이 사람, 그 이유는 알고 있어요."

그러자 난바는 놀라서 얼굴을 들더니 설명을 요구하듯 나오를 돌아보았다.

"니토 은행에서 도쿄 실리콘을 담당하고 있습니다."

"그랬군요. 그런 줄도 모르고 실례했습니다."

난바는 몸을 틀어 내게도 깊숙이 고개를 숙였다.

"난바 씨한테 그런 마음이 있다면 왜 숨어 계시는 겁니까?"

난바는 마치 꾸지람이라도 듣고 있는 것처럼 정좌한 채 고개를 숙이고 조용히 말을 이었다. 어딘지 도호쿠 지방 억양이 있다.

"그렇게 말씀하시니 뭐라 변명할 말이 없습니다. 반년 전에 신에쓰 머티리얼이 경영난에 빠지기 전까지 어떻게든 재건해 보려고 필사적이었습니다. 자금 융통이 악화된 직접적인 원인이 설비 투자 실패라 정말이지 변명할 여지가 없습니다. 제 판단 착오입니다. 화의가 되기까지 1년 동안 저는 그 실패를 되돌리려고 있는 노력 없는 노력 다 했습니다. 맨 처음 한 노력은 영업을 확대하는 것이었습니다. 요컨대 투자 실패를 회수하기 위해서는 매상을 늘리면 된다는 단순한 이유 때문입니다. 그런데 그것으로는 소용이 없어져서 마지막에는 회사를 전부 양도할 생각까지 해야 하는 사태가 돼버렸습니다."

"니토 상사에 말입니까?"

"소식을 들으셨습니까?"

"네, 대충."

소식을 들은 정도가 아니다. 나는 이 남자가 딱하게 느껴졌다. 아마 니토 상사의 의도 같은 것은 전혀 몰랐을 것이다. 그래서 단지 자신이 '피해를 주었다'라는 일념에 얽매여 있다. 급성장을 이룬 벤처 기업 경영자 같은 모습은 거기에 없었다.

"손 쓸 방도가 없다는 건 바로 그런 걸 말하는 거겠지요. 그랬더니 그때까지 팽팽하게 당겨져 있던 뭔가가 툭 끊어져 버렸습니다."

장식이라고는 일절 없는 창문을 멍하게 바라본다.

"이도 저도 다 싫어졌습니다. 회사는 제 인생 그 자체였지만 화의 신청을 한 단계에서 제가 할 일은 없어졌어요. 필요 없어진 거죠. 그건 그냥 영혼이 손가락 사이로 빠져나갈 정도의 상실감이었습니다."

난바는 자기 손끝으로 시선을 옮겼다. 영혼의 편린조차 거기
에는 남아 있지 않다. 그것을 확인이라도 하고 있는 것 같다. 죽
은 아들을 안던 감촉을 떠올리려고 하는 아버지 같은 눈이다.

"제 본가는 원래 아키타에서 쌀농사를 짓던 가난한 농가여서
요, 대학에서는 아버지 반대를 무릅쓰고 농학부가 아니라 공학
부에 진학했습니다. 부모님이 가업을 이을 생각이 없으면 학비
를 못 준다고 해서 하는 수 없이 신문 배달을 했습니다. 동아리
활동도 하지 않았고, 여자애랑 놀 시간이나 돈도 없고, 가난하고
힘들었어요. 언젠가 아버지 보란 듯이 성공하겠다는 헝그리 정
신만이 유일한 버팀목이나 마찬가지인 학생 생활이었습니다. 그
뒤로 어느 전기 제조업체 연구소에 들어가서 20년 가까이 연구
에 몰두했습니다. 하지만 그간 연구자로서의 제 지위는 결코 만
족스러운 게 아니었습니다. 연구소에서는 일류대학 그것도 대학
원을 나온 연구자밖에 인정을 못 받습니다. 저 같은 삼류대학 학
부졸업은 애초부터 상대를 안 하고 의견도 변변히 들어주지 않
아요. 그 20년은 제게는 실로 신산辛酸을 겪은 세월이었습니다.
당연하지만 출세도 못 했고요. 회사를 옮길 생각도 해봤지만 실
상은 어느 연구소나 비슷합니다. 기존 대기업에 있으면 저 같은
남자는 평생 가축처럼 썩을 뿐입니다. 그런 위기감을 줄곧 품고
서 거기서 벗어날 수 있는 기회를 엿보고 있었습니다. 죄송합니
다, 제 이야기가 길어서."

난바는 가볍게 고개를 숙였다.

"나중에 신에쓰 머티리얼에서 사업화하게 될 아이디어가 생각 났을 때 저는 그걸 회사를 위해 쓰는 건 관두자고 생각했습니다. 그런 짓을 하면 공은 상석 연구자에게 빼앗기고 좋을 대로 이용 당할 뿐이라는 사실을 알고 있었기 때문입니다. 저는 회사를 위 해 시시한 연구를 하는 한편으로 남몰래 새로운 기술 개발을 진 행했습니다. 그 과정에서 단순한 아이디어가 차차 확신으로 변 해 갔습니다. 이것이 반도체 업계의 비용 구조를 일변시킬 정도 의 기술 혁신이 되겠다고 생각했을 때 눈 딱 감고 회사에 사표를 냈습니다."

난바는 다시 밥상 쪽으로 돌아앉더니 자기가 끓인 차를 한 모 금 홀짝였다. 잠을 잘 못 자는지 얼굴은 창백하고 피로색이 짙 다. 눈구멍 아래는 거무칙칙하고 움푹 패었다. 찻잔을 왼쪽 손바 닥에 올리고 오른손으로 그것을 쓰다듬는다. 에어컨이 없는 방 은 더워서 난바의 이마에는 커다란 땀방울이 솟아 있었다.

핫 하는 소리가 난바의 목에서 새어 나왔다. 비웃듯이 웃은 것 이다.

"하지만 생각해 보면 운명이었을까요. 아실 수도 있겠지만 반 도체라는 건 사업의 쌀이라 불립니다. 이제는 전자제품 대부분 에 반도체가 사용되고 있거든요. 아이러니한 이야기지요. 쌀농 사가 싫어서 농가를 뛰쳐나간 어리석은 아들이 정신을 차려보니 쌀을 만들고 있었다니."

난바는 정좌하고 뜨거운 찻잔을 든 손을 허벅지에 얹고 있었다. 등을 펴고, 잠든 것처럼 비스듬하게 기울어진 머리를 흔들고 있었다. 마치 노인처럼 보인다.

"니시나 사와코라는 분을 모르십니까?"

난바의 몸이 움찔하더니 올려다본 얼굴에서 눈이 크게 벌어졌다. 눈동자 깊은 곳에서 망설임 같은 것이 움직였다.

"그 사람이 무슨?"

"아는 사이시군요."

"네. 제 비서였습니다."

"비서?"

신주쿠교엔의 건물에서 본 니시나 사와코의 모습을 떠올렸다. 보기에 따라서는 비서로도, 술집에서 일하는 여성으로도, 사장으로도 보이는 여자였다.

"실은 도쿄 실리콘에서 니시나 씨 앞으로 상당한 금액을 송금하고 있었습니다. 그 돈은 신에쓰 머티리얼이 발행한 어음을 니토 은행에서 할인해서 만든 것인데요, 이 일에 대해서는?"

"네, 알고 있습니다."

"무슨 자금이었습니까?"

"그건 뒷돈입니다."

"뒷돈?"

무심코 나오와 얼굴을 마주 보았다.

"네. 저는 설비 투자 실패 때문에 영업에 안달이 나 있었습니다. 그때까지는 국내 기업만을 상대했는데 그것으로는 부족해서 해외에 진출하기로 했어요. 그 상대로 고른 곳이 지금은 반도체 생산에서 일본을 바싹 뒤쫓을 정도로 기세가 있는 한국 제조업 체였습니다. 제 계획으로는 한국에 공장을 건설해서 현지 제조 업체와 거래를 하면 일본 기업의 부침과 관계없이 실적을 안정 적으로 늘릴 수 있을 터였습니다. 그런데 교섭 단계에 이르러 큰 문제가 생겼습니다. 상대 기업 간부가 거래액에 맞는 뒷돈을 요 구한 거지요. 장난이 아닌 액수예요. 솔직히 그 돈이 있으면 이 쪽이 갖고 싶었을 정도라 도저히 지불할 여유가 없었지만, 한국 진출에 사운을 걸 생각까지 하던 저는 어떻게 해보자는 생각에 도쿄 실리콘의 야나기바 사장님한테 상담했어요. 야나기바 사장 님은 제 생각에 찬성해서 협력해 주시기로 했습니다."

"그래서 실체 없는 어음을 발행해서 도쿄 실리콘이 그걸로 자 금을 융통했다?"

"그렇습니다."

"왜 자사에서 조달하지 않았습니까?"

"안타깝게도 이미 신에쓰 머티리얼에는 자금을 조달할 힘이 없었습니다. 거래 은행에서는 추가 융자는커녕 변제를 재촉당하 고 있었고요."

"그럼 왜 비서 계좌에?"

"뒷돈을 염출하기 위해 발행한 어음은 경리부를 통한 정상적 인 것이 아니었습니다. 회사 예금계좌를 쓸 수는 없었어요. 그래서 니시나의 계좌를 이용했습니다."

이야기를 듣는 사이 나는 니시나 사와코와 난바의 관계를 직 감할 수 있었다.

"정치가라면 몰라도 일반 기업에서는 보통 비서에게 그런 짓 을 시키지는 않죠."

"하시고 싶으신 말씀은 잘 알겠습니다. 짐작하시다시피 그 사 람은…… 저와 특별한 관계였습니다. 원래는 술집에서 일하던 여자였는데 제가 회사로 데려왔어요. 바보라 생각하실지 몰라도 그 사람에게는 장사 센스가 있었습니다. 제가 고민에 고민을 거 듭할 때 타개책으로 한국 진출을 제안한 것도 그 사람입니다. 상 대 간부와의 교섭은 실질적으로 그 사람에게 맡겼을 정도입니 다."

"그걸 위해 어음을 발행한 건 그분입니까?"

"그렇습니다."

니시나 사와코가 사장 비서라는 방패막이 뒤에서 어떠한 암약 을 했는지 나는 이해할 수 있었다. 난바는 뛰어난 기술자기는 해 도 간사한 지혜에 밝은 기업 경영자는 아니었다. 난바에게 있는 것은 단순한 헝그리 정신과 두뇌뿐이고 그 용도를 생각할 능력 은 결여돼 있었다. 니시나 사와코의 역할은 그것을 잘 끌어내어 방향성을 부여하는 것이었으리라.

"한국 진출에 협력해 달라고 부탁했을 때 난바 씨 회사가 어떤 상황인지 야나기바 사장님께 설명했습니까?"

"드릴 말씀이 없습니다. 야나기바 씨한테는 정말로 죄송한 마음이에요. 다만 저는 한국 진출이 성공하면 반드시 실적이 만회되리라고 확신하고 있었습니다. 나중에는 웃으면서 할 수 있는 이야기가 될 거라고 스스로를 타일렀습니다. 저도 괴로웠어요."

난바는 고뇌에 허덕였다. 그 모양을 응시하고 있는 나오의 눈에 비치는 것은 분노가 아니라 연민이었다.

"니시나 씨는 자기가 신에쓰 머티리얼에 있었다는 말은 한마디도 안 해주더군요."

"그 사람을 만났습니까?"

난바가 몸을 앞으로 내밀었다.

"가르쳐주세요. 지금 그 사람은 어디에 있습니까? 어디서 무엇을 하고 있나요?"

나는 난바가 허둥지둥하는 모습을 보고 놀라며 신에쓰 머티리얼의 경영난과 함께 그와 니시나 사와코의 관계도 끝났음을 깨달았다.

"신주쿠에서 회사를 하고 있습니다."

"회사를? 무슨 회사를 하고 있습니까?"

"정말로 모르십니까?"

"모릅니다. 화의 신청을 하고 제가 몸도 마음도 너덜너덜해졌을 때 그 사람은 살고 있던 맨션에서 자취를 감췄습니다. 그 뒤로 아무 연락도 없어요. 저도 여기저기 전전하느라 이 맨션을 친구에게 빌리기 전에는 전화도 없는 생활이었고요. 그 사람은 지금 무엇을 하고 있습니까?"

"반도체 기업을 경영하고 있습니다."

"반도체?"

난바의 입술이 그 말을 모호하게 따라했다. 반도체. 반도체. 반, 도체……. 자기가 한 말의 뜻을 찾아 헤매듯 그는 잠깐 침묵했다. 그러고는 "그렇습니까?"라고 작은 목소리로 말하더니 텅 빈 시선을 내 등 뒤 어딘가로 보냈다.

"그런데 니시나 씨에게 퇴직금은 지불하셨습니까?"

난바는 의문이 담긴 시선을 내게 던졌다.

"제가 경영에서 물러난 뒤의 일이어서 자세히는 모릅니다. 다만 화의 같은 상황이어도 종업원 급여는 우선적으로 지불될 테니까 아마."

"지불되었다고요?"

"그럴 겁니다."

"너무 자세히 캐묻는 것 같지만 비서로서 그분의 연 수입은 얼마나 됐습니까?"

"조금 많이 쳐주었지만 그래도 급료로는 연간 6백만 엔 정도였을 겁니다."

"그분은 입사한 지 몇 년쯤 됩니까?"

"제가 설립하고 2년째에 그 사람을 만났어요. 그때부터니까 아직 5년쯤일까요. 퇴직금이라 해도 액수는 그리 크지 않을 거라고 생각합니다."

난바는 환상을 좇듯이 먼 곳을 바라보았다.

"그 사람, 잘 지내고 있습니까?"

"네."

"그렇습니까? 그렇다면……."

난바는 한숨을 휴 내쉬었다.

"다행입니다. 다음에 그 사람을 만나면 전해주세요. 여러 가지로 고마웠다고. 꿈은 한순간에 끝났지만 제게 꿈을 준 것에 대해서는 감사하고 있습니다."

나오가 눈을 깜빡이는 것조차 잊고 그 표정을 쳐다보고 있었다.

"저기, 난바 씨. 당신……."

난바는 두 손을 가슴 앞에 들어서 내 말을 도중에 끊었다.

"괜찮습니다, 저는. 그 사람이 잘 지내고 있으면 그걸로. 그걸로 됐습니다. 하나 가르쳐주세요. 뭐라고 하는 회사입니까?"

"텐나인. 주식회사 텐나인."

"텐, 나인이라."

그리운 사람의 이름을 말하는 것 같았다.

"그건 제게는 연구의 원점입니다. 성공하면 좋겠네요. 아니, 이번에야말로 꼭 성공하길 바랍니다."

이 말에 난바와 니시나 사와코 사이에 있던 것이 단순한 연애 감정만이 아님을 깨달았다. 애인이라기보다 파트너라고 하는 편이 가까웠을지 모른다. 난바는 니시나와 함께 꿈을 키워 나가고자 했던 것이리라.

"들어본 적은?"

"없습니다."

"자본금은 2억 엔. 전액을 그분이 냈습니다."

그 말의 의미를 난바가 모를 리 없었다. 하지만 난바는 기쁜 듯이 고개를 끄덕일 뿐이었다.

"그런데 신에쓰 머티리얼의 기술자를 한 분 소개해 주실 수 없겠습니까? 최근에 그 회사 기술자가 타사로 유출되는 사례가 많아졌다고 해서 실태를 들어보고 싶습니다."

난바가 눈을 동그랗게 떴다.

"모르십니까?"

"네. 머티리얼 사람들과는 이미 반년 정도 연락을 취하지 않고 있습니다. 화의 신청 후에는 관재인이 전부 관리하고 있고, 저는 뭐 말하자면 A급 전범이니까요. 설마 그렇게 됐을 줄은 몰랐습니다. 잠깐만요."

난바는 옆방에서 얇은 사원 명부를 가지고 왔다.

"기술부장으로 사타케라는 사람이 있으니까 그 친구에게 연락해 보면 어떻습니까?"

명부를 손가락으로 짚어 가다가 발견한 연락처를 낡은 종잇조각에 써서 내게 건넨다. 누렇게 변색된 신문 광고 뒷면이었다. 난바는 조심스럽게 말했다.

"만일 제 연락처를 물어보면 모른다고 해주시지 않겠습니까? 조금 전에 해주신 충고는 지당하지만 아직 그 사람들과 만날 마음의 정리가 되지 않았습니다. 제멋대로라 생각하시겠지만 부디 부탁드립니다. 실은 이 맨션은 변호사밖에 모르는 걸로 돼 있어서요."

머리를 숙인 난바에게서 나는 메모를 받아들었다.

"알겠습니다. 그리고 한 가지 더. 리 요헤이라는 남자에 대해 짚이는 곳이 있습니까?"

난바에게는 짚이는 곳이 없는 모양이었다.

골목으로 나오자 시빅을 덮고 있던 그늘이 죄다 이동해서 빨간 차체가 직사광선을 반짝반짝 반사하면서 자리 잡고 앉아 있었다.

문을 활짝 열어 고온이 된 차내 공기를 환기했다. 시동을 걸고 에어컨을 최고로 틀었다. 나오는 시멘트 공장 벽에 기대어 낡아빠진 맨션을 올려다보고 있었다. 차내의 열기가 꽤 빠졌다.

"어째서 저렇게 다정할 수 있지? 니시나 사와코 같은 사람 감쌀 필요 없잖아."

그녀가 불만스럽게 말했다. 나오는 난바의 마음을 전혀 이해할 수 없다는 듯이 떨떠름한 얼굴을 하고 있었다.

"분명 본성이 다정한 남자일 거야, 난바라는 사람은. 저 사람의 헝그리 정신은 내면을 향하고 있어. 바깥이 아니라. ……지나치게 다정했던 거야. 비즈니스에도, 여자에게도."

"마치 여자한테 너무 다정하면 변변한 일이 없다는 말이라도 하고 싶은 것 같네."

나오는 가시 돋친 어조로 말했다.

"하지만 이번에는 네 말이 딱 맞아."

2

시가지 변두리에 있던 난바의 맨션에서 교외로 향했다. 도쿄 실리콘의 폐쇄된 공장이 다음 목적지다. 나가노 시내에서 북쪽으로 빠지는 길을 20분 달렸더니 길가에 늘어서 있던 상점가가 사라졌다. 편도 이차선, 중앙에 콘크리트 중앙 분리대를 세운 흰 도로가 이어진다.

"빼돌린 뒷돈으로 신에쓰 머티리얼의 라이벌 회사를 설립했다니 기가 막히네. 어쩌면 그런 여자가 있지?"

"하지만 사카모토가 말한 '기대하지 말고 기대하세요'라는 말의 의미는 알았어. 사카모토라면 니시나 사와코에 대해 철저히 조사해서 난바의 비서였다는 사실을 밝혀냈을 거야. 녀석은 니시나에게 횡령 사실을 들이대서 자금 변제를 요구하려 했지. 혹은 요구했어. 기대하지 말라고 한 이유는 횡령한 돈 대부분이 텐 나인이라는 회사로 이미 흘러 들어간 것을 알고 있었기 때문 아닐까? 이것을 회수하려면 상당한 완력이 필요해. 하지만 무리는 아니지."

문득 어떤 생각이 나서 나오의 옆얼굴을 보았다. 입 밖에 낼지 말지 망설였지만 말할 수 없었다. 나오의 아버지 야나기바 사쿠타로의 죽음에 대해. 나오는 여전히 석연찮은 표정으로 앞유리 바깥쪽을 보고 있었다.

"니시나와 리는 무슨 관계일까? 어디서 알게 된 거지?"

"난바 씨와 만나기 전에 니시나는 술집에서 일했다고 했는데 어떨까?"

"술집에서 일했다고 해도 여러 종류가 있잖아. 기둥서방 같은 관계인가? 그러면 리가 주도권을 쥐고 있을 가능성이 높지 않아?"

니시나가 리에게 명령을 받는 모습 같은 것은 전혀 상상할 수 없었지만 뭐라고도 할 수 없다. 한 번 만났을 뿐이라서 나는 니시나에 대해 그리 잘 알지 못한다. 리에 대해서는 더욱 정보가 적다.

신호가 빨간색으로 바뀌었다. 교외 쪽으로 감에 따라 교통량이 줄고 맞은편 차선의 차도 줄어들기 시작했다. 별안간 낮은 디젤 엔진 소리가 가까워졌다. 미러 속에서 탱크로리가 달려와서 검은 라디에이터 그릴이 후방 시야를 뒤덮었다. 왼쪽 차선은 비어 있었다.

파란불. 미러 속에서 은색 차체가 위압하듯 흔들리더니 움직이기 시작한다. 차선을 변경했다. 길을 양보할 생각이었다. 그런데 추월하지 않는다. 차체를 흔들며 왼쪽으로 들어왔다. 같은 차선이다. 기어가 하나 내려가고 날카로운 소리와 함께 검은 연기가 배출된다. 차간 거리가 순식간에 줄어들었다.

마음속에 검은 얼룩이 툭 떨어졌다.

가속했다. 혼다의 경쾌한 엔진이 부릉거리며 앞으로 주르르 미끄러져 나갔다. 50킬로미터. 제한속도다. 탱크로리는 눈 깜짝할 사이에 다가왔다. 제한속도를 훨씬 넘고 있다. 오른쪽 차선으로 들어갔다. 따라온다. 검은 얼룩이 커졌다.

"왜 그래?"

내 변화를 미묘하게 눈치챈 나오의 표정이 굳어졌다.

"뒤."

엄지손가락을 뒤쪽으로 흔들었다.

액셀을 밟았다. 상대의 속도는 그것을 웃돈다. 빠르게 접근해 온다. 나오의 경직된 얼굴이 뒤를 돌아보았다.

"온다, 잡아!"

묵직한 충격이 왔다. 좍 하는 소리. 뒷유리가 산산조각 나서 떨어졌다. 시야가 흔들리고 발밑에서 타이어가 소리를 냈다. 나오가 짧막한 비명을 삼키고 목을 움츠렸다.

"뭐야?!"

충격이 있은 뒤에 간격이 몇 미터 벌어졌다. 100미터쯤 달렸다. 다음 신호가 다가오고 있었다. 파란불에서 빨간불로 바뀐 참이다. 나오의 몸이 얼어붙었다. 우회전 차선에 하얀 세단이 한 대 신호를 기다리며 서 있는 것이 보인다. 액셀을 있는 힘껏 밟았다. 소형 엔진이 고회전하는 신음 소리를 냈다. 머릿속이 뜨거워지고 시야가 흐려졌다. 차창 밖의 광경이 무질서하게 일그러지더니 찢겨 나간다.

일단 떼어냈다. 그것이 불을 붙인 듯 상대는 맹렬히 돌진해 온다. 전면 그릴이 죽죽 다가온다. 운전석은 각도가 나빠서 보이지 않는다.

전방을 가로지르던 차의 흐름이 끊어졌다. 신호는 여전히 빨간불이다. 천천히 셋을 셌다.

3, 2, 1……!

브레이크를 밟고 스핀 턴에 대비했다. 타이어가 소리를 내고 전면 그릴이 주춤대듯 흔들린다. 디젤 엔진의 포효가 귀 바로 뒤에서 작렬했다. 왼손을 사이드브레이크에 올렸다.

걸어볼 수밖에 없다.

밀고 들어간다.

사이드브레이크를 당기는 동시에 노면을 그립하고 있던 타이어가 떴다. 그때 교차로 오른쪽에서 그림자가 움직였다. 온몸의 핏기가 가셨다. 진입 차량이다. 스카이라인.

떠내려간다. 시야가 일그러진다. 초점이 맞지 않는다. 나오의 절규가 예리한 칼날처럼 귀를 찔렀다. 스카이라인의 뒷면이 시야에 들이닥쳤다.

끝인가……!

그렇게 생각했을 때 어찌어찌 피하고 반대차선으로 돌았다. 동시에 등 뒤에서 강렬한 충격음이 쫓아왔다. 내 차에서 나는 것이 아니다. 차 방향을 조절하기 위해 핸들을 반대로 꺾었다. 가볍다. 듣지 않는다. 앞면이 회전하더니 가드레일이 눈앞에 다가왔다. 계속 떠내려간다. 멈춰! 기도했다. 멈춰. 멈춰. 멈춰……!

그 찰나에 손에 느낌이 왔다.

한 박자 늦다. 쿵 하는 둔중한 소리와 함께 왼쪽 뒷좌석 유리가 부서져 떨어진다. 옆에서 충격이 오다가 멈추었다.

한동안은 머릿속이 새하얘져서 말이 나오지 않았다. 심장이 맹렬한 기세로 뛰고 있었다.

반대차선 가드레일이다. 왼쪽 펜더에 파고들고 있다.

"나오, 나오."

한동안 답이 없었다.

나오의 가슴이 심호흡하듯 크게 오르내리고 있다. 나를 보더니 억지로 웃어 보였다. 창백한 얼굴로 초점이 맞지 않는 시선을 전방에 던진다. 다친 곳은 없는 모양이다.

떨리는 손가락으로 손잡이를 당겨서 억지로 문을 열고 밖으로 나왔다. 무릎이 떨렸다. 스카이라인이 인도 저쪽 밭에 떨어져 있었다. 교차로에는 스카이라인의 것으로 보이는 타이어와 산산이 부서진 유리가 흩어져 있었다. 도려내어진 펜더의 일부가 중앙분리대 콘크리트 위에 굴러다니고 있다.

탱크로리의 모습은 이미 보이지 않았다. 나오가 운전석을 통해 밖으로 나왔다. 우회전 차선에서 신호를 기다리던 하얀 세단이 느릿느릿 움직여서 도로 옆에 차를 세우더니 굳은 표정의 중년 남자가 운전석에서 얼굴을 내밀었다.

"이, 이봐, 괜찮아?"

손을 들어 거기에 답했다. 나는 교차로를 가로질러서 밭에 뒤집어져 있는 스카이라인 쪽으로 걸어갔다. 달리려고 하는데 발이 말을 듣지 않았다.

밭으로 내려가 문으로 안을 들여다보았다. 갈색 머리를 한 젊은 남자가 있었다. 앞유리는 거의 다 산산이 부서져서 한여름 우박처럼 부근에 흩어져 있었다. 레카로 시트에 둥 떠 있는 그 남자는 이마에서 피를 흘리면서 그래도 열심히 안전벨트를 풀려는 중이었다. 문을 잡아당겼다. 열리지 않았다. 남자 몸에서 안전벨트를 푸는 작업을 돕고, 깨진 창문을 통해 차 밖으로 나오는 것을 거들었다.

"괜찮아요?"

젊은 남자는 말이 나오지 않는 모양이었다. 탱크로리가 달려간 방향을 멍하게 눈으로 쫓고 있다. 이마를 다쳤는지 피가 흘러서 머리카락을 적시고 있었다. 진한 가솔린 냄새가 자욱했다. 나는 남자를 부축해서 그 자리에서 벗어난 다음 길가에 앉혔다. 가까운 주유소에서 사람이 달려오는 것이 보였다.

"심하군."

이 동네 사람일 것이다. 하얀 세단에서 내린 남자는 탱크로리가 사라진 방향과 젊은 남자 그리고 검은 배를 보이고 있는 스카이라인을 번갈아 보았다. 그때 배를 쥐고 있던 젊은 남자의 몸에서 힘이 빠지면서 길바닥에 길게 누웠다.

구급차 사이렌이 멀리서 들리더니 우리가 서 있는 곳 바로 옆까지 와서 멈추었다.

"이쪽, 이쪽."

남자가 외쳤다.

구급차에서 대원이 내리고 들것이 다가왔다. 젊은 남자를 능숙하게 들것에 눕히자 하얀 세단에서 내린 남자가 거기에 동승했다. 나는 또다시 교차로를 가로질러 시빅이 있는 곳으로 돌아왔다. 나오는 아직 거기에 앉아 있었다.

"일어설 수 있겠어?"

"응. 하지만 계속 떨려."

나오는 마치 한겨울 길바닥에 있는 사람처럼 두 손으로 몸을 감싸고 있었다.

시빅은 후면과 왼쪽 옆면의 손상이 심했다. 첫 번째 일격을 받아낸 후면은 범퍼가 떨어질락 말락 했고 강한 압력을 증명하듯 V자로 패여 있었다. 왼쪽 옆면에는 가드레일이 파고들어서 붉은 도료의 파편이 지면에 떨어져 있다.

자전거에 탄 경찰관이 어느새 모여든 인파를 비집고 달려왔다.

나는 그 경찰관에게 면허증을 보여주고 사정을 설명했다. 백미러로 본 탱크로리의 특징을 이야기했다. 번호판도, 운전하고 있던 사람 얼굴도 보지 못했다. 이윽고 순찰차가 도착하자 같은 이야기를 두 번 반복하고 요요기 경찰서 오바의 이름을 꺼냈다.

"아무리 그래도 이건 심하군. 견인차 부를까?"

현장 청취가 끝나자 경찰관이 새삼 시빅을 바라보았다.

시동을 걸어보았다. 셀모터가 두세 번 돌아가다가 걸렸다. 소리를 들었다. 괜찮은 것 같다. 차체는 참담한 꼬락서니였지만 엔진이 멀쩡한 것은 운이 좋았다.

사이드브레이크가 당겨진 채였다. 그것을 내린 다음 자동 변속레버를 후진에 넣고 조용히 액셀을 밟았다. 가드레일과 차체가 스치면서 귀에 거슬리는 소리를 냈다. 시빅의 차체는 가드레일에 접촉한 채 움직이지 않았다. 액셀을 세게 밟고 한 번 더 핸들을 돌렸다.

텅 하는 둔탁한 소리가 나더니 빠져나왔다.

경찰관이 어이없는 얼굴로 그 작업을 보고 있었다. 나오가 조수석 문을 잡아당기더니 '안 돼' 하듯이 손을 옆으로 저었다. 일단 내가 운전석에서 내리고 그녀가 작은 시빅 안에 몸을 밀어 넣었다.

"미안하지만 공장 견학은 다음 기회에 하자."

"어디 가게?"

"난바 씨한테. 내버려 두면 그 사람도 위험해."

변속 레버를 주행에 넣고 액셀을 밟았다. 평소처럼 가속이 붙었다. 한동안 달려보았지만 동력 계통에도 딱히 고장은 없었다.

"무서워."

나오가 시트에 기대서 핏기 없는 창백한 얼굴로 앞을 보고 있다.

"난바 씨, 어떻게 할 거야?"

"도쿄에 데려가자. 그 맨션에서 공격당하면 잠시도 못 버텨. 누가 오든 프리패스 상태야."

"동의할까?"

"몰라. 설득할 수밖에 없지."

다시 난바가 사는 맨션에 도착해서 7층까지 엘리베이터로 올라갔다. 문에서 얼굴을 내민 난바는 놀라서 어떻게 된 거냐고 물었다. 나는 사정을 설명했다.

"저희와 함께 도쿄에 가시지 않겠습니까? 여기 있으면 당신도 공격당해요."

난바는 온화한 표정을 하고 있었다.

"니시나가 절 죽이려고 하지는 않을 거예요."

"왜요?"

"저는 니시나를 용서했어요."

"하지만 니시나 사와코는 그렇게 생각하지 않을걸요, 분명."

나오가 말했다.

"아뇨. 알고 있을 겁니다. 그 사람은 저를 잘 이해하고 있어요. 제가 어떤 인간인지. 지금 자신을 원망하고 있는지, 아닌지. 그 사람이 한 짓을 고발하려고 할지, 아닐지. 즉 용서할지, 용서하지 않을지. 그건 그 사람 자신이 잘 알고 있을 겁니다. 우리는 5년 동안이나 그렇게 서로 이해하며 지냈습니다."

"그 여자는 당신을 배신했어요, 난바 씨."

"만일 그 사람이 날 죽이려고 한다면 저도 그게 운명이라고 믿고 체념하겠습니다. 하지만 니시나 사와코는 그런 여자가 아닙니다."

나는 니시나의 깊은 샘 같은 눈동자를 떠올리고 있었다. 난바는 니시나의 마력에 현혹된 건가, 아니면 진실을 포착하고 있는 건가? 어느 쪽이든 설득하기는 힘들어 보였다.

"제게 써주신 마음은 감사하게 받겠습니다. 멍청한 놈이라고 생각하시겠지만 저는 지금도 니시나를 믿고 있어요. 그 사람은 돈을 위해 사람을 죽일 정도로 성정이 썩은 여자가 아닙니다."

"하지만 실제로 이미……."

반론하려는 나오를 제지하고 고개를 저었다.

"알겠습니다. 괜한 말씀을 드린 것 같군요. 가자. 이건 난바 씨와 니시나의 문제 같아."

난바는 그 말에 미소 지었다.

우리는 난바의 맨션을 나와 폐차 직전의 시빅으로 돌아왔다.

"대체 저 사람 어떻게 된 거야?"

분개한 나오가 조수석에서 부루퉁하게 말했다.

"니시나는 난바 씨에게는 정말로 필요한 사람이었겠지. 니시나에게 난바 씨도 그랬고. 어차피 타인이 간섭할 문제가 아니었을지도 몰라."

"그럼 니시나는 왜 난바 씨를 버렸는데?"

"난바의 비즈니스에 매력이 없어졌기 때문 아닐까?"

문득 그런 느낌이 들었다.

"돈이 떨어지면 정도 떨어지는 그런 거 아냐?"

"돈만이 아니야. 니시나 사와코도 반도체에 홀린 사람 중 하나라는 말이지. 확실히 난바 씨는 기술력은 있었을 거야. 하지만 벤처 정신이라고 해야 하나, 사업 재주 같은 건 그 사람에게서 별로 느껴지지 않아. 니시나가 떠난 이유는 신에쓰 머티리얼에 꿈이 없어졌기 때문 아닌가 싶어."

나는 키를 돌려서 시빅의 시동을 걸었다.

"니시나는 난바 씨와 함께 실리콘 사이클을 통제하는 날을 꿈꿨을 거야, 분명. 지금은 다른 회사를 세워서 그 꿈을 좇고 있는 거지."

"그걸 위해 사람까지 죽이는 여자야."

"정말로 그럴까?"

"무슨 뜻이야?"

나는 대답하지 않았다. 뭔가가, 그렇다, 뭔가가 틀리다.

"기술력 있는 벤처 기업 같은 건 이 세상에 얼마든지 있어. 하지만 그중에서 성공하는 곳은 고작 한 줌이지. 텐나인이 그만한 성장을 이룬 배경에는 뭔가가 있을 거야. 니시나 혼자 그 정도의 일을 할 수 있었다는 생각은 들지 않아. 게다가 기술자를 빼내 간다는 이야기도 마음에 걸려. 빼내 간다고 하면 간단한 것처럼 들리지만 화의를 했어도 신에쓰 머티리얼에는 실적이 있어. 그걸 버리고 설립한 지 반년도 안 된 신흥기업으로 옮긴 데에는 그

나름의 이유가 있었을 거야. 그렇게 생각하지 않아?"

나오는 여전히 언짢은 표정으로 어깨를 움츠렸다.

후면과 왼쪽 뒷좌석 창문이 깨져서 에어컨은 거의 효과가 없었다. 스위치를 끄고 운전석 창문을 내려서 바람을 넣었다.

맨 처음 발견한 공중전화 박스 옆에 차를 세우고 난바에게서 받은 메모의 번호로 걸어보았다.

전화회사 메시지가 흘러나왔다. 번호를 바꾸었음을 알려준다. 나는 그 뒤에 이어지는 열 자리 번호를 암기했다.

044로 시작하는 번호. 가와사키다. 이번에는 상대가 받았다.

"사타케입니다."

여성의 목소리였다. 이름을 말하고 난바의 소개로 전화했다고 알렸다.

"아아, 난바 씨."

상대는 일단 수긍했지만 언외에 조금 주저하는 듯한 울림이 담겨 있었다.

"고지 씨는 계십니까?"

사타케 고지. 신에쓰 머티리얼의 기술부장이다. 잠시 후에 본인이 전화를 받았다.

"저는 니토 은행 시부야 지점의 이기라고 합니다. 사타케 씨한테 여쭙고 싶은 게 있는데요."

상대는 순간 침묵했다가 무뚝뚝하게 대꾸했다.

"무슨 용건인데요."

"신에쓰 머티리얼에 관한 건데 전화로는 좀 그래서요. 시간을 내주실 수 없을까요?"

"저기요, 모처럼 전화를 주셨지만 전 그 회사 벌써 퇴직했습니다."

가와사키임을 알았을 때 이런 대답은 어느 정도 예상하고 있었다.

"지금은 어느 회사에 계십니까?"

"그런 건 댁이랑 관계없잖아요."

"텐나인인가요?"

상대는 멈칫했다. 텐나인의 연구소는 가와사키시 가와사키구에 있다.

"상관없잖아요. 어디든."

"실은 여쭈려고 했던 게 그겁니다."

"무슨 말입니까?"

"신에쓰 머티리얼에서 텐나인으로 인재가 유출되고 있다고 들었거든요. 니토 은행은 신에쓰 머티리얼에 상당한 채권이 있습니다. 저는 그 담당인데 기술자 유출은 채권 회수에 중대한 영향을 끼칠 가능성이 있어요. 무관심하게 있을 수 없는 문제입니다."

상대는 말없이 듣고 있었다.

"신에쓰 머티리얼의 향후 전망에 대해 들려주시지 않겠습니까? 사타케 씨도 텐나인을 선택하신 걸 보면 나름대로 생각이 있었던 것 아닙니까? 그걸 들려주시지 않겠습니까?"

"그런 이야기에는 관심이 없습니다."

사타케가 차갑게 말했다.

"난바 씨한테 부탁받은 거 아냐, 당신?"

"무슨 부탁이요?"

"신에쓰 머터리얼로 돌아오라고."

"난바 씨는 사타케 씨를 신에쓰 머터리얼의 기술부장으로 제게 소개해 줬습니다. 여러 가지 가르쳐주실 거라면서. 나가노 시내 전화번호로 걸었더니 이쪽 번호를 안내해 줘서 이렇게 연락드린 겁니다. 다른 의도는 딱히 없습니다."

"하지만 인사 문제니까. 할 이야기도 그다지 없어요."

사타케는 난바의 만류 공작이라고 진심으로 걱정한 모양이다. 그 의심이 풀려서 태도가 조금 누그러졌다.

"참고할 뿐입니다. 수고를 끼치지는 않을 테니 조금만 시간을 내주시지 않겠습니까? 그쪽으로 찾아뵙겠습니다. 주소는 가와사키인가요?"

"뭐, 그렇긴 한데. 우리 집에 오는 건 좀."

경계하며 사타케가 말했다. 나를 아직 신뢰하지 않고 있다. 하기야 신뢰를 얻을 수 있으리라고 생각하지도 않는다.

"그럼 가장 가까운 역 카페라도 괜찮습니다. 잘 부탁드립니다."

"그렇다면 뭐."

꺾였다.

"지금 나갈까요?"

사타케가 거꾸로 제안했다. 싫은 일은 빨리 끝내는 유형인 모양이다.

"실은 지금 나가노 시내에서 전화를 걸고 있습니다."

이렇게 말하자 상대는 "아아" 하고 모호한 반응을 보였다.

"차로 이동합니까?"

"네. 이제부터 곧장 인터체인지로 향할 겁니다. 좀 늦어져도 괜찮겠습니까?"

"뭐, 전 상관없습니다. 거기서 도쿄까지면 세 시간은 봐야 할 텐데. 8시에 도큐도요코선 무사시코스기역으로 오실 수 있습니까?"

"알겠습니다."

5백 엔짜리 전화카드가 백 엔에서 90엔으로 바뀌는 참이었다.

"여기서 가까워?"

차로 돌아가자 나오가 지도를 펼치고 기다리고 있었다.

"가와사키야."

"뭐?"

입을 벌린 그녀의 얼굴을 보았다.

"텐나인으로 넘어갔어."

"기술부장 아니야, 그 사람?"

"응, 이렇게까지 철저히 인재를 빼가다니 대단하군."

나오가 진지한 얼굴로 고개를 끄덕였다.

사타케는 나가노에서 세 시간이라고 했지만 실제로는 네 시간 가까이 걸렸다.

맨션 지하주차장에 시빅을 넣고 겨우 차 밖으로 나와 구겨진 몸을 폈을 때는 저녁 6시가 지나 있었다. 도중에 교통정체에 걸리는 바람에 차 배기가스와 땀으로 온몸이 꾀죄죄했다. 나오가 운전석 쪽에서 나오는 것을 도와주고, 당연한 피로를 느끼면서 맨션 엘리베이터에 올라탔다.

"사키."

피아노 위에 있던 검은 고양이가 바닥에 슥 내려오더니 나긋한 걸음걸이로 다가왔다. 나오의 몸에 밴 배기가스 냄새에 불만스럽게 운다.

"샤워하고 싶어."

나오가 말했을 때 인터폰이 울렸다. 얼굴을 마주 보았다. 나가지 말까 생각도 했지만 그러지 않기로 했다.

방에 들어오자마자 오바는 나오가 거기 있는 것을 보고 조금 놀란 얼굴을 했다. 내 방에 여성이 있는 것이 상당히 뜻밖인 모양이었다. 게다가 그들이 의심하던 요코가 아니다. 오바를 따라 들어온 다키가와는 변함없이 감정이 담기지 않은 눈이었지만, 그래도 그 눈을 동그랗게 뜨고 나오와 내 얼굴을 번갈아 보았다.

"이거 실례했습니다. 바쁘신 중이셨습니까?"

하는 말이 이상해서 나도 모르게 웃음이 났다.

"딱히 바쁜 건 아니니까 신경 쓰지 마십시오."

늘 그렇듯 두 사람을 소파로 안내했다. 나오가 주방에 서서 물을 끓이기 시작했다. 긴 드라이브를 한 뒤라 커피가 몹시 마시고 싶은 기분이었다.

"지금 막 돌아온 참입니다. 방 안 공기를 환기하고 싶은데 괜찮겠습니까?"

"얼마든지요."

나는 커튼을 걷고 베란다 문을 열었다. 에어컨 실외기가 있을 뿐인 살풍경한 베란다가 묘하게 정겹게 느껴졌다.

"나가노현 경찰로부터 연락이 와서요. 사고를 당하셨다고요."

내가 소파에 돌아오기를 기다렸다가 오바가 말했다. 사고라는 말은 적당하지 않지만 그것은 동시에 그 탱크로리를 운전하던 인물이 아직 잡히지 않았다는 사실도 설명하고 있었다.

"뭐 알게 된 것 있습니까?"

"네. 탱크로리는 현장에서 10킬로미터쯤 떨어진 장소에 있는 자동차 정비공장에서 도난당한 거라고 합니다. 그 뒤 도로 옆에 버려져 있는 것이 발견된 모양인데, 운전하던 사람은 찾지 못했습니다."

오바는 나를 보았다. 중요한 질문을 하는 진지한 표정이다.

"잘 떠올려보십시오. 운전하던 사람은 리 요헤이였습니까?"

"모르겠습니다. 안 보였어요. 하지만 사고가 아니라 명백히 의도적이었습니다. 엄청난 스피드로 추돌해 왔거든요."

"그렇군요. 그래서 젊은 사람이 하나 죽은 겁니까?"

나는 놀라서 오바를 쳐다보았다.

"정말입니까? 그 스카이라인을 타고 있던?"

말하고 나서 오바는 스카이라인을 타고 있었는지 어떤지 모르리라는 것을 깨달았지만 오바 대신 다키가와가 가지고 있던 보드의 페이지를 넘기더니 거기에 적힌 정보를 읽었다.

"나가노현 경찰 정보인데 내장파열로 병원에 실려 갔을 때 위독한 상태였습니다. 아까 연락이 왔어요. 18시 11분에 사망하셨습니다."

"그렇습니까."

나오가 주방 저쪽에서 아연실색한 눈길을 보내고 있다.

"이기 씨, 당신 오늘 뭐 때문에 나가노에 가셨습니까? 그걸 말씀해 주십시오."

오바가 날카로운 시선으로 나를 보았다.

3

7시 전에 양복으로 갈아입고 지친 기색인 나오는 남겨둔 채 신에쓰 머티리얼의 전 기술부장을 만나기 위해 맨션을 나섰다. 해가 저무는 가운데 하타가야역까지 걸어갔다. 신주쿠를 경유해 시부야로 나간다. 출퇴근 경로와 똑같다. 약속한 무사시코스기

역은 도큐도요코선 급행을 타고 15분쯤 걸린다.

환승이 잘돼서 7시 45분에는 나는 무사시코스기역 로터리 쪽 개찰구에 서 있었다. 역에 전차가 설 때마다 꽤 많은 승객들이 개찰구에서 쏟아져 나왔다. 역 앞 로터리에서는 버스가 빈번히 발착하고 있다. 도도로키 경기장에서 축구 시합이 있었는지 녹색 페인트를 얼굴에 칠한 집단이 여럿 걸어 다니고 있었다. 나로 말할 것 같으면 토요일인데도 양복 차림으로 옆구리에는 늘 가지고 다니는 수첩 한 권을 끼고 있다. 리의 습격을 받은 뒤로 새 가방을 살 여유조차 없다. 누군가를 기다리고 있는 사람은 나 말고도 있었지만 양복 차림은 나뿐이라서 사타케도 바로 알아볼 것이다.

"이기 씨……?"

8시가 거의 다 됐을 때 창백한 얼굴을 한 마른 남자가 다가와서 내게 말을 걸었다. 감색 덩거리 셔츠에 청바지. 맨발에 슬리퍼를 끌고 있고 짧은 머리에 검은 테 안경을 쓰고 있었다.

"사타케 씨입니까?"

남자는 고개를 꾸벅 숙였다. 시간에는 정확한 남자인 듯하다. 그러고는 내 옷차림을 보고 "휴일인데 고생이네요"라고 말했다.

사타케는 로터리로 내려가 역 옆에 있는 호텔 카페로 나를 안내했다. 벽 쪽 테이블에 앉아 커피를 두 잔 주문하고 나서 나는 명함을 꺼내 다시금 자기소개를 했다.

"니토 은행의 이기라고 합니다. 쉬는 날인데 이렇게 일부러 나와주셔서 감사합니다."

남자는 아니라는 듯이 얼굴 앞에서 오른손을 저었다.

"전화로는 실례했습니다. 예전 회사의 만류 공작 같은 건 줄 착각해서요."

"아직 회사를 옮기고 그리 오래되지는 않았습니까?"

"네. 반달 정도입니다."

"그랬군요. 아시는지 모르겠지만 실은 저희 은행은 신에쓰 머티리얼에 수억 엔의 채권이 있거든요. 이번 화의에도 찬성을 했는데 중요한 기술자분들이 꽤 유출됐다는 이야기를 들어서 위기감이 짙어지고 있는 실정입니다."

나는 그럴싸하게 설명했다. 채권 액수는 실제보다 많이 불렀다.

"그건 그렇고 사타케 씨 본인이 퇴직하셨을 줄은 몰랐습니다."

"저도 꽤 고민을 했는데 장래성을 생각하면 역시 화의 회사에 남아 있어봤자 별수가 없기도 해서요."

"새로 입사하신 곳은 텐나인이라는 회사죠?"

"맞습니다."

"대부분 그 회사로 빠져나간 모양이던데요. 정말입니까?"

"네, 사실입니다."

사타케는 조금 쑥스러운 표정을 보였다. 커피가 나왔지만 손을 대려 하지는 않는다.

"니시나 사와코 씨라는 분은 아십니까?"

테이블 한 구석을 보고 있던 사타케의 시선이 움직였다. 표정에 망설임 같은 것이 나타났다가 곧장 사라졌다.

"네, 압니다."

"전부터요?"

"네."

"어떤 분이십니까?"

"난바 사장님의 비서였습니다."

"어떤 성격입니까?"

사타케는 난처한 듯 얼굴을 찡그렸다.

"글쎄, 뭐라고 해야 하나, 장사꾼 기질이 강한 사람이죠."

"듣자니 지금은 텐나인 사장을 하신다고요."

사타케는 잠자코 나를 쳐다보았다. 눈동자에 가벼운 의심이 비쳤다.

"알고 계셨습니까?"

"네. 사타케 씨, 신에쓰 머티리얼에서 텐나인으로 옮기신 이유는 뭡니까?"

사타케는 곤혹스러운 얼굴로 팔짱을 꼈다. 나와 만난 것을 후회하기 시작한 모양이었다. 각진 얼굴 속에서 고지식해 보이는 눈을 불안하게 움직이고 있다.

"뭐, 여러모로 생각해서 지금 회사 쪽이 장래성이 있겠다 판단한 겁니다."

"조건 면에서는 어떻습니까? 급료, 복리후생, 대우……."

"솔직히 말해서 지금 텐나인이 그렇게 좋은 건 아닙니다. 다만 장래성은 있다고 봐요. 실제로 성장하고 있고요."

자랑스러운 어조가 약간 섞인다. 혹은 그런 식으로 스스로를 납득시키려 하는지도 모른다.

"니시나 씨와는 신에쓰 머티리얼 시절부터 친하게 지내셨습니까?"

"아니요."

사타케는 부정했다.

"그 사람……, 사장님은 난바 씨한테 딱 붙어 있는 느낌이어서요."

"딱 붙어 있다고 하시면?"

"글쎄. 뭐라고 해야 하나, 개인 비서 같은."

사타케가 말을 흐렸다.

"애인 같은, 그런?"

사타케는 말하기 껄끄러운 듯 표정을 일그러뜨렸을 뿐이었다.

"알고 계셨군요, 그걸?"

"아니, 확실히 그렇다고는."

사타케는 단정을 피하며 달아나듯 커피에 손을 뻗었다. 나는 화제를 바꾸었다.

"몇 명쯤 되는 분들이 신에쓰 머티리얼에서 텐나인으로 이적하셨습니까?"

"저 포함해서 열 명입니다."

"중요한 분들은 거의 이적하신 겁니까? 그러면 기술적으로 볼

때 신에쓰 머티리얼의 장래는 밝지 않겠군요?"

떨떠름한 표정으로 사타케는 인정했다.

"뭐, 그런 셈이라고 할 수 있겠지요."

"그런 분들은 어떻게 텐나인이라는 회사를 알고 옮겨가신 겁니까?"

"아무래도 인사 문제니까요."

"사타케 씨는 어떻습니까? 텐나인으로 옮기겠다고 혼자 결심하신 겁니까?"

"뭐, 꼭 그런 건 아닌데요."

"누가 권했나요?"

사타케는 망설이고 있다. 나는 자못 기술자다운 신경질적인 표정 저편에 있는 것을 탐색하려 했다.

"뭐, 그렇지요."

모호한 답이다. 하지만 듣고 싶은 것은 바로 그 부분이었다.

"어떤 분이 권하셨습니까?"

대답이 없다.

"니시나 사와코 씨입니까?"

대답 없음. 아니다.

"그건 말하지 않기로 약속을 해서요."

"당신한테 이적을 제안한 사람과의 약속입니까?"

"뭐, 대충 그렇습니다."

눈을 피하며 사타케는 손끝으로 담배를 만지작거렸다.

"이적을 하실 때 준비금을 받거나 하셨습니까?"

"그건 은행이랑은 관계없는 일이죠."

"관계있습니다."

분명히 말했다. 옆 테이블에 앉아 있던 커플이 이쪽을 돌아보았다. 사타케는 꺼리듯이 고쳐 앉았다.

"어떤 관계요?"

"모르시는 것 같아서 분명히 말씀드리겠습니다. 신에쓰 머티리얼에서 거액의 자금을 횡령한 사람이 있습니다. 그 돈이 어떻게 흘러갔는지를 여기서 말씀드릴 수는 없지만, 그 일부로 당신한테 지불한 이적금을 충당한 것은 거의 틀림없습니다. 그러니까 가까운 시일 안에 반환 청구를 할지도 모릅니다. 물론 청구하는 건 저희 채권자고요."

반환 청구 운운은 허세였지만 효과는 충분했다.

사타케는 입을 열려고 했지만 놀라서 목소리가 나오지 않는다.

"여기서만 드리는 말씀인데 곧 경찰에서도 참고인으로 조사를 받게 될 거라고 생각하십시오. 저희들로서는 민사재판도 검토하고 있지만 시간이나 비용을 생각하면 되도록 대화로 해결하고 싶은 것이 본심입니다. 그렇지 않다면 사타케 씨도 법정에 나와서 증언을 해주셔야 하겠지요. 만일 재판으로 간다면 말이지만요."

재판이라는 말에 사타케는 평정심을 잃었다.

"재판……? 웃기지 마, 우리는 그런 건 몰랐어. 말하자면 선의의 제삼자라고, 이 사람아. 그걸 돌려달라고? 퇴직금도 거의 규정만큼밖에 안 나오고, 나가노에서 이쪽으로 이사하는 것만으로도 큰일이었어. 그걸 이제 와서 돌려달라고 하면 곤란해."

"그건 제가 아니라 법정에서 정할 일입니다."

"재판이라니."

사타케는 충치라도 아픈 것 같은 얼굴로 번뇌했다.

"이 건에 대해 그분께서는 아무런 이야기도 안 하셨습니까?"

"물론이지."

어투에 힘을 준다. 그 눈을 보면서 다시 한 번 물었다.

"누구입니까?"

"그건……."

"민사로 가져가봤자 서로 시간과 노력이 들 뿐입니다. 숨기셔도 아무 득도 없어요. 어차피 알게 될 일인데 그걸 법정에서 하게 되면 귀찮아집니다."

"하지만 내 입에서 새어 나간 게 밝혀지면."

"사타케 씨한테서 들었다는 말은 절대 하지 않겠습니다. 그건 약속드립니다."

사타케는 망설이고 있다.

진정이 안 되는 듯 두 대째 담배에 불을 붙였다.

나는 기다리기로 했다.

"정말로 말하지 않겠다고 약속할 수 있어요?"

아니나 다를까 사타케의 결단은 빨랐다.

"물론입니다."

"그러면 괜찮지만. 단, 귀찮은 일에 말려드는 건 사양이야."

"알고 있습니다. 저희들도 귀찮은 일은 피하고 싶다고 생각하기 때문에 이렇게 만나 뵌 거고요."

사타케는 컵의 물을 마셨다.

"그렇지. 하지만 이름을 말해도 당신은 모르는 사람일걸."

수첩을 펼치고 사타케의 말을 기다렸다.

"이름뿐 아니라 소속 같은 것도 알고 계십니까? 회사 이름이나 직함 같은."

"물론 알지. 그래서 나도 믿은 거야."

"누구입니까?"

사타케는 한 남자의 이름을 내게 말했다. 메모를 할 필요는 없었다.

4

도요코선으로 시부야까지 돌아가서 역 앞에서 택시를 탔다. 토요일의 택시 승강장에 승차를 기다리는 줄은 없었다. 시부야 역 남쪽 출구에서 옛 야마테 도로를 지나 도쿄대 고마바 캠퍼스 옆에서 요요기우에하라로 빠진다. 길이 막힐 시간대는 아니다.

문을 연 나오의 표정이 겁에 질려 있었다.

"왜 그래?"

"아까 경찰에서 연락이 왔어."

"경찰에서?"

나오는 고개를 끄덕였다. 품에 사키를 안고 있다.

"난바 씨가 죽었대. 맨션에서 뛰어내려서."

나오의 눈에서 눈물이 넘쳐흘렀다.

"나 무서워. 무섭다고. 난바 씨는 자살 같은 거 안 해. 응, 그렇게 생각하지 않아? 분명 누가 밀어서 떨어뜨린 거야. 확실해. 어떻게 그렇게 심한 짓을."

나는 떨고 있는 나오를 끌어안았다.

"누가 전화했어?"

"오바 씨라는 사람. 아까 왔던 사람이라고 했어. 당신은 어디 갔냐고 물어서 볼일이 있어서 나갔다고 했거든. 그랬더니 전해 달라고. 당신들이 만나러 간 난바라는 사람이 저녁에 맨션 1층에서 죽어 있는 것이 발견됐다고."

나는 벽에 걸린 시계가 9시 반이 되는 것을 지켜보았다. 그놈이다. 리 요헤이. 이미 도쿄로 돌아왔음이 틀림없다.

온다…….

그놈은 반드시 여기로 온다.

나오를 끌어안고 있는 내 등줄기에 서늘함이 느껴졌다. 나오가 갑자기 몸을 떼더니 비통한 표정으로 나를 쳐다보았다.

"가르쳐줘. 아버지는 정말 자살한 거야? 하루카, 그거 이미 알고 있지?"

"자살을 할 만큼 약한 인간이 아니었어, 야나기바 사쿠타로
는."

나오의 눈에 고여 있던 것이 주르륵 떨어졌다. 내 품 안에 쓰
러져 울면서 오열하는 나오의 삭은 등이 떨렸다. 그녀가 진정될
때까지 그 몸을 끌어안고 있었다.

"나갔다 올게."

품 안에 있던 몸이 굳어졌다. 나를 올려다보며 겁먹은 눈빛을
했다.

"어디에 가려고?"

"니시나 사와코에게."

나오를 소파에 앉히고 옆 방 책상에 있던 텐나인 자료로 그녀
의 자택 주소를 확인했다. 아자부주반. 차로 가면 20분도 걸리지
않는다.

"나도 갈래."

"아니, 너는 오지 않는 편이 좋아."

"위험해."

"이제 시간이 없어. 결판을 내야 돼."

나는 나오의 어깨에 손을 얹었다.

"니시나 사와코와 이야기를 할 뿐이야. 채권 회수지. 위험해지
지는 않을 거야."

"경찰에서 또 연락이 올지도 몰라. 뭐라고 하면 돼?"

"리가 도쿄로 돌아왔다고 전해줘."

"알았어."

맨션을 나서서 지하주차장으로 들어갔다. 슬로프를 내려가자 저쪽 벽 옆에 시빅이 저녁에 돌아왔을 때와 똑같은 무참한 모습으로 웅크리고 있었다. 나는 멈춰 서서 기척을 살폈다. 리가 공격하기에 딱 좋은 장소다. 그때 헤드라이트를 켠 벤츠 한 대가 슬로프를 내려왔다. 강한 불빛이 나를 비추었다. 아무래도 아직은 운이 따르는 모양이었다. 벤츠는 시빅 대각선 맞은편의 주차 공간으로 들어가기 시작했다. 넥타이를 맨 초로의 남성과 아직 젊은 여성 이렇게 둘이 타고 있다.

나는 종종걸음으로 시빅까지 걸어가서 유리가 빠진 뒷좌석을 확인하고 차키를 돌렸다. 벤츠에서 내린 맨션 주민은 내 시빅을 어이없다는 표정으로 보고 있다. 나는 그 두 사람에게 가볍게 고개를 숙이고 슬로프를 올라간 뒤 주말 밤거리로 달려 나갔다.

하라주쿠에서 아오야마 도로로 빠지는 길은 한산했다. 평일에 비해 택시 같은 업무용 차량의 비율이 적다. 나는 오모테산도를 직진해서 양쪽에 암담한 어둠이 깔린 아오야마 공원묘지로 들어간 다음 훤히 트인 도로 옆에 시빅을 대고 엔진을 껐다. 빨간 콜벳과 검은색 혹은 감색 BMW가 앞다투어 지나갔다. 1분 기다렸다. 이번에는 다섯 대. 국산 세단 세 대와 랜드로버, 마지막은 블루버드였다. 차를 보내며 줄곧·백미러를 보고 있었다. 따라오는 차는 없다. 나는 다시 시빅을 차선으로 뺐다. 마주친 신호에서 오른쪽으로 꺾었다. 롯폰기 터널을 빠져나가 교차로 몇 개를 지나친 뒤 오른쪽 깜빡이를 넣었다.

차에 있는 도로지도로 아자부주반 2번지를 찾고 그 뒤로는 차를 천천히 몰면서 목적한 주소를 찾았다. 주유소 바로 뒤쪽 부근에서 붉은 벽돌로 된 맨션을 발견했다. 고급임은 틀림없겠지만 '초호화'라 할 정도는 아니다. 니시나 사와코의 자택은 그곳 6층이었다.

오크 문으로 들어가자 왼쪽 벽에 인터폰이 있었다. 0에서 9까지의 버튼이 늘어서 있다. 6, 0, 1. 이어서 '호출' 버튼을 눌렀다.

여자 목소리가 받을 때까지 몇 초 시간이 걸렸다.

"니토 은행 이기라고 합니다. 이야기를 좀 하고 싶은데요."

"은행? 뭐예요, 이런 시간에?"

목소리에 놀람과 짜증이 섞였다.

"돌아가시죠."

"당신의 횡령 건입니다. 그래도 돌아가라고 하실 겁니까?"

"무슨 소리예요. 경찰을 부르겠어요."

니시나가 씩씩거렸다.

"네, 부르세요. 그게 더 편합니다. 열어주시지 않겠다면 제가 경찰을 부를까요?"

문에서 찰칵 하는 소리가 났다. 잠금장치를 해제한 것이다.

홀 오른편에 한 대 있는 엘리베이터에 탔다. 내부에 장식 세공을 한 문이 닫히더니 모터 소리와 함께 나를 위층으로 운반한다.

문이 열렸다. 조심하기 위해 '열림' 버튼을 한동안 계속 누르고 있었다. 아무 일도 일어나지 않았다. 기척도 없었다. 나는 엘리베이터 바깥 통로로 나갔다. 맨션 안은 고요했고 사쿠라다 도로 부근의 소음도 거의 들리지 않았다. 방 번호를 확인하고 입구 옆에 있는 인터폰 벨을 누른 것과 문이 열린 것이 거의 동시였다.

니시나 사와코가 언짢은 표정으로 내 앞에 버티고 서 있었다. 밝은 파란색 바지에 흰 민소매 셔츠라는 편안한 차림과는 상반되는 거센 기질을 노골적으로 드러내고 있었다.

"두 번 다시 오지 말라고 했잖아요."

니시나는 기분파 여왕님을 방불케 하는 서슬로 말했다.

"당신은 이렇게 말했어요. 두 번 다시 시시한 용건으로 찾아오지 말라고. 시시한 용건인지 아닌지 당신 자신이 가장 잘 아실 테죠."

깊은 눈동자 속에서 분노가 들끓고 있었다. 짧은 머리는 뒤로 넘기고 있고, 귀에는 알이 큰 진주 귀걸이가 흔들리고 있었다.

"들어오시지."

명령조로 말하더니 니시나는 재빨리 발길을 돌려 안으로 들어갔다.

나는 현관에서 구두를 벗고 넓은 현관에서 이어지는 방으로 향했다. 홀 끝에 유리문이 있고 바닥이 한 단 낮아진다. 문을 열자 널따란 거실이었다. 바로 앞에는 이국적인 러그 위에 낮은 목제 테이블이 있고, 등받이가 조개 같은 모양인 2인용 소파와 3인용 소파가 그것을 둘러싸고 있다. 구석에는 스테인드글라스를 넣은 소형 스탠드가 켜져 있었다. 창문에는 녹색 커튼. 그 너머에는 식탁. 끝까지 간 곳의 오른쪽이 주방이다. 호사스러운 방이다.

니시나는 팔짱을 끼고 소파 옆에 서서 나를 기다리고 있었다.

"앉아요."

3인용 소파 쪽으로 뾰족한 턱을 거칠게 내밀었다. 내가 앉기를 기다렸다가 니시나는 대각선 맞은편의 조개 소파에 다리를 꼬고 앉았다.

"이미 다 알고 있으니까 그만 숨기는 게 어떻겠습니까, 니시나 씨?"

있는 힘껏 센 척하던 니시나의 표정에 희미한 공포가 섞여들었다.

"무슨 소리야."

"제가 왜 여기 왔는지 아시지요?"

"모르겠는데."

니시나는 나를 똑바로 보며 도전적으로 말했다.

"그럼 가르쳐 드리죠. 당신이 신에쓰 머티리얼에서 횡령한 돈 수억 엔을 돌려받기 위해서입니다. 아니, 신에쓰 머티리얼에서 횡령했다는 말에는 다소 어폐가 있네요. 더 정확히 말하면 신에쓰 머티리얼의 난바 씨를 이용해서 도쿄 실리콘의 야나기바 사장님을 속여서 뜯어낸 돈이요."

니시나는 어안이 벙벙한 듯 내 얼굴을 봤지만 곧장 짐작이 간 모양이었다.

"그 입금 말하는 거야? 그러면 남들이 오해하니까 속여서 뜯어냈다는 식으로 말하지 마. 그건 해외 진출을 위해서 썼어."

"그러면 여쭤겠는데 회사를 설립한 돈은 어디서 나왔습니까?"

"당신이랑은 상관없잖아, 그런 거. 나는 기회를 잡은 거야. 그냥 그것뿐이라고. 당신이 뭘 안다고 이래."

"저는 회사 설립 자금이 어디서 나왔는지 물었습니다, 니시나 씨."

"상관없다고 하잖아, 난."

서로 노려보았다.

"몇 사람이 죽었다고 생각하십니까?"

조용히 말했다.

"뭐?"

"몇 사람이나 죽었다고 생각하냐고요. 확실히 당신한테는 기회였죠. 실제로 난바 씨는 당신을 용서했어요. 하지만 다른 사람은 어떻게 되는데요."

"난바가 날 용서하다니 무슨 소리야."

"당신의 부정 말이에요, 니시나 씨. 이제 시치미는 적당히 떼지 그래요."

"무슨 말을 하는 거야, 당신."

나는 그녀의 눈동자 깊은 곳을 바라보았다. 그녀가 한 번 더, 이번에는 낮은 목소리로 말했다.

"죽었다니 무슨 소리야."

그 눈을 직시했다. 깊은 눈동자다. 뭐가 있지? 분노, 당혹, 두려움, 긍지 그리고 혼란…….

그녀는 거짓말을 하고 있지 않다.

그 직감에 나는 동요했다. 방향성을 가지고 있었을 사고가 경로에서 벗어난다. 이 사건에서 그녀의 역할은 무엇이었나? 그것을 모르게 되었다. 니시나의 시선이 쏘아보는 가운데 맹렬한 기세로 머리를 회전시켰다. 가설을 다시 세운다. 손에서 빠져나간 진실을 붙잡으려고 몸부림친다.

"야나기바 사장님이 돌아가신 건 아시죠?"

니시나의 눈동자에 또 하나 새로운 성분이 더해졌다. ……놀라움.

"야나기바 씨가? 아니, 몰랐어."

"당신이 야나기바 사장님과 마지막으로 만난 건 언젭니까?"

"회사를 설립하고 한 달쯤 뒤야. 붉으락푸르락하면서 갑자기 내 회사에 쳐들어왔어."

"어떤 이야기를 했습니까?"

"당신이랑 비슷한 이야기야. 돈 돌려달라고."

"그래서 당신은?"

"내쫓았지. 왜 내가 돌려줘야 하는데? 딱히 착복한 것도 아닌데."

"니시나 씨, 당신이 회사를 설립한 자금은 다른 사람에게 빌린 것 아닙니까? 그 사실을 야나기바 씨한테도 이야기했어요?”

니시나는 잠자코 나를 보고 있다가 그렇다고 중얼거렸다.

“그래서 뭐? 당신 말대로야. 나는 다른 사람한테 돈을 빌려서 텐나인이라는 회사를 설립한 거라고. 그게 뭐 법률에 저촉돼?”

“누구한테 빌렸는지 이야기했습니까? 당신이 누구 지원을 받아서 회사를 설립할 수 있었는지 이야기했냐고요.”

“이야기했어. 그게 뭐? 이제 그만 좀 해.”

니시나 사와코는 화를 주체 못하고 무시무시한 형상으로 나를 노려보았다.

“누굽니까? 당신 배후에 있는 사람이……?”

문득 니시나의 시선이 움직였다. 돌아보려고 했을 때 후두부에 충격이 왔다.

바닥으로 날아갔다. 탁자 다리가 내 코앞에 우뚝 서 있다. 격렬한 통증으로 시야가 흐려졌다. 입속에 피 맛이 번졌다. 코에 물이 들어갔을 때처럼 매운 아픔이 있었다.

“신기한 데서 만나네, 이기 씨.”

머리 위에서 목소리가 들렸다. 느긋하고 여유 있는 어조다. 소파를 돌아서 내게 천천히 다가온 인물은 불쌍한 존재라도 내려다보듯 내 앞에 섰다. 가까이 오지는 않는다. 1미터쯤 거리를 유지하고 있다.

평소의 상쾌한 미소는 거기에 없다.

“너였나, 야마자키……!”

"은행원의 나쁜 점이 남의 돈에 관심이 너무 많다는 거야. 오래 못 사는 이유지."

일어나려고 했다. 야마자키가 발로 걷어찼다.

배에 맞았다. 강렬한 일격에 몸이 휘었다. 러그가 깔린 바닥에서 벗어나 싸늘한 마룻바닥의 감각이 뺨에 전해졌다. 숨을 쉴 수 없었다.

"사카모토를…… 죽인, 것도, 너, 야?"

목소리가 갈라졌다. 띄엄띄엄 끊어진 말이 야마자키에게 전해졌는지는 알 수 없다. 대답 대신 두 번째 킥이 배에 들어왔다. 쓴 것이 치밀어 올랐다. 토할 정도의 음식물은 위에 들어 있지 않다.

"그만해. 죽겠어."

니시나의 절박한 목소리가 들렸다. 야마자키는 대답이 없었다. 내게는 귀 안쪽에서 맥박이 뛰는 소리만이 들린다. 아픔이 온몸에서 힘을 앗아간다.

"이 지경에 이르러서도 아직 친구 일이 신경 쓰여? 그 남자는 몰라도 될 것까지 알려고 했어. 덕분에 내 사업 계획이 허사가 될 판이었지. 내 장대한 꿈이 말이야. 죽는 게 당연했어."

"꿈이라고……? 말도 안 돼. 그냥 헛소리잖아."

내 목소리인데도 그 말은 저 멀리서 들려온다.

"이렇다니까."

야마자키가 어이가 없다는 듯 두 손을 드는 모습이 보였다.

"너희들 은행원들은 늘 그래. 계획을 이야기하면 이것저것 트

집만 잡지. 그런 주제에 성공하면 손을 비비며 다가와서는 필요
도 없는 돈을 빌려가라고 시끄럽게 굴고. 죽어라 아양을 떨면서
말이야. 너희들에게 보이는 건 지나간 일뿐이야. 하지만 난 다르
지. 나한테는 미래가 보여. 그뿐이 아니야, 실제로 미래를 만들
수가 있어, 이 손으로."

"틀렸어, 야마자키. 우리 은행원들이 과거에 눈을 돌리는 건
거기에 미래가 있기 때문이야. 너한테 만일 미래를 만들 능력이
있다면 이 현실은 뭔데? 이 상황을 만든 건 과거의 네 자신이잖
아. 망상이야, 야마자키. 너는 현실을 믿고 싶지 않을 뿐이다. 그
런 식으로 현실에서 도피하고 있을 뿐이라고. 네가 가지고 있는
건 미래를 창조하는 비전이 아니야. 그냥 망상에 지나지 않아."

야마자키는 웃은 모양이었다.

"흥, 마음대로 지껄여. 죽일 필요가 있으면 몇 명이라도 죽일
거야. 너도 포함해서. 나는 이 비즈니스로 꿈을 실현할 거거든.
그러기 위해 여기에 모든 것을 걸었어. 알겠어? 결코 되돌릴 수
없는 내기야. 유치장에 처박히느냐, 반도체 업계에 군림하느냐,
둘 중 하나야. 횡령? 살인? 상관없어, 뭐든 해주지. 유치장에 처
박힐 정도라면 아예 죽는 편이 나으니까. 지금의 내게서 일을 빼
앗으면 아무것도 안 남아."

야마자키의 발이 움직였다. 온몸에 힘을 주었다. 차인 곳은 처
음과 똑같은 오른쪽 복부였다. 강렬했지만 방어태세를 취한 만
큼 아픔은 적었다. 굴렀다. 슬리퍼를 신은 니시나의 발이 보였

다. 그것이 겁에 질린 듯 뒷걸음질 쳤다.

"그래서 야나기바 사장님까지 죽인 거야?"

야마자키는 어깨를 움츠려 보였다.

"그 남자가 감이 좋더라고. 그리고 좀 우쭐하는 버릇이 있어. 네 동료 사카모토라는 남자는 머리가 너무 좋았고. 꽤 날카로운 남자였어, 너와는 달리. 나는 네가 싫지는 않아. 그 단순한 면이 좋지. 꽤나 나이스 가이야. 너한테는 상대한테 알랑거리는 면이 전혀 없어. 조직 속에서 살아가는 인간치고는 드문 유형이지. 죽이기는 아깝지만 별수 없네. 나를 원망하지 마. 나쁜 건 너니까. 경고를 무시했잖아. 너는 살해당할 줄 알면서도 나를 방해했어. 달리는 트럭 앞에 뛰어든 거지."

"난바까지 죽일 필요는 없었어."

입속에 번지는 피 냄새를 맡으면서 말했다. 힉 하는 소리를 낸 사람은 니시나 사와코였다. 비명을 손으로 막은 것이다.

"왜 죽였지? 그 사람은 이제 관계없었을 텐데."

"그럴까? 지금은 얌전히 있어도 그러다 마음이 바뀌면 묘한 말을 떠들어대면서 뛰어나올 거거든. 인간이라는 게 욕심이 생겨. 그런 놈들을 나는 죽을 만큼 봐왔지. 그렇게 되기 전에 처리했을 뿐이야. 리스크는 가능한 한 사전에 회피하는 것이 비즈니스의 철칙이니까. 너도 나한테는 큰 리스크야."

손을 움직이자 차가운 것이 닿았다. 상아색 원기둥이 바닥에서 천장으로 뻗어 있었다. 정말로 세련된 방이다……. 아무래도 상관없는 이런 감상이 머리에 떠올랐다. 거기에 기대서 두 다리에 겨우 힘을 주었다. 문득 우편함 속의 벌이 생각났다. 날개를 뜯겨서 바닥을 기고 있었다. 끊어질 것 같은 목숨에 매달려 최후의 순간까지 뭔가를 향해 기어가고 있었다.

뜯기는가.

야마자키가 간격을 좁혔다. 몸 움직임은 민첩하다. 주먹이 복부에 들어왔다. 몸이 통째로 들릴 것 같은 한 방이었다. 산소 결핍 상태가 된다. 고개가 떨어졌다. 무너진다. 무너질 것 같다. 야마자키가 그것을 기다리고 있다.

뜯기는 건가…….

양쪽 무릎이 구부러진다. 시간은 자잘한 모래로 빨려 들어간다. 아까운 기색도 없이. 흐르는 모래 한 알 한 알은 소리도 없이. 이 순간. 또 순간. 순간. 순간. 순간. 이명이 몸 안쪽에서 겹쳐진다. 파도 소리 같다. 비행기 창문. 네모난 시가지는 45도로 기울어지고. 울지 마. 울지 마라. 아버지랑 둘이 살아가자. 어머니 몫까지. 응, 응?

무릎에 온 신경을 집중해서 어떻게든 서려고 했다.

잡히지 않는다, 손을 뻗어도. 닿지 않는다, 소리쳐도. 그것이 절대적인 이별이라면. 누구 탓?

……너 나한테 빚진 거야. 빚진 거야. 빚진 거야. 빚, 진, 거, 야. 알았어. 알았다고, '아빠!' 이제 지긋지긋하다. '이 인형, 아빠 줄게.' 그런 건 이제…… 지긋지긋하다.

살려둘 수는 없다.

두 다리로 바닥을 찼다.

머리 꼭대기에 충격이 느껴졌다. 턱에 들어갔다. 딱 하는 둔중한 소리가 들렸다. 그대로 바닥에 굴렀다.

귀 바로 옆에서 신음 소리가 들려왔다.

시선을 들었다. 사이드테이블이 보이고, 그 위에서 스탠드가 빛나고 있다. 입을 막고 있는 야마자키의 손가락 사이로 피가 흘러나오고 있다. 팔을 뻗었다. 손가락이 스탠드에 닿는다. 그것을 치켜들고 발밑에 쓰러져 있는 남자 안면에 내려쳤다. 유리가 요란하게 깨져서 사방으로 튀었다.

"으악!"

비명을 지른다. 입을 막고 있는 야마자키의 안면에 무릎을 꽂았다. 체중이 실렸다. 코뼈가 부러지는 소리가 들렸다. 이번 비명은 무릎 밑에서 웅웅거렸다. 야마자키의 입이 뭔가를 호소하듯 벌어져 있다. 스탠드 밑 부분에 있는 스위치를 비틀며 깨진 전구를 그 입속에 있는 힘껏 처박았다.

야마자키의 눈에 공포가 들러붙었다.

"스위치를 켜줄까?"

버튼에 손을 뻗었다. 진심이었다. 야마자키의 눈에서 눈물이 흘러 넘쳤다. 도리도리를 하듯 고개를 흔든다. 스탠드 자루를 물고 있어서 말이 되어 나오지 않았다.

"너한테 살해당한 사람들이 얼마나 고통스러워하며 죽어갔는지 가르쳐줄게."

스탠드를 비틀어 야마자키 눈앞에 스위치를 보여주었다.

"보여? 보여, 야마자키? 스위치를 켤 거야, 켤 거라고!"

공포에 전율한다. 죽음의 공포에.

내 손가락이 스위치에 닿았다. 야마자키의 이마가 땀으로 젖어 있었다. 머리는 입을 바닥에 핀으로 고정한 것처럼 움직이지 않는다. 엉덩이 아래에서 약한 저항을 시도한다.

손가락에 힘을 주었다.

야마자키의 몸이 격렬하게 떨렸다. 마지막 힘을 쥐어짜고 있다. 나는 손에 잡고 있는 스탠드에 힘을 주었다. 자루가 입속으로 더 들어갔다. 야마자키의 움직임은 완전히 봉쇄됐고, 구역질이 나는지 몇 번이나 목에서 소리가 났다.

"괴로워? 더 괴로워해. 그렇게 죽어갔어. 괴로워하라고, 야마자키! 너는 인간쓰레기야. 너의 시시껄렁한 꿈 때문에 죽임당한 사람들을 생각해. 머리에 떠올리라고! 어떻게 죽어갔어? 이렇게, 이렇게……?"

나는 스탠드 자루를 꾹꾹 밀었다. 야마자키의 눈에서 눈물이 끊임없이 흐른다.

"몇 명이라도 죽이겠다고? 웃기지 마. 그럼 네가 죽어봐. 어때, 죽어봐. 간단하잖아, 사람을 죽이는 것쯤. 자기가 죽는 건 무서워? 무섭냐고. 어때, 야마자키!"

스위치에 손가락을 댄 채 위에서 올라온 담즙을 입과 코로 흘리기 시작한 남자의 안면을 바라보았다. 야마자키의 눈은 얼어붙은 것처럼 내 손가락에서 떨어지지 않았다.

스위치를…….

켰다.

틱 하는 소리가 났다. 야마자키의 눈이 뒤집혔다.

아무 일도 일어나지 않았다. 나는 콘센트가 빠진 스탠드를 던지고 안면을 때렸다. 계속 때렸다.

사카모토를 위해.

요코를 위해.

사에를 위해.

나오를 위해.

후루카와를 위해.

난바를 위해.

그리고 이름 모를 젊은이를 위해.

몸 밑에서 야마자키가 정신을 잃었다.

어깨로 숨을 쉬면서 일어나자 방구석에서 니시나 사와코가 떨고 있었다.

"그 사람이……, 난바가 살해당했다니……, 그게 정말이야?"

얼빠진 목소리로 내게 물었다.

고개를 끄덕였다.

"언제?"

나는 바지 뒷주머니에서 손수건을 꺼내 입가의 피를 닦았다.

손을 움직이자 옆구리에 극심한 통증이 느껴졌다.

"오늘 저녁에. 경찰에서 연락이 왔습니다."

"이 사람이 죽인 거야?"

"명령한 건 맞습니다. 당신이 건넨 뒷돈을 이놈은 교섭 같은
데에 쓰지 않았어요. 전부 자기 주머니에 넣었습니다. 뒷돈이라
는 말은 꾸며낸 거예요. 이놈의 위치라면 뒷돈 같은 걸 쓰지 않
아도 얼마든지 거래를 틀 수가 있었어요. 속은 겁니다, 당신도,
난바 씨도."

"어떻게 그런."

니시나의 눈동자가 떨리기 시작하더니 순식간에 눈물이 고
였다.

"니시나 씨, 당신은 이 남자한테 이용당하고 있었던 거야. 나
는 여기 오기까지 당신과 이 남자가 한패라고만 생각했어. 하지
만 아무래도 잘못 생각한 모양이야. 난바 씨 말대로 당신은 그런
사람이 아니었어."

"난바가 날……."

난바의 말을 떠올렸다.

"난바 씨한테서 당신에게 전언이 있어."

"전언?"

"꿈을 줘서 고맙다고 전해달라고."

니시나 사와코는 말문이 막히더니 영혼이 빠져나간 것처럼 무
릎부터 쿵 무너졌다. 그 눈에서 커다란 눈물방울이 주르르 떨어

지기 시작했다.

야마자키가 신음했다. 정신을 차린 모양이다. 나는 스탠드 코드를 주워 양 손목을 등 뒤로 묶었다.

"전화 좀 빌리겠습니다."

나는 사이드보드 위에 있는 전화로 요요기 경찰에 전화를 걸었다. 오바는 공교롭게도 외출 중이라고 했다. 이 형사는 중요한 때에 늘 부재중이다. 전화를 받은 상대에게 사정을 설명하고 수화기를 놓았다.

장 안에 브랜디가 있었다. 나는 그것을 잔에 따라 니시나 사와코에게 가져갔다.

뻗어 있는 남자를 바로 뉘었다. 입술 가장자리에서 피가 흐르고 있다. 야마자키의 눈은 텅 비어 있었다.

"리는 어디 있어?"

말이 귀에 들어가지 않는지 야마자키의 표정에는 변화가 없었다.

"대답해! 리는 어디냐고!"

멱살을 세게 흔들자 머리가 바닥에 부딪쳐서 소리를 냈다.

허공을 떠돌고 있던 남자의 시선이 빙 돌아서 내 얼굴 위에 멈추었다. 그리고 웃었다. 종잡을 수 없는 펑펑한 시선이 올려다보고 있었다. 그때 생각지도 못한 직감이 내 등줄기를 관통했다.

"지금쯤이면 네 예쁜 여자 친구를 썰고 있겠지, 등신아."

그 안면에 주먹을 내리꽂고 내 맨션에 전화를 걸었다.

상대가 받았다. 말이 없다.

"나오?"

"다행이야. 괜찮았구나."

나오는 안도의 한숨을 내쉬었다.

"잘 들어. 문을 절대 열지 마. 무슨 일이 있어도. 리가 그쪽으로 가고 있어. 이제 돌아갈게."

등 뒤에서 낮은 목소리가 들렸다.

"곧 후회할 거야. 난 몰라."

사이렌 소리가 다가오다 근처에서 멈추었다. 나는 니시나 사와코에게 인사를 하고 다시 도시의 밤으로 나갔다. 농밀한 밤하늘 아래 깊은 상처를 입은 보잘것없는 차를 몰고 달렸다. 끈적끈적한 밤공기가 차 안에서 소용돌이치면서 아픈 감각을 곧장 씻어 내렸다.

5

맨션 정면 현관 앞에 시빅을 세웠다.

현관에 사람 모습은 없다. 아픈 몸을 운전석에서 끄집어내어 자동문 앞에 서자 평소처럼 심하게 일그러진 내 우편함이 맞이했다. 키패드에 암호를 입력했다. 안쪽 문이 열렸다. 내심 안심한다. 리의 모습은 보이지 않았다. 그래도 습격에 대비해 안쪽

문이 닫힐 때까지 밖을 보고 있었다. 리가 덮친다면 이 순간밖에 없다.

하지만 문은 내 눈앞에서 스르르 닫혔다.

나도 모르게 깊은 한숨이 새어 나왔다.

그때였다.

등에 격통이 느껴졌다. 닫힌 문에 몸을 부딪쳤다. 니코틴이 섞인 입 냄새가 났다. 아픔은 등에서 옆구리로 관통하고 있다. 몸이 경직돼서 움직이지 않는다. 등에 칼이 꽂힌 뜨거운 감각이 느껴졌다.

호흡조차 제대로 되지 않았다. 이마에서 차가운 것이 번져 나왔다.

"이상한 짓을 하면 이거야."

그 순간 아픔이 배로 늘었다. 부젓가락에 찔리는 것 같다. 칼 끝이 내장을 다지는 아픔이었다.

"걸어."

냉랭한 목소리였다. 재미있어하는 듯한 구석도 있다. 걸었다. 한 걸음, 또 한 걸음. 정신이 아득해질 정도의 아픔이 머릿속을 뚫고 나간다. 다리가 떨렸다. 쓰러지는 것도 허용되지 않았다. 나는 나무인형이 되어 천천히 발을 번갈아 움직였다. 홀을 지나 이윽고 엘리베이터 앞까지 왔다. 영원이라 생각될 정도로 긴 시간이었다.

"버튼을 눌러."

시키는 대로 했다. 대기하고 있던 엘리베이터 문이 열렸다.

"어쩔 거야?"

귀 바로 옆에서 코맹맹이 소리가 말했다. 버튼을 눌렀다. 손가락이 떨리고 있다. 이번에는 귀에서 불에 타는 아픔이 느껴졌다. 아픔은 곧장 가셨다. 입에 물고 있는 담뱃불이 준 아픔임을 깨달았을 때 엘리베이터가 올라가기 시작했다. 이를 꽉 물고 있지 않으면 기절해 버릴 것 같았다. 만일 정신을 잃으면 나는 그대로 죽게 될 것이다.

문이 열렸다. 복도에 사람 그림자는 없다. 나는 사신을 등에 업은 채로 내 방 문 앞에 당도했다.

"열어."

안에는 나오가 있다. 주저했다.

등을 민다. 격통이 덮쳐왔다. 신음했다. 아무리 해도 목에서 소리가 새어 나왔다. 눈물이 번졌다.

나는 바지 주머니에 오른손을 넣고 몸을 수직으로 유지한 채 열쇠고리를 끄집어냈다. 열쇠를 꽂고 돌렸다.

문을 열었다. 발밑에 불빛이 흘러나왔다. 현관에 들어간다. 신발은 못 벗는다. 그대로 올라갔다. 뭔가가 발끝에 부딪쳤다. 시야 아래로 남자 구두가 굴러다니고 있는 것이 보였다.

문이 열리는 소리를 듣고 나오가 불안한 얼굴을 내밀었다. 복도 끝, 거실 입구다.

"갔다 왔어……?"

그 표정에 서서히 경악이 드리우는 모습을 나는 보고 있었다. 나오는 말을 삼킨 채 우두커니 서 있다. 그리고 천천히 뒷걸음질 친다. 등 뒤에서 온화하다고도 할 수 있는 목소리가 대신 들렸다.

"다녀왔어."

그리고 목에서 경련을 일으킨 듯한 소리를 낸다.

걷는다. 거실 입구에 섰다. 나오는 그대로 물러난다. 격통 때문에 거실의 색채가 빠져나가서 전체적으로 누렇게 보인다. 몇 번이나 눈을 깜빡였다. 하얀 가루눈 같은 것이 시야를 떠돌고 있다. 밑이 빠질 것 같은 의식의 바닥에 겨울 하늘에서 흩날리는 가루눈을 바라보는 내가 있었다. 직장 책상에서 보이는 익숙한 광경이다. 겨울 하늘이 보이는 창문. 버스를 기다리는 사람들의 줄. 그것이 대체 언제 광경인지 생각이 나지 않았다.

의식의 움직임에 맞추어 실내의 광경이 돌아왔다. L자 모양으로 놓은 소파와 유리 테이블이 보였다. 어머니 피아노 바로 앞에 서 있다. 사키가 정위치에 앉아 있는 것이 보였다. 불시의 방문객을 경계해서 꼬리를 세운다. 목구멍에서 구슬을 굴리듯 나지막한 그르릉 소리가 이어지고 있었다.

남자는 나오와의 간격을 좁히기 위해 내 등을 밀었다. 식은땀이 온몸에서 뿜어져 나왔다. 눈을 감았다가 떴다. 사키의 초록색 눈이 나를 보고 있었다. 담배 연기가 흘러간다. 사키의 그르릉 소리가 한층 더 높아졌다. 나는 그 앞에 멈춰 섰다.

이제 거의 한계였다.

내기를 걸어볼 수밖에 없었다.

"걸어."

리의 목소리가 들렸다. 나는 걷지 않았다. 시야 가장자리에서 사키가 몸을 둥글게 만다.

"미안하지만 여기는 금연이야."

무릎에서 힘이 빠질 것 같다. 서 있는 것조차 기적에 가깝다.

"언제까지 센 척할 수 있을까? 여기서 배를 확 떠버릴 수도 있어."

"허세 부리지 마, 야마자키."

이렇게 중얼거렸을 때 리의 움직임이 멈추었다. 앉아 있던 사키가 살짝 몸을 드는 것이 보였다.

"야마자키……라고 하잖아, 당신. 몰랐어. 아까까지는. 하지만 웃으면 꼭 닮았어. 어디서 본 얼굴이다 싶었지."

사키의 꼬리가 천천히 흔들렸다. 사냥감을 보는 눈빛이 내 등 뒤를 향하고 있다.

"재미있는 소리를 하는군. 상을 줘야겠어."

팔에 힘을 준다. 등이 세로로 찢길 것 같은 아픔이 왔다. 뜨겁게 달군 쇠막대기가 창자를 불태운다.

시야가 흐려졌다. 베일이 내려오기 시작한 그 가장자리에서 검은 덩어리가 도약했다.

남자의 호흡이 흐트러졌다. 등을 누르고 있던 힘이 순간적으로 느슨해졌다.

바닥을 찼다. 몸이 공중에 떴는지조차 잘 알 수 없었다. 안면이 마룻바닥에 격돌했다. 아픔에 숨이 멈추었다. 이제 움직일 수 없었다. 주방 그늘에서 오바가 뛰어나왔다. 몸을 둥글게 말고 내 등 뒤로 맹렬히 돌진한다. 다키가와가 뒤를 따랐다.

나는 기었다. 날개 없는 벌처럼 기려고 했다. 힘이 다해서 최후의 순간을 맞이할 때까지 나는 기려고 하고 있었다.

춥다.

몸이 떨렸다.

아프다, 아프다, 아프다.

눈물이 나왔다. 입을 벌리고 있는데도 공기가 들어오지 않는다. 나는……. 나는 내 눈앞에 입을 쫙 벌린 죽음의 심연에 두 손을 대고 있다.

부탁이야. 누가 좀 살려줘.

다른 목소리가 들려왔다. 내 안에 있는 또 다른 나의 목소리다.

죽는 거야, 넌. 이대로 죽는 거다. 죽어, 죽어, 죽어.

싫어. 싫다고……!

의식이 돌아왔다. 따뜻한 손이 내 뺨을 어루만지고 있었다.

"제발 죽지 마. 죽지 마. 부탁이야, 부탁이야."

다시 의식이 멀어지는 순간 나오의 오열과 함께 새콤달콤한 냄새를 맡았다.

시간이 얼마나 흘렀을까, 이명을 듣고 있던 나는 조용히 눈을 떴다. 백의를 입은 남자의 무릎이 보이고, 초록색 커튼이 흔들리고 있다. 옆을 향하고 있는 얼굴을 무언가가 세게 누르고 있었다. 그 속에서 농축된 기체가 움직이고 있다. 이명? 아니다. 사이렌 소리다. 구급차인가…… 멍하니 그런 생각을 했다. 감상은 딱히 없다. 나오가 나를 보고 있었다. 리는? 그렇게 물은 줄 알았는데 말이 되어 나오지는 않았다.

"말씀하지 마세요."

남자 목소리가 나를 나무랐다. 그 순간 의식이 툭 끊어졌다.

6

무지근한 아픔이 이어지고 있다.

시간 감각은 전혀 없다.

소리만이 울리고 있다. 바람을 가르는 듯한 소리가 줄곧 들렸다. 이상하게도 그 소리만을 먼 의식 밑바닥에서 듣고 있었다.

눈을 떴다.

블라인드를 내린 창문과 거기 앉아 있는 여자 모습이 보였다. 나오였다. 나는 상처가 있는 등과 옆구리를 위로 하고 누워 있었다. 그녀는 접이식 의자에 앉아 백의를 입고 책을 읽고 있다. 제목을 알 수 없는 외서인데 파란 표지를 명화가 장식하고 있다. 정겨운 소박함이 느껴지는 그림이다.

눈을 감았다. 한동안 그러고 있었다. 잠든 모양이었다.

……비너스의 탄생인가?

명화 제목이 왠지 머리에 떠올랐다. 아무래도 사고가 느린 속도로밖에 전개되지 않는 모양이다. 불쾌하다. 아니, 유쾌하다. 웃음이 치밀었다. 소리는 나오지 않았다. 다만 숨이 샐 뿐이었다.

책을 읽고 있던 나오가 느닷없이 내게 시선을 던졌다. 마치 전차 안에서 맞은편에 앉아 있는 사람에게 보내는 일별 같은 자연스러운 시선이다. 그것이 나와 나오의 첫 만남인 것 같은 근사한 시선.

나오의 뺨에서 한 줄기 눈물이 흘러내렸다.

그녀는 내게 손을 내밀어 링거 바늘이 꽂혀 있는 팔을 만졌다. 거기에 따뜻한 피가 흐르고 있음이 느껴졌다.

"나오."

이번에는 목소리가 나왔다.

"창문으로 뭐가 보여?"

"야마노테선 선로."

참 살풍경하다. 그렇게 생각했더니 또 웃음을 터뜨리고 싶어졌다.

"보고 싶어."

나는 말했다. 나오는 가녀린 허리를 내 쪽으로 돌리고 블라인드를 올렸다. 하늘과 선로 위의 전선밖에 보이지 않았다. 뜨거운 물을 받은 듯한 은빛 하늘이었다.

"살아 있어."

"그래. 당신은 살아 있어."

그녀는 얼굴을 살짝 가져오더니 내 메마른 입술에 키스했다.

"계속 보고 있었던 거야?"

나오는 미소를 지으며 손끝으로 눈물을 닦았다.

"고마워."

진심으로 말하고 조용히 눈을 감았다.

7

오바가 병문안을 온 것은 일주일쯤 지난 햇살 강한 오후였다. 이마에 솟은 땀을 닦으면서 소독한 손으로 백의를 걸치며 들어오더니 오바는 내 머리맡에 과일이 든 바구니를 놓았다.

"꽤 건강해져서 다행입니다."

이렇게 가까이서 보니 오바의 눈에는 어딘지 모르게 장난기가 있다.

"야마자키는 입을 열었습니까?"

"그 말씀을 드리려고 왔어요."

오바는 갑갑한지 의자에 고쳐 앉더니 백의 아래 앞주머니에서 힘들게 수첩을 꺼냈다. 경찰수첩이 아니라 어디에나 파는 평범한 수첩이다.

"조금 긴 이야기니까 듣기 싫어지면 말씀하세요. 경청은 생략하겠습니다."

처음에 이렇게 단서를 붙이고 이야기하기 시작했다.

신에쓰 머티리얼의 기술력에 홀딱 반한 야마자키 고타는 난바 사장과 야나기바의 반대 때문에 결실을 맺지 못하는 매수공작에 초조해하고 있었다. 게다가 기술자인 데다 확대 노선으로 돌진하는 난바의 경영 전략이 역효과를 내는 바람에 경영의 중심이 흔들리기 시작했고, 야마자키가 앞장서서 진행한 거래로 니토상사는 10억을 넘는 손실이 확실시되는 상황이었다.

야마자키는 자신의 실패가 회사에 알려질까봐 겁이 나서 신에쓰 머티리얼의 재무 내용이 극단적으로 악화되어 있음을 숨기고 기사회생 계획을 짰다.

"그러기 위해 야마자키는 우선 난바와 특별한 관계였던 니시나 사와코에게 접근해서 관계를 가진 겁니다. 본성을 함락시키기 위해 우선 바깥 해자부터 공략한 거겠죠."

오바는 말을 끊고 이마에 손수건을 댔다. 오바에게는 어울리지 않는 새 지방시 손수건이다. 나는 발밑에 있는 작은 냉장고를 가리키며 문 쪽에 들어 있는 녹차 캔을 권했다.

야마자키는 니시나 사와코를 통해 한국 투자 건을 난바에게 제안했다. 난바 사장에게 직언하는 것이 아니라 난바의 절대적인 신뢰를 얻고 있던 니시나 사와코라는 여성을 이용한 교묘한 회유책이다.

도쿄 실리콘을 이용한 금융어음 조작으로 염출한 자금은 전부 야마자키의 주머니로 들어가서 나중에 텐나인이라는 새 회사의 설립 자금이 됐다.

"한국 기업이니, 뒷돈이니 하는 건 야마자키가 지어낸 이야기였던 겁니다. 거기에 니시나와 난바는 속았어요. 냉정히 생각했다면 의심을 품었을지 모르지만, 야마자키의 진행 방식이 그만큼 교묘했던 데다 신에쓰 머티리얼의 실적도 꽤 궁지에 몰려 있었던 거겠죠. 전문가 입장에서 볼 때 어떻습니까, 이기 씨?"

나는 갑갑한 침대에서 가까스로 어깨를 움츠려 보였다.

"사카모토가 그 사실을 눈치채지 못했다면 그 녀석은 지금도 살아 있었겠지요."

올려다보자 오바는 대답 대신 안타까운 표정으로 나를 내려다보았다.

"야마자키의 주도면밀한 점은 도쿄 실리콘의 무심사 융자 범위를 확대할 필요가 있겠다고 내다보고 거래가 있는 니토 은행의 기타가와 부지점장을 매수한 것이겠죠. 나중에 사카모토 씨가 눈치챘을 때 그 움직임을 기타가와가 알아채고 야마자키에게 알려줬어요. 어디까지나 철저한 남자입니다, 야마자키란 인간은."

운명의 갈림길로 내몰린 신에쓰 머티리얼이 니토 상사에 구제를 신청했을 때 야마자키가 임원회의에 제출한 품의 사항은 구제하지 말고 경영난에 빠뜨리는, 즉 화의를 신청하게 해서 싸게 사들인다는 난폭한 것이었다. 이 제안은 니토 상사 임원회의에서 만장일치로 승인되었고, 또 하나 희망했던 대로 야마자키가 신에쓰 머티리얼로 파견을 나가는 것이 정해졌다. 전부 야마자키가 의도한 대로였다.

만일 이 단계에서 니토 상사가 신에쓰 머티리얼을 구제했다면 야마자키의 악행은 조만간 드러났을 것이다. 야마자키는 신에쓰 머티리얼과의 거래를 추진한 책임을 다하겠다는 명목으로 화의 회사가 된 신에쓰 머티리얼 파견을 자원해서, 니시나 사와코가 발행한 어음 등 자신이 획책한 부정의 흔적을 전부 처리했다.

나는 자신만만하고 세련된 비즈니스맨의 풍격을 가지고 은행 창구에서 나를 기다리고 있던 야마자키를 떠올리고 있었다. 그 남자의 가슴에 이만한 비밀이 숨겨져 있었다는 것이 어쩐지 무서웠다.

"신에쓰 머티리얼의 경영난이 확실해졌을 때 야마자키는 계획의 두 번째 단계로 들어갔습니다. 니시나 사와코에게 신에쓰 머티리얼과 똑같은 벤처 기업을 설립하면 어떻겠느냐고 제안하며 돈을 대겠다고 나선 겁니다. 딴 게 아니라 니시나 본인을 이용해서 착복한 돈이었지만, 난바의 애인이라는 처지에 매여서 회사를 자유롭게 움직일 수 없었던 니시나 사와코의 불만을 교묘하게 찌른 제안이기도 했죠. 아니나 다를까 니시나는 기회라는 듯이 이 이야기를 덥석 물었습니다. 그리고 신에쓰 머티리얼에서 쓸 만한 기술자를 빼내 온 다음에는 니토 상사 내의 영향력을 과시해서 설립한 지 얼마 되지도 않은 텐나인이라는 회사를 급성장시킵니다. 야마자키가 주주로서도 표면에 나오지 않은 이유는 자기 이름이 나와 있으면 니토 상사와의 거래를 확대하는 데에 방해가 되기 때문이었습니다. 니토 상사에는 야마자키의 입김이 닿는 부하가 여럿 있어서 텐나인과의 거래를 백업해 줬다, 대충 이렇게 된 거죠."

"니시나 사와코는 야마자키가 니토 상사 내부를 통솔해서 텐나인을 뒷받침해 준다는 사실을 알고 있었습니까?"

"그렇습니다. 니시나는 실로 우승마를 탄 기분이었을 거예요. 여기까지는 야마자키의 계획대로 흘러갔습니다. 화의가 성립해도 마지막에는 어떻게 될지 모릅니다. 설사 경영이 어려워지더라도 텐나인이라는 '제1지망'이 그때는 궤도에 올랐으리라는 거죠. 야마자키는 장래에 텐나인이 신에쓰 머티리얼을 매수하게 하는 계획을 가지고 있었습니다. 그 이야기를 마무리 짓는 역할은 물론 야마자키가 하고요. 야마자키 본인도 신에쓰 머티리얼의 화의가 순조롭게 진행될지 회의적으로 보고 있었지만, 그래도 텐나인이 어느 정도 성장하면 나머지는 어떻게 될 거라고 봤던 겁니다. 그리고 자기는 그 공적으로 다시 니토 상사에 영전한다는 시나리오지요."

"대단한 아이디어입니다."

비꼬는 것이 아니라 진심으로 그렇게 생각했다.

그 계획을 도쿄 실리콘의 야나기바 사장이 간파했을 때 야마자키는 최대의 결단을 내렸음이 분명하다. 야나기바는 업계 소문으로 텐나인이라는 회사가 설립됐다는 것, 니시나 사와코가 그곳 사장이라는 것을 알고 그녀를 추궁했다. 그리고 야마자키의 존재를 눈치채고 접근해 왔다. 야나기바 사장을 살려두면 머잖아 니토 상사에 알려지게 된다. 거기서 야마자키가 의지한 사람이 리 요헤이였다. 리는 야나기바를 유인해서 자살로 위장해 살해했다.

"리 요헤이라는 건 통칭이라고 말씀드렸는데 본명은 야마자키 요헤이라고 합니다. 허세로 외국 성을 붙였지만 일본인이에요. 야마자키 고타와는 모친이 같아요. 모친은 야마자키 고타를 낳은 뒤에 이혼하고 다른 남자와의 사이에서 낳은 애가 야마자키 요헤이입니다. 단 이 남자와도 두 사람이 아직 어릴 때 이혼하고 여자 혼자 손으로 둘을 키웠습니다. 야마자키가 일류 기업 사원이고 동생이 거리의 양아치가 된 뒤에도 이부형제의 친한 관계는 이어지고 있었던 거지요. 좀 지쳤습니까?"

오바가 나를 들여다보았다. 고개를 젓고 뒷부분을 재촉했다. 하지만 오바의 이야기를 들으면서 나는 전혀 다른 생각을 하고 있었다.

아버지와 헤어져야만 했던 야마자키 형제는 고독한 소년 시절을 보냈음이 분명하다. 야마자키는 나나 나오와 똑같은 아픔을 가진 인간 아닌가? 오바가 이야기를 계속했다.

"야나기바 씨 다음으로 계략을 눈치챈 사람이 사카모토 씨였습니다. 당신이 사카모토 씨와 마지막으로 만난 날 아침, 사카모토 씨는 야마자키와 하라주쿠역에서 만날 약속을 했던 거예요. 사카모토 씨는 하라주쿠역 가까운 요요기 공원의 노상 주차장에 차를 세우고 역까지 걸어가서 역 개찰구 앞에서 야마자키를 기다렸다고 합니다. 그 사이에 리가 기타가와가 만든 여벌 열쇠로 차문을 열고 운전석에 벌과 벌집이 든 종이봉투를 놓았습니다. 하지만 결국 야마자키는 나타나지 않았죠. 당연합니다. 그게 계획이었으니까요. 단념한 사카모토 씨는 차로 돌아갔다가 거기서 종이봉투를 여는 바람에 벌에 쏘인 겁니다. 벌집이 든 봉투는 리가 회수해서 공원에 버렸다고 하는데 아직 발견되지는 않았습니다. 사카모토 씨의 카드키를 이용한 부정 송금, 그건 기타가와 짓이었는데 그 돈은 일련의 사건으로 실제로 손을 더럽힌 리에게 보수로 지불됐다고 합니다."

오바는 침울한 표정으로 시선을 내리깔았다. 천천히 손가락을 움직여 캔을 딴다. "잘 마시겠습니다" 하며 굵은 목을 숙였다가 목구멍을 보인다. 나는 그런 오바의 모습에서 창문으로 시선을 옮겼다. 크림색 블라인드가 쳐진 창문이다. 바깥 경치는 막혀서 보이지 않는다.

"사카모토 씨의 예금통장이나 현금카드는 책상 안에 잠자고 있던 걸 기타가와가 훔쳐둔 겁니다. 그리고 이기 씨, 당신이 도쿄 실리콘의 돈 움직임에 대해 조사하기 시작한 것을 눈치챈 사람도 기타가와였고요. 가장 큰 실수는 당황해서 당신의 자료를 은닉하는 장면이 방범 카메라에 찍혀버린 겁니다. 그리고 테이프 탈환에도 실패했어요. 관계가 드러날 것을 두려워한 야마자키는 기타가와를 죽였습니다. 그게 토요일이었죠. 당신 집에서 나간 기타가와는 그 길로 야마자키와 만났습니다. 거기서 권하는 대로 술을 마신 겁니다. 돌아가는 길에는 리가 기타가와의 차를 운전했습니다. 술에 곤죽이 된 기타가와를 태운 리는 부두에서 기타가와를 때리고 그대로 차를 바다에 빠뜨린 거죠."

"리는 어떻게 제 맨션에 들어올 수 있었습니까?"

"비밀번호 출처는 기타가와입니다. 이기 씨, 당신, 은행 카드 키와 맨션의 비밀번호가 같죠?"

그 말대로다. 아무래도 나는 은행원은 될 수 있어도 사립 탐정은 못 될 것 같다.

"마지막은 난바 씨입니다. 난바 씨는 거처를 여기저기 옮겨 다녔기 때문에 야마자키 본인도 손을 댈 수가 없었죠. 그걸 당신들을 미행하다가 우연히 발견한 겁니다. 당신들을 덮친 뒤 난바의 맨션으로 돌아간 리는 방 베란다에서 그를 밀어 떨어뜨렸습니다."

오바는 수첩을 덮고 눈부신 창밖 풍경에 눈을 깜빡인다. 한숨을 후 내쉬고 나를 돌아보았다.

"형사가 이런 말을 하면 이상하겠지만 이기 씨, 이 사건은 분명 당신이 해결해야만 하는 사건이었던 겁니다. 사카모토 씨한테서 당신이 물려받은 은행원으로서의 본능이랄까 집념이랄까 그것이 사건을 해결한 것 같다는 생각이 들어요."

하지만 사카모토는 이제 돌아오지 않는다. 사건이 해명돼도 잃어버린 것의 무게를 짊어져야 할 앞으로의 시간이 내게는 한층 더 고통스럽게 느껴진다.

이렇게 병원 침대에 누워 천장을 보고 있으면 요 몇 주 동안 일어난 일이 마치 별세계 같다는 착각에 빠질 때가 있다. 그런가 싶으면 밤에 귀 뒤쪽에서 리의 뜨거운 입김을 느낀 것 같아서 잠에서 깰 때도 있었다. 그럴 때는 대개 나쁜 꿈을 꾸고 있어서 땀범벅에 등의 상처가 욱신거린다. 등의 상처는 마음의 상처가 되어 아마 앞으로의 인생에서 아물 일이 없을 것이다.

오바가 이야기를 끝내자 잠깐 맥 빠진 듯한 시간이 찾아왔다. 조용한 가운데 병실 구석에 있는 에어컨이 늘 그렇듯 낮은 소리를 내고 있었다.

"오늘은 혼자십니까?"

문득 다키가와의 모습이 보이지 않는 것을 깨닫고 물어보았다.

"네, 그렇습니다. 그 친구, 지난주 본청 쪽으로 전근하게 됐어요. 아직 젊으니까 앞으로가 기대됩니다."

오바는 손수건을 펼쳐서 보여주더니 기쁜 얼굴을 했다.

"이별 선물입니다. 그놈이 준. 쓸모가 많아요."

무심코 웃어버리는 바람에 등에서 가벼운 통증이 왔다. 오바는 내 찡그린 얼굴에 어리둥절해하면서 손수건을 뒷주머니에 넣고는 "그럼" 하고 무릎을 두드렸다.

"너무 오래 있었네요. 죄송합니다. 몸조리 잘하시고요. 아, 이건 잘 마시겠습니다."

녹차 캔을 들어 보이더니 작게 머리를 숙이고 오바는 커튼 뒤로 사라졌다. 슬리퍼가 탁탁거리는 소리가 멀어지다 문 저쪽으로 사라지자 조용히 피로가 밀려왔다.

8

니시구치가 찾아온 것은 그로부터 또 일주일 지난 오후였다. 평일인데 은행을 빠져나온 니시구치는 서점 봉투를 안고 들어오더니 그것을 침대 옆에 두었다. 기분 탓인지 지쳐 보였다.

"꽤 좋아졌다고 들어서 와봤어. 지루할 것 같아서 책을 두세 권 사왔지. 취향에 맞을지 모르겠지만 마음에 들면 읽어봐. 일단 내가 읽고 재미있다고 생각한 미스터리뿐이지만. 어때, 상태는?"

"덕분에 그럭저럭."

니시구치의 배려가 고맙다.

"이 기회에 다른 안 좋은 곳도 전부 봐달라고 해."

니시구치는 일단 놓았던 서점 봉투를 열더니 읽기 쉽게 베개 맡에 쌓았다. 봉투는 접어서 쓰레기가 되지 않게끔 양복 주머니에 넣는다. 입은 험하지만 섬세한 신경을 가진 남자인 것이다. 지난번에 신주쿠에서 니시구치와 만났을 때 일이 생각나서 미안한 마음이 들었다.

"요전에는 죄송했습니다."

사과하자 니시구치는 그답게 시치미를 뗐다.

"응? 무슨 이야기야? 좀 더 빨리 병문안을 올 생각이었는데 부장이 바뀌어서 바빴거든. 그 이야기, 들었어?"

"네."

"후지에다 부장님은 멋지게 야에스였나 교바시에 있는 철물 도매점의 상무님으로 파견을 나가셨지."

그러고는 탐색하듯 내 눈을 보더니 재미있다는 양 훗 웃었다.

"이것으로 나도 다음에는 어디로 갈지 모르게 된 셈이야. 그뿐이 아니라고. 내일 임원 이동이 있어."

"사에키 부은행장님이요?"

"니토 카드의 대표이사야. 알겠어, 이기? 이것으로 우리 파벌은 대가 끊겼어."

"대가 끊길 만큼 미련 없는 파벌도 아니잖습니까. 바퀴벌레처럼 더 끈질겼을 텐데요."

"아는 척 떠들기는. 변함 없이 넉살 좋은 놈이야. 정말이지 나도 엄청난 후배를 뒀어. 결국에 와선 이거고 말이지."

니시구치는 내 침대를 바라보며 탄식했다.

"다카하타 지점장님은 어떻게 됐습니까?"

아마 임원회의가 열렸을 터다.

"아아, 뭐 딱히. 그 사람은 역시 본부 인맥에 관해선 상당해. 적이지만 대단하지. 달랑 이삼일 만에 이쪽에서 손 써둔 걸 뒤집어버렸어."

그래서 어떻다는 것도 없이 니시구치는 태연하게 말했다.

"그런 것보다 좋은 소식이 있어. 오늘은 너한테 이 소식을 전해주려고 왔지. 아무래도 텐나인 돈이 돌아올 것 같은 분위기야. 나올 때 융자부 회수 팀에서 들은 이야기니까 틀림없어."

"그렇습니까, 드디어……."

야마자키가 야망을 걸었던 텐나인은 니토 상사가 매수하기로 했다. 매수 자금은 니시나 사와코를 통해 도쿄 실리콘으로 반환되고, 그 돈을 도쿄 실리콘이 니토 은행의 차입금을 변제하는 데에 충당하는 회수안이 진행되고 있었던 것이다. 채권을 회수해서 그것으로 야나기바가 심혈을 기울인 도쿄 실리콘을 어떠한 형태로든 부활시키는 것. 그것이야말로 죽은 사카모토와 야나기바에 대한 유일한 추모다.

"도쿄 실리콘의 회수불능대금도 이걸로 회수할 수 있어."

니시구치는 이렇게 말하며 병실 입구 쪽을 흘끗거렸다.

"그런데 오늘은 그녀가 여기 와? 나오 씨랬나."

나는 기가 막혔다.

"어떻게 그런 것까지 압니까?"

니시구치는 다른 병상에 폐가 되지 않게끔 나지막한 목소리로 말했다.

"멍청한 자식. 너희들 소문은 본부에서 모르는 놈이 없을 정도로 퍼져 있어."

"혹시……."

기타가와다. 니시구치가 눈치채고 빙긋 이를 보였다.

"그래. 하지만 걱정하지 마라. 그런 이야기에 핏대 세우는 놈은 어차피 잔챙이니까. 너를 잘 아는 놈들은 다 대환영이야. 이기한테 염문이라니 아주 좋다면서. 그보다 그녀가 오면 당장 전해줘. 분명 기뻐할 테니까."

그러고 나서 니시구치는 진지한 표정으로 돌아갔다.

"이기. 너, 다시 기획부로 돌아오지 않을래? 그럴 마음이 있으면 새 부장이랑 교섭을 해주지. 어때, 다시 같이하지 않겠어?"

나는 고개를 저었다.

"말씀은 고맙지만 아무래도 저는 은행이라는 곳과 맞지 않는 것 같습니다."

그러자 니시구치는 흥 콧방귀를 꼈다.

"무슨 소리야. 그게 아니잖아. 은행이 너한테 안 맞는 게 아니야. 네가 애초에 회사 조직이라는 곳이랑 맞지 않는 거지. 그러니까 은행에는 필요해, 너 같은 놈이."

"확실히 그럴 수도 있겠네요."

니시구치가 조심하면서 소리 내어 웃었다.

9

나오가 내 우편함에 들어 있던 엽서 한 장을 가지고 왔다.

요코가 보낸 것이다.

— 이사했습니다.

그 말이 큰 반원을 그리며 인쇄돼 있었다. 한가운데에 짐을 실은 트럭 그림. 엽서에는 조후 시내의 주소와 요코와 사에 이름이 나란히 적혀 있다.

한가운데 여백에 수기로 짧은 메시지가 덧붙여져 있었다.

괴로워도 살아가야만 해.

살아 있으면 언젠가

괴로움을 잊을 수도 있어.

그렇게 믿어.

나는 한동안 그 문면을 바라보고 있었다. 아주 조금 마음이 편해졌다.

10

그 여름. 니시하라의 맨션에 돌아온 것은 9월 초순, 고기압이 깔린 파란 하늘이 조금 높아 보이기 시작한 저녁이었다. 오랜만에 오는 집에는 평안이 있었다. 있어야 할 곳에 물건이 있고, 있어야 할 사람이 거기에 있다. 그 평범한 거리감이 더할 나위 없이 멋지다.

내 등 뒤에서 짐을 바닥에 내려놓은 나오가 천천히 걸어와 귓가에 속삭였다.

"잘 돌아왔어."

피아노에서 검은 그림자가 스르륵 바닥으로 내려오더니 내 발밑에 왔다. 그 나긋나긋한 몸을 안아 올렸다.

"사키, 사키……."

그때 이 검은 고양이는 리 요헤이, 야마자키 요헤이의 얼굴에 달려들어서 나를 구한 세 줄의 깊은 상처를 냈다. 리가 물고 있던 담배가 사키의 공포와 투쟁 본능에 불을 붙인 것이다.

"고마워, 사키. 네 덕분이야."

꽉 껴안은 사키의 왼쪽 귀가 인사를 하듯 반으로 접혀 있었다.

"그때 피아노에 내동댕이쳐졌어. 그래서."

갑자기 뜨거운 것이 치밀어 올랐다.

"그랬구나. 미안해, 사키."

나오가 내 어깨에 살짝 손을 얹었다.

"괜찮아. 그지, 사키는 어엿한 수고양이인걸. 배고파?"

나오는 주방으로 걸어가서 고양이용 사료가 든 통조림을 땄다. 사키가 한 차례 울더니 내 팔 안에 있던 작은 몸을 바닥으로 사뿐 던졌다. 몸을 굽히니 등의 피부가 당겨지는 듯한 이질감이 들었다. 아픔은 없다. 조금 뻣뻣한 느낌이 든다. 그뿐이다.

테이블에 도쿄 실리콘의 '신규 사업 계획서'가 놓여 있었다. 나오가 정리한 역작이다. 도쿄 실리콘은 사원 대부분을 다시 불러와서 이미 사업 재개 준비를 갖추었다.

창문으로 바람을 넣으려고 닫혀 있던 커튼을 열던 자세로 나는 멈춰 섰다. 살풍경하던 베란다가 식물원을 방불케 하는 녹색으로 덮여 있었기 때문이다. 키 큰 관엽 식물이 햇살을 받아 기분 좋게 살랑이고 있었다.

돌아보자 나오가 득의양양하게 팔짱을 끼고 서 있었다.

"어때, 놀랐지? 녹화 계획을 추진했거든. 마음에 들어?"

말이 나오지 않는다. 깨달은 사실을 간신히 말했다.

"응, 마음에 들어. 근데 물을 줄 사람이 필요해."

"계획에 따르면 관리 책임자는 당신이야."

"내가?"

"가끔은 도와줄게."

나오는 점잔뺀 동작으로 피아노 뚜껑을 열더니 붉은 펠트를 갰다.

"칠 수 있었던가?"

"연습했어. 내가 좋아하는 곡. 칠 수 있는 건 맨 앞부분뿐이지만."

건반에 손가락을 얹는다. 더듬거리는 멜로디가 이른 오후의

고요함 속에 울리기 시작했다. 골드베르크 변주곡이다. 아리아.
어안이 벙벙해 있는 내 발밑을 꼬리를 세운 사키가 흥겨운 발걸
음으로 빠져나간다. 내게는 죽어간 사람들을 위한 진혼곡으로
들린다. 엄숙하고 조용한 선율이다.

내가 입원해 있는 동안 사카모토의 사십구재가 지났다. 녀석
이 남긴 일은 그럭저럭 끝낼 수 있을 것이다. 그 사실을 빨리 사
카모토에게 보고하고 싶었다. 사에가 기뻐할 선물을 잊지 말고
챙겨 가자. 어떤 게 좋을까?

나오의 피아노 소리가 그쳤다.

그녀 대신 뒷부분을 치기 위해 나는 창가를 떠났다.

옮긴이의 말

　《끝없는 바다》은 한자와 나오키 시리즈를 비롯해 많은 작품이 이미 국내에 소개돼 있는 이케이도 준의 소설 데뷔작이다. 은행에서 일하다가 그만둔 뒤로 비즈니스 서적 등을 쓰고 있던 이케이도는 1998년에 이 소설로 제44회 에도가와 란포상을 수상함으로써 엔터테인먼트 문학 작가로 등장한다. 소설가 이케이도 준의 출발점에 놓여 있는 작품인 만큼, 주인공이 살인사건의 수수께끼에 도전하는 추리소설인 동시에 은행을 배경으로 한 기업소설로서의 면모도 가지고 있는 이 작품을 한 심사위원은 "은행 미스터리의 탄생을 선언하는 작품"이라고 평가하기도 했다.

　"너 나한테 빚진 거다?"

　소설은 주인공인 은행원 이기 하루카가 자신의 직장동료인 사카모토를 밖에서 우연히 만나는 데서 시작한다. 그런데 이기에게 웃으며 이 같은 뜻 모를 말을 건넨 사카모토는 직후에 급성 알레르기로 갑작스럽게 죽음을 맞이하고, 심지어 생전에 고객의 돈을 몰래 인출했다는 사실까지 밝혀진다. 경찰이 사카모토의 죽음을 타살로 의심하며 주위를 맴도는 가운데, 이기는 사카모토의 결백을 증명하기 위해 분투한다. 그리고 자신이 융자를 담당한 '도쿄 실리콘'에 얽힌 음모를 밝혀내고 해결하는 동시에, 잘못돼 가는 일을 바로잡음으로써 사카모토가 말한 '빚'도 넉넉히 갚는다. 그 과정에서 그는 은행 안의 복잡한 파벌 싸움뿐 아니라 사리사욕을 채우기 위해 불의도 불사하는 비열한 상사나 상상 이상으로 잔혹한 범죄자와도 몸소 맞서 싸운다.

에도가와 란포상 수상소감에서 이케이도는 이 소설이 자신이 근무했던 은행에서 실제로 일어났던 도산과 그와 관련된 여러 사건을 모티프로 했음을 밝히면서 "쓰고 싶어서 썼다기보다는 기필코 써야만 했다"라고 토로했다. 기업이 인수되거나 도산하고 업계의 명암이 바뀌며 은행의 부정이 드러나는 등의 사건은 경제면에서 다뤄지는 뉴스기도 하지만, 그 이면의 보이지 않는 곳에는 많은 사람들의 복잡다단한 삶이 움직이고 있다. 바로 그런 사람들의 모습에 초점을 맞추면서 그러나 현실에서는 그렇게 쉽게 찾을 수만은 없는 정의를 어떻게든 그려내는 데에 소설가 이케이도의 강점이 있음을 생각하면, 《끝없는 바다》는 그야말로 그의 작가로서의 시작을 장식하는 데에 걸맞은 소설이라고 할 수 있을 것이다.

출세와 성공에 관심이 없을뿐더러 언뜻 욕망이 없는 것처럼 표표하게 살아가는 이기는 어떤 면에서는 다소 작위적인, 만들어진 인물처럼 보이기도 한다. 또 하드보일드 풍이기도 한 이 소설에서 그는 은행 융자 담당 직원에게 가능할까 싶을 정도의 기지와 액션을 선보인다. 하지만 부외 채무를 안고 있는 금융기관의 매수를 저지하는 것과 자신이 뜻하지 않게 속해 있는 파벌의 꼭대기에 앉아 있는 남자의 출세를 막는 것을 "저울에 달아볼 필요도 없는 문제"라고 바로 결론 낼 수 있는 이기는 독자들에게 색다른 산뜻함을 주기도 한다. 덕분에 이기는 하루아침에 지점으로 좌천되지만, 그럼에도 여전히 꿋꿋하다. 그렇기에 같은 지점의 후루카와는 이기를 두고 회사에서 가장 다루기 힘든, "종잡을 수 없는 존재"라고 말하기도 한다. 반면, 이런 이기와 대비되는 인물인 기타가와 부지점장은 교활한 처세술에 능하며 수많은 동료와 부하를 짓밟음으로써 출세 경쟁에서 살아남는, 정말이지 알기 쉬운 인물이다. 그리고 이런 이기와 기타가와가 정면으로 부딪치는 장면은 인사와 출세를 미끼로도 어떻게 할 수 없는 '종잡을 수 없음'이란 신의를 지키며 옳은 일을 한다는 지극히 단순한 원칙에 기인하고 있었다는 것을 보여준다. 물론 세상은 반드시 소설처럼 흘러가지 않겠지만, 이기와 같은 인물을 비현실적이라고 느끼고 마는 것이야말로 어쩌면 세상을 바로 그런 곳으로 만드는 데에 일조하고 있는지도 모른다.

소설의 제목은 어디까지나 이어지는, 바닥이 없이 계속되는 것을 뜻한다. 그것은 끝없는 전락일 수도 있겠고, 언제나 더 많은 것을 바라게 되는 욕망의 무한함이거나 그 때문에 한계 없이 치닫는 악일 수도 있을 것이다. 그 속에서 싸우는 인물의 강인함을, 그리고 그러한 강함의 원천이 어디에 있는지를 보여주는 것이 이 소설이다. 뜻밖에 많은 인물이 속절없이 목숨을 잃는 가운데서도 마지막 결투는 다소 맥 빠지는 제삼자의 조력에 기대고 있는 등은 아쉬운 점으로 남을 수 있겠지만, 그럼에도 엔터테인먼트 문학 대가의 시작점을 확인하기에는 충분한, 재미있으면서도 뚝심 있는 이 작품이 많은 독자들에게 읽히기를 기대한다.

끝없는 바닥

2024년 6월 25일 1판 1쇄 발행

저　　　자　이케이도 준
옮　긴　이　심정명
발　행　인　유재옥

부　사　장　이왕호
이　　　사　조병권
출 판 본 부 장　박광운
편 집 1 팀　최서영
편 집 2 팀　정영길 조찬희 박치우 정지원
편 집 3 팀　오준영 이해빈 이소의
디 자 인 랩 팀　김보라 박민솔
라이츠사업팀　김정미 맹미영 이윤서
디지털사업팀　박상섭 김지연 윤희진
영업마케팅팀　최원석 박수진 이다은
물　류　팀　허석용 백철기
경 영 지 원 팀　최정연
발　행　처　(주)소미미디어
발 행 등 록　제2015-000008호
주　　　소　서울시 마포구 토정로 222, 502호(신수동, 한국출판콘텐츠센터)
판　　　매　(주)소미미디어
제　작　처　코리아피앤피
전　　　화　편집부 (070)4260-1393, (070)4260-1391 기획실 (02)567-3388
　　　　　　판매 및 마케팅 (070)8822-2301, Fax (02)322-7665

ISBN 979-11-384-8303-2 (03830)